양창국 단편소설집

세월의 무늬

지구문학

국립중앙도서관 출판시도서목록(CIP)

세월의 무늬 : 양창국 단편소설집 / 지은이: 양창국. – 서울 : 지구문학, 2016
p. ; cm

ISBN 978-89-89240-53-2 03810 : ₩15000

한국 현대 소설[韓國現代小說]

813.7-KDC6
895.735-DDC23 CIP2016013684

양창국 단편소설집

세월의 무늬

1. 재혼 _ 9

2. 신발에다가 발을 맞춰라 _ 38

3. 암 _ 57

4. 관리인 _ 88

5. 이끝순 여사 _ 139

6. 긴 추석연휴 _ 172

7. 고독 _ 192

8. 인연 _ 209

9. 어느 하루 3 _ 232

10. 이종호 _ 252

11. 장인 _ 283

*책을 내면서 _ 306

재혼

1.

얼굴에 나이가 드는 것은 그렇다고 치고 온몸 구석구석이 다 나이를 먹는다. 머리 모양새, 뒷모습, 걸음걸이에서 나이가 보이고, 목소리까지 나이를 탄다.

상처한 지 5년, 나는 요즘 50대의 나이를 잊고 여자에게 껄떡증이 든 것 같다. 나는 거리에서도 차속에서도 젊고 예쁜 여자들을 힐끔거리며 그 여자와 섹스를 하면, 하는 상상을 한다.

섹스를 염두에 두지 않아도 아름다운 여자를 보는 것은 기쁨이다. 예쁜 여자가 젊으면 그만큼 더 기쁨이 크다. 이런 현상은 무슨 병은 아닐까?

내가 20대 때, 술에 취한 50대의 직장 선배가 젊은 여자는 모두 다 예쁘다고 했을 때 나는 저 선배가 색광인가, 하고 이상한 눈으로 봤었는데 이제 나는 그 말이 이해가 된다.

나는 사십을 넘으면서부터 나도 모르게 전철 속이나 길거리에서 스치는 여인을 좀 찬찬히 보는 버릇이 생겼다. 찬찬히, 라는 표현보다는 빤히, 라는 표현이 맞다. 여인의 얼굴을 뜯어보며 저 코는, 저 입은, 저 눈은, 하며 오리지널일까, 성형을 했을까, 하고 추측을 해 보고, 저 이 목구비를 어떻게 표현하는 것이 적절한 표현일까 생각도 해 본다.

다리와 몸매가 죽여주면 바로 얼굴로 시선을 올리고, 얼굴이 그 아름다움을 받쳐주지 못하면, 쯧쯧 아깝다, 하고 혼자 탄식한다. 젓가락같이 빈약한 다리를 다 드러내 놓고 다니는 여인을 보며, 저런 빈약한 다리를 왜 다 노출시키고 다닐까, 바지를 입지, 하고 혼자 속으로 시비도 해 본다.

병약한 아내는 나의 그런 시선을 못마땅하게 여기며, 당신 그렇게 여자를 뚫어지게 보다가 성추행으로 곤욕을 치를 수도 있다며 지청구를 준다. 나는, 여자 얼굴이나 몸매 좀 빤히 쳐다봤다고 무슨 성추행, 하며 내가 젊고 예쁜 여자에게 눈길을 주는 것이 싫어? 하며 오히려 반문했다. 그러면 부부생활을 제대로 할 수 없는 아내는 얼굴을 붉히며, 점잖지 못하게 보이잖아, 하고 얼버무린다. 이제 그런 잔소리를 하던 아내는 저승으로 먼저 가고 없다.

전철을 탔다. 내 앞쪽 일곱 자리를 온통 여자가 차지하고 있다. 전철 속이 한산하여 내 시선을 가리고 서 있는 사람도 없다. 세 여자는 이어폰을 귀에 끼고 있고, 네 여자는 이동전화기를 가지고 놀고 있다.

나는 나도 모르게 한 사람씩 여자의 관상(?)을 본다. 맨 왼편에 앉은 여자는 50이 넘어 보인다. 옷매무새가 초라하다. 전혀 성욕을 자극하는 매력이 없다.

바로 핸드폰을 열심히 조작하는 다음 여인으로 눈길을 옮긴다. 30대 후반으로 얼굴이 예쁘다고 할 수는 없지만 수수하고 무난하다. 마누라로 데리고 살면 편할 상이다. 몸매도 탄탄하여 벗겨놓으면 몸매가 괜찮을 것 같다. 나는 괜찮네, 하며 다음 여자, 20대 초반으로 보이는 정말 짧은 바지를 입은 여인에게 눈길을 보낸다.

바짓가랑이가 너무 짧아 거의 팬티가 보일 지경이다. 노출된 다리가 날씬하게 쭉 뻗었다. 나는, 저렇게 입고 다니려면 차라리 팬티만 입고 다니지, 하고 속으로 시비를 하며, 시선을 날씬한 다리에서 배, 가슴, 얼굴로 끌어올린다. 붉은 티에 감춰진 허리가 날씬하고 유방도 적당이 튀어 나왔다. 손바닥으로 감싸면 가득할 것 같다. 흰 티셔츠에 붉은 색 글씨로 'FUCK YOU' 라고 새겨져 있다. 저 처녀는 저 영어의 뜻을 알고도 입고 다니나, 하며 얼굴로 시선을 옮긴다. 얼굴에서 빨간 입술만 눈에 띤다. 입술에 칠한 빨간색이 너무나 강렬하여 얼굴을 온통 입술이 가린 기분이다. 저 여자는 학생일까, 학생이면 저렇게 짙은 화장을 할 리가 없지, 벗겨놓으면 정말 'fuck you' 하고 싶겠네. 내 짝으로는 너무 젊다. 내가 fuck 하기에 너무 젊다. 나는 저 여자의 직업이 무엇일까 상상해 보다가, 다음 여자로 시선을 돌린다.

수수한 옷맵시다. 싸구려 카디건을 걸쳤다. 긴 머리가 가슴을 덮었다. 얼굴에 가난한 티가 난다. 그녀는 계속 통화를 하고 있다. 별로네, 줘도 먹기 싫은데, 하며 옆의 여자로 시선을 옮긴다.

와! 얼굴이 밝고 화사하다. 피부가 우윳빛이다. 오뚝한 코, 속눈썹을 붙인 것 같다. 나는 잠시 그녀의 젊은 아름다움에 눈이 황홀하다. 저런 미인 데리고 살려면 속깨나 썩이겠네. 성격이 좀 날카롭겠는데. 예쁘니까 그 정도는 봐줘야 하나? 어, 유방도 크네. 벗기면 누드모델을 뺨칠 것 같다. 나는 애인으로는 괜찮지만 마누라로는 안 맞는다, 하며 옆의 여자로 시선을 돌린다.

밉지는 않은데 자리를 잘못 앉아 옆 자리의 미녀 때문에 팍 치이는 느낌이다. 좀 슬프게 보인다. 슬프게 보이는 여자는 팔자가 사납다. 별로다.

그 옆 끝자리는 잿빛 제복을 입은 수녀, 은테 안경을 썼다. 얼굴 피부가 곱고 콧대가 날름하고 얼굴이 곱상하다. 퍽 착하게 생겼다. 저 수녀,

꽤 예쁘게 생겼는데 무슨 사연이 있어 수녀가 됐을까? 문득 자기 딸이 그렇게 말렸는데도 수녀가 됐다며, 한탄을 하던 직장 상사의 얼굴이 떠올랐다. 그 상사는 딸이 수녀가 된 것 때문에 반년도 더 넘게 속상해 했었다.

전철이 역에 도착했다. 수녀가 내리고 그 자리에 남학생이 앉았다. 내 앞을 여자가 가리고 섰다. 티셔츠로 가려진 그녀의 복부가 눈앞을 막아선다.

몸매로 보아 젊은 여자인 것 같다. 나는 밑으로 눈을 내렸다. 퍽 가냘픈 다리를 다 노출시켰다. 긴 바지를 입고 다니지, 하며 고개를 들어 여자를 올려다본다. 쌍꺼풀 자국이 선명하다. 코끝의 색깔이 두 종류다. 눈도 코도 성형을 한 모양이다. 비싼 돈을 주고 성형을 했을 텐데, 좀 표 안 나게 해 줄 수 없나, 하고 나는 혼자 시비를 한다. 다리는 성형이 안 돼서 좀 통통하게 못 만드나?

나는 삼성역에서 전철을 내려 코엑스 지하로 들어간다. 나는 오가는 젊고 팔팔한 젊은이들의 행렬에 휩싸인다. 싱싱한 젊음이 보기 좋다. 지나치는 여인 중 쓸 만한 여자가 참 많다. 나는 내가 젊었으면 저렇게 젊고 싱싱한 여자에게 연애를 하자고 할 수 있는데, 아쉬워하며 친구들과 만나기로 한 커피숍으로 간다.

친구들이 먼저 와 있다. 악수를 하고 빈 자리에 앉는다. 10대로 보이는 여종업원이 주문을 받으러 온다. 유니폼 속에 가려진 허리가 날씬하다. 두 손으로 꽉 움켜쥘 수 있을 것 같다. 고개를 들어, 주문 도와드릴까요, 하는 여종업원을 올려다본다. 얼굴이 깎아놓은 조각상 같다. 품위까지 있어 보인다. 커피점 종업원을 하기는 아까운 얼굴이다.

내가 젊었으면 저 종업원을 여기서 빼내고 연애를 하자고 하는 건데….

나는 아쉬움을 삼키며 종업원으로부터 시선을 돌린다.

친구들이 최근 제주도에서 있었던 지검장의 일화를 씹는다. 그 지검장은 내가 지청에 근무할 때 부장검사였다. 사리에 밝고 퍽 성실했었다.

그 정도 지위에 있으면, 얼마든지 여자를 구할 수 있을 텐데, 한밤중에 길거리에서 딸딸이를 치다가 신고당한 것을 보면 성도착증 환자일 거라고 씹어댄다. 그 지검장은 틀림없이 시골 가난한 집 출신일 거고, 잘 나가고 돈 많은 집 여자를 아내로 얻어, 섹스를 할 때 아내에게 올라가도 될까요, 허락을 받고 했을 거라며 히히덕거린다. 그래서 성생활에 스트레스가 쌓여 그런 증상이 왔을 거라고 아는 체하는 친구도 있다.

나는 혼자 되고 5년을 독수공방하다 보니, 내 나이에 걸맞지 않게 가끔 성욕에 휘둘릴 때가 있다. 젊었을 때는 성욕을 풀지 않으면 허둥거리며 일을 할 수가 없었는데, 요사이는 성욕이 발동하면 스포츠 중계를 보거나, 재미있는 책을 읽으면 성욕이 스르르 잠이 든다. 성교를 하지 않고도 혼자 성욕을 잠재울 수 있어 젊었을 때와는 다르다.

나는 내 주변의 여자들을 섹스의 상대로 상상하며 혼자 마음 속으로 힐끔거리지만 딱 나에게 꽂히는 여자는 없다. 사랑의 감정이 홍수처럼 흘러가는 여자가 없다.

나는 분명 변태는 아닌 것 같은데, 이 여자 저 여자와 섹스하는 것을 상상한다. 내가 알고 있는 여자, 직장 동료, 서로 알고 밥도 먹고 술도 같이 마셨던 여자, 슈퍼에 근무하는 여자, 자주 들르는 음식점의 젊은 종업원 등 대상이 다양하다. 내가 모르는 여자, 길거리나 전철에서 지나치며 인상에 남았던 여자들도 대상이 된다.

이제 혼자 된 지 5년쯤 지났으니 재혼을 하라는 말을 자주 듣는다.

어머니도, 친척도, 친구들도 늙어서 혼자 사는 것이 보기 딱하다며 재혼을 하라고 한다. 그런데 어느 한 여자에게 딱 마음이 가야 하는데 내 마음은 이 여자 저 여자를 기웃거린다. 이 여자는 이래서 예쁘고, 저 여자에게는 저런 매력이 있다. 이렇게 예쁜 여자도 가지고 싶고, 저렇게 매력 있는 여자도 가지고 싶다. 도둑놈 심보다!

세상에는 괜찮은 여자가 너무나 많은데 재혼은 딱 한 여자와 해야 한다.

주위에 정말 쓸 만한 여자가 많은데, 그들을 다 데리고 살았으면 하는데, 그건 법률적으로도 안 되고, 현실적으로 몸이 견디지 못할 것이다. 그럴 경제적인 여유도 없다.

지검장처럼 안 되려면 섹스의 갈증을 풀 여자를 찾아 재혼해야겠지?

2.

문자 메시지가 왔다.

'안녕하세요? 약속하신 점심 언제 사주실래요? 연락 기다릴게요.'

등록되지 않은 전화번호에서 온 메시지다. 문장을 보니 여자가 보낸 메시지 같다. 누가 보냈는지 전혀 짐작이 되지 않는다.

나는 검찰청, 공수표를 잘 뗄 수 없는 직업에 종사했었다. 그래서 빈말을 잘 하지 않는다. 나는 요 근래 어떤 여자에게도 점심을 사겠다고 한 기억이 나지 않아 문자를 씹을까 하다가, 그래도 내가 약속을 했으니 문자를 보냈겠지, 하며 답을 보냈다.

'이번 금요일 점심 어때요?'

나는 만날 장소도 시간도 정하지 않았다. 바로 답신이 왔다.

'좋아요. 8호선 문정역 8번 출구에서 12시에 뵈요.'

나는 메시지를 받고 그 여자가, 왜 메시지를 보낸 사람이 여자라고 생각했는지 모른다.

문정동 근처에 사나, 그 역 근처에 괜찮은 식당이 있나? 만나서 또 전철이나 버스를 타고 식당을 찾아가기는 그렇고, 하며 답을 보냈다.

'제가 차를 가지고 갈게요. 그때 봐요.'
바로 답장이 왔다.
'차를 가지고 오신다고요? 오우키 제가 8번 출구 밖에서 기다릴게요.'
나는 미지의 여인과 점심 약속을 하고, 누굴까, 하며 일정표에 메모했다.

목요일 오전, 유현진이 선발 투수로 등판한 엘에이 다저스와 샌프란시스코 자이언트 간 미국 프로 야구를 한참 보고 있는데, 문자가 왔다는 신호음이 들렸다. 그 때 다저스가 2 : 1로 아슬아슬하게 리드를 하고 있었다. 7회 말 유현진이 연속 안타를 얻어맞아 1사 1, 2루. 다음 타자는 상태 팀 4번 타자. 안타 하나면 동점, 장타면 3 : 2로 역전이 된다. 이미 투구수가 백 개를 넘은 유현진은 이번 회까지만 던지면 승리투수의 요건을 갖추고 강판된다. 나는 내야 땅볼로 병살타를 유도했으면, 하며 투수와 타자의 힘겨룸을 숨을 멈추며 보고 있을 때 문자가 왔다는 신호음이 왔다.
나는 누가 아침부터 문자야, 하며 핸드폰을 끌어와서 화면을 문질렀다. 발신인이 등록되지 않은 번호다. 무슨 스팸, 하며 문자를 열었다.
'내일 12시 잊지 않으셨죠? 내일 식사만 하실 거예요?'
나는 안 잊고 나갈 텐데 무슨 확인, 하며, 식사만 하지 그럼 또 뭣을 하자는 거야? 섹스라도 하자는 거야, 하고 속으로 투덜댔다. 샌프란시스코 4번 타자가 큼직한 플라이를 쳤다. 우익수가 담에 부딪히며 잡아내서 투 아웃, 그 틈에 2루 주자가 3루로 달려갔다.
나는 휴, 한숨을 내쉬며 도발적인 답장을 보냈다.
'네, 잊지 않고 있어요. 그럼 손도 잡고 키스도 해야지요.'
바로 답장이 왔다.

'ㅋ ㅋ ㅋ 좋아요. 키스도 하고 사랑도 나눠요.'

여자가 더 뜨겁게 답장을 보냈다.

나는 뭐 이런 여자가 있어? 혹시 전문 꾼 아니야? 했다. 여자의 노골적인 도전을 받고 나는 얼굴이 뜨거워지고, 전신에서 열기가 솟았다. 나는 누굴까, 하고 도발적인 메시지를 보낸 화끈한 여자를 상상해 봤다. 내가 알고 있는 여러 여자를 떠올려봤으나, 전화번호를 등록하지 않은 여자 중 그럴만한 여자가 떠오르지 않았다.

금요일, 나는 오늘 만날 여자가 어떤 여자일까, 이왕이면 적당히 젊고 예쁘게 생긴 여자였으면, 하며 승용차를 몰고 잠실대로를 지나 문정역 8번 출구 앞에 차를 세웠다. 그녀가 내 차 번호를 모를 것 같아, 도로쪽 자동차 창문을 열고 손을 차 밖으로 내밀고 흔들었다. 전철 출구에서 빨간 티셔츠를 입은 40대 초반의 여자가 달려 나와 고개를 디밀고 차안을 들여다보고 나를 확인하고 차를 탔다.

"어, 당신? 반가워요."

나는 반가운 체했다.

그녀는 한 달 전 투자회사에서 VIP 고객을 모시고 여는 재테크 세미나를 마치고 투자회사에서 제공하는 점심을 얻어먹을 때, 내 앞자리에 앉았던 여인이다. 아담한 몸매와 매끈한 얼굴을 가지고 있었다. 마늘쪽 모양의 눈 위 눈꺼풀에 성형자국이 뚜렷하게 쌍꺼풀졌다. 그 눈 모양이 꼭 오버코트의 '단추구멍'을 닮은 느낌이었다.

자기를 설계사라고 소개한 단추구멍은 우리 식탁을 독점하며 유쾌하게 잘 떠들었다. 나는 그녀가 무슨 설계사인지 확인도 않고, 부담 없이 농담을 몇 번 주고받았었다. 단추구멍이 요새 밥 한 번 사겠다는 남자들이 없다고 투덜대서, 나는 저한테 한 번 연락해 보세요, 사나 안 사나 보시게, 하고 농담을 던졌었다. 단추구멍이 그 빈틈을 물었고, 나는 그 꼬임에 반응했다.

나는 단추구멍도, 내가 한 말도 다 잊어버리고 있었는데, 단추구멍이 어떻게 내 전화번호를 알아내고, 그때 해 본 소리를 보답하라고 한다.

"미스 조 오랜만이요. 어떻게 제 전화번호를 알았어요?"

단추구멍은, 자기 성은 'ㅈ' 받침만 붙이면 여자들이 제일 좋아하는 것과 같은 성씨가 된다고 했었다. 그래서 조를 기억하고 있다.

"사무실이 우리 식사한 식당 바로 근처에 있잖아요?"

단추구멍이 활짝 웃으며 말했다.

단추구멍이 안전벨트를 매고, 손을 내밀며 우리 악수는 해야지요, 했다.

단추구멍의 손은 따뜻하고 솜처럼 부드러웠다. 갓난 아이의 손처럼 부드러운 감촉이 나를 갈증 나게 하여 나는 그녀의 손을 놓기 싫었다.

내가 무엇을 들고 싶으세요, 하자 그녀는 남한산성이 가까우니 거기 가서 토종닭 백숙이나 먹자고 했다. 남한산성에 가서 점심 먹고 잠깐 눈 속에 산성 둘레길을 걷고 퇴촌 쪽으로 드라이브를 하자고 했다.

단추구멍은 그전부터 나를 알고 있었으며, 세미나하는 날 점심 때 일부러 내 앞에 와서 앉았다고 했다. 이렇게 오랫동안 좋아했던 선생님과 데이트를 하니, 꿈만 갔다고 했다. 나는 이름도 모르는 여자로부터 낯간지러운 소리를 들으며, 허허 그랬어요, 영광인데요, 하고 웃었다.

남한산성으로 오르는 지그재그 오르막길이 막혀 차가 거북이걸음을 했다. 그녀는 손을 내 쪽으로 내밀며, 우리 애인같이 손잡고 가자고 했다. 나는 여자가 먼저 손을 내밀자, 남자가 질 수는 없지, 하며 그녀의 손을 잡고 가다가 커브를 돌 때는 놓곤 했다. 그녀는 두 손으로 내 오른손을 감싸고 보물을 만지듯 애무했다. 단추구멍의 손에서 전해 오는 열기가 내 전신에 불이 붙어 하복부가 불끈 섰다.

단추구멍은, 혼자 사신다고 들었는데 누가 시중을 들어주나, 하고 물었다. 내가 그냥 혼자 산다고 했더니, 불편하지 않느냐, 특히 섹스 문제는 어떻게 해결하느냐고 물었다.

나는 초면에 단추구멍의 예상을 뛰어넘는 저돌적인 질문에 당황하며 어물거렸다. 단추구멍은 남자가 뭐 그렇게 수줍어 하느냐며, 손바닥으로 내 사타구니 사이를 툭 쳤다. 나는 빳빳이 선 성기를 그녀에게 들키고 무안했다.

아유, 여기서는 할 수 없는데 벌써 기립하셨네, 하며 단추구멍이 깔깔 웃으며 나를 놀렸다.

나는 처음 만난 이름도 모르는 여자의 대담한 도전을 받고, 이 여자가 어떤 부류의 여자일까, 뭘 노리고 나에게 접근했을까, 짐작이 되지 않아 경계심이 들었다.

내가 공영 주차장에 차를 세우려고 하자 단추구멍은 식당에 세우면 주차료 안 내도 돼요, 하며 내가 낼 돈까지 챙겨줬다.

점심을 먹으며 단추구멍이 대화를 주도했다. 그녀는 부동산 시장의 전망에 대하여 소상이 설명해 주며, 정부에서 부동산 활성화 대책을 내놔서 좀 활성화는 될 거지만 옛날 노무현 정부 때만큼은 가격이 오르지 않을 거라고 했다. 나는 단추구멍의 해박한 경제 지식에 감탄하며, 그녀의 말에 박자를 맞춰줬다.

점심식사를 마치자 그녀가 남한산성을 걷자고 했다. 나는 북문 입구까지 차를 몰고 올라가서 주차했다. 눈길에 아이젠도 준비하지 않은 우리 두 사람은 미끄러져 넘어지지 않으려고 서로 손을 잡고 조심스럽게 눈길을 올라갔다. 아이젠을 한 등산객들이 계속 우리를 추월했다.

"아이젠 없이 더 가기는 무리지요? 그냥 차를 타고 드라이브해요."

단추구멍이 산책을 먼저 포기했다. 우리는 내 차로 돌아왔다.

"선생님 저 때문에 눈길에 거닐면서 고생하셨어요. 이건 보너스."

단추구멍이 안전벨트를 매는 내 입술에 입술을 쪽 갖다댔다.

"이거 감질 나는데…."
내가 그녀를 강하게 끌어안고 키스했다.
"눈 덮인 산 차속에서 첫 키스. 그래도 좀 낭만적이다."
그녀가 긴 키스를 마치며 쫑알거렸다.
나는 차를 출발시켜 남한산성 후문을 나서 광주 쪽으로 가다가 퇴촌으로 가는 길로 들어서서 팔당호 쪽으로 차를 몰았다.
"이 길로 따라가면 한강변을 따라서 갈 수 있어요. 선생님과 이 길을 드라이브할 것은 꿈도 못 꾸었는데 제가 점심 사달라고 하길 참 잘했다. 퍽 망설였거든요. 여자가 먼저 데이트 신청하면서."
단추구멍은 운전을 하는 나에게 말했다.
나는 그녀의 말을 들으며, 단추구멍이 또 어떤 남자와 이 길을 드라이브했을까, 생각하며 그녀의 옆얼굴을 쳐다봤다. 단추구멍은 표정이 좀 달뜬 것 같았다. 단추구멍이 나를 좋아해서 데이트를 신청한 것 같았다. 그녀가 다른 남자와 이 길을 갔을 거라고 상상했던 내 가벼움이 미안해져서 나는 나에게 맡겨놓은 그녀의 손을 꼭 잡아줬다.
한강 남쪽 길은 한가했다. 거의 차량이 다니지 않았다.
단추구멍은 남녀가 만나는 궁극적 목적은 섹스를 하는 것인데, 사람들은 공연히 도덕이니 윤리니 하며 본심을 숨긴다고 말했다. 우리는 좀 더 솔직해지자고 했다.
"선생님 저랑 섹스하고 싶으시지요?"
그녀가 나를 빤히 쳐다보며 말했다.
나는 고개를 끄덕였다.
그녀가 내 사타구니를 툭 치며, 이렇게 거총해서 하고 싶다고 데모하잖아요. 저도 지금 하고 싶어요. 그만 운전하고 저 집에 들어가요, 하고 콧소리를 냈다.
단추구멍에게 러브호텔에 들어가자고 할까, 하고 망설이던 나는 단추구멍의 말에 고민이 사라졌다. 나는 바로 길 옆에 있는 러브호텔로 차를 몰았다.

단추구멍은 조금도 수줍어하지 않고, 퍽 오랫동안 같이 살아온 사람이었던 것처럼 섹스를 유도했다. 나는 그냥 그녀의 유도에 박자만 맞추면 됐다. 단추구멍은 섹스를 유희로 즐기는 것 같았다. 섹스를 하면서 계속 체위를 바꾸자고 했다. 꼭 포르노 영화에서 보여주는 장면을 흉내 내며 해 보려는 것 같았다.

그녀를 만나고 악수를 하면서부터 발동이 걸렸던 내 몸은 섹스를 마치고도 개운해지지 않았다. 무엇인가 미진한 것 같았다. 나는 전혀 사랑도 하지 않고 이름도 모르는 여인과 첫 만남에서 진한 사랑을 나누고 꼭 생식을 위해 성교를 하는 동물이 된 기분이었다.

나신으로 내 팔을 베고 누워있는 단추구멍의 등을 쓸며, 나도 이런 동물적인 속성이 몸속에 숨어 있네, 하며 자탄했다. 나는 이런 사랑, 그냥 서로 몸만 빌려서 나누는 유희에 회의가 왔다. 섹스는 사랑하는 사람이 서로 사랑을 확인하는 몸짓인데, 이름도 모르는 생판 남인 여자와 헉헉거리며 여자의 유희 요구에 맞춰 이 체위 저 체위를 실험하며 노동을 한 기분이 들었다.

전혀 만족감은 없고, 허탈하기만 했다. 차를 몰고 갈 때는 서로 손을 잡고 희롱하며 갔었는데, 욕망의 덩어리를 털어내고 돌아오는 길에 우리는 한 번도 손을 잡지 않았다.

갈 때는 서로를 갈구하며 더듬었던 손들이 정염을 토해놓고 돌아오며 완전히 남이 되었다. 나는 욕망을 풀었다고 여자에게 너무 냉랭하게 대하는 것이 아닌가, 미안하여 손을 잡으려 하자, 여자는 팔짱을 끼며 거부했다.

일주일 후에 그녀로부터 만나자는 연락이 왔으나, 사랑도 없는 섹스에 회의를 느낀 나는 다른 약속이 있다며 거절했다.

3.

이모가, 이제 겨우 50을 넘어 앞으로 살 날이 창창한데 혼자 살 거냐면서 재혼을 하라며 악착같이 선을 보라고 두 여자를 들이댔다.

한 여자는 고등학교 교감으로 슬하에 대학 다니는 아들 하나를 두고 있다고 했다. 한 때 전교조 간부를 했었으나 교감으로 진급하고 탈퇴했다고 했다.

또 한 여자는 은행 지점장으로 슬하에 딸만 둘을 두고 있다고 했다. 큰 딸은 대학생, 둘째 딸은 고3이라고 했다.

나는 재혼을 할 거면 여자만 달랑 데려와서 살면, 했었다. 남의 자식까지 데리고 살며, 남의 자식 눈치 보고, 대학 다니는 내 두 아들과 새마누라 사이에 끼어 완충지대 노릇을 하는 것이 싫었다. 내 의견을 말하자, 이모는 세상에 니 입맛에 딱 맞는 여자가 어디 있냐며, 두 여자 다 성품이 좋고 사회적 지위도 있으니, 서로 잘 어울려 살 수 있을 거라며 놓치기 어려우니 꼭 선을 보라고 했다. 이미 상대방에게 시간과 장소까지 다 알려줬다며 실례되지 않게 하라고 했다.

나는 금요일 오후 교감선생님을 칸막이로 격리된 커피숍 한 칸에서 만났다. 나는 교감선생님이 전교조를 했다고 해서 거칠고 투쟁적으로 생겼을 거라고 상상하며 만남의 장소로 갔다.

그녀가 먼저 와서 이모와 이야기를 나누고 있었다. 내가 들어서자 이모는 자리를 피해줬다. 교감선생님은 예상과 달리 체격이 크지 않았다. 160cm쯤 되는 키에 수수하게 옷을 입었다. 얼굴은 피부가 고와서 환하게 보였다. 안경 속에서 눈알이 반짝였다.

첫인상이 낙제점은 아니었다. 대화를 이어가면서 차차 그녀의 매력이 하나씩 보였다. 살짝 웃을 때 움폭 들어가는 보조개가 귀여웠고, 생각하는 표정을 지을 때 상큼 올라가는 눈초리도 매력을 더했다. 계속 만나면 만날수록 정이 들 타입이다.

보조개는 영시 수업을 강하게 반대했다. 특수목적고도 어린 학생 때부터 학생들 계급을 나눈다며 고개를 저었다. 나는 지구촌의 치열한 경쟁 속에서 우리나라가 살아남기 위해 수월교육을 찬성하는 편이었으나, 첫 번째 만남부터 다투기 싫어 내 의견을 펼치지 않았다.

보조개는 외아들 민을 끔찍이 사랑하는 것 같았다. 아들을 죽은 남편의 자리에 올려놓고 보호 감싸는 것 같았다. 민은 믿음이 좋아 크리스천 동아리의 회장으로 중국에 한 달간 일정으로 선교를 갔다고 했다. 내가 대학교 3학년이면 곧 졸업 대비 취업준비를 해야 할 텐데, 하고 우려를 표하자, 그녀는 자기 아들이 다 알아서 잘 하고 있다며 아들 자랑을 계속 늘어놓았다. 나는 그녀의 아들 자랑을 들으며, 누가 저 집 며느리로 들어갈지 모르지만, 엄마 품에서 헤어나지 못하는 아들과 아들을 감싸고 도는 시어머니와 갈등이 심하겠다는 느낌이 들었다.

보조개는 헤어지면서 그래도 소개해 준 분 성의를 봐서 우리 삼세 번 만나보고 결정하자고 했다. 나는 우선 그녀와 첫 면접에는 통과했네, 하며 좋다고 했다.

나는 보조개와 이탈리안 식당에서 두 번째 만났다. 내가 코스요리를 주문하라고 하자, 단품 하나면 충분하다며, 우리 서로 허풍떨 군번은 지났으니 허세 부릴 것 없이 돈 아끼자며 해물 스파게티 하나만 달랑 주문했다. 나도 해물 스파게티 하나를 시키고 포도주를 주문했다.

우리는 포도주를 유리잔에 반잔쯤 따르고 건배했다. 유리 부딪히는 소리가 경쾌했다. 우리는 서로 좋아하는 음식에 대하여 잠시 대화를 나눴다. 그리고 세월호 사건으로 대화가 이어졌다. 나는 세월호 사건은 해난 사고인데 너무 언론과 정치권이 나댄다고 투덜댔다.

그녀는 고개를 저으며, 이것은 해난사고이기는 하지만 국가체제가 잘못되어 일어난 사건이므로 대통령이 책임지고 매듭을 풀어야 한다고 강하게 주장했다. 나는 내 주장을 펼치다가는 논쟁이 될 것 같아 대화를 내 두 아들 이야기로 돌렸다. 내가 대학 4학년인 큰 아들이 연애를 하는 것 같다고 하자, 그녀는 기다렸다는 듯이 그녀의 아들 민이 사귀는 여자에 대하여 장황하게 늘어놓았다. 자기는 마음에 들지 않아 그만 만났으면 하는데, 여자가 악착같이 쫓아다닌다고 했다.

보조개가 세 번째 만남은 야외로 나가자고 했다. 내가 차를 가지고 모시러 가겠다고 하자, 자기가 먼저 말을 꺼냈으니 자기 차로 모시겠다고 했다. 토요일 11시 잠실 롯데호텔 너구리상 앞으로 차를 가지고 나오겠다고 했다. 청평쯤 가서 점심을 먹고 한강변을 드라이브하고, 그 근방에 구경할 곳이 많으니 수목원이나 휴양림 가서 좀 걷다가 오자고 했다.

나는 좋다고 했다. 나는 청평이면 2주전 단추구멍과 동물적인 사랑을 나누던 장소라 마음에 좀 걸렸으나, 그냥 좋다고 했다.

보조개는 청평으로 가는 길을 잘 알고 있었다.

"저는 선생님이 검찰청에 근무했었다고 하여 퍽 권위적일 거라 생각했었는데, 퍽 부드럽고 섬세하여 놀랐어요."

나는 검찰청에서 행정직을 하다가 퇴직하고, 사무장, 여직원 둘과 함께 법무사 사무소를 운영하고 있다. 대부분의 일은 사무장이 알아서 하여 내가 꼭 사무실을 지킬 필요는 없다. 법무사 사무소 수입으로 생활은 궁핍하지 않게 꾸리고 있다.

"저도 마찬가진데요. 전교조했다고 하여 머리에 뿔이 달린 분 아닌가, 했었는데 퍽 순수하고 부드러워요."

"전교조를 그렇게 보세요? 참교육하자는 모임인데."

그녀가 운전을 하며 힐긋 나를 쳐다보며 말했다.

"처음 설립 때와는 달리 그 행적이 많은 부분 정치적이 되어 그런 느낌이 들어요. 저희 동창 중 교장선생님 한 친구들이 있는데, 전교조 때문에 교장 해 먹기 어렵다고 이야기하는 거 여러 번 들었어요."

"전교조 이야기 더하면 이 좋은 날 잘못 싸우겠어요. 사모님 돌아가시고 5년이나 됐다면서 어떻게 아직 재혼을 안 하셨어요?"

"뭐 특별한 이유는 없고, 하다 보니 그렇게 됐어요."

"혹시 눈이 너무 높은 거 아니에요?"

"눈이 높다니. 제가 가진 것이 많습니까, 아님 지위가 높습니까? 그런 선생님은?"

"저는 고등학교 다니는 민이에게 충격을 줄까 걱정이 돼서요. 이제 민이도 대학 들어갔고, 그 녀석 대학생 됐다고 매일 늦게 돌아치는데 매일 저녁 혼자 티브이 보며 입을 닫고 있는 것도 답답하고 하여…."

차는 팔당대교를 건너 양평으로 가는 자동차 전용도로에 접어들었다. 도로가 한가하여 마음도 한가한 기분이 들었다.

"그러셨어요? 벌써 세 번째 만났네요. 계속 만남이 이어지는 것을 보면 우선 우리 첫 면접시험은 통과한 셈인가요?"

보조개가 힐끗 나를 쳐다보며 말했다.

"그렇게 되나? 그런데 솔직히 아직 선생님 만나면 싫지는 않지만 가슴이 뛰고 하지는 않아요."

"우리 나이가 몇인데. 그래도 첫 번째 면접시험 통과된 게 다행이네요. 만나다 보면 정도 들고 하겠지요. 저도 선생님을 결혼할 수도 있다는 목적을 가지고 만나지만, 선생님은 아직 제가 아는 여러 남자 중 좀 특별한 목적으로 만나는 사람 중 한 분이에요. 그렇게 말씀 드리면 실례인가?"

"아니요. 솔직히 말해 줘서 감사해요. 어느 남녀는 만나는 첫날부터 러브호텔로 바로 가는 만남도 있다던데…."

나는 단추구멍을 떠올리며 말했다.

"저도 들었어요. 그렇다고 우리까지. 참 선생님 술 마실 때 1, 3, 5, 7,

9 아세요?"

"당연히 알지요."

"그럼 우리 세 번 만났으니 다섯 번으로 만남을 연장할까요?"

"좋아요. 이번에는 선생님이 드라이브 시켜 줬으니 다음에는 제가 드라이브 시켜 드릴게요. 산 쪽으로 왔으니 다음에는 서해안 모시고 가서 쭈꾸미 샤브 사 드릴게요."

"좋아요 만나는 날 문자로 서로 정해요."

다음 만남을 합의한 두 사람은 가정 이야기도 하고, 세상 돌아가는 이야기도 하며, 유쾌하게 드라이브를 즐기고, 식사를 했다.

나는 드라이브하며 보조개의 손이라도 잡자고 해야 하나 망설였다. 보조개가 세 번째 만나면서 먼저 드라이브를 하자고 한 것은 섹스까지는 가지 않더라도 키스 정도는 기대한 것이 아닐까, 하는 생각이 들어 어느 순간에 손을 잡고 어느 순간에 키스를 하자고 들이댈까, 하고 기회를 봤다. 문득 단추구멍처럼 솔직하게 손을 잡자고 해 볼까, 했으나 오랜 교직 생활로 두껍게 체면의 껍질을 둘러쓴 보조개가 그럴 틈을 보이지 않아 말을 꺼내지 못했다. 두 손으로 운전대를 꽉 잡고 운전을 하여 손을 잡기도 마땅치 않았다.

나는 헤어지며 세 번씩이나 만났는데, 보조개의 손도 한 번 못 잡고 헤어진 것이 아쉬웠다. 그녀가 나를 좀 용기가 모자라는 남자로 보지 않을까, 걱정됐다.

나는 집에서 티브이를 보며, 전철에서 멍하니 앉아 있을 때, 문득 보조개의 귀여운 얼굴이 떠올랐으나 안 보면 죽을 만큼 간절하지는 않았다.

나는 교감선생님과 두 번째 만나고 난 후 지점장과 선을 봤다.

지점장은 키가 나만큼 컸고 어깨 골격이 커서 체격이 우람하게 보였다. 그녀 앞에 서면 내가 더 작아지는 느낌이었다. 목소리도 좀 걸걸한 편이었다. 얼굴은 잘 생긴 남성 같았다. 수많은 고객을 상대해서인지 붙임성이 좋고 사교적이었다. 그녀와 결혼을 하면 어지간한 집안일은 그녀가 다 척척 해낼 것 같았다.

마음이 넓어 내 아들들의 비위도 잘 맞춰줄 것 같았다. 그녀의 얼굴을 보고 있으면 조각상을 보는 것 같았다. 좀 굴곡이 크고 아름다웠다. 그녀는 조각같이 생긴 얼굴의 눈초리를 살짝 찡그리며 말을 하여 상대방에게 안타까움을 줬다. '찌푸린 얼굴의 기사' . 내가 그녀에게 붙인 별명이다.

찌푸린 얼굴의 기사는 선을 보고 헤어지며, 나에게 골프를 치시느냐고 물었다. 내가 그렇다고 하자, 그럼 주중에 시간을 낼 수 있느냐고 물었다. 나는 자유업이니 가능하다고 했다.

내일 모레 목요일에 골프를 치러 가자고 했다. 나는 좋다고 했다. 찌푸린 얼굴의 기사는 자기가 모셔야 하지만 라이드를 좀 주시면, 했다. 나는 단둘이 골프장에 갈 생각을 하며 가볍게 설레며 좋다고 했다. 찌푸린 얼굴의 기사는 그가 사는 아파트 이름과 동호수를 알려주며 새벽 여섯시에 보자고 했다. 골프채를 들고 멀리 갈 수 없으니 그녀의 아파트 현관 앞까지 오셨으면 했다. 나는 흔쾌히 좋다고 했다.

찌푸린 얼굴의 기사가 눈썹을 상큼 찌푸리고, 초면인데 어려운 부탁 하나 해도 되느냐고 했다. 나는 무슨 법률 상담인가, 하며 좋다고 했다. 다른 고객과 같이 라운딩할 건데 괜찮냐고 했다. 나는 골프 초청만도 고마운데, 하며 괜찮다고 했다.

찌푸린 얼굴의 기사는 같이 라운딩할 분이 그녀와 같은 아파트에 사시는 70대 노인인데, 은행에 50억 원 이상 예금을 가진 VVIP라고 했다. 또 한 분은 40대 초반의 여자인데 10억 원 넘게 예금이 있고, 여러 펀드도 가입한 VIP라고 했다. 그녀는 곁들여 40대 여인은 퍽 미인이라고 했다. 내가 VIP자격을 묻자, 찌푸린 얼굴의 기사는 예금이 10억 원 이상인 고객이 VIP라고 했다.

내가 운전한 차에 네 사람이 타고 골프장으로 갔다. 70대 노인이 자가용 운전자가 손수 운전할 때 상석인 내 옆자리 조수석에 탔다. 고객으로 초청된 두 사람은 나도 자기들과 같은 은행의 VIP고객으로 짐작하고 그렇게 대해줬다. 나는 굳이 VIP고객이 아니라고 할 필요가 없어 모른 척했다.

노인은 가는 길에 젊었을 때의 자기 인생을 털어놨다. 대학을 졸업하고 해운회사를 다녔는데, 40대 초반 한참 무역 붐이 불기 시작할 때 외국 상사에서 독점 중개권을 따고 중개를 하고 중개수수료로 받은 돈으로 땅을 샀는데 땅값이 올라 한 밑천 잡았다고 했다. 자기가 산 땅에 공장부지가 들어섰는데, 그 보상을 현금으로 받아 은행에 넣어놓고, 이자로 편히 살고 있다고 했다. 이자 다 받아 먹고 이렇게 VIP라고 골프 대접까지 받으니 팔자 좋은 편이라고 했다. 딱 한 가지 아쉬운 것이 있는데, 연애를 한 번 해봤으면 하는데, 이 나이에 누가 연애하자고 하겠냐며 허허 웃었다.

나는 나보다 20년은 연상인 노인이 연애를 하고 싶다고 하자, 내 나이에 재혼하는 것은 잘못하는 일이 아닌 것 같았다. 내가 혼자 산다고 하자, 나와 찌푸린 얼굴의 기사가 선을 본 사이인 것을 모르는 노인은 눈치 없게 자기가 중매를 하겠다고 했다. 자기 조카 중에 혼자 된 분이 있는데 참하고 예쁘게 생겼다고 했다. 나는 딱 거절하기도 뭐해 고맙다고 대답을 얼버무리며, 백미러로 뒷좌석에 앉은 찌푸린 얼굴의 기사를 훔쳐보니, 내 짐작인지는 모르지만 표정이 좀 경직되는 것같이 보였다.

우리는 실력이 비슷하여 퍽 재미있게 골프를 쳤다. 40대 여자, 채 여사는 내가 혼자 몸이라고 해서인지 나한테 착 따라 붙으며 친절하게 굴었다. 그녀는 찌푸린 얼굴의 기사보다 더 젊고 훨씬 예쁘고 몸매도 빵빵했다. 나는 돈도 많고 예쁜 채 여사, '쭉쭉 빵빵'이 마음에 들어, 찌푸린 얼굴의 기사는 제쳐놓고 그냥 쭉쭉 빵빵에게 대시해 볼까, 하는 엉뚱한 생각도 들었다.

라운딩이 끝나고 찌푸린 얼굴의 기사는 골프장 근처에서 나는 복숭아 한 상자씩을 선물로 챙겨줬다.

나는 거저 골프를 치고 선물까지 받아 미안한 마음에 찌푸린 얼굴의 기사에게 답례로 저녁을 사겠다고 했다. 찌푸린 얼굴의 기사는 금요일 저녁이 좋겠다고 하며, 이왕 저녁을 사실 거면 시내는 답답하고, 남한산성 정도로 가서 사달라고 했다.

금요일 오후 7시, 나는 찌푸린 얼굴의 기사를 태우고 남한산성으로 갔다. 남한산성으로 가는 길은 첫 만남에 몸을 섞은 단추구멍을 태우고 갔던 길이다. 단추구멍과는 꼬불길을 돌 때부터 서로 손을 맞잡고 희롱했었다. 나는 문득 찌푸린 얼굴의 기사의 손을 덥석 한 번 잡아볼까, 하고 옆자리 여자의 얼굴을 돌아봤다. 팔짱을 낀 그녀는 그 길을 같이 드라이브했던 옛 애인을 생각하는지 운전을 하는 나에게는 전혀 관심이 없는 것 같았다.

나는 내가 카사노바도 아닌데, 이제 겨우 한두 번 같이 차를 탄 여인의 손을 잡으려고 하나, 하며 속으로 웃었다.

나는 두 여인과 일정을 조정해 가며 번갈아 만났다.

나는 두 여인을 만나며 두 여인의 사회적인 신분이 두 여인에게 두꺼운 껍질을 씌워 접근을 어렵게 하는 방해가 되는 것 같은 기분이 들었다. 단추구멍 같이 남녀가 만났으면, 그냥 밥만 먹고 헤어질 것이 아니라, 만날 때는 솔직히 서로 섹스를 하고 싶은 마음이 숨겨져 있으니, 숨기지 말고 그냥 섹스를 하자고 하는 것이 편할 것 같았다. 그냥 체면의 틀 속에 마음 속의 성 욕구를 감추며 의젓한 체하려니 가면을 쓴 것 같은 생각이 들었다. 두 여인은 손을 잡는 정도도 큰 진전이라고 생각하는 구시대 사고방식을 가졌는지, 육체의 접촉을 금기시했다.

나는 봄을 넘기고 여름으로 접어들 때까지 두 여인을 만났으나, 아직 선물을 사주고 싶은 마음이 생기지 않았다. 좋은 곳을 찾아서 구경 가자고 하는 마음도 일지 않았다. 두 여인이 싫지는 않은데 사랑의 불이 활활 일지 않았다.

나는 차라리 쭉쭉 빵빵을 만났으면 했다. 더 젊고, 더 예쁘고, 더 섹시하다. 훨씬 감칠맛이 있다. 그러나 불행히도 나는 쭉쭉 빵빵의 전화번호를 모른다. 그녀가 유부녀인지, 홀몸인지도 모른다. 그렇다고 선을 보고 결혼을 전제로 만나고 있는 찌푸린 얼굴의 기사에게 그녀에 대해 물을 수는 없다.

나는 가끔 보조개와 찌푸린 얼굴의 기사와 섹스를 상상해 본다. 그녀들을 만나러 나가며, 오늘은 그래도 손은 잡고 키스를 해 줘야 남자 체면이 서는 것 아니냐, 하고 생각했었으나, 막상 만나면 두 여인이 무장한 도덕적 껍질을 깨지 못하고 허허거리다가 헤어졌다.

나는 두 여인 중 누구에게 더 대시할까, 정하지 못하고 세월만 보냈다.

4.

나는 섹스에 굶주린 늑대같이 전철에서, 길거리에서 젊고 예쁜 여자들의 노출된 다리를 힐끔거리고 불쑥 튀어나온 유방을 보고 침을 흘리지 말고, 재혼을 할 거면 이제 새삼스럽게 감정도 흐르지 않는 새 여자를 사귀려고 애쓸 것이 아니라, 내가 알고 있는 여자 중에서 고르면 했다. 나는 내가 지청에 근무할 때 양호실에 간호사로 근무했던 김영주가 떠올랐다.

나는 일주일에 한 번씩 혈압을 체크한다는 핑계로 간호실에 들렀었다. 그 때 나는 임지에 혼자 부임해 있었다. 나는 백의의 가운을 입은 그녀의 깨끗한 이미지에 혹하여 자꾸 그녀를 만나고 싶었으나, 상사의 체면에 이유도 없이 간호실에 들락거릴 수가 없어 혈압을 잰다는 핑계로 그녀를 만나러 갔었다. 특히 그녀의 맑고 그윽한 눈매가 나를 끌었다.

그녀도 내 마음을 눈치 챈 것 같았다. 그녀가 먼저 저녁을 사달라고 했다. 바닷가 횟집에서 저녁을 먹고 그녀가 해변을 걷자고 했다. 9월의 바닷바람은 상큼했고 백사장은 한가했다. 자연스럽게 손을 잡고 해변 끝까지 갔다. 그 곳은 인적이 없고 으스스했다. 그녀가 무섭다며 내 가슴으로 파고들었다. 나는 그녀를 안았고, 누가 먼저랄 것도 없이 허겁지겁 긴 키스를 했다. 젊은 여인의 입술은 너무나 달콤했다.

우리는 자주 식사도 같이 하고 극장도 가며 연애하는 초기단계에 접어들었다. 그녀는 내가 먼저 요구한 것처럼 위장하며, 몸도 열어줬다. 그녀는 병약한 아내에게서는 느낄 수 없었던 기쁨을 주었다. 그녀는 나와의 관계는 지속하면서 결혼을 했다. 나는 결혼한 그녀를 더 이상 집적거리는 것은 간통의 죄를 짓는 거라며, 더 이상 그녀를 만나는 기회를 끊어버렸다.

나는 서울로 전근을 왔고, 그녀와 완전히 물리적으로도 멀어졌으나 가끔 그녀와 보냈던 달콤했던 시간들을 떠올리며, 그녀의 맑고 그윽한 눈길과 따뜻한 입술을 떠올리곤 했다. 그런 그녀가 혼자가 됐다는 소문을 들은 지 몇 년이 지났다.

나는 새로운 여자를 찾을 것이 아니라, 이미 몸까지 섞고, 내가 한 때 좋아했던 김영주와 재혼하면, 하고 그녀를 만나러 갔다. 15년 만의 재회다. 나는 그녀를 만나 옛정을 되살리고, 그렇게 몇 번 만나다가 그 때처럼 감정이 피어나면 결혼을 하려 했다.

김영주가 기차 정거장에 마중을 나와 있었다. 나는 그녀가 정거장에 마중 나오리라고는 미처 예상하지 못했었다.

나는 그녀의 뜻밖의 출현에 너무나 반가워서 탄성을 질렀다.

"어, 마중을 다 나왔어?"

나는 그녀의 두 손을 움켜잡으며 소리쳤다.

"이렇게 멀리까지 오시는데."

그녀가 환하게 웃었다.

15년 동안 세월이 흐르는 동안 그녀는 나잇살을 먹어 뚱뚱해졌다. 나는 오랜만에 만난 반가움을 보내기 위해 그녀의 어깨를 안으려 했다. 그녀가 에이, 하면서 몸을 피했다. 나는 그녀의 거부 몸짓에 가볍게 실망했다.

차 주차장에 있어요, 하며 그녀가 앞장서서 갔다. 그녀의 뒷모습에도 나이가 들었다. 나는 그녀의 나이든 모습에 가슴이 무거워졌다. 그녀의 승용차는 빨간 색이었다.

"어떻게 승용차가 빨간 색이네."

나는 차에 올라타며 말했다.

"아, 윗덮개가 열리는 스포츠 카 사려다가, 이런 시골에서 구설수 오를 것 같아 이 차 샀어요. 이 색깔 맘에 안 드세요? 과장님은 하나도 안 늙으셨다."

그녀는 내가 지청에 근무할 때의 직함을 불렀다. 나는 그녀의 직속상관이었다.

"영주 씨도 그대론데."

나는 내가 느낀 것과는 정반대로 아부하는 말을 했다.

"고마워요. 이제 팍 늙은 여자를 그렇게 봐주시니."

"영주 씨 벌써 중년이 됐어?"

"그럼요. 곧 오십 돼요."

그녀는 곧장 앞을 보고 운전하며 말했다. 나는 고개를 돌려 그녀의 옆얼굴을 훔쳐보았다. 15년 전 드라이브할 때, 옆에서 본 그녀의 눈은 호수처럼 맑았었는데, 내 가슴을 뛰게 했었는데, 지금 그녀의 눈길은 팍 삭아 썩은 동태 눈알같이 광채가 없다.

나는 순간 무엇이 그토록 아름답던 그녀의 눈을 저렇게 초라하게 만들었을까, 남편하고 관계가 안 좋았나, 생활이 어려웠나, 하며 싱싱한 아름다움이 사라지고 나이 들어 보이는 그녀에게 팍 화가 났다.

내가 만나러 온 여인은 저런 여인이 아니었는데….

"어디로 모실까요?"

승용차가 큰 길로 들어서자 그녀는 물었다.

"바닷가 어디 횟집으로 가지. 내가 대접할게. 밥 먹으며 어디 갈까 정하고. 몇 시간은 나랑 보낼 수 있지?"

"네, 그럴게요. 멀리 서울에서 여기까지 오셨는데. 일부러 저 만나러 오신 거는 아니지요?"

"아니. 영주 씨 만나러 왔는데."

나는 강한 어조로 말했다.

"정말? 그럼 머리라도 하고 나올걸. 저는 저랑 점심 드시고 지청에 가시는 줄 알았어요."

"나 퇴직했잖아? 영주 씨는 아직 다니나?"

"네, 눈치를 보며 다니고 있어요. 나이 많은 제가 나갔으면 하는 것 같아요. 아무래도 젊은 간호사가 더 좋겠지요."

"영주 씨 아직 예쁜데."

나는 마음에도 없는 빈 소리를 하며 그녀를 위로했다.

나는 해변을 따라 전개되는 경치를 보며, 내가 만나러 온 여인은 이렇게 살찌고 퍼진 여자는 아니었는데, 하며 공연히 이 멀리까지 왔다는 후회가 됐다.

바닷가라서 회가 쌀 줄 알았는데 서울만큼 비싸다.

나는 울며 겨자 먹기로 광어회 1kg을 시켰다. 여자에게 점심을 사면서 돈이 아까울 때는 좋아하는 마음이 식은 것이다.

앞에 앉혀놓고 보니 미스 김은 얼굴에도 나이가 많이 들었다. 눈 가장자리가 처지고, 아래턱에 주름살이 줄을 쳤다.

나는 바다를 내다보다 늙어가는 여자의 얼굴을 쳐다보다 하며, 그녀와 아름다웠던 기억만 생각하려 하며 점심을 들었다.

늙어가는 얼굴 속에 옛 얼굴이 숨어있어 내 가슴을 아련하게 했다.

점심에 소주를 한 잔 마신 나는 그전에 우리가 데이트하고 돌아오다가 처음으로 몸을 섞었던 관음사를 가자고 했다. 김영주는 나를 힐끗 한 번 쳐다보고는 별로 반갑지 않은 표정을 지으며, 좋다고 했다.

나는 차가 큰 길로 접어들자, 옛날 우리가 데이트할 때와 같이 손을 잡고 가자며 손을 내밀었다.

"여기 차가 많이 다니는데 한 손으로 운전하면 위험해요."

그녀가 내 제의를 완곡히 거절했다.

나는 손을 잡고 드라이브하며 예열을 하고 바로 러브호텔로 가는 일정을 꿈꾸며 멀리 이곳까지 세 시간이나 기차를 타고 왔는데, 사랑을 나누고 옛날같이 감칠맛이 있으면 청혼도 할까 했었는데, 그녀는 첫 번째 관문부터 거절이다.

내가 여기 근무할 때에는 그녀가 먼저 나를 유혹했었는데, 지금은?

그 때는 나를 유혹한 것이 내가 좋아서가 아니라, 2년에 한 번씩 계약연장을 해 주는 권한을 가진 나한테 성상납을 한 건가?

나는 그녀가 그 때 직속상관에게 성상납을 했다고 생각하니 기분이 푹 죽었다. 손도 안 잡겠다고 하는데 러브호텔에 따라 들어오겠어?

그럼 닭 쫓던 개가 되나?

나는 운전대를 잡은 그녀의 손 위에 내 손을 포갰다.

"과장님. 점잖으신 분이…."

그녀가 이맛살을 찌푸리며 나를 흘겨봤다. 나는 미안해져서 손을 내려놓았다.

갑자기 차 속이 어색해져서 둘은 할 말을 잊었다.

관음사 주차장에 차를 세웠다. 솔직히 나는 관음사에 들르기 싫었다. 나는 관음사 가는 길에 적당히 예열을 하고 바로 러브호텔에 가는 코스를 생각했었다. 그런데 그것이….

"영주 씨. 내가 한 번 안아주고 싶은데, 괜찮겠어."

내가 안전벨트를 풀고 두 팔을 벌리며 말했다.

그녀는 아무 대답도 하지 않고 몸을 움츠렸다. 나는 그녀를 안았다. 그녀는 마지못해 내 품에 머물러 있었다. 그녀의 근육으로부터 오는 딱딱한 감촉이 그녀의 거부하는 마음을 전해 줬다.

나는 여기까지 와서 관음사도 안 보고 가자고 하기도 그렇고, 별 의미 없이 관음사에 들러 부처님을 뵙기도 그랬다. 나는 미리 그녀의 의사를 좀 알아보고 올걸, 후회하며 관음사 보기 싫으면 그만 갈까, 했다.

그녀는 그냥 가도 돼요, 하며 어디로 모실까요, 했다. 나는 버스 정류장으로 가자고 했다.

내 기분을 알아 챈 그녀는 시무룩한 표정으로, 오시기 전에 미리 지청에 일이 있는 것이 아니라 저 만나러 오신다고 하시지, 했다. 그랬으면 제가 오시지 말라고 했을 텐데, 하며 그녀가 15년 전 그녀가 아님을 분명히 했다.

나는 고속버스를 타고 서울로 가며, 내가 지금 무슨 짓을 하고 있나, 당연히 김영주는 내 손안에 있다고 생각했었는데, 무슨 착각? 이 무슨 처량한 꼴이야, 하며 자존심이 불퉁거렸다.

5.

한국의 이세돌과 중국의 구리 9단이 8억 3천만 원의 상금을 걸고 벌리는 세기의 바둑 대결을 사무실에 있는 컴퓨터 화면으로 보던 나는 집에 가서 티브이의 큰 화면으로 보자고 생각하고, 사무실을 사무장에게 맡기고 일찍 퇴근했다.

현관에 들어서니 거실에서 엄마와 수다를 떨던 이모가 이리 와서 앉지, 하며 나를 반겼다.

나는 소파 끝에 걸쳐 앉아 티브이를 켜야 하는데, 하며 이모의 눈치를 봤다.

"내가 중매를 한 지 벌써 3개월이 다 되어 가는데, 왜 소식이 없어?"

이모가 채근했다.

"잘 만나고 있습니다."

내가 한가하게 대답했다.

"만나기만 하면 뭐해, 결론을 내야지. 언니 며칠 전 교감선생과 지점장을 만나 의중을 떠보니 둘 다 싫지는 않은 모양이더라고. 교감선생은 조카가 매너가 있고 다정다감하다고 하고, 지점장은 유머도 있고 상대방을 잘 배려한다고 하더라고요. 둘 다 성철이 애비를 싫어하지 않는 것 같으니 둘 중 하나를 골라서 우리가 밀어붙입시다. 언니, 언제까지 아들 이렇게 홀아비로 들 수는 없잖아요?"

"그렇지, 니가 비슷한 조건의 여자를 둘씩이나 중매해 주는 바람에 제가 못 고르고 있는 모양인데 우리가 하나 골라주자."

엄마가 나섰다.

"그러지요. 둘 다 인물은 그만하면 괜찮고 건강도 좋은 편이니 그것은 조건이 비슷하고. 성격은 잘 모르겠는데, 둘 성격이 어떻더냐?"

이모가 물었다.

"둘 다 사회생활을 오래해서 무난해요."

나는 두 사람 중 누구를 나쁘게 말할 수 없어 얼버무려 대답했다.

"그럼 성격도 됐고, 교감은 앞으로 십여 년 더 학교를 다닐 수 있고, 그 안에 교장으로 진급할 수도 있고, 퇴직하면 연금이 쏠쏠하게 나올 테니 죽을 때까지 돈 걱정 안 해도 되고, 지점장은 본부장으로 진급 못 하면, 몇 년 내 퇴직할 거고, 국민연금이야 들었겠지만 교원연금이랑 비교할 것이 못되고, 혹시 재테크해 놓은 것 있는지 모르겠지만, 경제적인 여건은 교감이 나은 것 같구먼."

이모가 결론을 내렸다.

"교감은 아들이 하나이고, 지점장은 딸이 둘이니 딸이 없는 너는 딸이 들어오는 것이 좋은지 모르지만, 딸 키우기가 만만치 않으니, 남의 아들 하나 키우기가 딸 둘 키우기보다 편할 거야."

이모의 말에 엄마가 고개를 주억이며 동의했다.

"경제적인 면도 교감이 낫고. 데려올 새끼 문제도 교감이 나은 것 같은데, 지점장은 여성적인 부드러움이 교감만 못한 것 같더라. 니 생각은 어떠냐?"

엄마가 나를 쳐다보며 물었다.

나는 이모와 엄마의 대화를 들으며, 며느리감을 고르며, 꼭 백화점에서 전자제품을 고르는 것 같은 기분이 들었다. 성능과 가격, A/S를 비교하며 삼성 제품을 살 것인가, 엘지 제품을 살 것인가, 비교하는 것 같았다.

"그럼 교감으로 정하고 밀어붙이지. 어때 니 생각은?"

이모가 상품을 고르고 내 의향을 물었다.

"엄마가 교감선생님이 좋다면 나도 괜찮아."

나는 엄마와 이모가 고른 상품을 받아들였다.

"그럼 니가 중매를 섰으니 둘이 결혼을 밀어붙여라. 오십 줄에 든 어른들이 막상 재혼을 하려니 쑥스러운 모양인데."

엄마가 이모에게 판촉 임무를 맡겼다.

"알았어. 뭐 오래 끌 것 없잖아? 언제쯤 식을 올릴까?"

"재혼인데 거창하게 손님 초대하고 결혼식하기도 그러니, 양가 친척들만 초대하여 조촐하게 하지. 가능하면 무더운 여름철 오기 전에 하지. 너는 어떠냐?"

엄마가 내 의향을 물었다.

나는 꼭 상품 대금을 현금으로 할 것인가, 신용카드로 할 것인가를 묻는 것 같아 기분이 묘했다.

"상대방만 좋다면 저는 좋습니다."

"그럼 그렇게 추진해라. 여름 오기 전에 합칠 수 있게. 신부가 우리 집에 들어와서 살면 되니. 신혼방 새로 도배나 하고, 이부자리나 하나 새것으로 장만할 거니, 교감 보고도 우리 집에 가구 다 있으니 새로운 가구 살 것 없다고 하고."

엄마가 혼수 문제까지 결론을 내렸다.

"알았어. 그렇게 추진할게. 내가 이번 봄 다 지나가기 전에 너 홀아비 면하게 해줄게."

이모가 내 팔을 툭 치며 말했다.

나는 내 여생을 같이 살아갈 여자가 이렇게 쉽게 골라지는데, 공연히 두 여자를 만나며 시간과 돈을 쓰며 고민했다고 생각하면서, 인생의 중요한 선택이 이렇게 쉽게 결정되네, 보조개가 나랑 나머지 인생을 살 여자야? 하며 세기의 대결을 보려고 티브이를 켜고 바둑 채널을 찾았다.

신발에다가 발을 맞춰라

1.

일석점호 준비를 하느라 내무반이 웅성거림 속에 바쁘게 움직였다.

복도를 청소하는 병사, 총기를 수입하는 병사, 관물을 정리하는 병사, 군화에 침을 탁탁 뱉으며 광을 내는 병사…. 군수지휘검열을 사흘 앞두고 내무반이 잔뜩 긴장하여 그 준비에 바빴다.

조병성 내무반장은 오늘 점호 때 지금까지 지급해 준 비품이 다 있는지 점검하겠다고 했다. 그 동안 지급받은 모든 비품을 다 꺼내놓고 점호를 받으라고 했다. 김무일 일병은 내무반장의 지시를 들으며 왈칵 작업화가 걱정이 되었다.

김무일 이병이 연막중대에 배치되어 오자 중대의 보급을 맡은 내무반장이 비품을 나눠줬다. 총기, 철모, 탄띠 등 전투 장비는 물론 군복, 내복, 군화, 작업화 등도 나눠줬다. 그런데, 내무반장이 김 이병에게 지급한 작업화 두 짝이 다 오른발 용이었다.

"내무반장님. 두 짝이 똑 같은데요."

김 이병이 두 손에 든 작업화를 앞으로 내밀며 내무반장에게 기어드는 목소리로 말했다.

"뭐라고? 두 짝이 같다니? 여기는 군대야. 발에 신발을 맞추는 것이 아니라, 신발에 발을 맞춰야지."

내무반장이 졸병이 내미는 작업화를 힐끗 보고, 손바닥으로 김 이병 앞으로 쓱 밀치며 말했다.

"그래도."

"뭐가 그래도야? 신병 주제에. 까라면 까. 말이 많다."

내무반장이 김 이병의 가슴을 탁 치고 휭하니 내무반을 나갔다.

"무슨 일이야?"

김 이병과 특수병과학교 동기인 정성채 이병이 두 짝 다 오른발 용인 작업화를 들고 울상을 하고 서 있는 김 이병에게 다가오며 물었다. 김 이병은 작업화를 정 이병 눈앞에 디밀었다.

"어 둘 다 같은 짝이네. 이 걸 어떻게 신으라고."

정 이병이 눈을 크게 떴다. 정 이병은 대학을 다니다가 입대했다.

"내무반장이 까라면 까라잖아. 좆으로 밤송이를 까라고 해도 까야 하는 판에. 작업화 별로 신을 거 같지 않은데 어디다 처박아 놨다가 바꿔 줄 때 쯤 되면 새 걸로 바꿔달라고 해."

고병덕 이병이 태연하게 말했다.

"김 이병, 공연히 작업화 가지고 내무반장에게 바꿔 달라고 대들다가 우리 다 단체기합 받게 하지 말고."

양복점에서 시다로 일하며 사회 물을 좀 먹은 특수병과학교 동기인 고 이병이 코치했다.

연막중대 2소대 내무반 38명 중 조병성 내무반장과 입대 동기는 여섯 명이다. 그들은 고참 병장으로 내무반을 꽉 잡고 있다. 김무일 이병의 입대 동기는 열두 명, 내무반 인원의 거의 삼분의 일을 차지한다. 시골 출신인 내무반장 동기들은 그들 동기보다 숫자가 두 배나 되고, 서울 출신인 김 이병 동기들을 꽉 잡지 않으면 자기들 군대 생활이 고되다며, 조그만 구실만 생기면 김 이병 동기들을 단체기합을 주고 군기를 잡는다. 구실이 없으면 구실을 만들어서 기합을 준다.

김 이병은 고 이병의 말처럼 공연히 내무반장에게 신발을 바꿔 달라고 우기며 대들다가 동기들 단체기합을 받게 하는 건 아닌가, 하고 걱정이 되었다. 그는 군화가 있으니 그것을 신지, 하고 두 짝이 한 쪽 발용인 작업화를 내무반 천장 속에 감추고 내무반장에게 더 이상 바꿔 달라는 말을 하지 않았다.

김 이병은 일병으로 진급했고, 반년 가까이 군대 생활을 하면서 군화만 신고도 군대 생활에 전혀 불편이 없어 내무반 천장 속에 감춰 놓은 작업화를 잊고 있었는데, 군검열 중 가장 세다는 군수지휘검열이 온다며 모든 지급품을 다 조사하겠다고 한다.

김 일병은 할 수 없이 작업화를 천장에서 꺼내 군화 옆에 진열했다. 내무반원들이 자기가 수령한 지급품을 앞에 죽 늘어놓고, 침상 위에 일렬로 죽 섰다. 내무반장이 문 쪽에서부터 죽 조사해 왔다.

"일병 김무일."

내무반장이 그의 앞에 오자 김 일병이 거수경례를 붙이며 관등성명을 댔다. 내무반장은 고개를 끄덕여 답을 하고 지급품을 죽 둘러봤다.

"김 일병, 작업화가 완전 새 것인데 그 동안 한 번도 안 신었나?"

내무반장이 작업화를 집어 들며 물었다.

"어. 이거 봐라. 두 짝이 똑 같잖아?"

김 일병이 대답도 하기 전에 내무반장이 비명을 질렀다.

"어떻게 된 거야?"

내무반장이 작업화를 김 일병의 코앞에서 흔들며 물었다.

"그게, 처음 그렇게 지급해 주셨습니다."

"뭐라고? 내가 같은 짝을 지급해 줬다고?"

"네."

"그럼 그때 시정해 달라고 했어야지."

"말씀드렸는데 못 들은 척하셨습니다."

"뭐라고 내가 그런 말을 듣고 못 들은 척했다고? 이 친구 무슨 소리를 하는 거야?"

내무반장이 눈을 부라리며 호통을 쳤다. 거의 매일 내무반장이나 그 동기 병장들한테 기합을 받아온 김 일병은 내무반장의 호통에 정신이 나갔다.

"정말 말씀드렸어요."

"김 일병 이 친구 사람 잡을 놈이네. 내가 그렇게 못 신을 보급품이나 지급해 주는 못된 상사로 보여?"

내무반장이 김 일병의 멱살을 잡고 흔들며 호통을 쳤다.

완전히 기가 죽은 김 일병은 말이 나오지 않았다.

"김 일병, 군수검열이 이제 사흘 밖에 안 남았는데 어떻게 할 거야? 군수검열관 앞에서 내무반장이 같은 짝 작업화를 지급하고 신으라고 했다고 할 거야?"

내무반장이 김 일병의 복부를 가격하며 힐책했다.

"아닙니다."

김 일병은 윽하며 허리를 굽혔다가 부동자세를 취하며 말했다.

"아니기는. 김 일병 나한테 무슨 억하심정이 있나? 어디서 이런 작업화를 구해 와서 날 골탕을 먹이려고 하는 거야?"

"아닙니다. 처음에 그런 작업화를 지급해 주셨습니다."

"그걸 내가 지급해 줬다고 계속 우길 거야?"

내무반장이 김 일병을 발을 걸어 침상 위에 넘어뜨리며 말했다.

"아닙니다. 사실입니다."

김 일병이 오뚝이처럼 자리에서 일어나 부동자세를 취하며 말했다.

"이 새끼, 그래도 내가 지급해 줬다고 하네. 여러분 어떻게 생각해요? 내가 그런 악덕 상사요?"

내무반장이 침상 위에 일렬로 선 병사들을 죽 노려보며 물었다. 잔뜩 긴장한 병사들이 눈만 멀뚱거렸다.

"김 일병, 누구도 내가 그런 악덕 상사가 아니라고 하잖아?"

"저는 분명이 내무반장님한테 그 작업화를 받았습니다."

김 일병은 사정을 다 아는 동기들이 그의 편을 들어주지 않자 오기가 뻗쳐서 툭 내뱉었다.

"이 새끼 안 되겠구먼. 당장 내려와."

내무반장이 꽥 소리를 질렀다. 내무반이 노랗게 얼어붙었다. 김 일병이 복도로 내려섰다.

"너 이 신 신어봐."

내무반장이 작업화를 김 일병 발 아래 휙 던졌다.

김 일병은 한쪽 발은 신고 한쪽 발은 발가락만 걸쳤다.

"아니 이 새끼가 나 죽이려고 작정했구먼, 그 신을 신는 척해. 군수검열관 앞에서 내무반장이 이런 못 신을 신발을 줬다고 하려고 어디서 구해 온 거지?"

내무반장이 김 일병의 어깨를 툭 밀며 말했다.

"아닙니다."

김 일병이 뒤뚱했다가 다시 부동자세로 똑 바로 서며 말했다.

"아니긴 뭐가 아녀? 아구빡 악물어."

내무반장이 주먹을 부르르 떨며 호통을 쳤다. 김 일병이 이빨을 꽉 악물었다. 내무반장이 사정없이 김 일병의 볼을 쥐어박았다. 김 일병이 휘청했다.

"겨우 한 대 맞고 휘청거려?"

내무반장이 다시 김 일병의 좌우 볼따구니를 강타했다. 김 일병이 좌우로 휘청했다가 바로 부동자세를 취했다.

"잘못했어, 안 했어?"

내무반장이 눈에 불을 켜고 비장한 목소리로 물었다.

"잘못한 것 없습니다."

김 일병이 눈을 똑 바로 뜨고 내무반장을 쳐다보며 말했다.

김 일병은 내무반장이 자기가 잘못해 놓고, 군 상사의 우월적 지위를 이용하여 잘못을 호도하려고 졸병에게 잘못했다고 하라고 윽박지르자 오기가 났다.

"잘못이 없다고? 이 새끼가 내무반장을 뭘로 아는 거야."

내무반장이 북을 치듯 주먹질과 발길질을 해댔다.

오기가 뻗친 김 일병은 그 때마다 오뚝이처럼 발딱 일어서서 부동자세를 취하며 내무반장을 노려보며 질 수 없다는 기개를 보였다.

"이 새끼 봐라. 감히 나한테 대항해?"

내무반장의 화풀이를 하듯 발길질 주먹질을 했다. 김 일병의 입술이 터지고 양 볼에 손바닥 자국이 났다.

"어이, 내무반장. 그만하지."

내무반장 입대동기인 전대열 병장이 내무반장을 말렸다. 전 병장은 내무반장과 동향에다가 대학 선배로 그의 형님뻘이다.

전 병장이 펄펄 뛰는 내무반장을 내무반 밖으로 밀어냈다.

김 일병은 입술이 쓰리고 입속이 터져서 입안도 쓰렸다. 이빨이 흔들거리는 것 같았다. 정강이가 까져서 피가 맺혔다. 김 일병은 침상에 걸터앉아 혀로 쓰린 입안을 쓸고 손으로 부풀은 볼을 쓸었다.

"많이 다치지는 않았어? 의무반 가야 하는 거 아냐?"

고 일병이 김 일병에게 다가와서 터진 입술과 까진 정강이를 내려다

보며 위로했다. 김 일병은 괜찮다고 손을 흔들었다.

"그러지 말고 잘못했다고 하고 채워놓겠다고 해."

사회 물 먹다 입대한 고 일병이 김 일병을 다독이며 항복을 권했다.

"나 잘못한 거 없는데. 그리고 내 돈으로 채워놓으라고?"

김 일병이 퉁명스럽게 말했다.

김 일병의 입대 동기들이 김 일병 주위에 죽 둘러서서 시위라도 벌릴 것같이 주먹을 떨며 험악한 표정을 지었다. 수적으로 열세인 내무반장 입대 동기 병장들이 험악한 분위기에 기가 죽어 슬금슬금 자리를 피해 내무반에서 도망쳐 나갔다.

2.

내무반에 혼자 돌아온 전대열 병장이 김 일병에게 좀 보자며 앞장서서 내무반을 나갔다. 김 일병은 나를 밖에 데리고 나가 또 때리려는 것은 아니겠지, 하며 전 병장을 따라서 나갔다. 김 일병의 입대 동기들이 전 병장을 따라 나가는 불쌍한 동기를 걱정스런 눈으로 배웅했다.

전 병장이 페치카 옆 으슥한 곳에 멈춰 섰다. 김 일병도 따라서 멈춰 섰다. 찬바람이 휙 몰아쳤다. 김 일병이 잠바의 깃을 올렸다.

"김 일병. 뭐 그리 꽉 막혔나?"

전 병장이 힐난조로 말했다.

"네?"

김 일병이 선임병의 말뜻을 알아듣지 못하고 물었다.

"그 작업화 똑 같은 짝 내무반장이 준 게 맞는 거 같은데, 그렇다고 내무반장을 그렇게 궁지에 몰아넣으면 어떻게 하나? 내무반장은 우리 소대를 이끄는 지휘관이야."

전 병장이 차분히 말했다.

김 일병은 눈을 깜박이며 고참의 말을 들었다.

"소대를 이끄는 지휘관이 자기가 잘못했다고 하면 어떻게 영이 서겠나? 김 일병이 잘못했다고 하고, 그 물건 쓸 수 있는 것으로 바로 채워놓겠다고 하고 마무리하지."

"잘못했다고 하고 또 물건까지 보충해 놓으라고요?"

김 일병이 큰 소리로 반문했다.

"조용히 말해. 다른 사람 듣는다. 그럼 내무반장이 새카만 졸병한테 잘못했다고 해야겠어? 그 작업화 남대문 도깨비시장 가면 일이만원만 주면 헌것 살 수 있어. 내가 외출 내보내주라고 할게. 사 오면 내무반장이 그거 폐품 처리하고 새 것으로 바꿔주면 되지. 어때?"

"저 잘못한 거 없는데요. 더군다나 제 돈으로 보충해 놓을 마음 없어요. 마음도 없지만 돈도 없어요."

"이 친구 말로는 안 되겠구먼. 내가 생각해서 좋게 해결해 주려 했더니 뭐 안 된다고? 뭐 이렇게 꽉 막혔어? S대 다닌 놈들은 다 그런 거야? 맞아도 한참 맞아야겠네. 나는 모르겠으니 내무반장하고 둘이 해결해."

전 병장이 김 일병의 어깨를 툭 치며 말했다.

김 일병은 대꾸를 안 했다. 김 일병은 이 판에 왜 S대가 나오는지 알 수가 없었다. 내무반장과 전대열 병장은 지방대를 다니다가 입대했다.

"내 말 잘 새기고 내무반 가서 잘 생각해 봐. 내가 내무반장에게 김 일병이 사과하겠다고 했다고 용서해 주라고 잘 설득해 볼게."

전대열 병장이 피엑스 쪽을 흐느적흐느적 걸어갔다. 내무반장은 피엑스에서 내무반에서 도망쳐간 입대 동기들과 막걸리를 마시는 모양이다. 김 일병은 엉거주춤한 자세로 내무반으로 들어갔다.

고 일병이 김 일병에게 다가오며, 불려 나가 또 맞은 거 아냐, 하고 물었다. 김 일병이 고개를 저으며 아니라는 신호를 보냈다. 그럼, 하고 고 일병이 물었다. 김 일병은 전 병장이 하던 말을 전했다. 고 일병은 전 병장이 시키는 대로 하라고 했다. 잘못했다고 빌면, 내무반장이 알아서 작업화도 바꿔줄 거라고 했다.

김 일병은 그가 잘못한 것이 없는데 비굴하게 잘못했다고 빌기가 싫었다. 자존심이 용납하지 않았다.

입대 동기들이 김 일병 주위에 빙 둘러서서 내무반장 개새끼 한 번 혼내줄까, 하며 주먹을 흔들었다.

3.

점호 시간이 다 되자 내무반장이 동기들과 함께 내무반에 들어왔다. 내무반장을 뒤따라 들어오던 전 병장이 김 일병을 향해 눈을 끔벅였다. 김 일병은 못 본 체했다. 내무반장이 점호 대형으로 서라고 지시했다. 내무반원은 양쪽 침상 위에 줄을 맞춰 섰다.

9시 정각이 되자 주번사관 성달수 소위가 내무반에 들어섰다. 성달수 소위는 ROTC 출신 장교로 김 일병 소대의 소대장이다.

"정원 38명, 휴가 2명, 외출 1명, 현원 총 35명 점호준비 끝."

내무반 복도 중간에 차렷 자세로 서서 내무반장이 거수경례를 붙이며 주번사관에게 보고했다.

"쉬어. 군수검열 준비로 수고가 많다. 이제 사흘만 더 고생하면 된다. 내무반장을 중심으로 준비에 만전을 기하도록!"

성 소위가 침상에 늘어선 병사들을 죽 둘러보며 말했다. 김 일병은 구타로 터진 아랫입술이 들통 나지 않도록 입을 꼭 다물고 윗입술로 아랫입술을 가렸다.

"이만."

주번사관이 말했다.

내무반장이, "점호 끝" 하며 주번사관에게 거수경례를 붙였다. 주번사관은 거수경례로 답하고 내무반을 나갔다.

바로 옆 내무반에서 점호치는 소리가 들렸다.

"김 일병 당장 내려와."

내무반장이 명령했다. 김 일병은 쪼르르 침상에서 내려가서 내무반장 앞에 부동자세로 섰다.

"김무일 일병, 반성 좀 했나?"

내무반장이 김 일병의 눈을 빤히 쳐다보며 다정하게 이름까지 부르며 물었다.

김 일병은 대답할 말이 없어 입을 꽉 다물고 내무반장을 쳐다봤다.

"잘못을 뉘우쳤나?"

내무반장이 김 일병을 꼬나보며 다시 물었다.

"저 잘못한 거 없습니다."

김 일병이 똑 부러지게 대답했다.

"잘못한 게 없다고?"

내무반장이 김 일병의 어깨를 툭 치며 말했다. 내무반장 뒤에 선 전대열 병장이 계속 눈을 깜박이며 김 일병의 항복을 권유했다. 김 일병은 동기들끼리 짜고 그가 전혀 잘못한 것도 없는데 잘못했다고 하라는데 반감이 일었다. 잘못한 것도 없이 무조건 항복하기가 싫었다.

"네. 저는 잘못한 것이 없습니다."

"이 새끼 봐라. 그럼 내무반장 내가 잘못했나?"

내무반장이 군화로 퍽 조인트를 까며 말했다. 김 일병이 앞으로 꼬꾸라졌다가 일어서서 내무반장 앞에 뻣뻣이 섰다.

"이 새끼 봐라. 나한테 대항이야. 이 악물어."

내무반장이 고함쳤다.

김 일병이 이를 악물자 좌우 주먹이 김 일병의 볼따구니에 떨어졌다. 김 일병은 무의식적으로 몸을 좌우로 피했다.

"아 새끼가 패해? 너 오늘 죽어봐라."

주먹과 발길이 쉴 사이 없이 김 일병의 몸으로 날아왔다. 김 일병은 처음 몇 대 맞을 때는 아픔을 느꼈으나, 소나기 펀치를 맞으며 감각이 무뎌져서 아픈 줄을 몰랐다. 한참 분풀이를 하듯 김 일병을 구타하던 내무반장은 지쳤는지 후 한숨을 몰아쉬고 잠시 주먹을 멈췄다. 전대열 병장이 내무반장과 김 일병 사이에 들어서서 폭력을 말렸다.

"전 병장님 이러시면 안 됩니다. 저렇게 군기 덜든 놈은 군이 얼마나 무섭다는 것을 알려줘야 합니다."

"내무반장, 그 정도 했으면 잘못을 충분히 알았을 테니 혼자 반성할 기회를 줍시다."

전 병장이 내무반장을 내무반 밖으로 밀어내며 말했다.

"저 새끼 아직 매운 맛을 덜 봤어요."

내무반장이 전 병장을 확 밀치고 달려 들어와서 김 일병 옆구리를 팍 찼다. 김 일병이 모로 쓰러졌다. 전 병장이 억지로 내무반장을 내무반 밖으로 밀어냈다. 내무반장의 입대 동기들이 전 병장을 도와 내무반장을 내무반 밖으로 밀어냈다.

김 일병은 엉거주춤하게 자리에서 일어서서 침상에 앉았다. 군홧발로 차인 옆구리가 아파 똑바로 앉을 수가 없었다. 동기들의 힘에 밀려 내무반 밖으로 밀려나가던 내무반장이 동기들을 밀치고 미친 듯이 내무반으로 달려 들어왔다.

"이 새끼 아직도 뭘 잘못했는지 몰라?"

내무반장이 주먹으로 침상에 앉은 김 일병의 볼따구니를 가격했다. 김 일병이 침상으로 푹 쓰러졌다. 전 병장이 달려 들어와서 김 일병을 마구잡이로 구타하려는 내무반장을 말렸다.

"이 새끼야. 너 아직 군대 맛을 덜 봤어. 당장 복도로 내려와서 그 작업화 입에 물고 서지 못해."

내무반장이 전 병장에게 양팔을 잡힌 채 고함을 쳤다. 김 일병은 복도로 내려와서 작업화의 끈을 물고 섰다. 작업화 끈을 물고 선 김 일병은 자존심이 비틀하며 전신에서 분기가 솟아올랐다.

"이 새끼야, 누가 끈을 물으라고 했어. 작업화를 물으라고 했지."

내무반장이 전 병장에게 잡힌 팔을 빼려고 버둥대며 고함쳤다. 김 일병은 작업화의 끝을 물었다.

"내가 곧 다시 올 테니 그것 물고 뭘 잘못했는지 반성하고 있어."

동기 병장들에게 끌려 내무반을 나가며 내무반장이 소리쳤다. 내무반장이 내무반을 나가자, 김 일병의 동기들이 김 일병을 죽 둘러섰다.

"이거 인권 모독이야."

정 일병이 김 일병의 입에 문 작업화를 빼앗으며 말했다.

"인격 모독이지. 우리 내무반장 한 번 들었다 놓을까?"

김 일병의 입대 동기로 태권도 사범을 하다가 입대한 조일수 일병이 손바닥을 주먹으로 탁탁 치며 말했다.

"이거 순 감정대로 지랄하는 거잖아. 우리 동기들이 뭐 잘못했다고 못 잡아먹어서 안달이야. 한 번 뒤집어 엎어버릴까?"

조 일병이 큰 소리를 쳤다. 동기들이 주먹을 흔들며 동조했다.

"그러지 말고 먼저 작업화를 채워놓고 내무반장을 조지자."

고 일병이 나섰다.

"어떻게?"

조 일병이 험악하게 인상을 쓰며 말했다.

"옆 내무반 가서 슬쩍 해 오자."

"군수검열이 가까워서 경계가 심할 텐데."

"우리 동기들이 우르르 몰려가서 빙 둘러서서 사람 장막을 치고 슬쩍 잠바주머니에 넣고 오면 되지."

"아, 그것 좋겠다."

정 일병이 손뼉을 치며 동의했다.

김무일 동기들이, 심한 구타를 당해 운신이 불편한 김 일병만 제외하고, 우르르 옆 내무반으로 밀려갔다.

"무슨 일이야?"

막 점호를 마치고 편안하게 쉬고 있던 옆 내무반 반장이 물었다.

"우리 내무반장님이 3소대 내무반 관물 정리를 아주 잘 하고 있다고 보고 오라고 하셨습니다."

무리의 앞에 서서 내무반에 들어간 고 일병이 태연하게 말했다.

"우리 내무반 구경하러 왔다고?"

3소대 내무반장이 여전히 경계를 늦추지 않고 말했다.

"네. 보고 와서 저희 관물 정리를 다시 하라고 하셨습니다."

고 일병이 거수경례를 붙이며 말했다. 11명 동기들이 내무반 복도를 가득 메웠다. 무리의 가운데 서 있던 정 일병과 조 일병이 날쌔게 작업화 한 짝씩을 집어 야전잠바 주머니에 밀어 넣었다.

"아 잘 봤습니다. 감사합니다."

훔치는 작업이 끝난 것을 확인한 고 일병이 거수경례를 붙이며 인사를 했다.

11명 동기들이 우르르 3소대 내무반을 나와서 그들의 내무반으로 도망쳐 왔다. 정 일병과 조 일병이 야전잠바 주머니에서 작업화를 꺼내 김 일병에게 전달했다.

"야, 이제 보급품도 채워 놓았으니, 내무반장 조지러 가자."

조 일병이 기고만장했다.

"그래. 우리는 열두 명이고 내무반장 동기는 여섯 명이니 우리 두 사람이 한 사람씩 맡아서 조지자."

보급품을 채워 놓는 아이디어를 냈던 고 일병이 코를 벌씬거리며 말했다.

"좋다. 가자. 그치들 지금 피엑스에서 막걸리 마실 거다. 피엑스 들어

가는 순서대로 두 사람이 한 놈씩 잡고 아구통을 돌리자."

조 일병이 앞장섰다.

"이 새끼들 뭐하는 수작이야?"

내무반 한 쪽 구석에 담요를 꺼내 베고 누워있던 성시현 하사가 야전삽을 휘두르며 맨발로 복도로 뛰어 내려오며 고함쳤다.

성시현 하사는 내무반장과 입대 동기로 직업군인으로 말뚝을 받고 바로 하사로 진급했다.

서울에 있는 대학을 다니다가 입대를 했는데, 왜 직업군인, 그것도 장교가 아닌 하사관의 길을 택했는지 모른다. 그는 그의 신세를 한탄하며, 자주 부하들을 괴롭혔다.

"이 새끼들 군대에 인격이 어디 있어? 까라면 까지 무슨 잔소리야. 군대에서 하극상이 말이 돼."

성 하사가 야전삽으로 침상을 딱 내려치며 꽥 소리를 질렀다. 막 내무반을 나가려던 졸병들이 바짝 긴장하여 질린 표정으로 성 하사를 쳐다봤다.

"너희 동기들이 숫자가 많다고 선임병을 우습게 아는 모양인데, 나 말뚝 박았어. 내가 군기를 안 잡으면 누가 잡나? 이 새끼들 군대 맛 좀 보라. 김 일병 동기 열두 놈. 즉시 완전 군장하고 알철모로 연병장 집합."

성 하사가 야전삽을 휘두르며 공포감을 불러 일으켰다.

"동작 봐라."

성 하사가 야전삽으로 침상을 탁탁 내려쳤다.

김 일병 동기들이 부리나케 군장을 차려 메고 소총을 꺼내 들고 군화를 신고, 연병장으로 달려갔다.

김 일병은 구타당한 자리가 아파 군장을 꾸리는 것이 힘들어 맨 꼴찌로 연병장에 나갔다. 김 일병의 동기 열두 명이 연병장에 뛰어나온 선착순으로 죽 일렬로 섰다.

"이렇게 동작이 굼떠서 어떻게 전쟁을 하나? 앞에서 아홉 번째까지는 내무반에 들어가고, 꼴찌로 온 세 놈은 연병장 열 바퀴를 돈다. 실시."

줄 앞에 섰던 동기들은 내무반으로 허적허적 들어갔다. 뒤처졌던 세 명은 연병장을 돌기 시작했다. 철모 속 파이버 모자를 뺀 알철모가 맨 머리에서 빙글빙글 돌았다. 세 병사는 한 손으로 알철모를 한 손으로 어깨에 멘 소총을 잡고 연병장을 헉헉거리며 돌았다.

김 일병은 옆구리도 아프고 조인트를 까인 다리도 아파 제대로 뛸 수가 없어 엉금엉금 기었다. 성 하사는, 이것 밖에 못 뛰어, 하며 야전삽으로 김 일병의 엉덩이를 툭툭 밀며 따라왔다.

"성 하사님, 주번사관께서 무슨 일인가 알라오라고 했습니다."

상병 계급장을 단 주번사관실 당번병이 엉거주춤하게 서서 말했다.

"뭐라고? 새카만 소위가 지가 주번사관이라고 고참 하사가 기합 좀 주는데 간섭이야. 사흘만 있으면 검열인데 군기가 빠져 훈련시키는 중이라고 가서 말해."

성 하사가 꽥 소리를 질렀다.

당번병이 머리를 긁적거리며 물러갔다.

성 하사는 세 병사를 뒤에서 더욱 세차게 몰아쳤다.

"성 하사님, 주번사관께서 취침시간 다 돼 간다고 그만 기합주고 재우랍니다."

조금 전에 물러갔던 당번병이 다시 나타나서 주번사관의 명령을 전달했다.

"새끼, 누가 알공티씨 아니랄까 봐 물러 터져서. 알았다고 전해. 모두 내무반으로 철수."

성 하사가 명령을 내리고 피엑스 쪽으로 걸어갔다.

4.

취침시간 열시가 되었다. 불침번만 빼고 모두 침상에 누웠다. 성 하사와 내무반장 동기들은 취침시간이 지났는데도 아무도 내무반에 들어오지 않았다. 피엑스에서 술파티를 하는 모양이다.

김 일병은 눈을 감았으나, 내무반장과 기 싸움이 이제 끝난 건지 알 수가 없어 잠이 오지 않았다.

'그 치가 또 와서 행패를 부릴 것인가?'

'또 와서 지랄을 쳐도 잘못한 것이 없는 내가 먼저 잘못했다고 할 수는 없지. 또 와서 패면 군대에서 상사에게 대들 수도 없고 어떻게 한다? 이판사판으로 한판 붙고 영창에 가? 그럼 내무반장 저도 부하 폭행죄로 온전하겠어? 군수검열 오면 소원수리를 할 텐데 확 고발해 버려? 사내자식이 고자질하는 것은 좀 비겁한가? 우리 소대장이 주번사관하는데 가서 이 문제를 해결해 달라고 해? 나이도 어린 소대장한테 빌붙어?'

김 일병은 고개를 저었다.

김무일은 3수를 하고 일류대학에 들어갔다. 학사장교로 막 부임해 온 성달수 소위보다 고등학교만 따지면 일 년 위다. 더구나 성 소위는 지방대학 출신인데, 그런 지방대학 출신 소위에게 S대생이 아쉬운 소리를 하기는 싫었다.

성달수 소위가 주번사관을 할 때 내무반장은 자주 당번병이 따로 있는데 김 일병에게 아침에 세숫물을 떠다 바치라고 했었다. 김 일병은, 소대장은 세숫물 뜰 손이 없어, 당번병도 있는데, 하고 속으로 투덜대며, 나이도 어린 지방대 출신 소대장에게 세숫물을 떠다 바칠 때마다 자존심이 팍 상했었다.

김 일병은 문득 엄마의 얼굴이 떠올랐다. 엄마가 이렇게 맞은 것을 알면 얼마나 마음이 아프실까? 상처가 다 나을 때까지 외출도 못 나가겠네. 엄마 생각을 하자 김 일병은 갑자기 슬픔이 밀려왔다. 김 일병의 눈 가장자리로 눈물이 죽 흘러내렸다.

"근무중 이상 무" 하는 불침번의 구령소리가 났다. 김 일병은 내무반장이 자러 들어오나, 하며 고개를 들고 내무반 입구를 쳐다봤다. 전대열 병장이 혼자 내무반에 들어와서 김 일병이 누운 자리로 왔다.

"김무일 일병 자나?"

전 병장이 김 일병을 흔들었다. 자는 척했던 김 일병이 눈을 떴다.

"나랑 잠깐 밖에 나가지."

전 병장이 앞서 나갔다. 김 일병은 잠바를 걸쳐 입고 전 병장을 따라 나갔다. 눈발이 두세 개 내렸다.

전 병장은 피엑스로 갔다. 피엑스에 내무반장 동기 병장 두 사람이 막걸리를 마시고 있었다. 내무반장도 성 하사도 없었다. ROTC 장교를 깔보는 그들은 ROTC 장교 성 소위가 주번사관을 하자 그를 무시하고, 살짝 영외로 술을 마시러 나간 모양이다.

"고생했지. 김 일병 술 한 잔 하지."

전 병장이 막걸리 잔을 권했다. 김 일병은 막걸리 잔을 받고 한 모금 마시려다가 잔을 내려놨다. 구타로 터진 입술과 입속 살에 막걸리가 닿자 쓰라려서 술을 마실 수가 없었다.

"왜? 한 잔 죽 들이켜."

전 병장이 자기 잔을 죽 들이키며 권했다. 김 일병은 터진 입술을 가리키며 아프다는 시늉을 했다.

"어디 많이 아픈 데는 없고?"

전 병장이 김 일병의 손을 잡으며 다정하게 물었다.

전 병장의 다정한 목소리를 들으며 김 일병은 윽, 하고 눈물이 나려하여 훌쩍 코를 삼켰다.

"조 내무반장이 김 일병한테 억하심정이 있어서 그런 것이 아니야.

부대를 통솔하려면 어느 정도 카리스마가 있어야 하는데, 또 자기가 잘못해 놓고 미안한 판에 부하가 악착같이 수그러들지 않고 버티니 화가 난 거지. 이해하지?"

전 병장이 조근하게 말했다. 전 병장의 말에 옆에 앉아서 술을 마시던 동기 병장 두 사람이 고개를 끄덕였다. 김 일병은 긍정도 부정도 할 수가 없어 입을 다물고 전 병장을 쳐다봤다.

"우리도 이제 반년만 있으면 제대야. 사회에서야 이런 일이 있을 수가 없지. 다 군대라는 특수 조직이니까 일어나는 일이라고 여기고 이 순간부터 다 잊어버려. 내가 내무반장에게 말하여 작업화 문제는 해결해 줄게. 자 술 한 잔 들며 다 풀지."

전 병장이 김 일병이 들고 있는 잔을 부딪혀 왔다. 두 병장도 따라서 부딪혀 왔다. 김 일병은 그를 폭행한 당사자도 아닌 전 병장이 나서서 사건을 마무리하려 하자 어떻게 대응해야 할지 헛갈렸다.

"조 내무반장 나쁜 사람 아니야. 자네도 잘못했지. 내무반장이 그렇게 나오면 좀 죽어줘야지. 그렇게 막 버티면 어떻게 하나. 나라도 화가 나게 생겼던데. 또 조 내무반장 자네한테 콤플렉스가 있어."

김 일병은 선임병이 무슨 말을 하는지 알 수 없어 멍청히 쳐다봤다.

"자네는 일류대학을 다니고, 내무반장은 지방대를 다녀. 내무반장은 자네가 내무반장을 무시한다고 생각할 수 있잖아?"

김 일병은 한 번도 학교 문제를 가지고 상사를 재 본 적이 없었다.

"여기서야 조 내무반장이 상사지만 사회에 나가면 자네 밑에 들어갈 가능성이 크잖아?"

김 일병은 그런 상황은 한 번도 상상해 본 적이 없었다.

김 일병은 저는 일류대학 들어가려고 삼수까지 했어요, 하는 말이 입술까지 나왔으나 꿀꺽 삼켰다.

"그런 심정 이해되지?"

전 병장이 동의를 구했으나, 김 일병은 대답할 말이 없어 멍청히 선임병을 쳐다봤다.

"그리고 아까 말했지만 우리 반년만 있으면 제대야. 곧 조 내무반장도 내무반장 내놓을 거야. 지금 병장 중에 누가 될 텐데. 그 친구도 자네 떼거리 동기들 못 잡으면 자기가 군생활 어려울 테니, 자네 동기들 잡으려고 기합이 심할 거야. 우리 제대할 때까지 우리 동기들이 보호해 주지."

선임병의 언약에 두 동기가 고개를 끄덕이며 동조했다.

"참 그리고 이번 검열 나오면 소원 수리할 텐데 오늘 일은 덮어주지. 그럴 거지?"

"저 거기까지 생각해 본 적 없습니다."

김 일병이 푹 꺼진 목소리로 말했다.

"그래? 공연히 걱정했네. S대 자존심이 있지. 그런 일을 고자질하겠어. 그렇지? 조 내무반장 제대 말년에 고생하게 시킬 수는 없잖아? 잘 부탁해."

전 병장이 김 일병의 손을 잡고 흔들었다. 술자리에 동참한 두 고참도 김 일병의 손을 잡고 흔들었다. 김 일병은 자기 패거리 중 하나가 실컷 패놓고, 동기를 시켜 사건을 무마하려 해, 하며 눈을 크게 뜨고 세 병장을 멀뚱멀뚱 쳐다봤다.

"고마워. 이렇게 내 말을 들어줘서. 김 일병 정말 괜찮은 놈이네. 자 한 잔 들지."

전 병장이 술잔을 부딪혀 왔다.

미처 그의 의사를 밝히지 못하고, 얼떨결에 그들의 부탁을 들어준 꼴이 된 김 일병은, 이게 무슨 경우야, 하며 기가 막혀 말이 나오지 않았다.

암癌

1.

김준서는 내일 집에서 걸어서 10분 거리에 있는 D종합병원에 건강진단을 예약하고, 대장 내시경을 받기 위하여, 하제를 먹고, 계속 물을 마시고, 화장실을 들락거리며, 요사이 의학이 얼마나 발달했는데, 아직도 대장 내시경을 하려면 이렇게 물을 마셔야 하나, 하고 속으로 투덜댔다.

그는 2년 전에도 대장 내시경을 받고 용종 두 개를 떼어냈었다. 건강관리공단에서 매년 대장암 검사를 하는 것으로 정책이 바뀌었다고 연락이 와서 그는 검진을 예약했다. 그는 화장실 변기에 앉아 위장에 쌓인 배설물을 배출하며 이틀 전 망년회에서 두 친구가 다투던 말을 떠올리며, 어린 것들, 하며 미소를 지었다.

한 친구는 백세시대에 백세까지는 살아야겠다며, 그가 먹고 있는 건강식품 이름을 주르륵 주워대며, 미리 병을 알고 대비해야 한다며, 매년 큰 병원에 입원하여 건강진단을 받는다고 자랑했다.

또 한 친구는 이제 내일 모레 팔십인데, 더 사는 데는 별로 관심 없다며, 공연히 건강 진단했다가 암이라고 진단 받으면 치료 받을 수도 없고, 안 받을 수도 없고 골치 아플 거라며, 노인들은 암이 잘 자라지 않는다니 진단 같은 것은 안 받고 그냥 암이랑 같이 살다가 죽겠다고 했다.

100세까지 산다는 친구가 당연히 수술도 받고 치료해야지, 하며 핏대를 올렸고, 암과 같이 살겠다는 친구는 이제 무슨 미련이 남아 그렇게 힘들게 수술하고, 항암치료까지 받느냐며, 절대 안 하겠다고 단호하게 말했다.

김준서는 두 친구가 다투는 말을 들으며, 인생은 흘러가는 것이고, 죽고 사는 것은 하늘의 뜻인데, 누구 마음대로 100세까지 살고 말고야, 암에 걸리면 그 때 형편을 봐서 치료를 받든지 말든지 하면 되는 것이지, 지금부터 미리 정해 놓고 스트레스 받을 거 뭐 있어, 속으로 생각하며 혼자 생사를 초월한 척했다.

그는 암 판정을 받으면 치료를 받는 쪽보다는 그냥 방치하고 암과 같이 살다가 가는 쪽이 더 자연스럽지 않을까, 생각했다.

김준서가 수면상태에서 빠져 나왔을 때 입술을 빨갛게 칠한 예쁘게 생긴 간호사가 위와 장 내시경 검사가 끝났다고 했다. 아직 정신이 흐리면 좀 쉬시라고 하면서, 혼자 오셨냐고 묻고, 혼자 왔다고 했더니, 의사 선생님과 상의하시고 가라고 했다.

김준서는 건강 진단을 하면 으레 마지막 차례로 의사를 만나 종합 판정을 듣고 갔었는데, 왜 특별히 만나고 가라는 말을 하나, 하며 차례를 기다려 의사 방에 들어갔다.

의사는 잠시 망설이는 듯하더니, 컴퓨터 화면을 보여주며 이것이 종양 같은데 굉장히 크게 자랐다며 조직을 떼어냈으니 조직 검사 후에 암인지 확진결과를 알려주겠다고 했다. 김준서는 의사가 볼펜으로 가리키는 화면에 보이는 손가락 크기의 돌기를 보며 저것이 종양인가 했다.

종양이면 암이란 말인데, 2년 전에 용종 두 개를 떼어냈다고 했는데, 2년 사이에 무엇이 저렇게 자랐나, 했다. 의사는 확실히 하기 위하여 페트를 찍으시라고 했다.

김준서는 페트는 한 번 찍는데 거의 백만 원이나 든다는 말을 들었다. 그는 그 비싼 돈을 들여 페트를 찍을 맘이 나지 않아, 조직검사 결과를 보고 그 때 찍겠다고 하고 검진센터를 나왔다.

김준서는 포켓에 두 손을 넣고 머플러를 동여매고 집으로 어슬렁어슬렁 걸어가며, 요사이 변비가 좀 있고, 가끔 혈변은 봤지만 특별히 아픈 데도 없고, 용종이 암으로 진화하려면 5년 이상 걸린다는데, 2년 전 용종은 다 떼어냈는데, 그 큰 혹이 암은 아니겠지, 하며 자신을 위로했다.

마누라가 건강진단 잘 받고 왔어, 하고 물었다. 김준서는 결과는 모르겠고, 조직검사한다고 조직을 떼어냈다고 했다. 의사 놈들이 그 비싼 페트를 찍으라고 해서 안 찍고 왔다고 했다. 마누라가 잘했다고 했다. 김준서는 마누라의 잘했다는 말을 들으며 섭섭했다.

남편이 암에 걸렸을지 모르는데, 마누라가 당연히 페트를 찍고 검사받았어야지, 해야지 돈만 생각하고 잘했다고 하자 서운했다. 김준서는 서운한 마음을 내색하지는 않았다.

"은주가 다녀갔는데 그저께 정수가 은주네 집에 갔었는데, 은주 어머니가 음력으로 금년 넘기지 말고 결혼식 올리라고 했대."

아내가 진지한 표정으로 말했다.

은주는 둘째 아들 정수의 애인이다. 정수는 대학교 시간강사를 하며 겨우 지 밥값을 번다. 정수는 방 두 개뿐인 부모가 사는 15평짜리 아파트가 좁다며 원룸을 얻어서 나갔다. 정수와 은주는 7년째 사귀고 있다.

결혼식만 안 올렸지 둘은 거의 동거하다시피 한다.

정수가 집이 좁다고 나간 이유 중 하나는 은주와 눈치 안 보고 같이 밤을 보내기 위해서일 거다.

"결혼하라고? 집 얻어줄 돈 어디 있어?"

김준서가 잔뜩 이맛살을 찌푸리며 나무라듯 말했다.

김준서는 남편이 암에 걸렸는지도 모르는데, 남편의 건강은 하나도 걱정하지 않고 아들 결혼 문제를 꺼내는 마누라가 미웠다.

"결혼하면 처가에서 집을 얻어줄지 알아."

"그 집에 무슨 돈이 있어서?"

김준서는 결혼할 때 왜 신랑 측에서 살 집을 장만해야 하지, 하고 속으로 투덜대며 말했다.

"정수 사십이 넘었는데, 그냥 눈 딱 감고 식 올려줍시다."

마누라가 쉽게 말했다.

"결혼식 올려주면 정수가 마누라 먹여 살릴 수 있어?"

김준서가 꽥 소리 질렀다.

"소리는 왜 질러? 그럼 아들 장가도 안 보내고 늙어 죽일 거야? 둘 다 배울 만큼 배웠으니 지들이 알아서 살겠지."

마누라가 심란한 표정으로 말했다.

"지금 남편이 암으로 죽을지 살지 모르는데 아들 결혼은."

김준서가 짜증스런 목소리로 말했다.

"당신 암이면, 암일 리 없지만, 당신 죽기 전에 아들 장가나 보내고 가야 하는 거 아냐?"

마누라가 아무렇지도 않게 막말을 했다.

"뭐 나 죽기 전에? 이 여편네가 아무 말이나 하면 다야?"

김준서가 꽥 고함을 질렀다.

"고함은 왜 질러? 내가 만만해. 그러니 젊었을 때 돈 좀 벌어 놓지."

"내가 돈 벌기 싫어 안 벌었나? 당신은 뭐 했어? 여자가 돈 벌면 안 돼? 꼭 남편만 돈 벌어야 해?"

김준서가 주먹으로 소파를 치며 고함쳤다.

"내가 돈 안 벌었다고? 이 집도 내가 돈 벌어서 산 거잖아. 내 연금으로 먹고 살면서."

마누라는 김준서가 떼돈을 벌겠다고 이 직업 저 직업을 전전할 때, 다단계 사업에 뛰어들어 그 수수료로 남편을 먹여 살리고, 아들 둘을 교육시키고, 지금 사는 열다섯 평짜리 아파트도 샀다. 그 때 넣은 국민연금에서 매달 40만원 연금이 나온다. 그녀가 장만한 아파트를 주택은행에 담보 잡히고 매달 70만원씩 월부금을 받아 연금과 월부금 합계 110만 원으로 노부부가 먹고 산다.

"공치사는. 그래 너 잘났다. 당장 암인지 뭔지 몰라 초조한 남편 걱정은 않고 아들 결혼시키자고?"

김준서가 주먹을 휘두르며 고함을 쳤다.

"당신 그렇게 화내면 없는 암도 생긴다, 알았어. 더 이상 정수 결혼 얘기 안 할게."

마누라가 고개를 숙였다.

김준서는 저놈의 마누라가, 저 놈의 마누라가, 투덜대며 티브이를 켰다.

김준서는 D 종합병원에 조직검사 결과를 보러 가면서 마누라더러 같이 가자고 했다. 마누라가 내키지 않는 걸음으로 따라나섰다.

병원에서 보호자가 같이 오셨으면 같이 들어가라고 했다. 김준서는 본인만 결과를 들으면 되지 왜 마누라까지 같이 들으라고 하지, 하며 진찰실로 들어갔다.

"앉으세요. 집사람 되세요?"

의사가 컴퓨터 화면을 김준서 쪽으로 돌리며 말했다. 김준서가 고개를 끄덕였다.

"변비가 있으시지요? 조직검사 결과 대장암입니다. 암이 8cm나 자라서 대장을 막고 있어요."

의사가 볼펜으로 화면을 가리키며 무표정하게 말했다.

"그럼 어떻게 되는 거예요?"

마누라가 눈을 동그랗게 뜨고 물었다.

"이대로 두면 석 달밖에 못 사십니다."

의사는 타인의 남은 생명이 석 달 남았다는 선고를 아무렇지도 않은 표정으로 했다.

"석 달이요? 그럼 어떻게 해야 해요?"

"수술을 해야 하는데 연세가 많으셔서…, 암이 전이됐는지 확인해야 하니 페트를 찍으시지요."

의사가 허공을 보며 말했다.

"페트를 찍으라고요?"

김준서가 물었다.

"네. 오늘 저녁부터 단식하시고 내일 나오셔서 찍으시지요."

의사가 단정적으로 말했다. 김준서는 잔뜩 이맛살을 찌푸리고 의사를 꼬나보고 진찰실을 나왔다.

"무슨 소리야? 암이라고? 2년 전에 내시경 검사했을 때 용종 두 개 떼어내고 깨끗하다고 했었는데, 2년 사이에 암이 8cm나 자랐다고. 나이 든 사람은 암이 잘 자라지 않는다는데. 그 의사 똘 아냐?"

김준서가 복도에서 막 투덜댔다.

"다른 사람 들어. 내시경 결과 보고 조직검사까지 했다는데 의사가 거짓말 하겠어?"

마누라가 차분히 말했다.

"당신 내가 암이라는데 좋아? 페트 찍으라고? 페트 찍으려면 100만 원은 들 건데 어디서 돈이 나서."

"의료보험 돼서 이삼십만 원이면 된데."

"이삼십만 원은 어디서 나? 페트 찍는 돈 당신이 댈 거야?"

김준서가 확 말을 내뱉고 앞장서서 병원을 나섰다.

김준서는 손에 장갑을 벗어들고 휘적휘적 걸으며, 어제도 대모산을 힘들이지 않고 다녀왔고, 동창회 사무실에 가서 바둑 두고 친구들과 막걸리까지 한잔 했는데, 암이라고? 변비가 좀 있고, 잔변감은 있지만 특별히 불편한 데가 없는데 암이다? 석 달밖에 못 산다고? 이거 의사 놈이 돈 벌려고 겁주는 거 아냐? 석 달 남았으면 내년 봄이 오는 것도 못 보고 가나?

김준서는 암이 걸렸다는 것도, 석 달밖에 살 수 없다는 것도 믿어지지 않았다. 그래도 김준서는 의사의 선고가 찜찜했다. 그는 의사의 권고대로 페트를 찍어야 하나? 암이면 먹고 살기도 빠듯한데 어디서 돈을 구해 병원비를 대지? 암과 함께 살다가 죽는 수밖에, 하며 집에 들어섰다.

김준서는 암 진단은 오진이 많으니, 여러 병원을 다니며 진단해 봐야 한다는 얻어들은 말을 떠올리며, Y대 대학병원에 가서 다시 암인지 확인하기로 했다. Y대 병원 의사는 진료기록을 살펴보고 페트를 찍으라고 했다. 김준서는 대학병원 의사까지 페트를 찍으라고 하자, 그 권고를 듣기로 했다.

김준서가 페트를 찍으러 Y대 대학병원에 갈 때 마누라는 동행을 거부했다. 공연히 따라나섰다가 화만 내는 남편의 비위를 맞추기 싫었던 모양이다.

김준서는 죄수복같이 생긴 진찰복으로 갈아입고, 맛이 텁텁한 약을 먹고, 눈을 꼭 감고 둥근 파이프 속으로 몸이 미끄러져 들어가며, 꼭 동굴 속, 암흑 속, 지옥으로 죽으러 밀려들어가는 기분이었다.

내가 무엇을 어떻게 잘못 살았는데, 그 업보로 방사선이 철철 흘러나오는 이런 동굴 속에 들어가서 진찰까지 받아야 하지?

사방이 꽉 막힌 좁은 공간에 갇힌 김준서의 눈앞에 그의 일생이 순간 주르륵 흘러갔다.

김준서가 서울대에 입학했을 때 경사났다며 마을이 들썩했었다. 그는 대학을 졸업하고 공무원으로 취직했다. 2년간 월급쟁이를 하고 큰돈을 벌 전망이 보이지 않자 때려치웠다. 그는 월급쟁이를 하는 동안 결혼했다. 처가댁 외삼촌이 서울대 나온 똑똑한 김준서에게 건물을 팔아달라고 부탁했다. 건물을 판돈을 받아든 김준서는 욕심이 생겼다. 성냥공장을 하는 친구가 이민을 가게 됐다며, 공장이 잘 되어 친구인 너에게 인계해 주고 가고 싶은데 돈이 있으면 인수하라고 했다.

김준서는 빌딩 판돈을 밑천으로 성냥공장을 사면 떼돈을 벌 수 있을 것 같았다. 한 번 눈 딱 감고 그 돈을 챙겨 큰돈을 벌자. 이런 기회는 자주 오지 않는다. 그는 빌딩 판돈을 외삼촌에게 돌려주라는 장모의 눈물 어린 호소에, 떼돈을 벌어 크게 갚겠다고 뻥을 치고, 건물 판돈을 꿀꺽하고, 박봉의 공무원을 때려치우고, 친구한테 성냥공장을 샀다.

다방, 음식점 등에서 다량으로 주문이 들어와서 일감이 넘쳤다. 일년만 잘 공장을 돌리면 외삼촌 돈을 돌려줄 수 있을 것 같았다. 한겨울에 공장에 불이 나서 전재산을 홀딱 태워먹었다.

두 번째 아들 정수까지 낳은 마누라는 남편의 폭거에 그녀의 집안에서 완전히 왕따가 되었으나, 두 자식을 버리고 남편과 이혼할 수는 없었다.

불이 난 성냥공장에 돈을 다 처박은 김준서는 자본이 안 드는 사업을 찾다가, 1970년대 광부, 간호사, 건설 노동자 등을 모집하여 해외에 파견하는 인력 송출 회사를 동창생과 동업으로 차렸다. 이익금 배분으로 동창과 다투고 그 사업도 때려치웠다. 입으로는 당장 떼돈이 굴러 들어온다고 큰소리를 뻥뻥 쳤으나, 집에 가져다주는 돈이 없었다.

그 때부터 마누라는 남편에게 생활을 의존할 수가 없어 다단계 사업에 뛰어들어 집안 생활을 꾸려갔다. 인력 송출업을 때려치운 김준서는 발명 특허를 받았다는 동창과 단짝이 되어 발명품의 사업화에 뛰어들어 투자자를 찾고 다녔다. 눈먼 친구 몇몇이 투자를 했으나, 한 건도 사업에 성공하지 못했다.

고랭지 채소를 기르는 친구의 판매책을 하겠다고 바람을 잡았으나, 그것도 쉽지 않았다. 김준서는 마누라가 벌어다 주는 돈으로 생활을 유지하며, 당장 떼돈을 벌어들일 것같이 구름을 잡으며 큰소리를 쳤다. 그러나 구름은 항상 하늘 위에서만 떠돌아다녔다. 김준서는 평생 입으로만 떼돈을 벌었다.

김준서는 페트 통 속에서 방사능을 흠뻑 맞으며, 그 때 공무원만 그만 두지 않았으면 장차관은 그렇다 치더라도 차관보는 하고 나왔을 텐데, 그러면 공무원 연금 타고 페트 비용 정도는 걱정 안 할 텐데…, 성냥공장에 불만 나지 않았어도, 하며 인생을 복기하며, 나는 왜 지지리 운이 없었을까, 하고 그의 팔자를 한탄했다.

판독 의사가 화면을 가리키며 페트 결과를 설명해 줬다.

"대장암뿐만 아니라, 암이 복막과 폐에까지 전이됐어요. 수술은 할 수 없고, 이대로 두시면 한 달 반 이상 사시기 어렵습니다."

의사는 아무렇지도 않은 표정으로 환자의 수명을 45일로 줄였다.

김준서는 그의 남은 수명을 45일로 쉽게 말하는 의사를 빤히 쳐다보며, 이 친구가 농담하나, 밥 잘 먹고, 아무 문제없이 잘 나다니는데 45

일 안에 죽는다고? 하며 고개를 저었다.

"그럼 어떻게 하면 되지요? 그냥 죽기를 기다려요?"

김준서가 항의하는 투로 말했다.

"항암 치료를 하시지요."

"항암 치료? 그럼 얼마나 더 살아요."

"그건 딱 부러지게 말씀드릴 수 없고, 생명이 연장됩니다."

"얼마나 연장되는지는 말할 수 없다고요? 항암 치료비는 얼마나 들어요?"

"돈이 얼마나 드는지는 원무과에서 알아보시지요."

의사는 돈 문제에는 의연한 체하며, 할 말을 다했다는 듯이 나가보라는 표정이었다. 45일 내에 죽는다는 말에 정신이 멍해진 김준서는 더 말이 나오지 않았다. 김준서는 의사에게 수고했다는 인사도 못하고 진찰실을 나왔다.

김준서는 원무과를 찾아가서 비용을 물어봤다. 직원은 한가하게 항암치료를 하면 의료보험에서 대부분 커버되어 회당 본인 부담이 70만원 정도 밖에 들지 않는다고 했다. 의료보험에서 지불되지 않는 고급약을 쓰면 좀 더 든다고 했다. 암보험에 들었으면 보험회사에서 지불해준다는 조언도 했다.

2.

김준서는 평소대로 등산복 차림으로 대모산을 올랐다. 김준서는 지난주까지 대모산 정상까지 힘들이지 않고 오르내렸는데, 암에 걸렸다는 선고 때문인지, 산을 오르는 첫 계단부터 숨이 차고 다리가 팍팍했다. 50계단 쯤 올라가서 흙길로 접어들자 이마에서 식은땀이 나기 시작했다.

김준서는 요 며칠 사이에 갑자기 암이 급진전을 했나, 하며 몇 걸음

걷다가 쉬곤 했다. 김준서는 암 선고를 받고부터 갑자기 식욕이 뚝 떨어졌다. 혀가 밥을 밀어냈다. 죽도 잘 넘어가지 않았다. 죽 반 그릇을 먹는 데 한 시간씩 걸렸다.

이삼일을 제대로 먹지 못해서인지 김준서는 산 중턱도 오르기 전에 지쳐서 더 이상 산을 오를 힘이 없었다. 그는 이거 살 날이 정말 이제 겨우 40일 남짓 남았나, 하며 마음이 크게 위축되어 어깨를 축 늘어트리고 산을 내려왔다.

그가 현관에 들어서자, 마누라는 몸도 아픈 사람이 무슨 산에 갔냐며 찡찡댔다. 김준서는 나 아직 죽는 거 아니라고 고함치며 지친 몸을 소파에 던졌다. 김준서는 땀을 씻어내려 샤워를 하는 것도 귀찮았다. 김준서는 소파에 비스듬히 누워 티브이에서 방영되는 연속극 재탕을 보았다.

암에 걸려 3개월 선고를 받은 60대 초반의 두부 장사가 암에 걸린 것을 식구들에게 속이고 혼자 투병하는 장면이 나왔다. 노인은 고통을 이기기 위해 몰래 진통제를 먹었다. 김준서는 아직 그렇게 심한 고통이 오는 부위는 없다. 암 말기가 되면 저렇게 아픈 모양인데, 나는 아무 데도 아프지 않은데, 어떻게 의사가 저 두부 장사보다 짧은 45일을 선고했을까?

김준서는 산에 다녀와서 샤워도 안 해, 하는 마누라의 지청구를 듣고 어기적거리며 세면장으로 들어갔다. 김준서는 머리로부터 물을 뒤집어쓰며 암이 자라고 있다는 아랫배를 눌러봤다. 크게 통증은 느껴지지 않았다. 폐가 있는 가슴도 눌러봤다. 특별한 느낌은 없었다. 김준서는 이거 의사들이 오진한 거 아니야, 하며 수건으로 물기를 제거했다. 그때 딩동, 하고 현관 벨이 울리는 소리가 들렸다. 김준서는 올 사람이 없는데, 하며 거실로 나왔다.

처형과 체제가 세면장에서 나오는 김준서에게 고개를 숙여 인사를 했다. 러닝과 팬티 바람으로 거실로 나왔던 김준서는 부랴부랴 안방으로 달려 들어가서 옷을 갖춰 입고 거실로 나왔다.

"형부 걱정했는데 괜찮으신데요."

처제가 인사말을 던졌다.

"형부 바로 죽는 거 아니야."

마누리가 변명을 해 줬다. 김준서는 마누라의 변명을 들으며, 마누라의 적절치 못한 말투에 기분이 그랬다.

처형과 처제는 마누라가 내놓은 차를 마시며 형식적인 위로의 말을 한참 떠들다가 흰 봉투 하나씩을 내밀며 쾌유를 빈다는 위로의 말을 하고 현관을 나갔다. 마누라가 두 자매를 따라 나갔다.

김준서는 처형과 처제가 현관을 나가자, 바로 주고 간 흰 봉투를 열어봤다. 처형과 처제가 입을 맞추고 왔는지 백만 원씩 들어있었다. 김준서는 신사임당 얼굴이 박힌 지폐를 세고 또 세며, 이 돈이면 항암치료 세 번은 받겠네, 했다.

김준서는 항암치료를 받을지 말지 결정을 못하고 그의 일생에서 남은 이틀을 보냈다. 항암치료를 받아봐야 완치되는 것도 아니고, 생명만 연장된다는데 크게 치료를 받을 매력을 느끼지 못했다. 항암치료의 후유증이 만만치 않을 것도 걱정되었다.

김준서와 같이 가끔 산에 오르는 교장 출신의 교회장로가 대장암 초기라며 수술을 받았다. 그는 수술이 잘 됐다는 의사의 말에 행복해 했었다. 항암치료를 열 번 받으라고 해서 한 달에 한 번씩 항암치료를 받았다. 그 횟수가 늘어나서 그는 스물 네 번이나 항암치료를 받았다. 지금 그는 항암치료의 후유증으로 완전히 퍼져서 문 밖 출입도 못한다. 식사도 할 수가 없어 간호사가 와서 놔 주는 영양주사로 겨우 생명을 연장한다. 그는 치료는 그만 받겠다고 하며, 인간의 권위를 잃지 않고 죽음을 맞이하겠다며 호스피스 병원을 알아보고 있다. 항암치료가 얼마나 독하면 머리가 모두 다 빠질까? 그 교장은 나보다 십년도 더 젊은데 그렇게 항암치료 후유증을 못 견디는데….

김준서는 이제 80을 바라보는 나이에 살 만큼 살았는데, 돈도 없는데 꼭 항암치료를 받으며 추하게 말라 비틀어져서 생을 마감하기 싫었다.

마누라가 자매를 배웅하고 현관에 들어서며, "얼마씩 가져왔어?" 하고 물었다. 김준서는 봉투를 내밀었다. 돈을 세어본 마누라는 잘 사는 것들이 겨우 백만 원이야, 하고 투덜댔다.

손위 동서는 무역회사를 다니며 재테크를 잘 하여 백억도 넘는 빌딩을 가지고 한 달 임대료만 몇 천만 원씩 받는다. 손아래 동서는 고급공무원으로 퇴직하고, 공상자 자격까지 받아내서 매달 5백만 원이 넘는 연금을 받고 있다. 두 동서는 김준서보다 못한 대학을 나왔는데, 김준서보다 더 성공하여 평생 김준서의 자존심을 긁었다.

마누라가 현금을 은행에 넣고 들어오며 소파에 앉아 티브이를 보는 김준서에게 말했다.

"우리 다음 달 1월에 정수 결혼시킵시다."

마누라는 자매가 준 돈을 아들 결혼 밑돈으로 쓰고 싶은 모양이다.

김준서는 그 돈으로 남편 항암치료를 받으라는 소리는 않고 아들 결혼 말을 꺼내는 마누라가 미웠다.

"지애비가 죽게 생겼는데 결혼은 무슨 결혼."

김준서가 꽥 소리를 질렀다.

"당신 죽기 전에 며느리라도 봐야 할 거 아냐."

마누라가 감정을 죽이며 말했다.

"뭐 내가 당장 죽는 거야?"

김준서가 꽥 고함을 쳤다. 마누라는 입을 닫고 부엌으로 도망쳤다.

김준서는 항암치료를 받을까 말까 결정을 못하고 얼마 남지 않은 그의 인생의 하루를 또 보냈다. 동생 김준호가 홍시 한 봉지를 사들고 아들을 데리고 형님 병문안을 왔다. 헛꿈에 사는 형님의 허망한 생활에 실망한 준호는 제삿날에도 형님 집에 들르지 않았는데, 어떻게 병문안을 다 왔다. 준호의 아들, 성태는 의대를 나와 S대학병원에서 레지던트 과정을 밟고 있다.

조카 성태는 큰 아버지에게 항암치료를 강하게 권고했다. 자기 지도교수가 대한민국에서 제일가는 암 치료 권위자라며, 그 선생님에게 진료를 예약하겠다고 했다. 보통 예약하려면 반년은 기다려야 하는데, 내일 모레 예약해 주겠다고 했다. 뭐니뭐니 해도 암 치료는 S대학병원이 최고라는 말까지 덧붙였다.

동생 준호는 흰 봉투를 내놓지 않고 갔다. 세무서를 은퇴하고 세무사 사무실을 열고 먹고 살 만큼 돈을 버는 친동생이 홍시 한 봉지로 입을 씻고 치료비 한 푼도 내놓지 않고 가자, 김준서는 마누라 보기가 민망했다.

평소 얼마나 잘못 살았으면 친동생이 저렇게 외면할까?

하기야 김준서는 동생 준호가 전립선암을 수술했을 때 병원을 들여다보지도 않았고 한 푼도 보태주지 않았었다.

인과응보!

시동생 준호가 입치레만 하고 가자 마누라가 입을 삐쭉거리며 불만을 표시했으나, 환자를 생각해서인지 말은 아꼈다.

김준서는 조카가 항암치료 날짜를 받아준 전날 6인실에 입원했다. 그는 조카가 예약한 의사가 대한민국에서 제일 암을 잘 본다는 말이, 치료를 거절하기에는 너무나 강한 유혹이었다.

아들 정수와 예비 며느리 은주가 병원에 모시고 갔다. 마누라가 따라나서는 것을 김준서가 말렸다. 몸이 약한 마누라가 병원에 따라왔다가 병이라도 나면 이중으로 돈이 든다.

병원 마크 무늬가 줄줄이 새겨진 환자복을 입고 김준서는 아들과 예비 며느리에게 혼자 화장실도 갈 수 있고 거동에 지장이 없으니 그만 집으로 돌아가라고 했다. 아들과 예비 며느리는 아버지의 말을 기다렸다는 듯이 그럼 들어가 보겠다며 입원실을 나갔다.

6인실 침대마다 환자들이 다 차지하고 있다. 김준서의 옆 침대를 차지한 40대가 어떻게 들어왔느냐고 물었다. 항암치료를 받으러 왔다고 하자, 자기는 2년째 항암치료를 받고 있는데, 완치도 안 되는데 생명을 연장하려 매번 이렇게 입원하여 치료 받는 것이 지겹다고 했다. 항암치료를 안 받으면 암이 커져서 죽는다는데 별 수 없다고 했다. 검은 기운이 그 환자의 얼굴을 덮고 있어 오래 살 것 같지 않은 분위기였다.

그는 한 번 입원할 때마다 70내지 80만원씩 병원비가 든다며, 의사 선생님께 보험 안 되는 약은 절대 처방해 주지 말라고 미리 부탁하라고 코치했다. 세툭시압은 암세포 신호전달 체계를 막아줘서 암 억제에 좋으나 한 달 약값만 500만원 넘게 든다고 알려줬다. 항암치료 후유증도 설명해 줬다. 구토가 나고, 소화불량에 후각이 민감해져 조리 냄새를 맡으면 임신 초기같이 된다고 했다. 백혈구 수도 감소하고, 탈모에 입술이나 구강이 욱신거릴 수도 있다고 했다. 특히 백혈구 수치가 떨어지면 감기가 폐렴으로 악화되어 바로 죽을 수도 있다고 겁을 줬다.

김준서는 가장 궁금했던, 항암치료를 받으면 얼마나 더 살 수 있냐고 물어봤다. 최장 2년은 더 살 수 있는데, 보통 예상 수명의 10% 정도 더 살 수 있다고 했다. 김준서는 예상 수명의 10%면 45일의 10%, 닷새도 안 되는데 겨우 닷새 더 살려고 비싼 항암치료를 받아야 하나, 회의가 왔으나, 이미 입원까지 했으니 이번만 받자고 했다.

김준서는 그에게 배당된 침대에 누워서 빙 둘러 커튼을 쳤다. 그는 꼭 관속에 갇힌 기분이었다. 그는 하얀 천장이 자꾸 아래로 밀려 내려와서 그를 짓누르는 환상에 빠졌다. 그는 두 손으로 허공을 밀어 올리며 심호흡을 했다. 그는 허공이 쉽게 밀려가자 안심이 되었다.

그는 그가 곧 죽는다는 사실이 믿겨지지 않았다.

이대로 죽으면 어디로 갈까? 지옥?

김준서는 그를 믿고 투자한 돈을 다 날리고 허허거리던 동업자들의 얼굴이 떠올랐다. 그 사람들한테 떼돈을 벌어주려고 했는데, 같이 망했다. 선의로 접근했었는데 그게 잘못한 일인가?

이번 주말에는 성당에라도 가서 참회를 하며 고해성사를 할까?

김준서는 자기보다 나이 어린 신부에게 고해성사를 할 생각이 나지 않았다. 그럼 교회에 갈까, 절에 갈까? 교회에 가서 십자가 앞에 기도해? 교회에 가면 너무나 신도가 많아 조용한 분위기가 되겠어? 절도 마찬가지지. 일요일에는 신도들이 많이 오는데…. 산골에 있는 암자라도 들어갈까? 암자까지 올라갈 힘이 있겠어?

김준서의 머리 뒤 창문으로 하늘이 보였다. 그는 눈을 치켜떠서 하늘을 올려다보았다. 반달이 창문 정중앙에 떠있다.

김준서는 저 달이 커졌다가 저만치 작아지면 죽는다고, 하면서 별을 찾았다. 달빛에 가려 별들이 보이지 않았다.

버켓 리스트를 만들어 죽기 전에 해 봐? 무슨 돈으로?

바로 해 보고 싶은 일도 머리에 떠오르지 않았다. 죽기 전에 해 보고 싶은 일이 없어?

참, 눈꽃 구경이나 갈까? 한라산? 영실에서 윗세오름세까지 눈 덮인 길이 멋있는데. 올라갈 힘이 있겠어? 그럼 덕유산이나 갈까? 곤돌라를 타고 거의 정상까지 올라갈 수가 있는데. 거기서 15분만 올라가면 정상인데 눈꽃 죽여주지. 항암치료 받고 퇴원하고 정수더러 데려다 달라고 할까?

그리고 또 무엇을 할까? 돈도 없는 놈이 무슨 버켓 리스트! 버켓 리스트는 부자나 만드는 건데. 무슨 쓸데없는 망상. 평생 좋은 일을 한 것 같지 않은데, 마지막으로 구세군 자선냄비에 단돈 만원이라도 기부해 볼까?

그는 눈을 치떠서 창문 밖을 보니 반달이 어디론가 사라지고 부연 하늘만 보였다. 전등 불빛에 치여서 별들은 모습을 나타내지 못했다.

김준서는 정말 내가 이대로 죽는 건가, 하며 화장실에 가려고 침대에서 내려왔다. 같은 입원실 환자들은 커튼으로 자기만의 공간을 가리고 서로 격리되어 있다.

복도로 나오자 복도 중앙에 위치한 간호사실에 한 간호사가 컴퓨터 앞에 앉아서 화면을 들여다보고 있다.

저 간호사는 잠도 안 자고 밤새 저러고 앉아서 그의 인생의 하룻밤을 보내는 건가?

김준서는 간호사가 불쌍하게 느껴져서 간호사 앞에 가서 받침대에 손을 짚고 서서 간호사를 빤히 쳐다봤다. 간호사가 눈을 상큼 치켜뜨며 무엇을 도와드릴까요, 하고 눈으로 물었다. 김준서는 고개를 저으며 부탁할 일이 없다는 신호를 보냈다.

간호사가 젊고 예쁘게 생겼다. 빨간 입술이 섹시했다. 김준서는 내가 젊으면 연애를 하자고 할 텐데, 하는 쓸데없는 생각을 굴리며 손을 흔들어 간호사에게 인사를 보내며 화장실로 갔다. 간호사는 환하게 웃으며 화답하고, 손바닥으로 하품을 가렸다.

3.

김준서는 항암치료를 시작했다. 방사선 치료가 아니고 약물치료다. 항암주사를 스무 시간도 넘게 장시간 맞아야 하여, 팔에다 주사를 놓으면 팔의 혈관이 상할 수 있다며 가슴을 따고 거기에다가 튜브를 박고 주사바늘을 꼽았다. 김준서는 평생 처음 가슴에 주사를 맞았다.

김준서는 침대에 누워 걸개에 걸어놓은 링거 병에서 톡톡 떨어져서 플라스틱 줄을 타고 내려가는 노란 물을 쳐다보며, 저 액체 한 방울이 내 생명을 몇 시간이나 연장시켜 줄까, 했다. 그는 하나, 둘 물방울 숫자를 세며, 계단을 한 계단 더 걸어서 올라가면 몇 분인가 더 건강하게 살 수 있다며, 운동 중 등산이 최고라고 항상 강조했던 산에 미친 친구의 얼굴이 떠올랐다. 그 친구는 산을 타다가 넘어져서 고관절 골절로 고생하고 있다.

김준서는 톡톡 떨어지는 물방울을 보며, 어린 시절 그의 집 처마에 매달린 고드름이 녹아서 떨어지던 물방울을 연상했다. 그는 초등학교 6년 동안 우등상을 놓친 적이 없었다. 중학교 3년, 고등학교 3년 때도 우등상은 그의 것이었다. 그래서 대한민국에서 제일 좋다는 대학을 들어갔고, 고시 준비를 했으면 틀림없이 됐을 텐데, 그가 전공한 과목은 고시를 준비하기에 적합하지 않았다. 떼돈 벌 생각 않고 공무원을 했으면, 장차관은 못했어도 차관보 정도는 했을 거고…. 성냥공장에 불이 나지 않았으면 지금 이렇게는…, 그리고….

김준서는 끝없이 과거를 복기했다. 과거에서 현재까지를 몇 번이나 복기했다. 그러나 미래에 대한 설계는 한 치도 앞으로 나가지 못했다. 아예 미래는 절벽으로 막혀 그의 사고를 막았다.

24시간이나 항암주사를 맞고 난 후 혹시 후유증이 있을지 모르니 오늘 밤은 병원에서 보내고 내일 오전에 퇴원, 2주 후에 다시 항암치료를 받으러 오라고 했다. 아들 정수와 예비 며느리 은주가 수발을 들었다. 사실 아직 김준서는 자기 힘으로 걷을 수가 있어 수발이 필요 없었으나, 아들은 그래도, 하며 아들 노릇을 하려 했다. 부산에서 일하는 큰아들놈은 전화만 한 번 달랑 하고, 아버지가 죽을병으로 치료를 받고 있다는데 코빼기도 보이지 않았다.

6인실은 항상 북적였다. 목사가 2년째 항암치료를 받고 있다는 젊은

이 병문안을 온 모양이다. 신도도 몇 명 따라온 모양이다. 목사가 우렁찬 목소리로 환자의 쾌유를 빌었다. 목소리가 커서 그 방에 누워있는 여섯 명 환자는 물론 하늘에 계신 아버지까지 다 기도소리가 들릴 것 같았다. 김준서는 목사의 간절한 목소리를 들으며, 과연 하나님이 저 목소리를 들어주실까, 하나님이 저 기도를 들었으면 저 젊은이를 2년씩이나 그 지루하고 힘든 항암치료를 받게 했겠어, 하다가 그래도 기도 때문에 아직까지 살려놓으신 건가, 하며 허공에 시선을 두며, 나를 위해 기도해 줄 사람은 누구, 했다. 아무도 생각나지 않았다.

동창회 사무실에서 요 몇 년 동안 같이 바둑을 두며 다투던 친구들이 삼정톤 한 박스를 사들고 찾아왔다. 김준서는 늙은 친구들이 찾아오자, 입으로는 어떻게 알고 왔어? 내일 퇴원할 텐데, 올 것 없는데, 했으나 반가웠다. 친구들은 시답지 않은 말을 몇 마디하고, 환자와 오래 있으면 안 된다며 쾌유라는 글이 쓰인 흰 봉투를 건네고 갔다. 그 돈은 친구들이 용돈을 쪼개서 모은 것일 것이다.

김준서는 받지 않겠다는 의사를 밝혔으나, 친구들은 시중을 드는 은주에게 맡기고 갔다. 친구들은 은주가 며느리인 줄 아는 모양이다. 김준서는 정수 장가를 보내자는 마누라의 말을 떠올리며, 둘이 저렇게 부부같이 지내는데, 꼭 결혼식이라는 형식을 갖춰야 하나, 했다.

퇴원할 때 간호사는 주의 사항이 적힌 리플릿을 건네며, 혹시 항암 후유증으로 토악질이 날 수도 있고 미열이 날 수도 있다며, 하루가 지나도 미열이 가시지 않으면 바로 병원으로 오라고 했다.

마누라는 안방에 두툼하게 요 두 개를 겹쳐 깔고 누우라고 했다. 김준서는 병원에서 수고를 한 은주를 불러 수고했다고 인사치레를 하고, 내가 어지간해지면 결혼식을 올려주겠다고 약속했다. 은주는 귀밑까지 붉히며 좋아했다.

마누라가 잣죽을 끓여줬다. 그렇게 고소하고 맛있는 잣죽을 혀가 밀어내서, 김준서는 잣죽 반 그릇을 한 시간도 더 걸려 겨우 목에 넘겼다.

김준서는 가벼운 미열로 으스스 추웠다. 김준서는 소파 위에 요를 깔고 그 위에 누워 이불을 뒤집어쓰고 눈만 내놓고 옆 눈으로 티브이에서 프로 배구 게임 중계를 봤다. 키가 2m도 넘는 젊음이 넘치는 외국인 용병들이 스파이크를 팡팡 코트에 꽂아 넣었다. 통쾌했다. 우리나라 공격수는 보조 역할만 한다. 용병의 성적에 따라 팀 성적이 결정된다. 비싼 용병을 데려온 팀은 연승가도를 달리고, 싼 용병을 수입한 팀은 연패의 늪에서 허덕인다.

김준서는 나도 용병인 마누라를 재벌 집에서 얻었으면 승승장구했을 텐데, 하며 아쉬워했다. 김준서는 연속극을 볼 채널 선택권을 병든 남편에게 빼앗기고 부엌 의자에 청승스럽게 앉아있는 마누라를 건너다보며 늙고 초췌한 마누라의 힘없는 모습을 보며 비싼 용병을 얻었으면, 하고 상상했던 자신이 미안해졌다. 이 15평짜리 아파트도 마누라가 애면글면 돈을 모아 샀다. 두 아들교육도 아내가 돈을 벌어서 시켰다. 평생 단번에 떼돈을 벌 헛꿈에 빠져 살았던 김준서는 그렇게 마누라가 힘들게 번 돈을 뜯어가는 파렴치한 노릇도 했다.

지금 먹고 사는 것도 다 마누라 덕이다. 마누라가 마련한 아파트를 담보한 모기지론에서 매달 몇 푼의 돈이 나온다. 그와 마누라가 죽고 나면 이 아파트는 주택은행 소유가 될 거다. 지금 통장에 남은 백여 만 원의 돈도 처형과 처제가 준 돈 중 병원비를 내고 남은 돈이다. 김준서는 완전히 빈털터리다.

김준서는 오랫동안 도배를 하지 않아 누렇게 퇴색한 천장을 올려다보며 문득 처음은 미약하였으나 끝은 창대하다, 하는 성경구절이 떠올랐다. 그의 일생은 처음은 괜찮았으나 끝이 초라하다. 김준서는 끝이 창대했던, 성철 스님, 법정 스님, 김수환 추기경의 죽음을 떠올리며, 내가 죽으면 누가 애통해 하고 아쉬워하며 슬퍼해 할 것인가 생각했다.

아무도 그럴 사람이 없을 것 같았다. 마누라도 평생 헛꿈에 살며 큰 소리만 쳤던 그가 죽으면 시원해 할 것이고, 아이들도 학교 등록금 한 번 안 대주고 큰 소리만 쳤던 그가 죽으며 오히려 짐을 덜었다고 할 것이다. 그는 자신도 모르게 허허 웃음이 나왔다.

저녁이 되자 미열이 더 심해져 한기가 심하게 몰려왔다. 바튼 기침도 났다. 김준서는 항암치료 후유증이겠거니, 하며 한기를 참고, 기침을 마누라에게 들키지 않으려고 씹으며, 그의 인생에 며칠 남지 않은 날을 이렇게 초라하게 소파에 누워서 한기에 떨며 살아야 하나, 하는 회의가 들었다.

김준서는 남은 40일 중 하루를 미열과 기침과 싸우며 보냈다. 체온이 점점 높아졌다. 기침을 참을 수가 없다. 마누라는 남편의 이마를 짚어보며, 하루가 지나도 미열이 계속 나면 병원에 오라고 했던 의사의 말을 되새기며 병원에 가자고 했다. 김준서는 하루만 더 참아보자고 했다. 김준서는 억지로 죽을 먹고 자리에 누워 이를 악물고 아픈 척 안 하려 했으나, 끙끙 앓는 소리가 저절로 났다. 마누라는 다급하게 시동생 준호의 의사 아들 성태에게 전화를 했다. 성태가 전화를 받지 않았다. 마누라는 준호에게 성태가 전화를 받지 않는다고 호소했다.

어떻게 연락이 됐는지 성태가 전화를 해 왔다. 환자의 상태를 들은 성태는 바로 병원으로 모시고 가라고 했다. 마누라는 항암치료를 받은 S대 대학병원으로 가자고 했으나, 김준서는 비싼 택시 타고 갈 것 없다며, 감기가 심해진 거 같으니, 집에서 가까운 그가 건강검진을 받았던 D종합병원으로 가자고 우겼다.

김준서는 걸어서 10분 거리에 있는 D병원에 혼자 가는 것이 힘들어 마누라의 부축을 받으며 갔다. 며칠 전 건강진단을 받으러 갈 때는 제 발로 걸어서 갔었는데, 건강진단을 받고, 암 판정을 받고, 병원을 세 번 더 옮기며 진단을 받고, 항암치료까지 받았는데, 이젠 혼자 걸어갈 힘도 없이 허약해졌다.

종합병원 응급실은 만원이었다. 복도까지 침대를 놓고 환자를 눕혀 놓고, 주사기를 꼽아 놨다. 김준서의 상태를 들은 의사는, 분명 레지던트일 거다. 또 피를 뽑고, 병원에서는 진찰할 때마다 피를 뽑는다. 엑스레이를 찍으라고 했다.

진단 결과 폐렴 초기라고 했다. 백혈구 수치가 250까지 떨어졌단다. 김준서는 정상이 얼마냐고 물었다. 400에서 1000까지라고 했다.

김준서는 폐렴 초기라는 말을 들으며, 급성폐렴으로 입원하여 사흘 만에 죽은 친구가 떠올라 그럼 내 살 날이 이제 3일 남았나, 하며 전신의 힘이 쭉 발끝으로 빠져 나갔다. 백혈구 숫자가 그렇게 줄었으면, 세균, 박테리아, 바이러스 등이 우글거리는 응급실에서 면역력이 없어 바로 중병에 걸릴 것 같았다.

의사는 복도에 놓인 임시 침대에 김준서를 눕히고 주사를 놓고, 설명도 없이 수혈을 하겠다고 했다. 김준서는 백혈구를 보충하려는 모양인가 보다 생각했다. 김준서는 수혈을 받으며, 이런 침대에서 재우고도 입원실비를 받나, 했다.

수혈까지 마치니 새벽 한 시가 넘었다. 옆에서 수발을 드는 몸이 약한 마누라가 사색이 되었다. 김준서는 이러다가 마누라 죽이겠다고 생각하며, 수혈한 주사 바늘을 빼는 간호사에게 더 치료할 일이 있냐고 물었다. 간호사가 이제 안정만 취하시면 된다고 했다.

김준서는 집이 가까우니 집에 가서 편히 자고 내일 아침에 오겠다고 했다. 간호사는 자기가 결정할 일이 아니라며 발뺌했다. 간호사의 전갈을 받았는지 의사가 와서 무슨 돌발 사태가 일어날지 몰라 퇴원시킬 수 없다고 정중히 말했다.

김준서는 마누라에게 그만 집에 가서 쉬라고 했다. 마누라는 잠시 망설이는 척하더니 그럼 내일 아침에 오겠다고 하고 병원을 떠났다.

김준서는 병원 복도에 켜진 형광등을 올려다보며, 응급실은 치료비가 비싸다는데 공연히 와서 한 번 항암치료받을 돈을 날린 것은 아닌지 은근히 화가 났다. 복도에서 한데 잠을 재우고 입원비를 다 받을 것인가, 그렇다고 입원비 달라면 안 줄 수는 없고, 하며 짜증이 났다.

김준서는 내가 좀 출세했으면 이런 대접을 받지 않을 텐데, 돈을 벌어 놨으면 1인실 병실에 갈 수 있을 텐데, 하며 잘못 살아온 인생이 후회되었다. 그 동안 벌려온 사업 중 한 탕만 터졌어도…, 그는 나는 정말 운이 없는 놈이다, 하며 자탄하는 중에 주사약에 수면제가 들었던지 스르르 잠이 몰려왔다.

김준서는 소란한 말소리에 잠이 깨었다. 아침이 열린 모양이다. 간호사가 와서 잘 주무셨어요, 하고 인사했다. 김준서가 침대에서 일어나자 백혈구 조사를 위해 다시 채혈을 하겠다고 했다. 김준서는 요사이 먹지 못해 피도 만들 수 없었을 텐데 또 채혈이야, 하는 말을 꿀컥 삼키며 팔뚝을 내밀었다.

어제 진료를 맡았던 의사가 그의 과장으로 보이는 50대의 의사와 같이 김준서의 침대로 다가오며, 할아버지 잘 주무셨어요, 했다. 김준서는 이 복도에서 잘 잘 수 있어, 하는 말을 삼키며 침대에 앉은 채 두 의사를 번갈아 쳐다봤다.

"할아버지 백혈구 수치가 200으로 떨어졌어요. 항암치료 후유증인데 계속 치료를 하셔야 하는데 어떻게 하시겠어요?"

나이든 의사가 이맛살을 찌푸리며 말했다.

"뭘 어떻게 해요?"

김준서는 어젯밤에 피까지 수혈했는데 백혈구 숫자가 더 떨어졌어, 속으로 투덜대며 불만스러운 말투로 말했다.

"계속 치료를 받으셔야 하는데 항암치료를 우리 병원에서 받으시겠어요, 아님 1차 받으신 병원에서 받으시겠어요?"

"그거야 받던 병원에서 받아야지요."

김준서가 그런 건 왜 물어보냐는 투로 물었다.

"그러세요. 백혈구 수치가 떨어지고 감기 증세가 오는 것은 항암치료 후유증이에요. 저희 병원에서 항암치료를 받지 않으신다면, 저희는 더 치료를 해 드릴 수가 없어요. 항암치료하셨던 병원에 가셔서 계속 치료를 받으시지요."

나이든 의사가 선언을 하고 옆 침대로 갔다. 어제 치료했던 젊은 의사는 멋쩍은 표정을 하며 나이 든 의사를 따라갔다.

아들 정수가 와서 퇴원 수속을 해 줬다. 아들은 입원비 치료비가 78만원이나 나왔다고 투덜댔다. 보험을 제하고 거의 3십만 원이나 들었다고 했다.

김준서는 우선 집에 가서 좀 쉬었다가 S대병원에 가자고 했다. 김준서 생각은 어젯밤 치료도 받았으니 어지간하면 또 병원비 들이고 S대학병원에 가지 않을 생각이었다.

김준서는 마누라가 쑤어다 준 미음을 거의 먹지 못했다. 두어 숟갈만 먹어도 구토가 났다. 누워 있는 것보다는 앉아 있는 것이 낫다고 했던 병원에 같이 입원했던 암환자의 충고를 따라 소파에 앉아 있으려고 했으나 힘이 받쳐주지 않았다. 치료를 받고 왔는데도 미열이 가라앉지 않았다.

김준서는 어떻게든 병원에 가지 않고 버텨보려 했으나, 백혈구 수치가 어제보다 더 떨어졌다는 의사의 말이 자꾸 떠올라 집안 공기 속에 떠도는 세균이 몸에 막 침입하는 것 같아 불안했다. 미음도 거의 먹지 못한 김준서는 마누라에게 준호 아들 성태에게 전화하여 S대병원에 입원실을 알아보라고 시켰다. 마누라는 준호 아들이 전화를 받지 않는다며 투덜댔다. 항암치료를 했던 의사 방에 전화를 하니 제주도에서 열리는 세미나에 갔다고 했다.

아들 정수는 아버님 열이 내리지 않으니, 혹시 폐렴으로 번지면 큰일이니 병실 안 되더라도 응급실이라도 가자고 했다. 김준서는 마지못해, 또 한 번 항암치료 받을 수 있는 돈을 써야 하나, 하며 아들 차에 올라탔다. 마누라는 따라오지 말라고 했다.

아들이 응급실에 접수했다. 의자에서 차례를 기다리라고 했다. 한 시간을 기다렸다. 아직 순서가 안 됐다고 했다. 김준서는 두 시간, 세 시간, 네 시간을 지루하게 자신을 탓하고, 속을 썩이며 기다린 후에야 해가 질 무렵 차례가 되어 의사를 만날 수가 있었다. 그 시간이면 숨 짧은 놈은 죽었을 시간이다. 의사는 또 피를 뽑고 엑스레이를 찍으라고 했다. 김준서는 의사가 시키는 대로 했다.

백혈구 수치가 200까지 떨어졌다고 했다. 폐렴 증세는 없고 가벼운 감기라고 했다.

의사는 간호사에게 주사를 놓으라고 처방해 주고, 또 수혈을 하라고 했다. 입원하셔야 하는데, 6인실은 없고, 1인실이 비었다고 했다. 김준서는 1인실에서 하룻밤 지새고 한 번 항암치료를 받을 수 있는 큰돈을 지불할 수가 없어 고개를 저었다.

김준서는 응급실 침대를 하나 얻어 밤을 새웠다. 응급실은 계속 밀려오는 환자로 소란했다. 다행히 김준서에게 배당된 침대는 응급실 맨 안쪽에 있어 소란으로부터 좀 떨어져 있었다. 김준서는 어두컴컴한 공간에 갇혀, 옆 침대에서 나는 신음소리를 들으며, 내가 며칠 더 생명을 연장하려고 이렇게 비참한 환경을 참으며 치료를 받아야 하나, 하는 생각이 들었다. 문득 'ende gut, alles gut' 하는 독일 격언이 생각났다. 끝이 좋아야 다 좋다는데 이 무슨 몰골.

김준서는 멕시코 올림픽 마라톤 시합에 나섰던 아프리카 선수가 떠올랐다. 그는 경기가 다 끝나고, 시상도 끝난 후에 주경기장에 절뚝거리면서 들어섰다. 그가 결승선을 통과한 후, 어느 기자가 이미 경기가 끝났는데, 무엇하러 끝까지 완주했는가, 하고 물었다. 그 마라톤 선수는 우리나라에서 비싼 돈을 들여 나를 여기까지 보낸 것은 마라톤 스타트 라인만 통과하라는 것이 아니고 결승선을 끊고 오라는 것입니다, 하고 대답했다.

김준서는 나를 이 세상에 보낸 것은 출생신고만 하라고 보낸 것이 아닐 텐데, 나는 통과할 결승선도 없네, 하며 푹 한숨을 쉬었다.

김준서는 다음날 아침에 다시 수혈을 하고, 주사를 맞고, 그는 무슨 약을 주사했는지 모른다. 오후가 되자 열도 내리고 백혈구 수치도 800까지 회복되어 퇴원했다. 병원에서는 퇴원하는 그에게 2차 항암치료 날짜를 6인실이 비면 알려주겠다는 친절을 베풀었다.

4.

퇴원하여 집에 온 김준서는 이제 완전히 환자가 되었다. 밥은 먹을 생각을 못했고, 긴 시간 밥알을 세며 겨우 죽을 몇 수저 먹었다. 목욕도 하기 귀찮아서 마누라가 물수건으로 얼굴과 팔다리를 닦아줬다.

김준서는 며칠 머리를 감지 않았더니 머리가 찔찔해서 견딜 수가 없었다. 김준서는 마누라의 부축을 받으며 세면대로 가서 머리를 감았다. 머리가 한 움큼 빠져서 세면대 하수구를 다 메웠다. 이렇게 탈모가 되다가는 며칠 내 대머리가 될 것 같았다. 마누라는 머리가 허성해서 보기 싫으니 아예 백구를 치고 모자를 쓰고 다니라고 했다.

암을 고치자고 항암치료를 했는데, 입맛이 떨어지고, 백혈구 숫자가 줄고, 머리가 다 빠지고, 힘이 빠져 며칠 전까지 팽팽 오르던 대모산 등산은 아예 생각도 할 수가 없다.

연말 연휴를 이용해서 부산에 있는 큰 아들이 혼자 문병을 왔다. 큰 아들은 며느리가 끓여줬다며 뼛국을 싸들고 왔다. 내일 당직이라 가봐야 한다며, KTX표 예매했다며, 한 시간 쯤 머물고 치료 잘 받으라는 입에 발린 인사를 하고, 치료비 한 푼도 내놓지 않고 갔다.

윗동서가 처형과 함께 찾아와서 위로의 말을 하고, 쾌유를 비는 인사를 하고, 또 흰 봉투를 놓고 갔다. 봉투에는 2백만 원이 들어있었다. 김준서는 신사임당의 얼굴이 찍힌 화폐를 세며, 이 돈이면 세 번은 항암치료를 받을 수 있겠네, 하며 삶의 희망이 솟았다. 큰동서는 죽고 난 후에 조위금을 내는 것보다 살아생전에 돈을 주는 것이 낫다고 생각해서 돈을 가져왔겠지만, 친동생도 아들도 모르는 체하는데, 어쨌든 그 마음이 고마웠다.

동창회에서 이민구가 죽었다는 문자 메시지가 왔다. 그 친구는 자주 동창회 사무실에 나와서 바둑을 두던 친구였다. 활달하고 제법 돈도 잘 써서 인기가 있었는데, 이 추위에 테니스를 치다가 심장마비로 죽었단다. 평소 친분을 생각하면 문상을 가야 하지만, 자기도 죽을병에 걸린 김준서는 다 빠진 머리를 들고 상가에 가기 싫었다. 힘이 없어 갈 수도 없었다.

중환자에게도 새해가 왔다. 김준서는 70이 넘고부터 요 몇 년간 새해가 되어도 떼돈을 버는 신년 계획 같은 것은 세우지 않았다. 그냥 건강하게 한해를 보내자는 계획만 세웠다. 그런데 금년 새해에는 2월에 죽을까, 아님 계속 항암치료를 받고 3월 아니면 4월에 죽을까, 하는 것을 걱정한다. 사실 더 살아봐야 무슨 의미가 있는 것은 아니다. 사는 것이 꼭 무슨 의미를 위해 사는 것은 아니지만. 더 살면 더 살수록 빚만 더 지게 된다.

김준서는 자신이 빚쟁이 같은 생각이 들었다. 마누라에게 평생 빚을 졌고, 처삼촌에게도 빌딩 판돈을 투자하여 떼돈을 벌고 크게 갚자는 마음 속의 약속을 지키지 못했으니, 빚을 졌다. 그를 믿고 투자했다가 투자한 돈을 날린 친구들에게도 빚을 졌다. 아파 누워 있으니 처갓집 친척들이 쾌유를 빈다며 돈을 주고 갔다. 그것도 빚이다. 김준서는 더 살면 빚은 갚을 길이 없고 새롭게 빚만 더 늘어날 것 같았다.

김준서는 중환자가 되어 집에 칩거하다 보니 아무 할 일 없어 시간이 참 더디게 갔다. 신문을 잠시 읽고, 책이라도 볼까, 하고 단편집을 들었으나 반 페이지도 보기 전에 눈이 씀벅거리고 눈물이 나서 더 이상 볼 수가 없었다. 티브이도 재미가 없었다. 계속 보고 있으면 눈이 아팠다. 소파에 누워 귀로 소리만 듣다가, 고개를 돌려 화면을 힐끗 보다가 했다. 다 늙어 빠진 마누라는 잔소리만 늘어놓는다. 김준서는 소파에 이불을 덮고 누워 공상을 하며 시간을 죽였다.

그는 올림픽에서 제일 메달을 많이 딸 수 있는 종목을 생각해 봤다. 수영, 사격, 육상. 수영은 박태환이가 금메달을 땄고, 사격에서는 진종오 등 여러 사람이 금메달을 땄다. 올림픽 육상 종목에서 우리나라 선수가 금메달을 딴 적이 없다. 아참, 황영조가 바르셀로나 올림픽에서 마라톤에 출전하여 금메달을 땄었지?

김준서는 육상선수가 되는 공상을 한다. 육상 달리기 종목은 100m, 200m, 계주는 혼자 뛰는 것이 아니니 빼고, 800m, 1,500m, 3,000m, 5,000m, 만m, 마라톤 등 8종이 있다. 전 종목을 우승하면 8관왕이 된다. 얼마나 빨리 뛰면 될까? 100m는 9.8초면 될까? 200m는 19.0초?

그런데 우선 올림픽에 나가려면 선수로 등록을 하고, 기본 기록을 넘어야 한다. 육상경기연맹을 찾아가서 선수로 등록해 달라고 할까? 팔십이 다된 나를 선수로 등록해 줄까? 종합운동장에 같이 가서 내 기록을 재 보라고 할까? 노인이 미쳤다고 하면 잘 설득해야지. 그래서 100m를 10초 안에 뛰는 기록을 보여주고…, 그럼 선수로 등록해 주겠지. 봄철 육상경기대회에 나가서 100m 를 10초 이내에 뛰면 언론이 난리가 나겠지. 우리나라 선수로는 10초 이내에 뛰었던 선수가 없었으니 노익장이라고 할까? 아님 도인이라고 할까?

가을철 전국대회에 서울 대표로 나가 여덟 개 종목에 출전하고, 전

종목 세계 기록과 비슷한 기록으로 우승을 한다? 그럼 최우수 선수가 될 거고, 언론이 난리를 칠 거고…, 내년 브라질 리우 올림픽 대표 선발전이 있을 테니 거기도 나가야지.

그리고 올림픽에 가서 100m 경주 1차 예선은 10초 정도만 뛰어도 통과할 거고, 준결승은 9.9초 정도 뛰고, 최종 결승에서는 9.8초를 뛸까? 아니 그보다 조금 빠른 세계 신기록인 9.75 정도 뛸까? 그럼 우사인 볼트를 제치고 우승할 거고, 세계에서 제일 빠른 노인이 되나?

200m에서는 19초는 좀 늦을 거고, 18.5초 정도 뛸까? 그렇게 단거리부터 중거리 장거리를 차례차례 정복하자. 마라톤은? 2시간 3분대 기록이 나온 거 같던데, 2시간 2분대는 뛰어야지. 그럼 5km 통과시간을 15분은 안 될 거고, 14분 30초로 뛸까? 14분 30초면 40km를 116분에 뛸 수 있고, 나머지 2.195km는 6분에 뛸 수 있지. 세계 신기록을 세우며 8관왕이 되면 올림픽 최우수선수가 될 거고, 우리나라 선수로는 최초로 육상부문 8관왕의 금메달리스트가 된다.

김준서는 공상에 빠져 행복하다. 육상 금메달을 따는 공상에 빠진 30분이 금방 지나간다. 마누라가 점심 먹으라며 그의 공상을 깬다, 꿈을 부순다. 마누라는 밥을 큰 아들이 가져온 뼛국에 말아서 내온다. 음식에서 누린 냄새가 난다. 입이 혀가 음식을 밀어낸다. 억지로 두어 숟갈 뜬다. 김준서는 음식은 조금 삼키고 물을 달라고 하여 마신다. 오전 내내 집에만 박혀 있었더니 너무 답답하다. 김준서는 외출 준비를 한다. 마누라가 몸도 좋지 않은 사람이 어디 나가냐고 잔소리다. 김준서는 못 들은 체하고 밖으로 나가 2호선 순환열차를 타고 경로석 한 자리를 차지하고 무료하게 앉아서 타고 내리는 사람들을 구경하며 한 바퀴 돈다. 두 시간이 더 걸린다. 공기가 탁해서인지 피곤이 몰려온다.

김준서는 전철에서 내려 비틀거리는 다리를 의지로 바로 세우며 천천히 집으로 간다. 마누라가 이 추위에 어디 다녀오냐고 찡찡대며 내일 모레 입원실이 빈다며, 2차 항암주사 맞으러 오라고 연락이 왔다고 한다.

김준서는 아직 2차 항암주사를 맞으러 갈 것인가, 이대로 버티다가 저 세상으로 갈 것인지 결정을 못했다. 항암주사를 한 번 맞으면 얼마나 생명이 연장되는지 모르는데, 열흘이 늘어난다고 치고, 일주일은 후유증에 시달리고, 겨우 며칠 축처져 있다가 기력을 조금 찾으면, 다시 주사를 맞고 또 후유증에 시달리고….

우리 인생의 가는 길이 다 정해져 있는데, 어느 사람은 테니스를 치다가 심장 마비로 가고, 어느 사람은 혈액암으로 가고, 어느 사람은 당뇨 후유증으로 가고, 또 어느 사람은 뇌졸중으로 가고…. 나는 여러 암으로 시달리다 가게 되어 있는데, 그런 이치를 거슬러 가며 암을 퇴치하는 것도 아니고, 자라는 것을 억제한다며 힘들게 항암치료를 받고, 후유증에 시달릴 것 없이 그냥 되는 대로 살다가 가면, 하는 생각을 지울 수가 없었다. 아예 암이라는 진단을 받지 않았으면, 지금 동창회 사무실에 가서 바둑을 두며 허허거렸을 거고, 대모산에 오르며 서울 강남을 내려다보며 심호흡을 했을 텐데….

전철을 타고 아무 일도 안 하고 좌석에 그냥 멍청히 앉아있다가 왔는데도 너무나 피곤했다. 김준서는 내일은 시험 삼아 대모산에 가 보고, 오를 만하면 2차 암치료를 받으러 가지 말고 버틸까, 했다. 마누라도 항암치료를 받으러 가지 말고, 그대로 살다가 죽어줬으면 하는 생각인거 같다.

김준서는 소파에 누워 티브이 소리를 들으며, 그가 죽으면 어디로 갈까 생각해 봤다. 야훼나 하나님 아버지를 믿었으면 천당에 갈 텐데….

최후의 날에 하나님 우편에 앉아 계시던 예수가 강림하여 산 자와 죽은 자를 심판한다는데…. 산 자만 70억 명, 죽은 자까지 치면 수천 억명은 될 텐데…, 법원에서 같이 한 사람씩 불러내서 심판을 할 건가?

이름을 부르고, 이미 전능하신 예수께서는 그 사람의 공과를 다 알 테니 사실 심리는 필요 없을 거고, 천당 지옥, 하고 선고만 한다고 해도 한 사람 당 1초는 걸릴 거고, 1분에 60명, 한 시간에 3,600명, 하루에 8만여 명, 한 달에 2십만 명, 당장 태어나고 죽는 사람도 다 심판 못하겠네. 전지전능하시니까, 한 번에 백 명씩, 그럼 백 명을 죽 세워놓고 심판할 건가? 죽 세우려면 시간이 걸릴 텐데, 아니 한 번에 백만 명씩 텔레파시로 형량을 알려주면 되지.

김준서는 해답을 찾은 것 같아 기분이 좋아졌다.

그런데 예수를 믿지 않았으니 그 심판의 대상은 아니고, 알라도 브라만도 믿지 않았으니 이슬람이나 힌두교하고도 상관없고. 부처님? 절에도 안 다녔으니 그것도 관계가 없다.

젊었을 때 읽은 기억에 의하면 키에르케고르가 죽음에 이르는 병인가 뭔가, 하는 책에서 영생의 희망이 있으면 현재의 고뇌, 고통, 곤궁, 질환, 번민 등이 다 죽음에 이르는 병이 아니라고 한 것 같다. 그런데 나는 영생을 얻을 종교도 없고, 불도도 닦지 않았으니 해탈의 길도 없고, 현재의 곤궁, 질환이 죽음에 이르는 병인가?

"내일 정수더러 당신 병원에 모시고 가라고 했어."

마누라가 김준서의 형이상학적 사고를 깨며 말했다.

"내가 언제 또 항암치료 받으러 간다고 했어?"

김준서가 꽥 소리를 질렀다.

"그럼 안 갈 거야? 이왕 시작했으니 한두 번 더 해 보지."

마누라가 눈을 동그랗게 뜨며 의외라는 표정으로 말했다

김준서는 항암치료를 받으러 안 가겠다는 말도, 받으러 가겠다는 말도 나오지 않아 50년 가까이 함께 살아온 마누라를 빤히 쳐다보며, 당신은 내가 진정 항암치료를 받기를 원하는 거야, 하며 눈살을 잔뜩 찌푸리고 눈으로 물었다.

관리인

1.

박인수는 오랫동안 기다렸던 손자를 보러 가며 저절로 입이 벙실, 춤이 둥실 춰졌다.

아들 박일두는 대학을 졸업하고, 취직을 못하고 빌빌대다가 나이 40이 다 되어 조그만 회사에 들어가더니 그 회사에 다니는 처녀와 눈이 맞아 결혼을 하고, 결혼 1년 만에 떡두꺼비 같은 아들을 낳았다. 오늘 산모가 산후조리원에서 퇴원하여 아들의 집으로 돌아오는 날이다.

전철 경로석에 앉은 박인수는 주머니에 그가 작명한 손자의 이름, 박상순, 박상룡, 박상국을 꺼내보며, 아들놈이 항렬을 따라 지은 이름 중 어느 이름을 선택할 것인지 궁금했다.

박인수는 아들이 그가 작명한 이름이 다 싫다고 하면 운명철학관에 가서 지으라고 흰 봉투에 그가 찾은 유명한 작명가 3인의 주소와 전화 번호를 적고, 돈 30만원을 넣어 들고 가는 길이다.

15년 전 상처한 박인수는 15평 아파트에 혼자 살고 있다. 지금 아들이 사는 31평 아파트는 그가 사줬다. 산부인과 병원비, 산후조리원 비용도 그가 다 대줬다.

박인수가 아파트 벨을 누르자 아들이 아파트 문을 열어줬다.

"산모는 건강하고 애도 건강하지?"

박인수가 현관에서 신발을 벗으며 물었다. 아이를 안고 소파에 앉아 있던 며느리가 아버님 오세요, 하고 인사했다.

"어디 아이 한 번 안아보자."

박인수가 손을 내밀었다.

"아버지, 손 먼저 씻고 보시지요."

아들이 말했다.

박인수는 아들의 말이 섭섭했으나 손자를 생각해서 하는 말이겠거니, 하고 세면장에 가서 비누로 손을 깨끗이 씻고, 수건으로 물기를 닦고, 거실로 나와 아이를 달라고 며느리에게 두 손을 벌렸다.

"아버님 손 차가울 텐데."

며느리가 아이를 시아버지에게 건네며 말했다. 이제 태어난 지 열흘밖에 되지 않은 손자의 이목구비가 뚜렷하다. 코랑 눈자위가 아들을 닮은 것 같다.

"이름을 지어야지."

박인수가 주머니에서 이름이 적힌 종이를 아들에게 건네며 말했다.

"이름이요?"

아들이 아버지에게 말했다.

"이 이름, 우리 밀양박씨의 항렬을 따라서 내가 지어본 것이다. 니가 74세 두斗자 항렬이고, 손자는 75세 상相자 항렬이라 우선 이름 세 개를 지어봤다. 세 개가 다 마음에 안 들면 작명가에게 가서 지어라. 여기 서울에서 유명한 작명가 세 사람 주소와 전화번호가 적혀 있다. 복채 30만원도 넣어놨으니, 그 돈이면 지어줄 거다."

박인수는 아들놈이 그가 지어온 이름 중에서 손자 이름을 고르기를 바라며 흰 봉투를 내밀었다.

"에이 아버지, 요새 누가 점쟁이한테 가서 이름을 지어요. 벌써 이름 지었는데요, 아람이라고."

"아람이, 박아람? 한자로는 어떻게 쓰냐?"

"한글 이름이라 한자가 없어요."

"한자도 없는 이름을 지었다고? 안 된다, 다시 지어라."

"벌써 호적에 올렸는데요."

"호적에 올리다니 내 말도 안 들어보고, 우리 양반 밀양박씨 항렬도 무시하고. 안 된다, 다시 지어라."

박인수가 강경하게 말했다.

"호적에 올려 고치려면 재판을 해야 하는데요."

아들이 버텼다.

"재판을 하다니?"

"이미 호적에 올려 그냥은 안 고쳐줘요. 재판을 해도 특별한 사연이 없으면 안 고쳐주고. 아람이, 얼마나 현대 감각이 있고 좋아요?"

아들이 뻗댔다.

"그래서 못 고치겠다고?"

박인수가 거의 고함을 치는 수준으로 큰 소리로 말했다.

"못 고치는 것이 아니라 이제 고칠 수가 없어요."

"이놈 자식, 애비한테 상의도 않고 손자 이름을 져?"

"제 아들인데 꼭 아버지 허락을 받아야 해요?"

"뭐라고?"

박인수는 기가 막혔다. 아들하고 더 말을 해 봐야 기분만 나쁠 것 같았다.

박인수는 흰 봉투를 챙겨서 주머니에 쑤셔 넣고 아들의 집을 나오며 아들 놈 잘못 가르친 것을 후회했다.

박인수는 그의 사무실에 가기 전에 이발이라도 하여 꿀꿀한 기분을 풀까 했다. 아들이 사는 아파트에는 이발소가 없다. 미장원에 가서 머리를 깎던지, 사우나탕에 가서 깎아야 한다. 조발료가 미장원은 15,000원, 사우나탕은 12,000원이다. 평생 근검절약하며 살아온 박인수는 머리 좀 깎는데 그렇게 비싼 돈을 지불하기가 싫다. 그는 무료로 전철을 타고 한강을 건너 종로 3가로 나와서 파고다공원 근처의 이발소까지 가서 3,500원을 주고 머리를 깎았다.

점심은 종로구청 식당에 가서, 12시 반까지 구청 직원들이 점심 먹는 것을 기다렸다가, 그 이후 3천원을 주고 사먹었다. 그는 구청 자판기에 300원을 넣고 커피를 한 잔 빼서 마시고 무료 전철을 타고 한강을 건너 그의 빌딩으로 갔다.

박인수는 이발을 하고 점심을 먹고 나서도 자식을 잘못 키웠다는 자괴감에서 벗어날 수가 없었다.

'어떻게 밀양박씨 가문에서 할아버지와 상의도 않고 일 세조 박혁거세 조상님부터 내려온 항렬도 안 지키고 귀한 손자의 이름을 상놈같이 한글로 짓나? 그래도 찰스니, 스미스니, 하고 서양이름으로 안 지은 것을 다행으로 여겨야 하나?'

박인수는 북북거리는 감정을 누그러뜨리려 애쓰며 풍남빌딩 10층 관리실에 들어섰다.

"사장님 이제 오세요?"

10층 복도를 청소하던 청소부 최씨 할머니가 인사했다.

"네. 무슨 일 없지요?"

"아니요, 따님이 오전부터 오셔서 기다리셨는데."

"딸이 왜요?"

"모르겠어요. 점심 식사하고 다시 오신다고 했어요."

"두 사람이 이 빌딩 다 청소하시기 힘드시지요?"

박인수는 딸년이 왜 왔을까, 생각하며 이 빌딩을 청소하며 70이 다된 할머니 청소부를 위로했다. 그 때 딸 박민숙이 관리실에 들어섰다.

"아침부터 왔다며? 점심은 먹었고?"

아버지가 30대 초반의 딸에게 물었다.

"네. 요 앞 일식집 가서 정식 먹고 왔어요."

박인수는 일식 정식이면 최소 2만원은 할 텐데, 지 애비는 겨우 3천원짜리 먹는데, 하며 '용건이 무엇이냐' 고 눈으로 물었다.

"아빠 저 천만 원만 줘."

딸이 맡겨놓은 돈을 달라는 것같이 당당하게 말했다.

"천만 원? 어디다 쓸 거야?"

"성룡이 아빠가 급히 필요하대."

성룡은 외손자 이름이다.

"내가 천만 원이 어디 있냐?"

"아빠 같은 부자가 그까짓 천만 원이 없어?"

"천만 원이 얼마나 큰돈인데 그까짓 것이냐?"

아버지가 화를 냈다.

"아빠 한 달 임대료만 5천씩 들어오는데 그까짓 천만 원 푼돈이잖아."

딸이 아무렇지도 않게 말을 내뱉었다.

"임대료 받으면, 세금내야지, 건물 보수해야지. 뭐 남는다고."

"에이. 아빠 저 돈 안 주려고 또 죽는 소리. 지금 당장 그 돈 필요하니 줘."

딸이 막무가내로 졸랐다.

"그 돈 없다. 니가 나한테 돈 맡겨놨냐?"

"지금 성룡이 아빠 그 돈 가져올 거 눈 빠지게 기다릴 텐데…."

딸이 보챘다.

박인수는 고개를 휘휘 젓고, 돈이 없다는 표시로 손을 흔들며 관리실을 나가며, 또 한 번 자식을 잘못 키운 걸 한탄했다. 지금 딸이 사는 집도 아버지가 딸 몰래 사위에게 돈을 대주고 사줬다.

딸은 엘리베이터까지 따라오며, 아버지 그 많은 돈 다 어디다 쓰려고 그렇게 자린고비 노릇하냐며 쫑알거렸다.

박인수는 고개를 젓고 아예 딸을 상대하지 않았다.

2.

박인수는 K대학교에서 허드렛일을 하는 계약직 직원을 하며, 아들과 딸 둘을 길렀다. 항상 돈에 쪼들렸다. 아내는 그들이 사는 아파트단지 길 건너에 있는 전통시장 입구 노점에서 야채장사를 하며 가계를 도왔다.

박인수의 초등학교 동창 유재국이 K대학 총장이 되었다. 그러나 대학총장은 일용직 직원과 하늘과 땅 차이만큼 신분의 차이가 나서 박인수는 감히 인사를 갈 엄두도 못 냈다.

유 총장이 부임한 지 반년 쯤 지난 어느 날 총무부 직원이 총장이 박인수를 찾는다고 했다. 박인수는 화장실에 가서 거울을 보며 손빗으로 머리를 정리하고, 옷매무시를 단정히 하고, 구두시험을 보러 가는 학생같이 설레는 마음으로 총장실을 찾아갔다.

총장 응접실은 박인수가 사는 집 거실과 방을 다 합친 것보다 넓었다. 쪽문을 통해 응접실로 들어선 유 총장은 소파에 앉지도 못하고 엉거주춤하게 서 있는 박인수를 반갑게 맞이하며 악수를 청했다. 박인수는 황공하여 두 손으로 친구의 손을 잡았다.

"인수, 너 우리 학교 근무하며 내가 총장된 거 알았을 텐데 인사나 오지. 며칠 전 초등학교 동창회에 갔다가 니가 우리 학교 다니는 거 알았다."

유 총장이 말했다. 사는 처지가 어려워 초등학교 동창회에 나갈 엄두를 못내는 박인수는 황공하여 대꾸도 못하고 얼굴만 붉혔다.

"이렇게 한 학교에 있게 된 것도 인연인데 뭐 부탁할 일 있으면 허물없이 찾아와라. 너 학교 다닐 때 정말 성실했었는데…."

박인수는 초등학교 때 우등상은 못 탔지만, 졸업할 때 6년 개근상을 탔다.

"뭐 그게…."

박인수는 쑥스러워 머리를 긁었다.

유 총장은 초등학교 때 이야기를 하며, 어디에 사느냐, 어떻게 사느냐고 물으며 박인수를 편하게 대해 줬다. 박인수가 자리에서 일어서서 나갈 때는 내가 총장으로 있을 때 정규직으로 바꿔줄게, 하며 박인수가 가장 바라는 바를 먼저 해 주겠다고 했다.

박인수가 총장과 초등학교 동창이라는 것이 알려지자 총무부에서 그를 대하는 태도가 달라졌다. 그 후 유재국은 두어 번 더 박인수를 그의 방으로 불러 같이 차를 마셨고, 연말에는 과일이나 사먹으라며, 10만원을 넣은 봉투도 건네줬다.

새해가 되었다. 박인수는 연말에 봉투도 받고 하여, 총장실에 새해인사를 갔다. 유 총장이 반갑게 박인수를 맞고 응접실로 안내하며 비서에게 녹차를 내오라고 했다. 박인수는 하늘같이 높은 총장이 그를 친구로서 대접하며 친절하게 맞아주자 코끝이 찡했다. 유 총장은 동창들 이야기를 잠시 하더니 몸을 곧게 하고 정색을 하며 박인수에게 말했다.

"인수 너 대학 말고 다른 일해 볼 거야? 수입은 여기보다 두세 배 될 건데."

박인수는 무슨 말인지 몰라 멍청히 친구를 쳐다봤다.

"빌딩 관리인인데 해볼 거야?"

"나 그런 거 안 해 봤는데…."

"그냥 청소부 두고 청소하는 것 관리하고, 관리하는 기술자 두고 복도에 형광등 나가면 교체하는 것 챙기고, 그런 일하면 돼."

박인수는 지금도 전기공을 도와서 형광등 교체 등을 하고 있다. 그 정도 일이라면 어렵지 않을 것 같았다. 박인수가 고개를 끄덕이며 할 수 있다는 신호를 보내자, 유 총장이 박인수의 손을 잡고 반겼다.

"믿을 만한 사람이 없어 그랬는데, 너라면 믿을 만하지. 너는 우리 초등학교 동창 중 내가 제일 믿을 만한 친구거든."

유 총장이 박인수의 손을 잡고 흔들었다. 박인수는 유 총장이 그를 그렇게 높이 봐주자 감격했다. 유 총장은 총무부를 통해 박인수의 근무 태도를 확인했다. 성실하고 법이 없이도 살 사람이라는 보고였다.

"오후 3시쯤 내 방으로 와라. 나랑 같이 나가서 볼 데가 있다."

박인수는 그러겠다고 하고 총장 방을 나왔다.

박인수는 유 총장의 차에 동승하여 한강을 건너 강남으로 갔다. 강남이 막 개발되던 때라 여기저기 건축 현장이 보였다. 유 총장은 대로변에 차를 세우고 차에서 내리며 운전수에게 여기서 기다리라고 했다. 박인수도 따라서 내렸다. 유 총장은 한 블록이나 걸어서 갔다. 네거리에 있는 빌딩을 손가락으로 가리켰다.

"저 빌딩이 니가 관리인할 빌딩이다, 은행 간판 보이는."

"저 빌딩 니꺼냐?"

박인수가 대학 총장이 어디서 돈이 나서 저렇게 큰 빌딩을 샀을까. 처가가 부자인가, 하며 물었다.

"밖이 추우니 저 다방에 가서 이야기하자."

유 총장이 앞장서서 다방 안으로 들어갔다. 다방 안은 담배 연기로 자욱했다. 유 총장은 비싼 쌍화차를 시키고 정색을 하고 말을 꺼냈다.

"좀 전에 본 그 건물 아직 내 것은 아니고, 니 말 들어보고 오늘 계약할까 한다."

"내 말 들어보고?"

박인수가 무슨 말인지 알아들을 수가 없어 눈만 꿈벅거렸다.

"응, 니 말. 대학 총장이 그 건물을 사면 대학 총장이 무슨 돈이 있어 20억씩이나 하는 빌딩을 샀냐고 의심받게 된다."

박인수는 유 총장의 말뜻을 알아듣고 고개를 끄덕였다.

"그래서 니 이름을 좀 빌리고 싶은데…."

"내 이름을 빌리다니?"

"니 이름으로 사는 거다."

"내 이름으로? 세무서에서 당장 세무조사 나올 텐데."

"그건 내가 알아서 다 해결할 거고. 니 이름 좀 빌려주라."

유 총장이 박인수의 손을 잡고 흔들었다.

"너 날 어떻게 믿고 그러니? 내 이름 빌려줬다가 떼어먹으면."

"너 배신할 사람 아닌 거 다 알지. 그러니 너한테 부탁하지. 배신하는 죄가 죄 중에 가장 무서운 죄로 무간 지옥에 떨어질 텐데, 너같이 착한 사람이 배신하겠냐? 너한테 절대 피해 없게 할게. 니 이름으로 사서 니가 관리해라. 그럼 지금 월급보다 훨씬 많은 수입이 보장된다."

박인수는 바로 유 총장의 제의를 이해했다.

박인수는, 내가 배신할 리도 없지만, 유 총장이 내가 팔아먹지 못하게 가등기를 설정해 놓겠지, 하고 생각했다.

"계약금하고, 중도금 합쳐 10억 원은 내가 마련해 놓았고, 잔금 10억 원은 은행에서 융자할 거다. 저 빌딩이 지금 시세보다 3억 원은 싸게 나왔다, 주인이 급전이 필요해서. 그래서 니가 예스하면 바로 가서 계약할 거다."

"나 은행에서 10억 원 빌릴 수 없는데. 겨우 천만 원짜리 아파트에 사는 비정규직인 나를 보고 은행에서 그렇게 큰돈을 빌려주겠냐?"

"그건 걱정마라. 내가 다 빌리게 해 줄게. 너는 인감증명만 해 오면 된다. 세무서에 십억 빌린 증서를 내밀면 세무조사 때 도움이 될 거고."

유 총장은 진지했다.

"10억은 10년 기한으로 원금과 이자를 동시에 갚도록 빌릴게. 그럼 빌딩 임대료에서 원리금 갚고 영선비, 세금 빼고 나머지는 니가 다 가져라. 내가 계산해 보니까 한 달에 5백은 남겠더라. 그럼 내 월급보다 많다."

박인수는 모든 것은 유 총장이 다 알아서 해 주고, 한 달 수입이 5백이나 된다는 말에 귀가 솔깃해졌다. 당장 아내가 야채장사를 안 해도 아들딸을 대학까지 보낼 수가 있다. 박인수가 고개를 끄덕이자, 유 총장은 어릴 때 친구의 손을 잡고 고마워했다.

"세금 문제를 상의할 세무사도 내가 다 소개시켜 주고, 세무사는 월정으로 정해 일정액 주고 계속 서비스를 받아야 할 거다. 혹시 법률적인 문제가 생길 때를 대비하여 법무사도 소개시켜 줄게."

유 총장이 선선히 말했다.

"그럼 그렇게 결정됐으니, 니 빌딩에 누가 임대 들어왔는지 보러 갈까?"

유 총장이 자리에서 일어섰다.

박인수는 유 총장이 니 빌딩을 보러 가자고 하자 기분이 묘했다.

빌딩 지하 2, 3층은 주차장, 지하 1층에 식당 여섯 곳이 장사를 하고 있었다. 1층 3/4은 은행이, 나머지 1/4는 약국이 들어와 있었다. 2층은 두 증권회사가 서로 마주보고 자리하고, 3층에서 7층까지 5개 층은 한 회사가 통째로 사무실로 쓰고 있었다. 8층엔 한의원과 이비인후과 병원이, 9층에는 안과와 치과 병원이 들어있다. 10층은 태권도 도장으로 쓰고, 한쪽 구석에 관리사무소가 있었다.

박인수는 그의 이름으로 등기될 건물을 죽 돌아보며, 가슴이 설레고, 부자가 된 기분이었다.

박인수가 인감증명서를 떼어다 주자 유 총장은 약속대로 은행에서 박인수의 명의로 10억 원을 대출하고, 빌딩 등기를 박인수 명의로 해 줬다. 박인수는 졸지에 서류상으로 20억 원짜리 빌딩 주인이 되었다.

박인수는 빌딩 관리인으로 가기로 해서 직장을 그만 둔다고 아내에게 말했다. 아내는 남편의 통고에 그래도 괜찮으냐며, 불안한 마음을 내비쳤다. 박인수는 수입이 지금보다 최소 두 배는 될 거니, 당신 야채 장사 그만두라고 말했다. 아내는 월급 받아 보고 그 때 결정하겠다고 했다.

대학교에서 허드렛일을 했던 박인수는 빌딩 관리인을 맡고 나서 청소부 두 명만 남겨놓고 잡역일을 하던 인원을 정리하고, 비용을 아끼기 위해 그 일을 그가 손수 하기로 했다.

박인수는 그의 빌딩에 세를 든 은행에 그의 이름으로 통장을 개설하고 임대료를 다 그 통장으로 받아서 관리했다. 은행에서는 빌딩 주인인 그를 VIP로 대접했다. 그는 임대료 받은 돈에서 빌린 돈 10억 원의 원리금을 갚고, 유 총장이 소개한 조성호 세무사 사무소에서 계산해준 제세금을 내고, 청소부 월급을 주고, 영선비를 쓰고 남는 돈의 일부를 그의 인건비로 했다. 그는 학교 비정규직 때 받던 월급의 딱 두 배만큼만 그의 월급으로 챙겼다.

마누라는 학교 다닐 때보다 두 배나 많은 월급을 두 달째 가져다주자 채소장사를 그만뒀다.

박인수는 임대료로 받은 돈과 관리비 지출 내역을 꼼꼼히 적어 매달 유 총장에게 보고하고, 임대료에서 제 비용을 공제하고 남은 돈을 건넸다. 유 총장은 박인수의 성실한 태도에 만족감을 표했다.

2학기가 시작되기 전 유 총장은 미국으로 출장을 갔다. 유 총장이 출장을 떠나기 전 비서가 전화로 박인수에게 알려줬다.

미국으로 출장을 간 유 총장은 검찰에 있는 법대 동기 친구로부터 공금횡령 혐의를 받고 있으며, 귀국하면 공항에서 바로 체포될 거라는 연락을 받고 귀국을 늦췄다.

반년이 지나서야 유 총장은 인편을 통해, 박인수에게 그에게 줄 돈은 우선 한 3년짜리 적금을 들어놓으라고 연락했다. 박인수는 연락받자마자 바로 그의 이름으로 적금을 들었다.

유 총장은 1년이 지나도 귀국하지 않았다. 박인수는 큰 어려움 없이 빌딩을 관리했다. 지하 식당 한 곳이 임대료를 내지 않고 애를 먹여, 유 총장이 미리 소개해 준 조성호 법무사의 도움을 받아 명의 양도 소송을 했다. 10개월이나 걸려 소송이 끝나고 식당 주인을 강제로 퇴거시키고, 새로운 세입자를 받았다. 그 동안 유 총장은 아무런 연락이 없었다.

박인수는 빌딩을 관리하며, 거의 시도 때도 없이 나오는 세금에 질렸다. 탈세를 하고 싶은 유혹이 컸다. 그러나 그 방법을 몰랐다.

그 후 유 총장으로부터 소식이 끊겼다. 그래도 박인수는 유 총장 덕에 큰 빌딩을 관리하며 처자식을 편안하게 먹이고 가르칠 수 있게 된 은혜를 저버리지 않겠다며, 임대료를 한 푼도 꼬불치지 않고 성실하게 기장하고, 남는 돈은 꼬박 저축했다.

박인수가 빌딩을 관리하기 시작한 지 3년 차 되던 해에 사무실을 임대하여 들었던 회사가 자기 회사 건물을 지어 나갔다. 10층 빌딩의 5개 층이나 임대 들었던 회사가 빠져 나가자, 당장 그 달부터 임대료 수입이 절반으로 줄었다. 임대 보증금은 빌딩에 세를 든 은행에서 빌려서 내줬으나 당장 은행 원리금을 갚을 돈이 태부족했다. 두 달이나 공실로 남아 박인수의 속을 썩였다.

다행히 두 달 후에 4개 층을 쓰는 회사가 임대를 들어오고, 나머지 한 층도 세입자를 구해 위기를 넘길 수가 있었다. 박인수는 그럴 때를 대비하여 비상금을 마련해 놔야 할 것 같았으나 방법을 몰랐다. 유 총장 명목으로 넣는 적금을 좀 줄여서 따로 주머니를 차야 하나, 했다.

대학교에 같이 다니던 동료로부터 유 총장은 미국에서 불법으로 거주하다가 영주권을 얻었다는 소식을 들었다. 몇 년 동안 유 총장은 박인수에게 맡겨놓은 자기 재산에 대하여 전혀 간섭을 하지 않았다.

박인수는 수입이 늘었으나, 어렸을 때, 가난한 시절에 몸에 밴 검소한 생활을 계속 하며, 한 푼이라도 아낄 수 있으면 아껴서 썼다.

집안 살림이 편해지자 평생 곤궁하게만 살아온 아내가 잔병치레를 계속 하더니 돈 걱정 안 하는 생활을 5년도 못하고 저세상으로 갔다.

10년이 지났다. 10억 원 은행 빚 원리금 상환이 끝났다. 박인수는 은행 VIP 담당 유미경의 코치를 받아 원리금을 상환하던 액수만큼 절세 상품 적금을 들었다.

5년간 적금을 들고, 다시 5년을 찾지 않고 두면 10년 후에는 세금을 한 푼도 내지 않고 원리금을 찾을 수가 있다. 적금을 부은 돈이 10억은 되니 10년 후에 이자를 합쳐 14억 원은 받을 수가 있다.

3.

70회 생일을 맞으며 박인수는 과거를 돌아보며 생각이 많았다.

그는 대학 총장이 된 그의 초등학교 동창 덕으로 얼떨결에 명목상 큰 빌딩 소유주가 되었고, 20년을 타인의 재산 관리인으로 성실히 살아왔다. 세월이 흐르고 유 총장이 재산을 챙기지 않자, 자연히 그가 법적으로 그 빌딩의 실제 소유주가 되었다. 그렇게 흘러가는데 그의 의지는 전혀 개입되지 않았다.

그는 죽 고소득자의 반열에 들었었는데, 그냥 관리인으로 살며 한 번도 부자답게 살지 못했다. 그는 무엇인가 잘못 살아온 것 같아 마음이 허전했다.

그 동안 받은 임대료에서 그의 마음대로 넉넉히 월급을 챙기고, 아들딸 대학 보내고, 결혼시키고, 아파트도 하나씩 사줬다. 아버지로서 아들딸들에게 할 일을 다 해 줬다.

그런데 자신을 위해서는 뭘 했지?

지난 20년 동안 부동산 값이 올라, 20억 원 주고 산 빌딩이 이제는 100억 원을 호가한다. 이제 풍남빌딩은 명실 공히 박인수의 소유다.

임대료만 연간 6억 원 넘게 들어온다. 빚이 한 푼도 없다. 적금을 들어놓은 돈도 15억 원이 훨씬 넘고, 계속 이자가 불고 있다. 죽을 때까지 먹고 살 돈은 충분하다. 아니 넘친다.

그런데 지금까지 인생을 너무나 무미건조하고 멋없게 살아왔다. 남은 삶도 이렇게 살아야 하나?

초등학생이 된 손자 박아람이 할아버지는 너무 느낌이 없이 산다고 했다. 손자의 말을 듣고 박인수는 손자가 괘씸했었으나, 할아버지 사는 것이 손자에게 어떻게 보였으면 그런 소리를 할까, 한심한 생각이 들었다.

해가 가면 또 다음 해가 오는 20년 세월을 아침 8시에 빌딩에 출근하여 지하 3층부터 10층까지 죽 훑어보며, 어디 손볼 것이 없나 확인했다. 한 시간이 넘게 걸렸다. 관리실에 올라가서 봉지 커피를 한잔 타서 마시고, 혼자 할 수 있는 보수는 혼자 하고, 기술자가 필요하면 기술자를 불러 수리를 하며 비용을 최소로 줄이려고 애썼다.

청소부 할머니들은 그와 함께 20년을 빌딩 청소하며 늙어갔다. 청소는 그녀들의 몫이다. 성실히 자기 임무를 잘 수행하여 확인할 필요가 없다.

임대료가 들어오는지는 은행 통장만 찍어보면 된다. 일주일에 한 번씩 통장을 찍어보고, 임대료가 안 들어왔으면, 임대인을 찾아가서 독촉했다. 지하에서 장사하는 식당을 제외하고 다른 입주자들은 제 때에 임대료를 잘 내줘서 크게 신경 쓸 일도 없었다. 조성호 세무사가 세금을 계산해 주면 날짜에 맞춰 세금을 내고 쓰고 남는 돈은 저축했다.

남의 재산을 맡아서 관리하며 헛돈 안 쓰고, 사치 안 하고, 한 푼이라고 아껴 쓰며 검소한 생활을 하며 정직한 관리인으로 살아왔다.

박인수는 70이라는 나이를 곱씹으며, 이제 건강하게 살 날도 한 10년쯤 남은 것 같은데, 벌어놓은 돈 지고 저승 갈 것도 아닌데, 운이 좋아 거저 생긴 돈 좀 쓰며 나머지 인생은 좀 인간답게 살면 안 되나, 했다.

'무엇부터 하지? 우선 장가부터 들까?'

혼자 산 지 15년, 죽은 마누라한테 의리는 다 지켰다. 당장 노년을 같이 보낼 여자부터 하나 얻자. 그 동안 혼자 살며, 사먹을 때는 싸구려 음식, 집에서 해 먹을 때는 인스턴트 식품으로 끼니를 때웠다. 외식도 인스턴트 음식도 이제 다 지겹다. 여자가 집에서 해 주는 따뜻한 밥을 먹고 싶다.

'내 영혼을 맡길 종교도 하나 가지면?'

부처를 믿을까, 예수를 믿을까? 어느 종교를 믿어야 할지 잘 모르겠다.

세계 여행도 다니자. 해외여행은 백두산 한 번 다녀온 것이 전부다. 로마 문명의 유적을 찾아 로마도 가 보고, 파리에 가서 에펠탑도 보자. 그랜드 캐년이 거창하다니 미국에도 가서 구경하자. 라스베이거스에 가서 노름도 한 번 해 보고. 그리고 베풀고 살자. 이제 모으는 것은 그만 하자. 박인수는 장가도 가고, 종교도 가지고, 해외 구경도 가고, 베풀고 살기로 정하고 그 계획을 짜며 신이 났다.

박인수는 그 첫 번째 행사로 아들딸들과 같이 평생 한 번도 가본 적이 없는 고급호텔에서 식사를 해 보기로 했다. 박인수는 아들에게 그가 저녁을 살 테니 서울에서 제일 좋은 호텔에 저녁을 예약하라고 했다. 아버지로부터 전화를 받는 아들이 놀란 목소리를 냈다.

"아버지 호텔 식사를 사신다고요? 잘못하면 아버님 기절하실 텐데."

"야, 밥 좀 먹는데 무슨 기절. 동생 내외도 불러라."

아버지가 큰 소리를 쳤다.

"민숙이 내외까지요? 제일 좋은 호텔은 6성급 호텔이 워커힐하고 삼성동에 있는 파크 하얏트호텔이 있는데, 그래도 외국 정상이 오면 모시는 신라호텔 어때요? 교통도 편리하고. 그리로 예약할게요. 비쌀 텐데요."

"비싸면 지가 얼마나 비싸겠냐? 그럼 내일 저녁 7시로 예약해라. 예약한 식당 이름 문자로 알려주고."

"네, 지하철 3호선 타고 오셔서 동국대역에서 내리셔서 걸어올라 오시면 돼요."

"어떻게 갈 것인가는 걱정 말고."

박인수는 전화를 끊으며, 이 녀석이 호텔로 밥 먹으러 가는 아비더러 지하철 타고 오라고, 하며 기분이 나빴다.

박인수는 택시를 타고 신라호텔에 갔다. 택시비가 12,000원이나 나왔다. 박인수는 택시비를 건네며, 전철을 탔으면 거저인데, 하며 택시비가 아까웠다.

정장을 한 호텔종업원이 택시 문을 열어줬다. 박인수는 황송한 마음으로 택시를 내렸다. 그는 다른 사람들을 따라서 회전문을 지나 호텔

로비로 들어섰다. 로비 여기저기에 외국 사람들이 보였다. 박인수는 호텔 로비의 크고 화려함에 기가 죽었다. 23층에 식당이 있다고 했는데 어디로 가서 엘리베이터를 타야 하는지 가늠이 되지 않았다.

박인수는 착하게 생긴 30대의 여자에게 엘리베이터가 어디 있나, 물었다. 그녀가 손가락으로 가리켜줬다.

박인수는 완전히 기가 죽어 어깨를 움츠리고 눈치를 보며 엘리베이터를 탔다. 누군가 벌써 23층을 눌러놨다. 엘리베이터에 코가 큰 외국인 부부와 중국말로 떠드는 두 사람이 같이 탔다. 엘리베이터가 고속으로 위로 올라갔다. 23층에서 엘리베이터 문이 열렸다. 박인수는 다른 손님을 따라서 맨 나중에 엘리베이터를 내렸다.

박인수는 눈치를 보며 다른 손님을 따라서 콘티넨탈이라고 이름이 붙은 식당 앞으로 갔다. 유니폼을 입은 젊은이가, 예약하셨어요, 하고 물었다. 박인수는 떨리는 음성을 감추려고 헛기침을 하며 아들 이름을 댔다. 유니폼을 입은 젊은이가 따라오시지요, 하며 앞장서서 홀로 들어가서 루비라는 이름이 붙은 방으로 안내했다.

아들 딸 내외가 먼저 와서 식탁에 앉아있다가 박인수가 들어서자 자리에서 일어섰다. 젊은 종업원이 박인수에게 비워놓은 가운데 자리 의자를 빼줬다. 박인수가 의자에 앉자 종업원이 의자를 밀어 넣어줬다. 종업원은 유리잔에 찬물을 따라주고 메뉴판을 죽 돌렸다.

박인수는 그 때야 겨우 정신을 차리고 눈을 들어 창밖을 내다봤다. 남산 아래쪽에 큰 석조건물이 보였다. 식탁 가운데 촛불이 켜 있고, 아담하게 예쁜 꽃도 꽂아 놨다. 각 사람들 앞에 둥그런 접시 위에 냅킨을 삼각형으로 접어서 세워 놨다. 박인수는 찬물을 한 모금 마셨다.

"칵테일하시겠어요?"

종업원이 물었다.

칵테일, 하고 박인수가 묻자, 아들이 나는 하이네캔 한 잔 줘요, 했다.

사위가 진토닉 한 잔 줘요, 당신도 그거 하지, 하며 딸에게 말했다.

박인수는 사위를 손가락으로 가리키며 저기서 시킨 거 나도 한 잔, 하고 말하고 메뉴판을 펼쳤다. 메뉴판은 읽기도 어렵게 영어 글씨가 가득했다. 영어 글씨 밑에 작은 글씨로 한글로도 메뉴를 써 놓았으나, 돋보기를 가져오지 않은 박인수는 잔글씨를 읽을 수가 없었다.

박인수는 메뉴판 맨 밑에 있는 가격, 300,000 won을 보고 숨이 콱 막혔다. 다섯 사람이 먹으면 밥값만 150만 원이다. 부가세 10%, 봉사료 10%는 별도라고 쓰여 있다.

박인수는 깊이 숨을 들이마셨다. 두 번째 장의 가격은 240,000원 다음 장은 180,000원, 다음 장은 150,000원이었다.

박인수는 제일 싼 메뉴를 시키고 싶었으나, 난생 처음 사주는 거, 하며 큰 맘 먹고 180,000원짜리를 골랐다. 고기를 어떻게 익힐까 물었다. 아들이 미디움, 했다. 박인수는 아들이 말한 말이 무슨 뜻인지도 모르고 그대로 외웠다. 음식 주문이 끝나자, 종업원이 와인리스트를 내밀었다. 포도주 이름도 전부 영어로 쓰여 있다. 제일 싼 것이 한 병에 50,000원, 비싼 것은 500,000원이다.

박인수는 막걸리 한 병에 3,000원 소주도 3,000원이면 먹는데, 제일 싼 포도주 값이 열 병 값도 넘네, 하며 50,000원 짜리를 손가락으로 가리키며, 단단히 바가지를 쓰는 기분이 들고 속이 쓰렸다.

종업원이 얼음이 가득 든 유리 글라스를 박인수에게 건넸다. 유리잔 가장자리에 레몬을 잘라 끼워 놨다. 사위가 레몬을 빼내서 잔에 넣는 것을 보고 박인수는 따라서 했다. 사위가 얼음물을 마시는 것을 보고 따라서 마셨다. 얼음물에서 상큼한 송진 냄새가 났다.

박인수는 한 모금 마시고 입에 남은 맛을 음미했다. 바로 알코올이 위장에 들어갔는지 찌르르 신호가 왔다. 고급술이라서인지 소주를 마실 때보다 입안에 향기가 좋았다.

상어알 요리가 나오고, 대게살 요리도 나오고, 한우 등심 스테이크가 나왔다. 손바닥 반쯤 크기인 소고기가 너무나 부드럽고 맛있었다. 박인수가 평생 먹어본 소고기 중 제일 맛이 있었다. 여러 종류의 치즈가 나오고 딸기와 멜론을 섞은 후식이 나왔다. 마지막으로 아들은 아이스크림을 시켰으나, 박인수는 커피를 시켰다. 커피 맛이 봉지 커피와는 확연히 다르게 부드럽고 향이 났다.

아들이 식사를 하며, 저 산 밑에 보이는 석조건물이 국립극장이라고 알려줬다. 박인수는 국립극장이면 근사할 것 같은데, 거기도 한 번 구경가야겠다고 생각했다. 남산에 올라 남산 타워도 한 번 올라가 봐야겠다고 생각했다.

박인수는 저녁 한 끼 먹고, 간에 차지도 않게 포도주 한 잔 마시고, 백만 원이 훨씬 넘는 밥값을 계산하고 호텔을 나서며, 아들 내외와 사위 내외가 신분 상승의 만족감에 행복해 하는 표정을 보며, 돈을 쓴 기분을 떨떠름하게 느끼며, 이런 비싼 세상도 있네, 했다.

박인수는 아들이 집까지 그의 승용차로 모신다는 것을 전철을 타고 가겠다고 우겨서 동국대 지하철역 출구 앞에서 아들 차에서 내렸다.

박인수는 무료로 전철을 타고 경로석에 앉아서 가며, 이런 턱없이 비싼 음식점에 와서 돈을 버리는 속이 텅 빈 사람들은 도대체 어떤 사람들일까 생각했다. 자기 돈을 쓰는 것은 아닐 거고, 회사 돈으로 먹던지, 아님 얻어먹던지 하겠지, 하고 생각했다.

그는 오늘 저녁 밥 한 끼 사먹으며 써버린 돈을 빌딩에서 청소하는 할머니에게 주면 얼마나 행복해 할까, 생각하며 쓰게 웃었다.

박인수는 전철에 앉아서 그 동안 그를 스쳐 간 여인들을 떠올려봤다.

그의 빌딩에 임대 들어온 은행에서 PB로 근무했던 유종미가 떠올랐다. 그는 그녀를 좋아했었다. 그녀는 몸매도 날씬하고 예쁜 편이었다.

아주 싹싹하고 친절했다. 고객의 돈 불리는 것을 자기 돈을 불리는 것같이 성심껏 안내해 줬다.

그는 그녀의 권고에 따라 절세 상품 몇 개를 들었다. 그녀는 빌딩 주인에다 큰 고객인 그에게 비싼 일식집에서 회도 사주고 명절 때는 선물도 주며 호의를 표시했다. 박인수는 그녀가 쏙 마음에 들었으나, 그녀는 그와 너무 나이 차이가 났고, 그녀의 호의는 남자에게 보내는 것이 아니라 VIP고객이게 보내는 거라고 치부하고 그의 마음을 숨기고 접근을 자제했다.

그녀는 일산지점으로 전근가 버렸다. 은행에 알아보면 그녀가 어디 근무하는지 알 수는 있겠지만, 유종미는 짝이 되기에는 너무나, 하며 그는 고개를 저었다.

지하식당에서 순두부 집을 운영하던 아줌마도 떠올랐다. 그녀는 르네상스 시대 화가들이 그린 미녀의 상같이 통통하게 살이 쪘다. 얼굴이 달덩이처럼 훤했다. 싸구려 음식점을 하기에는 잘 어울리지 않게 귀티가 났다. 박인수는 2, 3천 원짜리 점심을 먹으러 나가기 귀찮을 때는 그녀의 식당에서 점심과 저녁으로 순두부찌개를 먹었다. 그 아주머니는 부인처럼 메뉴에도 없는 음식을 챙겨주며 성의를 보였다. 그 아주머니는 3년 전 장사를 그만 두고 시골로 내려갔다. 박인수는 그녀와 다시 만나 연을 이어가기 위하여 시골까지 갈 마음은 나지 않았다.

그러고, 또……?

박인수는 그의 곁에 머물거나 스쳐간 여인을 떠올려봤으나, 마땅히 같이 해로할 여자가 떠오르지 않았다. 그는 재혼할 아내로 좀 고생을 해본 여자를 맞고 싶었다. 그와 결혼해서 그의 돈으로 쪼들리지 않고 생활하며 고마워 할 그런 여자였으면 했다.

그의 아파트 내 슈퍼에 근무하는 계산원, 키가 크고 얼굴이 환하다. 피부가 곱고, 귀엽게 생겼다. 50대 중반은 넘었을 거다. 누구를 시켜 그녀를 소개 받을까?

아님, 그의 빌딩 요가교실에서 강사 노릇을 하는 선생님을 소개받을까? 그녀는 정말 몸매가 죽여준다. 얼굴은 좀 쌀쌀맞게 생겼으나, 마음을 열면 괜찮을 것도 같다.

박인수는 전철을 타고 가며, 그와 재혼할 부인 후보에 대하여 생각해 봤으나, 누구도 적극적으로 대시하고 싶은 마음이 생기지 않는다.

보시하는 생활을 하기로 했으니, 우선 쉬운 일부터 할까?

우선 청소부를 한 사람 더 고용하여 큰 빌딩을 둘이서 청소하는 할머니들의 짐을 덜어주자. 그리고 20년 동안 내가 직접 했던 영선업무를 맡을 직원을 한 사람 고용하여 일자리를 주자. 제경비를 다 털고 남은 돈은 이제 그만 저축하고 불우 이웃들에게 기부하자. 이런 일은 쉽게 할 수 있으니 내일 당장 시행하자.

박인수는 전철을 내리며, 청소부 한 사람을 더 고용해 일을 덜어주면 기뻐할 청소부 할머니들의 얼굴을 떠올리며 행복했다. 영선업무를 하러 고용될 누군가는 직업을 얻었다고 기뻐할 거다. 박인수는 보시할 생각을 하자 턱없이 비싼 저녁을 먹고 구겨졌던 마음이 쫙 펴졌다.

박인수는 전철을 내려 그의 아파트로 천천히 걸어가며 영혼을 맡길 종교는 어떤 종교로 정할까 생각했다.

부처나 예수 중 누구를 믿을까? 예수를 믿으려면 성당에 가던지 교회에 가야 하는데, 어디를 갈까? 교회도 장로교, 감리교, 침례교 등 여러 파가 있다는데 어떻게 서로 다르지? 어느 파에 가야 하나?

부처를 믿으려면 절에 가야 하는데 어느 절에 갈까? 사월 초파일마다 티브이에 나오는 조계사에 갈까? 아님 집에서 가까운 봉은사나 능인선원에 갈까? 누구를 믿을 건가는 직접 다녀보고 정할까?

그럼 성당은 명동성당하고, 우리 집 가까이에 있는 성당을 가 보고, 교회는 장로교, 감리교, 침례교, 성결교회 중 제일 유명하다는 교회를 가 보자. 절은 조계사, 봉은사, 능인선원 다 가 보자. 주말마다 하나씩 다녀도, 여러 달 걸리겠네. 그래도 나머지 인생 동안 영혼을 맡길 곳을 찾는데, 그 정도 노력은 해야지. 교회나 절만 다녀서는 교리 등을 바로 알기 어려울 테니, 성경도 읽고 불경도 읽자. 내일 오전에 바로 서점에 가서 책을 사자.

박인수는 내일 아침거리로 라면을 사서 들고 가벼운 마음으로 집에 들어갔다.

4.

박인수는 나머지 생을 의지할 종교를 정하기 위해 성경을 사고, 불경은 금강경, 법화경, 화엄경을 샀다. 그는 틈틈이 성경과 불경을 읽으려 하였으나, 평생 책을 읽지 않고 살아온 그는 몇 줄만 읽어도 눈이 아파 더 이상 읽을 수가 없었다. 눈물을 닦아가며 읽다 보면 수면제를 먹은 것같이 졸음이 왔다.

그는 직접 교회, 절, 성당 등을 다녀보며, 몸으로 체험하고 정하자며, 매주 일요일에 찾아갈 교회, 절, 성당을 순서대로 적어놓고 한 곳씩 방문하기로 했다.

박인수는 먼저 교회를 방문하기로 했다. 첫 번째 방문지로 강남에서 제일 크다는 A 교회로 정하고, 9시 30분, 2부 예배 시간 20분 전에 A 교회 인근 전철역에 내렸다. 그 교회는 건축비만 3,000억 원이나 들었다는 소문이 있다.

전철에서 내리자 구름 떼같이 사람들이 한 출구로만 밀려 나갔다. 박인수는 그 인파가 A 교회로 가는 신도일 거라고 짐작하고 그 뒤를 따라갔다. 교회는 전철역과 통로로 연결되어 있었다. 교회에 들어서자 안내 완장을 찬 교인이 손바닥으로 안으로 들어가라고 했다. 박인수는 떼지어 들어가는 교인들을 따라서 위로 올라가는 에스컬레이터를 타며, 줄을 따라만 가면 되는데 안내가 왜 서 있지, 했다.

주보를 받아들고 교당 안에 들어선 박인수는 입이 쩍 벌어졌다. 내부가 너무 크고 화려했다. 박인수는 실내를 죽 둘러보며, 장충체육관보다 크겠네, 하며 이 정도 건물을 유지하려면 관리비가 많이 들 텐데, 그 돈을 누가 다 대지, 했다. 목사들이 댈 것같지 않은데 그럼 신도들이?

강단에는 마이크를 든 목사가, 박인수는 그냥 목사겠지 생각했다. 가운데 서고, 양쪽에 여섯 젊은이가 나란히 서서 핸드 마이크를 들고 찬송가를 부르고 있었다. 그 뒤에 대형, 정말 대형이다. 스크린을 삼등분하여 가운데 부분에는, 주여, 내가 여기 있나이다. 나를 보내소서, 라는 글씨가 크게 쓰여 있고, 양끝 화면에는 노래하는 젊은이들의 모습을 비췄다.

박인수는 나를 어디로 보내라는 말인가, 하며 웅장한 건물과 많은 신자들 속에 기가 팍 죽어 어깨를 움츠리고 눈치를 보며 1층 가운데 자리 카메라 옆자리에 앉았다. 대형 카메라가 두 대가 비치되어 있고, 긴팔을 가진 카메라도 한 대 있다. 오른쪽 2층 성가대 자리에 성가대원들이 줄지어 들어와서 앞쪽부터 차례로 앉았다. 성가대원은 가슴에는 붉은색 로고를 새긴 흰색 가운을 입고 있었다. 언뜻 천사를 연상케 했다. 성가대 밑자리에는 현악단이 앉아있었다.

곧 3층까지 신도들이 가득 찼다. 얼추 만 명은 넘을 것 같았다.

한 신사가 단상에 올라와서 강대상 앞에 서자, 노래를 부르던 13명의 대원들이 옆으로 자리를 비켜줬다. 얼굴이 벌겋게 물들어 흥분한 것같이 보이는 신사가 손으로 강대상을 탁탁 치며 찬송가를 불렀다. 그는 찬송가가 끝나자 참회의 기도를 유도했다. 스크린에 참회의 기도라는 문구가 떴다. 박인수는 멀뚱히 눈을 뜨고 기도를 하는 옆 사람을 멀뚱멀뚱 쳐다봤다. 사회자가 신앙고백을 하겠다고 하자, 스크린 화면에 사도신경이라는 제목 아래, 전능하사 천지를 창조하신…… 사도신경이 죽 떴다. 신도들이 죽 읊었다. 박인수는 멍하니 서 있을 수가 없어 스크린을 보고 소리 죽여 읽으며, 몸이 다시 사는 것과 영원히 사는 것을 믿습니다, 구절을 읽으며, 영원히 살면 천 년을 사나 만년을 사나, 했다.

사회자가 찬송가 몇 장을 부르겠다고 하자, 반주가 나오고 가사가 스크린에 떴다. 박인수는 찬송가를 따라서 불렀다. 장로라는 분이 나와서 대표기도를 했다. 모든 죄를 씻어주고, 하늘 문이 열리고, 사역에 기름을 붓고, 대통령이 정치를 잘하게 해달라고 기도했다.

박인수는 단상에서 기도하는 사람을 보다가 두 손을 모으고 눈을 감고 기도하는 옆 사람을 보다가 했다. 여기저기서 아멘, 하는 소리가 났다. 찬양대의 찬송이 이어졌다. 박인수는 찬양대의 찬송을 들으며, 가볍게 가슴이 떨리고 울컥해지려고 하여 이러면 안 되지, 하며 고개를 흔들며 찬양대원의 숫자를 셌다. 120명쯤은 되는 것 같았다. 현악기의 반주에 맞춰 부르는 찬송가의 화음이 정말 잘 맞았다. 찬양대의 찬양이 끝나자 박수가 터져 나왔다.

사회자가 성경 몇 구절을 읽고 물러가자 단상 오른편에 앉아있던 신사가 강대상으로 나와서며 할렐루야, 하고 외쳤다. 여러 신도가 따라서 할렐루야, 했다. 박인수는 할렐루야가 안녕하십니까, 하는 인사인가 했다. 스크린에 설교라고 떴다. 주보를 보니 설교는 담임목사가 한다고 쓰여 있다. 담임목사는 머리에 기름을 발랐다. 파란색 넥타이가 스크린의 파란색 색상과 잘 어울렸다.

담임목사는 태초부터 우리 갈 길이 정해져 있다고 했다. 우리 생활에는 악이 일상화되어 있는데, 예수의 보혈로만 악을 씻을 수가 있다고 했다. 선의 힘이 악의 힘보다 백배는 더 강하다고 강조했다. 최고의 사랑은 최고의 사람을 만든다고 했다. 예수의 성육신과 십자가와 부활을 생각하면 마음이 기쁘고, 혀가 즐겁다고 했다. 기뻐할 것이 있는 사람이 기뻐할 수 있다며, 여러분은 기쁘지요, 하고 외쳤다.

신도들이 기뻐요, 하고 화답했다.

박인수는 목사가 무슨 말을 하는지 잘 이해되지 않았다. 목사의 설교는 이어졌으나 박인수의 귀에 잘 들어오지 않았다. 박인수는 하품이 나왔다. 지루해지고 슬슬 졸음이 왔다.

목사가 무슨 노래 가사를 줄줄 외웠다. 박인수는 찬송가 가사를 외우나, 하며 꼭 약장사 같다는 생각이 들었다.

목사는 예수님은 기쁨의 발전소라고 하며 태초부터 정해진 우리의 운명을 예수님의 전능하신 사랑의 힘으로 바꿀 수가 있다고 했다. 예수 믿고 기쁜 세상을 찾으라고 했다. 교회에다가 기쁨의 깃발을 달겠다고 하며, 여러분 예수 믿고 기쁘지요, 하고 물었다. 신도들이 기뻐요, 하고 화답했다. 목사가 기뻐요? 하고 몇 번 묻고, 신도들이 몇 번 같은 대답을 했다.

유치원생들에게 교사가 몇 번씩 같은 질문을 하고 유치원생들이 똑같은 대답을 하는 것 같았다. 목사는 설교 사이사이에 몇 번씩 할렐루야라고 외쳤다. 박인수는 할렐루야가 안녕하십니까, 라는 말은 아닌 모양이네, 했다.

설교가 끝나고 찬송가를 부르고, 헌금 시간이 되었다. 어디에 앉아있었는지 수십 명의 헌금위원들이 주머니를 돌렸다. 박인수가 힐끗 옆 사람들을 보니 준비해 온 흰 봉투를 주머니에 넣었다. 박인수는 지갑에서 만 원짜리를 꺼내서 아까웠으나 눈을 꼭 감고 주머니에 넣었다. 돈을 걷는 동안 여자 신도가 나와서 독창을 했다. 성악을 전공했는지 목소리가 고왔다. 합심 기도를 하고, 목사가 두 팔을 들고 묵도를 했다.

박인수는 인파에 휘몰려 교회 나오며, 큰 감격은 없고, 좀 지루했고,

이 많은 신도를 끌어 모아 정말 현대문명의 이기를 잘 이용하여 집회를 하는구나, 하는 생각이 들었다.

누가 박인수의 등을 탁 치며, 인수 아니냐, 했다. 뒤돌아보니 초등학교 동창 박기선이다. 몇십 년만에 처음 만났으나 얼굴은 알아볼 수가 있었다.

"인수, 너 우리 교회 나오냐?"

기선이 물었다.

"아니, 오늘 그냥 구경 왔어."

두 사람은 근처 커피숍에 마주 보고 앉았다.

"니 목사가 태초부터 모든 것이 결정되었다고 하던데, 정말 그런 거니?"

박인수는 퍽 오랜만에 만난 친구 간에 일상사를 묻기도 전에 설교를 들으며 궁금했던 점을 친구에게 물었다.

"너 어느 교회 나가니?"

"안 다녀. 초등학교 때 크리스마스 때 떡 얻어먹으러 가고 오늘 처음이다."

"우리 목사가 교회 처음 나온 사람에게 독약을 먹였네."

기선이 시니컬하게 웃었다.

"그게 무슨 말이니?"

"목사가 설교 잘못했다. 그게 예정론이라고 종교 개혁자 캘빈이 주장한 건데 장로교회에서는 믿고, 감리교회는 안 믿는다. 그런 식으로 미리 다 정해졌다고 목사가 설교하면, 누가 교회에 나오겠냐? 그래서 목사들이 그 내용은 설교를 잘 않는데, 우리 목사가 실수한 것 같다."

"그래? 그럼 왜 장로교는 그걸 믿지?"

"장로교는 존 록스가 캘빈의 교리를 근본으로 하여, 예정론과 신의 영광에 중점을 두고, 성경의 말씀을 교회의 권위보다 위에 두고 설립한 교파야."

교리에 대하여 아는 것이 전혀 없는 박인수는 해박하게 지식을 늘어놓는 친구의 말을 전혀 알아들을 수가 없었다.

"그거 예정론 같은 것은 교회를 오래 다닌 사람들은 이해가 가지만 너같이 처음 온 사람은 이해하기 힘들지. 그런 교리 얘기는 치우고, 너 돈 많다는 소문 있던데 동창회도 좀 나오고 해라."

"동창들 자주 만나냐?"

"두 달에 한 번씩 만나는데, 짝수 달 넷째 목요일에 만나 사목회라고 한다. 서울 올라온 촌놈들 열 명 넘게 만났었는데, 지금은 여럿이 죽고 대여섯 명 나온다. 선릉역 1번 출구로 나와서 한 50미터 가면 진국 설렁탕집이 있는데, 거기서 만나니 다음 만날 때 꼭 나와라. 너 벌어놓은 돈 많다는 소문 있던데 나와서 좀 써라. 니가 가진 돈 니 것 아니다. 다 하나님이 너한테 맡겨놓은 거다. 너는 관리인이야. 좋은 일에 쓰라고."

기선이 진지하게 말했다.

박인수는 내 재산은 유 총장이 맡겨놓고 미국 갔는데, 하나님이 맡겨놓은 거라고?

박인수는 불알친구의 말을 수긍할 수가 없었다.

두 친구는 세상 살아가는 이야기를 나누다가 헤어졌다. 친구는 다음 주에도 꼭 교회 오라고 당부하고, 동창 모임에도 나오라고 했다.

박인수는 이번 일요일은 조계사나 가자, 하고 전철을 탔다. 라바 테마 전차였다. 전철의 벽과 문에 온통 삼원색으로 만화를 그려 놨다. 박인수는 요란한 색상에 눈 둘 곳이 없어 눈을 감고 가며 기독교는 장로교, 감리교, 침례교 등 종파가 많고, 불교도 조계종, 태고종, 천태종, 진각종 등 종파가 많은데 뭐가 서로 다를까? 결국 예수 믿고, 석가모니 믿으라고 하는 걸 텐데…. 우리 밀양박씨도 종파가 많은데, 후손 중에 똑

똑한 사람이 나오면, 뚝딱파를 하나 만들고 하는 것같이, 종교도 똑똑한 신자가 나오면 자기 나름대로 성경과 불경을 해석하여 종파를 만드나, 하며 고개를 갸웃했다.

종각역에서 내려 안국동 쪽 거리를 쳐다봐도 분명히 종각역에서 내려 안국동 쪽으로 가다 보면 조계사가 나온다고 했는데, 절 같은 것이 보이지 않았다. 큰 거리를 따라 매서운 찬바람이 몰아쳐서 박인수는 모자를 고쳐 쓰고 머플러로 얼굴을 반쯤 가리고 안국동 쪽으로 걸어갔다. 네거리를 두 개째 지나자 승복 파는 집 간판이 보이고, 불교백화점이라는 간판이 보였다.

박인수가 이제 절에 다 온 모양이네, 하며 길 왼편을 보자, 대한불교 조계종 총본산 조계사라는 간판이 달린 큰 문이 보였다. 문 너머에 바로 대웅전 같은 큰 건물이 보였다. 박인수는 어떻게 절에 일주문도 없고 천왕문도 없네, 하며 안내하는 여자 둘이 서서 건물 내로 들어가는 사람들에게 전단지를 나눠 주는 대웅전 같은 건물로 갔다.

박인수는 다른 사람이 하는 대로 신발을 벗어서 신장에 넣고 조계사 월보를 한 장 받아들고 대웅전 안으로 들어갔다. 신도들이 방석을 깔고 죽 줄지어 앉아있다. 박인수는 빈 자리가 있나 하고 안으로 들어갔다. 안내하는 여인이 가운데 자리로 가서 앉으라고 했다. 박인수는 석가모니불 정면 앞자리에 앉았다.

강단 탁자에 놓인 전자시계가 10시를 가리켰다. 스님 한 분이 가운데 문으로 들어와서 박인수 옆을 지나 연단 밑에 방석에 앉았다. 신도들이 앉는 방석은 회색인데 연단 밑에 깔린 다섯 개 방석은 빨간 색이다. 신도용 방석보다 더 두꺼웠다. 다섯 개 방석 중 가운데 자리에 놓인 방석은 훨씬 더 컸다.

스님이 목탁을 치며 경을 외우기 시작했다. 신도들도 따라서 외웠다. 어느 신도는 암송을 하고, 어느 신도는 책을 보고 따라서 읽었다. 박인수는 눈을 들어 앞쪽을 쳐다봤다. 부처님 세 분이 나란히 앉아있다. 분명히 가운데 계신 부처님은 석가모니불일 건데 양쪽 옆에 앉은 부처님은 누구인지 알 수가 없었다.

박인수는 마이크에 대고 박자를 맞춰 경을 읽는 스님의 목소리가 참 장대하다고 생각되었으나 무슨 말을 외우는지는 전혀 알아들을 수가 없었다. 자주 '사바하, 옴마니' 하는 소리만 들렸다. 박인수는 초심자를 위하여 지금 무슨 경을 읽고, 그 내용도 좀 알 수 있게, 교회같이 스크린에 비춰줬으면, 하고 옆을 돌아다보았다. 비스듬히 스크린이 걸려있는데 화면에는 동지팥죽 공양이라는 글씨가 나오고, 그 밑에 주소, 무슨 생, 이름이 죽 흘러갔다. 일련번호도 나왔다. 경을 읽는 소리를 알아들을 수 없는 박인수는 공양주 중 그가 아는 이름이 나오나 쳐다보다가, 앞에 있는 불상을 쳐다보다가 했다.

세 불상의 얼굴 모습이 너무나 닮았다. 눈 코, 입술, 몸매의 크기도 똑같다. 단지 손모양만 다르다. 박인수는 저 세 부처님이 형제간인가 했다. 스님이 다른 경을 읽자 신도들이 일어섰다가 오체투지하고 절을 하곤 했다. 박인수는 가만히 앉아있을 수가 없어 두어 번 따라서 했다. 근육이 굳어 동작을 하는 데 불편했다. 옆에 앉은 나이든 분이 불편하면 그냥 앉아계시라고 했다. 박인수는 그 사람 말을 따라서 그렇게 했다.

박인수는 알아듣지도 못하는 경 읽는 소리를 들으며 무료하게 앉아있으려니 답답하고 지루했다. 그는 부처님 얼굴을 올려다보다가 공양주 이름이 나오는 스크린을 보다가 했다. 정월오곡 공양으로 화면의 제목이 바뀌었다. 그렇게 25분을 보냈다. 박인수가 공연히 절에 왔다고 후회하고 있을 때 스님이 자리에서 일어서더니 목탁을 치며 석가모니불을 외우기 시작했다. 석가모니불을 한 번 외울 때마다, 신도들이 자리에서 일어서서 오체투지 절을 했다. 끝없이 석가모니불을 외우고 절이 계속 됐다.

박인수는 이런 장면이 얼마나 갈까, 하고 시계를 보았다. 벌써 10분째 석가모니불을 외운다. 신도들이 백배도 더 했을 것 같다. 여자 보살이 뒤쪽에서 나와서 각 부처님 앞에 놓인 놋그릇의 뚜껑을 열었다. 그릇에 쌀이 가득 들어 있다.

그 때 스님 한 분이 가운데 문으로 들어오서서 오른쪽 방석에 앉았다. 새로 들어온 스님이 요령을 울리며 경을 외웠다. 박인수는 그 경도 한 마디도 알아들을 수가 없었다. 신도들이 염주를 굴리며 따라 했다. 박인수는 두 스님의 뒷머리를 쳐다봤다. 백구를 친 머리가 파랬다. 여자 신도들이 쌀 봉지를 들고 들어와서 계속 통에 넣었다.

스크린에 공덕 과일 공양이라고 제목이 바뀌고, 공양주의 인적사항이 떴다. 시계를 보니 10시 45분이 되었다. 박인수는 발이 저려 발을 주물렀다. 왼편에 앉은 스님이 일어서서 파일 철을 들고 주소와 무슨 생, 이름을 계속 읽었다. 지난 주 시주한 사람의 이름을 읽는 것 같았다.

박인수는 교회에는 만 명이 넘는 신도들이 헌금을 하니 그 많은 신도들 이름을 다 부를 수 없지만, 이 절에는 잘해야 한 300명 나온 것 같으니 좀 더 시주를 많이 하라고 저렇게 이름을 부르나, 했다. 박인수는 발도 저리고, 실내가 추워 으스스하고, 지루하여 그만 갈까 하다가 그래도 설법은 듣고 가야지, 하며 인내심을 발휘했다.

스크린에 설날 떡국 공양, 청정 감로수 공양이 떴다. 11시 5분 신도들이 우르르 일어나더니 오른쪽 탱화를 향하여 몸을 돌리고 서서 경을 외웠다. 아제아제 바라아제, 어떻고 하며 외웠다. 다시 왼쪽으로 돌아서서 경을 외웠다. 박인수는 신도들을 따라서 몸을 움직이며, 저 스크린에 지금 외우고 있는 경이나 비춰줄 일이지, 했다. 나이든 스님이 가운데 문을 통하여 들어와서 방석 가운데 자리에 앉았다. 그 스님이 입은 법복은 양편에 앉은 스님의 옷보다 윤기가 났다.

사회자가 나와서 불기 몇 년 몇 월 며칠 법회를 시작하겠다고 했다.

그러자 지금까지 염불을 외우던 두 스님이 밖으로 나갔다. 음성 공양이 있겠다는 사회자의 말에 이어, 합창단이 찬불가를 불렀다. 사회자가 찬불가 제목을 말했으나 박인수는 알아듣지 못했다.

찬양대는 한 20명 쯤 되었다. 교회같이 멋있는 단복을 입지도 않았다. 박인수는 지난 주 들렀던 교회와 비교하여 너무나 초라한 성가대의 모습에 마음이 짠했다. 노래가 끝나자 사회자가 청법가로 설법을 청하겠다고 했다. 성가대와 신도들이 같이 노래를 불렀다. 노래가 끝나자 큰 방석에 앉아있던 스님이 강단 앞으로 나가 신도들을 마주보고 섰다. 신도들이 삼배를 올렸다. 이어 죽비에 맞춰 입정에 든다고 했다. 딱, 죽비소리가 났다. 박인수는 주위사람들이 하는 모양을 보고, 눈을 감고 합장 자세를 취했다. 입정이 끝나자 스님의 설법이 시작됐다.

"아함경에 보면 부처님이 보시의 종류로 법의 보시와 재물의 보시를 말씀하셨으며, 법의 보시가 그 위에 있다고 하셨습니다. 부처님이 돈을 벌고 쓰는 방법을 열 가지로 말씀하시면서, 제일 나쁜 방법은 수단과 방법을 가리지 않고 돈을 벌어 재산을 모은 뒤에, 부모나 처자까지도 돌보지 않는 거요. 가장 좋은 방법은 정당한 방법으로 재산을 모은 뒤에 자기 가족을 위하여 쓸 뿐만 아니라 남을 위해서도 쓰는 것입니다. 중생이 물질에 집착을 흩어버리고, 사랑을 다하면 괴로움도 다하고, 중생의 허물도 벗게 될 것입니다……."

박인수는 아함경이 무슨 경전인지 몰랐지만 스님의 설법을 들으며, 그가 돈을 모은 방법이 정당한 것이었나 생각해 봤다. 유 총장이 실명제를 어기고 그의 이름 빌려 빌딩을 산 것은 잘못이지만, 이름을 빌려준 자신도 잘못했나? 그거야 엎질러진 물이니 앞으로 잘 쓰면 좋은 길로 가지 않을까, 생각되었다.

스님이 부처님이 어느 것도 영원한 것은 없다고 하셨다며, 법보시, 재보시를 하며 선업을 쌓으라고 하며 설법을 마쳤다.

산회가를 부르고 법회가 끝났다. 딱 12시였다.

박인수는 발이 저려 비틀거리며 법당을 나서며, 다음에 절에 올 거면, 11시 10분 쯤 맞춰서 와서 설법을 들으면 되겠네, 생각하며 절에 다니려면 맨바닥에 앉는 연습부터 해야겠구나, 했다.

박인수는 집으로 돌아가는 전철 속에서 문득, 두 사람이 빌딩을 청소하며, 숨 쉴 틈이 없다가 청소부 한 명을 더 채용해 주자, 세 사람이 여유롭게 청소를 하며, 할머니들이 여유로워 하는 모습을 떠올리며, 그것도 보시인가, 했다. 새로 채용한 관리인이 직업을 얻고 좋아하던 광경도 떠올라 한 가장에게 먹고 살 돈을 벌 기회를 준 것 같아 기분이 좋았다.

라면으로 아침을 들며 박인수는 신문의 큰 글씨를 훑어 읽으며, 이번에 미국 다녀와서 명동성당을 가봐야겠다고 생각했다.

우주 탄생 빅뱅 흔적 발견은 착오, 라는 큰 활자체가 눈을 확 끌었다.

그는 우주가 138억 년 전에 생겼고, 빅뱅 후 38만 년 후에 지금 지상에 있는 수소가 생겼다는 기사를 보며, 영원하다는 뜻에 대하여 생각해봤다. 태양이 적색거성이 되어 10억 년 후에는 없어진다고 쓰여 있다. 그리고 우리 역사가 시작된 지 겨우 만 년, 우리 인생이 백 년도 안 되는데, 10억 년 후의 일을 걱정할 거 있느냐며 기사를 마감했다.

박인수는 중력파, 빅뱅, 적색 거성 등이 무슨 말인지 모른다.

스님은 부처님이 영원한 것은 없다고 했다고 설법했다. 어제의 나와 지금의 나는 같은 내가 아니라고 했다. 뜰에 서 있는 나무도 어제의 나무와 오늘의 나무는 다른 나무라고 했다. 그 말이 맞는 말 같다. 교회에서는 몸이 영원히 사는 것을 믿는다고 했다.

박기선에게 영원히 산다는데, 그것이 천 년이냐 만 년이냐고 물었더니 그냥 끝없는 영원이라고 했다. 불교에서는 영원한 것은 없다고 하고, 기독교에서는 영생을 믿는다. 누가 맞을까? 기독교에서 말하는 태초가 138억 년 전이고 지구가 10억 년 후에 없어진다면, 하나님이 영원에서부터 영원까지 계시다는 기독교의 믿음은? 박인수의 지식으로는 어느 종교가 맞는지 판단할 수가 없었다. 박인수는 답답했다.

'누구한테 물어본다?'

5.

초등학교 친구가 너 마누라 죽고 15년이나 지났고, 애들 다 시집 장가 보내고 혼자 살며 외로울 거라며, 참한 여자가 있다며 중매를 서겠다고 했다. 그녀는 혼자 된 지 10년이나 됐으며, 50대 중반으로 그동안 보험 설계사를 하면서 살고 있다고 했다. 박인수는 띠동갑이면 너무 젊은 거 아냐, 하며 보험 설계사면 숱한 사람들을 상대하여 되바라졌을 거라는 선입관을 가지고 조선영을 만나러 나갔다.

그녀는 그 동안 사회활동을 하며 가꾸어서인지 나이보다 더 젊게 보였다. 얼굴을 찡그리면 눈이 삼각형으로 바뀌고, 코는 조각상같이 둥글었다. 속눈썹이 짙은 눈이 퍽 매력적이었다. 박인수는 첫눈에 그녀가 마음에 들었다. 박인수는 그녀가 되바라지지만 않았으면, 하고 바랐다.

두 번 세 번 만나보니, 그녀는 오랫동안 혼자 살며 사회 물을 먹은 여자같지 않게 의외로 순진했다. 박인수는 점점 그녀에게 빠져들어 갔다.

한 주말, 박인수는 그녀가 운전한 차를 타고 청평호반으로 데이트를 나갔다. 점심으로 쏘가리 매운탕을 먹었다. 소주를 반주했다. 청평호수를 내려다보며 여인을 앞에 두고 마신 소주가 박인수를 풀어지게 했다. 조선영과 한 달째 만난 박인수는 그녀와 결혼할 마음이 점점 커졌다. 박인수는 그녀에게 프러포즈를 하기 전에 그의 재산 상태 등 그의 신상을 그녀에게 알려야 할 것 같았다.

"제 가정사정은 이미 들으셔서 아실 거고, 벌써 한 열 번 만난 것 같은데, 우리 결혼을 전제로 선을 보고 만나는 것이니 제 재산 정도도 이제 알려드려야 할 것 같은데….”

박인수가 운을 뗐었다. 그녀가 눈을 반짝하며 고개를 끄덕였다.

“15평짜리 아파트에 살고 있고, 빌딩이 하나 있는데, 한 백억 나가요. 빌딩 임대료는 월 한 5천 쯤 되고, 한 2천 세금으로 나가고, 기타 경비 제하면, 한 달에 한 2천은 남아요. 결혼한 아들놈하고 딸년은 다 집 사줬고, 제 앞가림은 하니 안 보태줘도 되고. 저 먹고 살기는 어렵지 않아요.”

박인수는 여자 앞에서 은근히 그의 수입을 자랑하는 것같아 낯이 간지러웠다.

“친구 분이 소개하면서 선생님 알부자라고 했는데, 진짜 부자시네.”

조선영이 눈을 반짝이며 놀라는 표정을 지었다.

“현금 예금도 15억 원 넘게 있어요. 거기서도 이자가 나오고. 보태 쓰면 돼요. 그래서 누구와 결혼하면, 해외여행도 좀 가고 할 생각입니다.”

박인수는 차마 당신과 결혼하고 싶다는 말을 못하고, 누구와 결혼하면, 하는 은유법을 썼다.

“아유, 누가 선생님 부인 될지는 모르지만 호강하시겠다. 선생님 성격 좋으시지, 허튼짓 안 하시지.”

조선영도 박인수가 남편감으로 좋다는 의사를 내비쳤다.

“그럴까요? 저 배운 것도 짧고 한데.”

박인수는 최종학력이 고졸이나, 조선영은 대학 출신이다. 박인수는 그 점이 꿀렸다.

“우리 나이에 학벌이 뭐 중요해요? 남자가 진실하고 능력 있으면 되지.”

조선영이 고개를 흔들며 박인수를 빤히 쳐다보며 말을 받았다.

술이 한잔 오른 박인수는 눈을 크게 뜨고 살짝 미소를 지으며 살살 고개를 흔드는 조선영이 너무나 예쁘게 보였다.

"그럴까요?"

"그럼요."

조선영이 박인수의 팔을 툭 치며 말했다. 박인수의 전신으로 전기가 죽 흘렀다.

박인수의 재산내역을 직접 듣고 난 후 조선영은 더욱 그에게 친밀하게 굴었다. 손도 잡고, 살짝 몸을 부딪쳐 오며 오랫동안 혼자 살아온 박인수를 흔들었다.

박인수는 그가 사는 집을 미리 보여주어야 하는 것 같아, 그의 아파트에 그녀를 초대했고, 여자가 남자를 유혹하여 둘은 몸을 섞었다.

박인수는 남녀가 손만 잡아도 결혼하여 책임을 져야 하는 것으로 알던 시대에 자란 노인이다. 한 번 몸을 섞은 박인수는 조선영과 결혼을 기정사실로 여기고, 그녀를 소개한 초등학교 동창에게 그녀와 결혼하고 싶다는 뜻을 전하며, 이 나이에 결혼식 올리기는 그렇고, 그녀가 원하면 집을 좀 더 키워 장만하겠다고 했다.

초등학교 친구는 결혼식은 안 올려도 좋은데, 새로 살 집은 아예 그녀 앞으로 등기를 해 주면 한다는 그녀의 뜻을 전했다. 초등학교 친구는 아무래도 나이 많은 니가 먼저 죽을 거니, 다음에 상속세 절감을 위해 괜찮은 방법 같다는 의견까지 달았다.

친구의 말을 전해 들은 박인수는 조선영이 결혼을 무슨 재테크 수단으로 여기는 것 같아 기분이 별로였다. 그녀가 그에게 알랑거리는 것은 돈을 보고 연기를 했던 것 같았다. 지금까지 숨겨온 그녀의 본성이 드러난 것같아 역겨웠다. 박인수는 핑계를 만들며 그녀를 만나는 기회를 회피했다.

20년 동안 세무업무를 맡아 챙겨주던 조성호 세무사가, 박인수 씨, 내가 보기에 평생을 참 무미건조하게 사신 것 같은데, 그렇게 말하면 실례가 되나, 이제 70도 넘었으니, 그 많은 돈 다 가지고 저승가실 것도 아니고, 연애라도 한 번 해 보시라며 여자를 소개시켜 주겠다고 했다.

박인수는, 할아버지는 느낌이 없이 사신다는 손자의 말을 떠올리며, 20세도 더 연하인 여자를 만나는 것이 별로 내키지 않았으나 소개해 주라고 했다.

노수연은 나이를 거꾸로 먹는지 50이 다 된 나이에 아직도 발랄하고 귀여웠다. 맑고 깨끗한 피부가 그녀의 미모를 받쳐줬다. 목소리도 애교가 넘쳤다. 박인수는 첫눈에 노수연이 마음에 쏙 들었다. 그녀는 박인수가 가보지 못했던 멋있고 맛있는 식당을 안내했고, 뮤지컬 공연도 가자고 했다. 난생 처음 뮤지컬을 본 박인수는 압도적인 무대, 가수들의 빼어난 가창력, 춤과 노래가 어우러진 로맨스에 정신이 멍했다. 뮤지컬이 끝나고, 관중들이 열광하며 끊임없이 이어 치는 박수를 따라서 치며 막 눈물이 나오려 하였다.

뮤지컬이 끝나고 노수연이 다정하게 팔짱을 끼고 주차장으로 갈 때는 붕 뜬 기분이 들었다. 그녀는 미술 전람회도 데리고 가고, 고궁도 데리고 가서 특별 전시회를 구경시켜 줬다. 박인수는 평생 처음 돈을 펑펑 쓰며 하나도 아까운 생각이 들지 않았다. 그녀에게는 좋은 선물도 사주고 싶었다. 노수연은 자연스럽게 그를 호텔로 유혹하고 그를 받아들였다. 다음 만남 때는 전혀 어색하지 않게 비아그라를 건네줬다.

난생 처음 비아그라를 먹고 젊음을 회복한 박인수는 젊은 여인의 품에서 도화경을 헤맸다. 박인수는 채소장사를 하던 죽은 아내와는 완전히 다른 여자의 세계에 빠져 허우적거리며, 박인수는 그녀를 그의 호적에 올리고 싶었다.

박인수는 노수연을 중매한 조 세무사에게 그의 뜻을 전했다. 조 세무사는 그녀도 좋다고 한다며, 나이 드신 분과 결혼하려면 보험이 필요하니, 결혼 전에 한 5억 원쯤 예금통장을 하나 건네면, 했다.

박인수는 그 생각이 조 세무사의 생각인가, 노수연의 제안인가 확인했다. 조 세무사는 껄껄 웃으며 그렇게 젊고 예쁜 여인을 맞으려면 그 정도는 미리 성의를 표해야 하는 거 아니냐며 눙쳤다.

박인수는 젊고 매력적인 여자를 맞으며 5억 원을 미리 주는 것은 아깝지 않았으나 꼭 돈으로 여자를 사는 것 같아 기분이 별로였다.

조선영도 노수연도 다 결혼을 무슨 봉을 잡는 것으로 아나?

지난 15년 동안 문제없이 혼자 잘 살았는데 그렇게 봉을 잡히면서까지 결혼을 해야 해?

박인수는 결론을 내리지 못했다.

6.

박인수는 해외 여행지로 어디를 먼저 갈까, 고민했다.

유럽을 먼저 갈까, 미국을 먼저 갈까?

미국 서부를 관광하는 여행비가 유럽 몇 나라를 여행하는 값의 반값이다. 박인수는 값이 싼 미국을 먼저 가기로 했다.

영어를 전혀 못하는 박인수는 누군가 같이 갔으면 했다. 노수연과 같이 가고 싶었으나 그렇게 젊은 여자를 데리고 가면 같이 간 일행이 손가락질을 할 것 같았다. 그렇잖아도 젊은 육체에 잔뜩 빠져 있는데, 해외까지 같이 다녀오면, 그녀에게 완전히 빠져 그녀의 요구대로 5억 원짜리 통장을 덜컥 만들어줄지도 모른다.

그는 혼자 가기로 했다. 항공기가 오후 4시 20분 정시에 인천공항을 이륙했다. 박인수는 안전벨트를 매고 창밖을 내다보며 게딱지같이 작게 보이는 아파트 단지를 내려다보고, 산과 산 사이를 흐르는 강물과 고속도로를 내려다보며, 비행기가 10,000m나 높은 상공에 떠가는데,

떨어지면 가루도 안 남겠네, 하며 걱정이 됐다.

비행기가 바다 위로 나서자 저녁을 배식했다. 박인수는 옆 사람이 하는 것을 보고 맥주를 주문했다. 국적기라 우리말로 주문하니 편했다. 여종업원이 돈도 안 받고 맥주 한 캔을 줬다. 그는 맥주를 마시며, 소고기를 시켰다. 옆 사람이 포도주를 달라고 했다. 박인수는 나도, 했다.

여종업원이 레드, 화이트, 하고 물었다. 무슨 말인지 알아듣지 못한 박인수는 처음 말한 레드라고 외웠다. 병 높이가 한 뼘쯤 되는 적포도주 병과 플라스틱 잔을 건넸다. 박인수는 포도주도 다 마셨다. 취기가 슬슬 올랐다. 그는 기분이 좋았다. 그는 커피까지 시켜서 먹고, 아예 회장실에 들러 소변을 보고 담요를 덮고 잠을 청했다.

공연히 미국에 갔다가, 유 총장이라도 만나면, 하는 걱정이 슬슬 되었다. 유 총장을 만나 빌딩을 내놓으라고 하면 어떻게 하지? 공연히 미국 가는 거 아냐, 하고 후회도 되었다. 잠이 잘 오지 않았다. 옆 사람은 티브이를 켜고 영화를 보고 있었다.

박인수는 잠도 안 오고 티브이나 켜고 영화를 보고 싶었으나 어떻게 키는지를 몰라 볼 수가 없었다. 다 큰 어른이 체통머리 없이 묻기도 그랬다. 박인수는 억지로 눈을 감고 잠을 청했다.

좁은 공간에 갇힌 박인수는 답답했다. 정말 시간이 잘 안 갔다.

박인수는 샌프란시스코 공항에서 비행기를 내려 같은 비행기에 탄 다른 승객을 따라서 갔다. 출국장에서 줄을 섰다가 그의 차례가 되어 출입국 관리원 앞으로 갔다. 완전히 얼굴이 검은 직원이 뭐라고 물었다. 박인수는 눈동자만 반짝이는 흑인이 조금 무서웠다. 그는 주눅이 들어 어깨를 움츠리며 못 알아듣는다고 손짓을 했다. 흑인 직원이 누군가를 불렀다.

젊은 여자 직원이 왔다. 그녀가 며칠 머물 거요, 하고 한국말로 물었다. 그는 일주일이라고 대답했다. 여자가 영어로 대답해줬다. 여자가

지문을 찍으라고 했다. 그대로 했다. 흑인 직원이 여권에 도장을 쾅 찍고 내줬다. 여권을 받아들고 입국을 하며, 박인수는 노수연을 데리고 올 걸, 하고 후회했다.

짐을 찾아 끌고 다른 승객을 따라서 밖으로 나오자, 그가 예약한 여행사 이름이 적힌 플래카드를 든 사람이 서 있었다. 박인수는 그에게 다가가며 안심이 되었다. 박인수는 관광버스 앞에서 둘째 줄에 탔다. 혼자 달랑 온 박인수의 옆자리에는 아무도 앉지 않았다. 가이드가 미국에 대하여 한참 소개를 하고, 첫 번째 관광지인 금문교로 가고 있다며 금문교를 설명하기 시작했다.

"금문교는 샌프란시스코와 머린 카운티를 연결하는 길이 2,825미터의 현수교로 잡아매는 케이블의 지름은 92.4cm, 총길이가 128.7km나 됩니다. 조셉스트라우스가 설계했으며, 지금으로부터 약 80년 전인 1936년 4년에 걸친 공사 끝에 건립한 걸작으로 그 당시 기술의 총화입니다. 미국 서부의 관문입니다."

가이드는 숫자를 주워 세며 아는 체했다. 박인수는 야자수가 보이는 창밖 경치를 보느라 설명은 귓등으로 흘려들었다.

버스가 조망대 옆에 정차했다. 안개가 짙어 다리는 겨우 윤곽만 보였다. 조망대에서 보면 샌프란시스코의 스카이라인이 잘 보인다고 가이드가 설명했었는데, 그것도 보이지 않았다. 박인수는 윤곽만 보이는 금문교를 건너다보며 우리나라 서해대교나 인천대교가 더 거창하다고 생각하며, 자주 이름을 들었던 금문교를 안개 속에 떠있는 실루엣만 보고 가볍게 실망했다.

안개 때문에 금문교를 제대로 보지도 못한 채 피셔만 워프로 점심식사를 하러 갔다. 가이드는 세계에서 제일가는 해물 요리 고장에서 식사를 하시게 됐다며 허풍을 떨었다.

가이드가 BOUDIN 이라는 간판이 붙은 2층 식당으로 안내했다. 미리 박인수 일행이 앉을 자리가 2층 창가로 세팅되어 있었다. 박인수는 바다를 마주보고 앉았다. 요트 선착장에 셀 수 없이 많은 요트가 정박되어 있고, 그 위로 갈매기가 날고 있었다.

전체로 찐 새우가 바구니에 하나 가득 담겨 나왔다. 박인수는 앞사람이 먹는 것을 보고 손으로 껍질을 까서 토마토케첩을 찍어서 입에 넣었다. 입안에서 스르르 녹았다. 박인수는 게걸스럽게 몇 마리를 먹었다. 가이드가 주식으로 베스가 나올 거니 애피타이저를 너무 많이 먹지 말라고 하며, 포도주 고장이라 포도주가 싸니 생선을 포도주와 함께 들면 더 맛있다고 했다.

박인수는 신라호텔에서 제일 싼 포도주 한 병에 50,000원이었던 것을 떠올리며 포도주가 얼마냐고 물었다. 10불이면 먹을 만하다고 했다. 20불만 주면 좋은 것을 먹을 수 있다고 했다. 박인수는 이 부자 나라 포도주 값이 한국보다 훨씬 싸네, 속으로 생각하며 20불짜리 한 병을 주문했다. 그는 한 병을 혼자 다 마실 수가 없어 앞자리에 앉은 부부가 같이 온 60대의 남자와 나눠 마셨다.

그는 김인영이라고 자신을 소개하며, 국영기업체를 정년퇴임했다고 했다. 그는 샌프란시스코는 세 번째라고 했다. 박인수는 국영기업체 다니며 겨우 월급 몇 백 만원 받던 사람이 이곳을 세 번씩이나 왔었는데 나는 뭐했지, 했다.

낮술에 바로 취기가 올랐다.

"저기 바다 가운데 건물 보이지요? 저기가 그 유명한 알카트레즈 감옥이에요. 영화 '더 록' 에 나오는."

포도주를 거저 얻어먹은 김인영이 바다 가운데 보이는 섬을 가리키며 말했다.

"아, 저기가 알카트레즈 감옥이야? 숀 코넬리랑, 니콜라이 케이지가 주연한 영화에 나오는."

김인영의 부인이 감탄사를 내질렀다.

박인수는 영화 '더 록'을 본 적이 없다. 그들이 말하는 영화배우 두 사람도 모른다. 그는 입을 닫고 부부의 대화를 들었다.

"정말 저기서 화학무기로 샌프란시스코를 공격하면 숱한 사람 죽겠는데."

부인이 바다에 눈을 두고 말했다.

가볍게 취기가 오른 박인수는 멍청하게 두 사람의 대화를 들으며, 보통사람보다 훨씬 많은 수입이 있었는데, 자신이 참 못살아 온 것같이 생각되었다. 그냥 돈을 쓰지 않고 모으는 데만 정신을 팔고, 남들 다 보는 영화 한 편 안 보고 돈을 아끼며 70평생을 살아왔다. 아직도 돈에 매여 벌벌 떨고 있다. 노수연을 만나, 입장료가 2000원인 싸구려 경로극장이 아닌 개봉극장도 갔고, 뮤지컬도 봤고, 맛있는 음식점도 갔다. 노수연을 데려왔으면 여행이 퍽 부드러웠을 텐데….

술에 취한 박인수는 노수연이 보고 싶었다. 살살 애교를 떠는 모습이 눈앞에 선했다. 그 많은 돈 떠메고 저승 갈 것도 아닌데, 젊은 여자가 나이 든 사람과 살며 5억 원짜리 보험 하나 들어달라는데 돈이 아까워서…, 그 정도 줘도 전혀 재산이 축이 나지 않는데….

박인수는 그의 옆자리에서 다정하게 이야기를 나누는 부부를 보며, 나도 저렇게 살 수 있는데, 했다.

다음 유럽을 갈 때는 노수연이랑 같이 가야겠다고 생각했다. 그녀에게 5억 원짜리 통장을 넘기고, 그녀가 원하면 간단히 결혼식도 올려주고, 여생을 젊고 귀여운 여인과 보내야겠다고 생각했다.

식사가 끝나자마자 가이드는 요세미티 국립공원으로 간다며, 세 시간 이상 차를 타야 하니, 꼭 화장실 들렀다가 바로 버스를 타라고 독촉했다.

박인수는 차창 밖으로 흘러가는 미국을 보며, 집과 거리에 퍽 부티가 나네, 했다. 그는 여생을 의탁할 여자는 돈으로 사 오면 된다고 생각하자, 우리 선조들이 젊은 기생을 돈을 주고 사서 데리고 살던 고사가 떠올랐다. 종교는 어느 것을 선택하지, 하고 생각을 굴렸다.

교회와 절 딱 한 번씩 가보고는 정할 수가 없었다. 교리를 제대로 파악할 수가 없었다. 귀국하면 또 절과 교회를 다녀보겠지만 그렇게 다닌다고 쉽게 알 수 있을 것 같지도 않았다. 성경이나 불경을 읽으면 뭐 좀 알겠는데, 눈이 아파서 읽을 수가 없다. 누구에게 자문을 한다? 목사에게 자문을 구하면 교회 다니라고 할 거고, 중한테 자문을 구하면 절에 다니라고 할 거다. 누가 중립적으로 이야기해 줄 사람 없을까. 그는 주위에 설명해 줄 사람을 생각하다가, 시차에다가 낮에 마신 포도주의 영향으로 잠에 빠졌다.

박인수는 귀국하는 비행기 속에서 거저 주는 맥주와 포도주를 마시고 반 쯤 취해서 비행기를 떠받치고 있는 하얀 구름을 내다보며 감상에 빠졌다.

그가 본 미국은 정말 넓었다. 사막 위에 세워진 라스베이거스의 화려한 야경, 그랜드 캐년의 장대함, 디즈니랜드의 환상적인 꾸밈!

그는 미국을 세계에서 제일이라고 하는 말들이 실감됐다.

그럼 유럽은 어떨까? 귀국하면 좀 쉬다가 유럽도 보고 견문을 넓히자. 유럽에 갈 때는 노수연을 데리고 가자. 젊은 여자와 같이 왔다고 손가락질하면 어떠냐? 이제 남의 눈치나 볼 나이는 지났잖아? 돈을 조금 썼더니 이렇게 딴 세상을 보는데, 돈을 모으는 재미도 있지만 쓰는 재미도 괜찮네, 이제부터 좀 쓸까?

7.

박인수는 박기선이 알려준 날에 초등학교 동창 모임에 갔다. 만나는 장소를 쉽게 찾았다.

동창 다섯 명이 나왔다. 두 명은 팍 늙어서 완전히 할아버지가 됐다. 동창들이 모처럼만에 얼굴을 보인 박인수를 진심으로 반겼다. 박인수는 불알친구들로부터 진심어린 환영을 받으며, 그동안 참석하지 못한 것이 미안했다. 동창들은 설렁탕 특을 시켰다. 설렁탕에 든 고기를 안주하여 소주를 마셨다. 다섯 명이 겨우 소주 두 병을 마셨다.

박인수는 모임에 나오지 않은 서울 사는 동창들의 소식을 물었다.

누구는 심장마비로 죽고, 누구는 암으로 죽고, 누구는 당뇨병으로 죽고…, 누구는 산책하다가 넘어져서 다리가 부러져 못 나오고, 누구는 동네 탁구장에 나가는데 젊은 여자들이랑 탁구 치는 것이 늙은 친구 만나는 것보다 재미있어 안 나오고….

박인수는 여러 친구들의 사별한 소식을 들으며, 그의 나이를 다시 한 번 실감하며, 남은 인생을 좀 더 여유 있게 살자고 다짐했다.

박인수는 화장실을 가는 척하고 식사대를 슬쩍 계산했다. 여섯 명 밥값과 술값으로 10만원도 안 들었다. 헤어지며 박인수가 밥값을 계산한 것을 안 친구들은 진심으로 고마워했다. 박인수는 신라호텔에서 일인분 식사 값도 안 되는 작은 돈을 쓰고 돈 쓴 보람을 느꼈다.

박인수는 조 세무사에게 노수연에게 5억 원짜리 통장을 건네겠다며 같이 살게 해달라고 했다. 세무사가 노수연이 같이 사는 조건을 전해줬다. 결혼식은 안 해도 좋은데, 둘이 절에나 가서 조촐하게 스님 앞에서 성례를 하고, 호적신고부터 하고 신혼여행은 해외로 갔으면 한다. 그가 사는 15평 아파트가 있는 동네가 너무 후지니, 좀 더 잘 사는 동네로 이사를 하여 신혼생활을 시작하자. 결혼하면 매번 돈을 타서 쓰기 불편할 테니 매달 용돈으로 2백만 원씩 그녀의 통장으로 넣어 달라.

박인수는 노수연의 제의를 전해 듣고, 그래도 형식은 갖춰야 할 거니

불교는 안 믿지만 스님 앞에서 예를 올리는 것은 돈도 드는 일이 아니니 좋고, 어차피 다음 해외여행은 노수연이랑 가기로 했으니 신혼여행으로 가면 되고, 집을 새로 사봐야 그 집은 내 집일 테니 특별히 돈이 드는 것도 아니다. 원하면 집을 좀 큰 데로 옮기고, 매달 2백만 원은 큰 돈이 아니고, 젊고 예쁜 여자랑 살려면 그 정도는, 하며 좋다고 했다.

노수연이 서울 근교의 절에 아는 스님이 있다며 거기서 성례를 올리자고 했다. 박인수는 그래도 결혼식인데, 하며 아들과 딸에게 참석하라고 통보했다. 아버지의 결혼 소식을 전해 들은 아들과 딸은, 아버지가 미리 5억 원을 준다는 것도, 매달 2백만 원씩 용돈을 준다는 말도 안 했는데, 젊은 여자가 아버지의 돈을 노리고 시집오는 거라며, 결혼을 반대했다. 박인수가 미처 생각하지 못한 복병을 만났다. 박인수는 미처 자식들도 그의 재산을 노리고 있다는 것을 생각에 넣지 못했다.

박인수는 15년이나 혼자 살아온 아버지가 결혼을 한다면 당연히 자식들이 축하해 줄 줄 알았는데 반대를 하자 기분이 별로였다.

박인수는 결혼을 반대하는 자식들을 제쳐놓고 노수연과 단둘이 절에 가서 성례를 올렸다. 노수연의 집에서도 아무도 오지 않았다. 나이 든 남자와 결혼을 해서 반대하나?

살고 있는 집을 복덕방에 내놓고 신부와 함께 이사할 집을 보러 다녔다. 신혼여행은 새 집으로 이사해 놓고 바로 유럽으로 가기로 했다.

8.

박인수는 새 부인에게 5억 원짜리 통장을 건네며, 그것이 잘한 일인가 잠시 회의를 느꼈다. 조계사에 들렀을 때 스님이 아함경을 인용하며 보시에는 법보시와 재보시가 있는데, 법보시가 더 위라고 설법하면서, 정당한 방법으로 모은 재산을 자기 가족은 물론 남을 위해 쓰는 것이 가장 좋은 보시라고 했다.

박인수는 아함경이 무슨 경인지는 몰랐지만, 새 부인을 위해 돈을 쓰는 것은 가족을 위해서 쓰는 것, 하며 자위했다. 박인수는 사회에도 그만큼 보시하지 뭐, 하며 자신이 젊은 여인을 아내로 맞으면서 돈을 쓴 것을 합리화하려 했다.

박인수는 그가 졸업한 고등학교에서 도서관 증축을 위한 모금을 하고 있다는 소식을 듣고 몇 번 얼마를 할까 망설이다가, 아내를 얻으며 든 돈과 같은 액수인 5억을 싸들고 학교를 찾아갔다.

교장실에는 교감과 동창회장과 동창회 사무국장이 그를 기다리고 있었다. 교장선생님이 거의 껴안을 듯 반갑게 박인수를 맞이했다.

교장선생님은 황송한 자세로 기부금을 받고, 학교 회보에 올린다며 받는 장면을 사진 찍고, 차를 내왔다. 동창회장도 동창회 회보에 올린다며 사진을 찍자고 했다. 덕담이 오갔다.

박인수는 고속버스를 타고 와서 택시를 타고 학교까지 왔다고 했다. 교장선생님과 동창회장이 놀라는 표정을 지었다. 서울로 가려고 교장실을 나서자, 교장선생님이 직접 버스 터미널까지 모시겠다고 했다. 교장 차가 버스 터미널에 도착하자, 직원이 버스표를 예매하고 기다리고 있었다. 박인수는 모교의 대접이 너무나 황공했다. 교장선생님은 박인수가 버스에 올라 타고 버스가 떠날 때까지 기다리다가 버스가 떠날 때 손을 흔들어 줬다.

박인수는 난생 처음 큰 대접을 받고 눈물이 나려 하였다. 돈을 쓰는 보람을 느끼며, 뿌듯하고 행복한 마음으로 귀경했다. 그는 5억 원짜리 적금을 탔을 때 느꼈던 감격보다 더 큰 감격을 느꼈다.

박인수는 두 사람이 살 집 너무 크면 청소하기만 귀찮을 거니, 전에 살던 집에서 10평 정도만 키워 새집을 장만하자고 했다. 노수연은 더 큰 평수를 요구하지 않고 순순히 박인수의 말을 따랐다. 새집으로 이사

한 노수연은 가구를 새로 사고, 티브이 등 가전제품도 새것으로 구입하며, 새신부로서 기분을 내며 좋아했다.

신부에게 유럽여행을 일임했다. 노수연은 영국, 프랑스, 스위스, 이태리를 들르는 4개국 상품을 고르고, 어떠시냐고 남편의 의견을 물었다. 박인수가 좋다고 하자, 그대로 예약하겠다고 했다. 박인수가 지난번 미국 갈 때 보니 비행기 앞자리는 자리가 넓던데, 얼마나 비싸냐고 물었다. 어지간하면 당신 그 자리로 모실까 한다고 말했다.

노수연은 비즈니스 클래스는 일반석보다 배 이상 비싸고, 1등은 네 배 이상 비싸다며, 유럽까지 열대여섯 시간만 타고 가면 되니 그냥 일반석 타고 가자고 했다. 좌석 업그레이드하는 돈이면 다른 곳 한 곳 더 관광갈 수 있는 돈인데, 그 돈 아껴서 불쌍한 사람에게 기부하는 것이 낫다고 했다.

박인수는 그렇게 말하는 신부가 너무나 귀여웠다. 박인수는 그럼 당신 말대로 일반석 타고 가고 절약한 돈 불우 이웃이나 돕자고 하자, 노수연이 인터넷에서 기부할 기관 다섯 곳을 찾아놓고, 한 곳에 백만 원씩 기부하러 같이 가자고 했다.

박인수는 얼굴만 예쁜 것이 아니라 마음씨까지 예쁜 젊은 아내가 너무나 사랑스러웠다. 그는 말년에 이 무슨 복인가 하며, 아내와 함께 아내가 찾아놓은 고아원 두 곳, 양로원 세 곳을 찾아가서, 헌금을 전달하고 원장들로부터 깍듯한 예우를 받고, 흐뭇한 마음으로 돌아왔다.

노수연은 남편이 건물관리 일을 새로 고용한 직원에게 넘겨주고 할 일이 없어 심심해 하자, 유럽 여행 다녀와서 자기랑 문화센터나 다니면서 교양을 쌓자고 했다. 그녀는 문화원, 구청, 백화점 문화센터의 교양강좌 프로그램을 챙겨 와서 고르라고 했다. 백화점에서 하는 강좌보다 구청이나 문화원에서 여는 강좌가 훨씬 쌌다.

박인수는 치매를 막자며 중국어, 영어 강좌를 선택하고, 혹시 자서전이라도 쓰면 써 먹으려고, 수필작법반도 등록하기로 했다. 건강관리를 위해 요가반도 선택했다. 교양을 높이기 위해 세계 역사반과 논어반도 선택했다. 노수연이 중국어, 영어, 세계 역사반은 자기도 같이 듣겠다고 했다.

박인수는 조심스럽게 보시의 복덕을 쌓기 위해, 쓰고 남은 돈은 이제 그만 저축하고 불우 이웃에게 기부했으면 하는 그의 뜻을 아내에게 털어놓았다. 아내가 눈을 반짝하더니, 좋다고 하며, 당신 부처님 같다고 하며 얼굴에 쪽 키스를 해 줬다.

박인수와 노수연은 노수연이 골라놓은 다섯 개 기관에 월 백 만원씩 기부금이 자동으로 이체되도록 조치했다.

박인수는 돈을 모으는 것도 즐겁지만 돈을 쓰는 것은 더 이상 즐겁다는 것을 깨달으며, 세상은 사는 방법이 다양하다는 것을 알아갔다.

9.

박인수는 재혼을 하고 20년 동안 해 왔던 유 총장의 빌딩 관리인에서 빌딩 소유주, 사장으로 바뀌었다.

그는 노수연이 차려주는 아침을 들고, 문화원이나 문화센터에 교양 강좌를 들으러 간다. 노수연은 아침을 양식으로 바꾸자고 했다. 그녀는 우유 한 컵, 토스트 두 쪽, 달걀 프라이를 차려줬다. 매일 아침 다른 종류의 과일을 깎아서 내놨다. 70 평생을 아침에 밥을 먹어온 박인수의 위장이 우유를 받지 않았으나, 며칠만 참고 계속 드시면 습관이 된다는 귀여운 아내의 권고에 나이 든 남편은 토를 달지 못했다.

정말 일주일 쯤 양식을 들자 위장이 차차 적응했다. 박인수는 우리 몸의 신비한 적응 능력에 감탄했다.

박인수는 대개 점심은 수업이 끝나고 노수연과 같이 외식을 했다. 이제 싸구려 식당은 졸업했다. 점심을 들고 박인수는 그의 빌딩에 들러 관리인으로 고용한 직원으로부터 현안 보고를 받는다. 수리할 곳이 있다든지, 부품을 교체하여야 한다고 하면, 필요한 돈을 줬다. 보고 받고 조치하는 데 30분도 안 걸렸다.

청소부 할머니와는 20년 가까이 동료로 지냈으나, 이제 사장으로 대했다. 사장 노릇하는 것이 처음에는 어색했으나 며칠만에 어색함이 없어졌다. 사장 노릇하는 것도 바로 익숙해졌다.

그는 오후에는 부인과 함께 돈을 쓰러 다녔다. 미술관도 가고, 극장도 가고, 야외로 드라이브도 다녔다. 시집을 오면서 노수연은 그가 쓰던 차를 가지고 왔다. 노수연이 운전을 했다.

노수연은 부부 간에 니 돈 내 돈이 어디 있냐며, 용돈으로 받는 돈을 망설임 없이 쓰며, 남편을 감격하게 했다.

아들딸들은 젊은 여자와 결혼한 아버지를 마뜩찮게 여기며 발길을 끊었다. 박인수는 손자들을 못 보는 것이 아쉬웠으나 젊은 아내가 그 자리를 메워줬다.

박인수는 젊은 아내와 노는 데 빠져 종교를 찾으러 섭렵하는 것은 멈췄다. 늙은 남자가 젊은 여자에 빠지면 파멸의 문에 들어서는 것을 몰랐다

박인수는 노수연과 함께 유럽 여행을 갔다. 루블 박물관에 들러, 그 웅장한 규모에 우선 기가 죽었고, 너무나 많은 그림에 눈알이 핑 돌았다. 모나리자 그림 앞에 서서, 많은 관광객과 함께 그림을 건너다보며, 노수연이랑 미술관에 가서 보았던 천경자의 그림을 떠올리며, 천 화백의 그림이 훨씬 더 강렬했었는데, 왜 모나리자가 왜 그렇게 교과서에도 나올 만큼 유명할까, 했다.

몽마르트 언덕에서 노수연과 나란히 앉아 거리 화가에게 초상화 모델이 되어주며, 파리 시가를 내려다보며, 서울보다 고층 건물은 적네,

했다. 무랑루즈 쇼를 보며, 라스베이거스 MGM호텔에서 봤던 쇼보다는 규모가 작네, 하며 미국을 다녀온 덕에 비교할 수 있게 된 것이 흐뭇했다.

케이블카를 타고 몽블랑에 올라 노수연과 함께 눈에 싸인 정상 식당에서 후루룩 라면을 먹으며, 우리나라 음식이 여기까지, 하며 감격했다.

로마 원형경기장을 보며, 이렇게 큰 경기장을 어떻게 지었을까, 저 운동장이 검투사들이 피를 흘리며 싸우던 곳이었어, 하며 최근 노수연과 같이 봤던 영화의 장면을 떠올렸다. 바티칸 성당의 한없이 높은 천장을 올려다보며, 장대한 돔에 감탄사를 몇 번씩 내뱉었다. 화산재를 걷어낸 폼페이 유적에서는 한 순간 화산재를 맞고 몰사했을 시민들을 생각하며 소름이 끼쳤다.

대영박물관을 들러 한국관을 지나며, 좀 더 전시공간이 컸으면 했다. 이집트에서 훔쳐 와서 전시한 미라를 보고 소름이 끼쳤다. 버킹검 궁전에서 위병 교대식을 보며 경복궁에서 봤던 교대식보다는 근사하다고 여겼다.

박인수는 유럽 4개국을 돌며 그래도 노수연이랑 한국에서 여러 곳을 구경하며 견문을 넓혔던 것이 크게 도움이 되는 것 같아, 장가가기 잘했네, 하는 생각이 들었다.

박인수는 꿈 같고 꿀 같은 세월을 보냈다. 젊은 아내는 나이든 남편의 가려운 곳을 미리 알아 긁어주며 남편을 편안하게 했다. 마치 입안의 혀처럼 굴었다. 박인수는 행복에 겨워 세상에 이렇게 사는 인생도 있는데 공연히 힘들게 살아왔구나, 하며 홀아비로 검소 질박하게 살아온 과거가 아까웠다.

박인수는 살아가는 방식을 바꿔보자고 젊고 예쁜 여인과 재혼을 하고, 그 여인의 치마폭에 싸여 허허거리며 그녀가 살자는 대로 흘러 살아가며, 행복했다.

박인수는 빌딩에 들러 대강 보고를 받고, 아내와 오후에 영화를 보기로 한 약속을 떠올리며 부지런히 택시를 탔다.

아파트에 들어서니 아내가 없다. 뭔가 집이 텅 빈 느낌이었다. 박인수는 아내의 이동전화 번호를 눌렀다. 없는 전화번호라는 멘트가 나왔다. 박인수는 이거 기계가 미쳤나, 없는 번호라니, 하며 다시 전화번호를 천천히 눌렀다. 다시 없는 전화번호라는 멘트가 나왔다.

박인수는 무슨 일, 하며 주차장으로 나와 아내의 차를 찾았다. 아내의 차가 보이지 않았다. 그는 다시 집으로 들어와서 소파에 멍하니 앉아 아내가 어디 갔을까, 하며 안방으로 들어갔다. 화장대가 텅 빈 것 같았다. 그는 기분이 묘해서 옷장을 열어봤다. 옷장이 반쯤 비고 아내의 옷이 보이지 않았다. 박인수는 상황을 파악할 수가 없어, 무슨 일이지, 하며 소파에 털썩 앉았다.

박인수는 아내에 대하여 아는 것이 참 없었다. 결혼식에도 결혼 후에도 아내의 가족 누구도 찾아오지 않았다. 그녀는 한 번도 가족에 대하여 말을 하는 것을 듣지 못했다. 그녀의 친구도 만난 적이 없었다. 그는 20년이나 같이 일을 한 조 세무사가 소개한 여자라 그냥 딱 믿고 한 번도 그녀를 알려고 하지 않았다.

소파에 앉아 박인수는 다시 이동전화 번호를 눌렀으나 같은 멘트만 나왔다.

박인수는 마냥 그녀를 기다렸다. 그녀로부터 연락을 기다렸다. 저녁 때가 다 되어도 그녀는 나타나지 않고 연락도 없었다. 박인수는 문득 그녀가 납치된 것은 아닌가, 하고 경찰에 신고를 할까 하다가, 화장품이랑 옷가지를 싸가지고 나간 것을 보니 납치는 아닌 것 같은데, 하며 신고를 미뤘다.

박인수는 뜬눈으로 밤을 새우며 그녀를 기다렸다. 증발한 그녀는 나타나지 않았다. 그는 그를 중매한 조 세무사에게 전화를 하여 그녀로부터 무슨 연락을 받았는지 물었다. 조 세무사는 연락 없다면서, 결혼하고 딱 한 번 찾아와서 남편이 잘해 준다는 말을 하고 갔는데, 무슨 일이 있냐고 오히려 반문했다. 그는 아무 일도 없다고 하고 전화를 끊었다.

박인수는 그녀가 겨우 5억 원짜리 통장 하나 먹고 도망쳤다고는 생각할 수가 없었다. 같이 살다 보면 그가 먼저 죽을 것이고, 그의 빌딩 절반은 그녀의 몫이 된다.

다음 날도 그녀로부터 연락이 없었다. 박인수는 조 세무사 사무실에 찾아가서 그녀의 친정이 어디인지 물었다. 조 세무사는 자기 부인의 친정에 대하여 묻는 박인수를 멍하니 쳐다보며 그런 것도 모르고 결혼했냐고 오히려 반문했다.

박인수는 터덜터덜 계단을 걸어서 빌딩 사무실로 올라갔다.

관리인이 사장님 오셔요, 묻고, 어떤 신사가 와서 자기가 이 빌딩을 샀다고 하는데 언제 파셨어요, 하며 새 주인한테 말해서 그냥 관리인으로 있게 해달라고 부탁했다고 한다.

박인수는 그게 무슨 말이냐고 반문하며, 사기를 당했나, 하며 정신이 빙 돌았다.

이끝순 여사

1.

이끝순 여사는 벅차고 설레는 감격을 누르며, 어색하고 쑥스러운 감정을 숨기고, 105호 강의실 뒷문으로 강의실에 들어가서 뒷자리에 앉았다. 초등학교 교실만한 크기의 강의실에 이십여 명의 어린 학생들이 옹기종기 앉아서 교수를 가다리고 있었다.

D대학교 문예창작과에 입학한 이 여사는 첫 시간 수업, '문학이란 무엇인가?' 를 수강하려고 강의실을 찾았다.

이끝순 여사의 옆자리에 앉은 남학생이 이 여사를 쳐다보며 눈을 크게 떴다. 이 여사는 체격이 우람하고 잘 생긴 젊은 급우에게 살짝 미소를 보내줬다. 그 급우는 다른 입학생들보다 나이가 몇 살은 더 들어보였다. 군대를 제대하고 입학을 했던지, 삼수 이상 하고 학교에 입학한 모양이다. 그는 문창과 학생보다는 체육과 학생으로 어울리는 체격이다.

개량한복을 입은 40대 후반의 남자가 강의실에 들어서며 학생들을 한 번 죽 둘러보고 교단에 섰다. 강의를 맡은 시인 박정림이다. 박 교수는 안경을 썼고 키가 작았다. 그의 시를 두어 편 외우고 있는 이 여사는 박 교수를 건너다보며 그의 왜소하고 빈티가 나는 얼굴을 쳐다보며, 풍류적이고 멋있게 생겼을 거라는 상상이 깨어지며, 가볍게 실망했다.

“우선 문예창작과에 입학한 것을 축하드립니다. 나는 여러분들의 문학의 길잡이를 할 박정림입니다. 수업을 하기 전에 여러 분들이 문학을 배우기 위하여 이 과에 들어오셨는데, 그럼 과연 문학은 무엇이지요?”

박 교수가 학생들을 죽 둘러보며 물었다. 학생들은 느닷없는 질문에 서로를 쳐다보았다.

이 여사는 문학이란 시나 소설, 수필 같은 거 아냐, 하며 바로 문학을 정확히 정의할 말이 떠오르지 않았다. 이 여사의 옆자리에 앉은 학생이 바로 스마트 폰을 켜고 화면을 들여다보며, 예, 문학은 사상이나 감정을 언어로 표현하는 예술, 또는 그런 작품 시, 소설, 희곡, 수필, 평론 따위입니다, 하고 대답했다.

“그거 사전에 나온 뜻이지요? 이왕 사전에서 찾았으면 여러분이 문예창작과에 들어오셨으니 창작이 무엇인지도 찾아서 읽어줄까요?”

박 교수가 이 여사 옆자리에 앉은 학생에게 말했다.

“네, 창작은 방안이나 물건 따위를 처음으로 만들어낸 예술 작품을 독창적으로 지어냄, 또는 그 예술작품입니다.”

이 여사 옆자리에 앉은 학생이 얼굴을 붉히며 스마트 폰 화면에 뜬 글씨를 읽었다.

“여러분 문학이 무엇이고, 창작이 무엇인지 들으셨지요? 여러분들이 4년 동안 닦고 배울 분야입니다. 영혼의 상처를 흉터로 남기는 것은 사건 사고이지만, 영혼의 상처를 향기로 남기는 것은 여러분이 전공할 문학입니다. 언어를 자유롭게 표현하고, 독창적인 사고를 키우기 위하여 자유분방한 분위기가 중요해요. 그래서 내 시간에는 출석을 안 부를 겁니다. 원래 교수와 학생 간에 소통을 위해 항상 반말을 썼었는데, 오늘은 마침 뒷자리에 저보다 한참 연상인 학생이 계신 것 같아 존댓말로 시작했어요. 맨 뒤에 앉은 학생님, 그냥 반말로 강의해도 되겠지요?"

박 교수가 만면에 웃음을 띠고 물었다. 앞에 앉았던 학생들이 전부 고개를 돌려 뒷좌석에 앉은 이 여사를 돌아다보았다.

"군사부일체인데 좋습니다."

이 여사가 자리에서 일어서서 큰 소리로 말했다.

이끝순 여사는 나이 70에 3남 2녀 중 막내아들을 장가보내고, 어머니로서 할 일을 마치고, 그녀의 평생소원 두 가지, 학사모를 써보는 것과 시인이 되는 꿈을 이루기 위하여 문예창작과에 입학했다. 시골에서 중학교만 졸업했던 그녀는 3년 만에 대학 검정고시에 합격하고, 재수를 하여 75세에 대학에 입학했다.

박 교수는 깐깐한 목소리로 강의를 이어갔다.

"여러분들의 꿈을 펴는 연습을 하기 위하여, 매년 4월 하순에 새내기 백일장이 있으니, 이왕 문학작품을 쓰려고 우리 과에 들어왔으니 다 응모하도록. 그리고 일생을 문학이라는 장르에서 같이 생활하기로 하고 이 과에 들어왔으니, 여기 아직 다 서로 모를 텐데, 이 시간이 끝나는 대로 우선 한 사람을 골라 친구로 하여 평생 문우로서 교감하는 인연을 갖기를 바란다."

이 여사는 평소에 듣지 못했던, 아방가드로, 포스트모던, 은유법 등을 섞어서 강의하는 박 교수의 강의를 흥미롭게 들었다.

박 교수는 강의를 마치면서 다시 한 번 한 사람 문우를 만들라고 당부했다. 이 여사의 옆에 앉은 학생이 주위를 두리번거리며 누구를 친구로 할까 찾는 것 같았다.

이 여사가 옆에 앉은 학생의 어깨를 툭 치며 말했다.

"얼짱 학생, 대학 들어와서 첫 강의 시간에 옆자리에 앉은 것도 인연인데, 우리 친구합시다. 내 이름은 이끝순이고 일흔 다섯 살이요."

이 여사가 손을 내밀었다.

"좋습니다. 제 이름은 조동성입니다. 군대 다녀왔고, 늦깎이로 대학에 들어왔어요. 나이는 스물다섯 살이고."

조동성이 잠시 멈칫하더니 이 여사의 손을 잡았다.

이 여사가 손을 힘차게 흔들며 말했다.

"우리 이제 친구하기로 했으니 나가서 차나 한 잔 하지. 서로에 대해 조금은 알아야 할 테니."

두 사람이 악수를 하는 광경을 본 몇몇 학생들이 박수를 쳐줬다. 이 여사는 박수를 치는 학생들에게 손을 흔들어 주고 앞장서서 강의실을 나갔다.

"어르신, 어떻게 꽃같이 젊은 나이에 무슨 사연으로 대학생이 되셨어요?"

조동성이 이 여사와 어깨를 나란히 하고 교정을 걸으며 물었다.

"친구하기로 해 놓고 어르신은 좀 그렇다. 왜 대학에 들어왔냐고? 대학에서 잘 생기고 돈 많은 남자 만나 결혼하고 애들이나 두어 명 낳아 볼까 하고."

이 여사가 활짝 웃으며 말했다.

"어르신, 저는 진지하게 물었는데."

"알아. 나도 그럼 진지하게 대답할까? 중졸이 마지막 학벌인 나는 평생소원이 학사모 써보는 것하고, 시인 되는 거였거든. 답이 됐어?"

이 여사가 조동성의 어깨를 툭 치며 말했다.

두 사람은 카페에 마주보고 앉았다. 이 여사가 커피를 샀다.

"우리 친구하기로 했으니 우선 나부터 신상을 깔까? 동성이 너 장수라는 산골 아나?"

"네, 무진장하는 장수 말씀이지요?"

"그래 나 장수 출신인데, 그 곳에서 농부의 딸로 태어나서 그 곳에서 중학교까지 나오고 초등학교 선생한테 시집가서, 아들 셋, 딸 둘 낳고 이제 다 결혼시켰어. 남편은 7년 전에 죽고. 남편이 남겨 준 연금 받고 자식들이 주는 용돈으로 경제적으로는 어려움 없이 살지. 이렇게 아직 건강하고. 내가 왜 문창과에 들어왔는지는 좀 전에 오면서 말해 줬고, 이름이 재미있을 텐데 왜 그런 이름을 얻었는지는 설명 안 해도 알 거고. 이 정도면 내 소개 다 된 거지. 참 지금 강남 삼성동 아파트에 살고 있고. 깊은 것은 차차 알기로 하고, 동성이 너는?"

이 여사가 싹싹하게 자기 소개를 했다.

"아 저요? 저는 서울에서 태어났고, 저희 아버님은 공사판에서 막노동을 했어요. 어렵게 고등학교까지 다녔고, 저는 소설가가 되는 것이 꿈인데 부모님은 법대에 가서 고시를 보라는 거예요. 그래서 우선 군대나 다녀오자, 하고 대학 들어오기 전에 군대를 갔어요. 제대하고 부모님들 설득하느라 힘이 들어 한 해 또 쉬고, 이제 겨우 부모님이 그렇게 하고 싶으면 너 하고 싶은 거 해라, 하는 반승낙 받고 대학에 들어온 거죠. 저 불효자지요?"

"자기가 하고 싶은 거 못하면 평생 후회할 수가 있어. 마침 내가 친구하기로 했으니 동성이 시골 생활 안 해 본 거 같으니 내 경험을 다 들려줄 테니, 소설 쓸 때에 참고해. 그리고 집이 가난하면, 아니 아직 거기까지 이야기하기는 빠르고, 우리 친구하기로 했으니 학교 동아리 활동에도 하나쯤 같은 것을 선택하면 어때?"

"어르신은 어떤 동아리 들고 싶으신데요?"

"참 우리 친구하기로 했는데 부르는 호칭부터 정리하자. 나를 어르신, 어르신하면 친구가 되겠어. 이름이 그래서 끝순 씨하라고 하기는 그렇고, 그냥 순이라고 불러."

"어떻게 어르신께."

"동성이 손자뻘인데, 요새 할머니에게 존댓말 쓰는 손자 있나? 다 반

말이지. 그러니 존댓말도 쓰지 말고, 알았지?"

"그래도…, 네 한 번 해 볼게요. 순씨."

"순씨, 듣기 좋은데. 내가 이렇게 얼짱 몸짱인 청년에게 순씨라고 불려보다니. 씨는 그냥 순이야, 하고 불러."

"순이야. 나하고 놀자."

동성이 히히 웃으며 말했다.

"나 햇빛봉사단하고 사물놀이반 들려고 하는데."

"둘 다 힘 드는 동아린데요."

조동성이 고개를 저으며 말했다.

"햇빛봉사단은 한국 해비타트와 연계하여 집을 지어주고 집을 고쳐주는 봉사활동한다고 하던데 그거 얼마나 좋은 일이야? 사물놀이반은 내가 장구를 한 번 멋있게 쳐보고 싶거든, 그래서 들기로 했고."

"그래도 둘 다 힘 드는 동아린데…, 그럼 저도 햇빛봉사단 들게요. 같이 집 짓고 집 고치는 데 가요."

"좋았어. 이거 오늘 처음 만났는데 척척 죽이 맞네. 내가 연애하자는 소리는 안 할 거니 그런 걱정은 말고. 이번 주말엔 뭐 할 거야?"

"특별한 계획 없는데요."

"'요' 자는 빼고. 그럼 나랑 친구한 기념으로 우리 영화나 하나 볼까? 군도가 재미있게 생겼던데. 하동원이랑 강동원이 나오던데, 나 강동원 팬이야."

이 여사가 핸드폰을 켜고 극장 상영시간을 검색하며 말했다.

"영화를 봐요?"

"또 '요' 자다. 3시 반 프로가 있는데, 그 거 보고 저녁이나 같이 먹지. 세 시 20분에 코엑스 메가박스 매표소 앞에서 보지. 내가 표 끊어놓고 기다릴게. 코엑스가 우리 집에서 길만 건너면 있으니 편해."

"네, 그럴게요."

"또 '요' 다. 그럼 토요일 3시 20분에 보지."
이 여사가 손을 내밀었다. 두 사람은 악수를 하고 헤어졌다.

2.

동성은 나이 드신 어른과 약속시간에 늦지 않으려고 약속시간 20분 전에 약속장소로 갔다.
이 여사가 매표소 앞에서 번호표를 뽑고 차례를 기다리고 있었다.
"어 왔어? 일찍 왔네."
이 여사가 손을 내밀었다. 두 사람은 악수를 나눴다.
이 여사는 두리번거리며 매표구 전광판에 켜지는 숫자를 보다가 그녀가 쥐고 있는 번호가 전광판에 켜지자 매표구로 갔다. 동성은 이 여사를 따라갔다.
이 여사는 멤버십 카드를 매표원에게 건네며 군도, 3시 30분 상영분을 보겠다고 했다. 매표원이 화면을 보여주며 좌석을 고르라고 했다.
"나 포인트 많이 쌓였는데 공짜로 볼 수 있지?"
이 여사가 좌석을 짚으며 매표원에게 말하고 동성을 쳐다보며 천진난만한 미소를 보냈다.
매표원이 5,500포인트 있는데, 1,400포인트를 차감하겠다고, 하며 입장권 두 장을 뽑아줬다.
"VIP회원이세요?"
동성이 물었다.
"응. 자주 영화 보러 오지. 집에서 가깝고 경로라서 싸게 볼 수 있고. 또 포인트 모이면 공짜로 볼 수 있고. 동성이야 젊으니까 나보다 잘 알겠지."
이 여사가 아무렇지도 않게 말했다.
"참 오늘 젊은 동성이랑 영화 보니 팝콘도 사고, 마실 것도 사야겠네."

이 여사가 팝콘 등을 파는 코너로 가며 말했다.

"그건 제가 사면."

동성이 말했다.

"아니, 나 포인트 많이 있어. 거저 살 수 있어."

이 여사는 멤버십 포인트로 팝콘을 받고, 콜라도 두 컵 받았다.

"어르신께서는 저보다 나으시다. 멤버십 이용해 무료 관람도 하시고."

동성이 놀라는 눈짓을 하며 말했다.

"또 어르신. 그냥 순이라고 하기로 했잖아. 그리고 나 이제 겨우 대학교 1학년이야. 이 정도는 이용해야 하는 거 아냐?"

이 여사가 동성의 어깨를 툭 치며 말했다.

영화를 관람한 후 이 여사가 앞장서서 일식당으로 들어갔다.

"이 집 나 멤버십 있어. 그래서 40% 디스카운트 받는다."

이 여사가 정식 2인분을 주문하며 자랑스럽게 말했다. 그녀는 500CC 생맥주도 두 잔 시켰다.

동성은 젊은 사람 못지않게 현대 상혼이 주는 혜택을 잘 이용하는 노익장 할머니를 경외의 눈으로 쳐다봤다.

"동성이 4월 백일장에 작품 낼 거지?"

"네. 내야지요."

"나도 낼 건데, 우리 문우하기로 했으니, 서로 미리 보고 코멘트해 주면 어때?"

"좋지요."

"그럼 열흘 후에 나는 시를 써 올게, 동성이는 단편 한 편 써 올 거야? 열흘은 너무 짧나?"

"아니, 쓰던 거 있으니 마무리만 하면 돼요. 열흘 후에 서로 보여주기로 해요."

"좋았어. 그리고 동성이는 서울서 태어나 서울에서 자랐다고 했지? 그럼 시골에서 일어난 일들을 잘 모르겠네. 시골 배경으로 소설을 쓰려면 나한테 자문을 구해. 무료로 자문해 줄게. 김유정의 '봄봄' 이나 이효석의 '메밀꽃 필 무렵' 등 다 무대가 시골이잖아."

이 여사는 초밥을 들며 틈틈이 그녀가 자랐던 어린 시절 이야기를 들려줬다. 어린 시절 시골에서 자란 어린이, 소년, 소녀, 앵두나무 우물가 처녀의 사랑 이야기도 들려줬다.

그녀 자신의 이야기와 친구들의 이야기가 섞여 있었다.

동성은 그녀의 이야기를 들으며, 전혀 50년의 나이 차이를 느끼지 못했다. 그녀의 얼굴만 쳐다보지 않으면 꼭 동년배와 대화를 나누는 것 같았다. 이 여사는 저녁 값을 내면서 동성이 전혀 부담이 갖지 않도록 배려했다.

"자 영화도 봤고, 저녁도 먹었는데, 다음 코스는 커피를 마실 차롄데, 저녁에 커피를 마시면 잠이 오지 않아 나는 잘 마시지 않는데 어쩐다?"

이 여사가 동성을 빤히 쳐다보며 말했다.

"커피는 내일 마셔요, 제가 학교에서 살게요."

"반말이 잘 안 나오는 모양이지? 그럼 편할 대로 해. 우리 서로 힘들게 살 필요는 없지. 저녁도 먹었는데 여자 친구 집까지 데려다 줄 거야?"

이 여사가 눈을 찡긋했다. 눈가에 주름살이 오르르 뭉쳤다.

삼성역 지하도를 건너 4번 출구로 나가 언덕을 조금 오르자 아파트 단지가 나왔다.

"여기가 우리 아파트야. 내가 동성이를 집에 모실 준비가 안 돼서, 솔직히 집안 청소가 덜 돼서 오늘은 집에 가자는 말 못하겠네. 우리 집은 18동 1004호야. 저녁에 고기를 먹고 싶다든지, 술 한 잔 생각나면 미리 전화하고 언제든지 와. 내 전화번호는 알려줬지?"
그녀가 손을 내밀며 말했다.
"네. 그럴게요. 영화 잘 보고 저녁 잘 먹었어요. 그럼 월요일 강의실에서 뵈요."
동성이 이 여사의 손을 잡고 흔들며 말했다.
동성은 집으로 돌아가면서 이 여사와 대화를 하며 거의 나이를 느끼지 못하고 퍽 편했던 분위기를 떠올리며, 인생을 오래 살면 그런 마력이 생기나, 했다.

문창과 1학년 반장이 J대학교 문예창작과 1학년 학생들과 1박 2일 코스의 MT를 주선했다. 반장이 이 여사에게 같이 가시자고 따로 부탁했다.
이 여사는 이번 금요일, 하면서 난색을 표했다. 반장이 동성에게 이 여사를 모시고 오는 임무를 맡겼다. 동성은 반장에게 책임지고 이 여사를 모시고 가겠다고 했다. 두 사람의 대화를 듣고 있던 이 여사가 고개를 끄덕이며, 알았다는 신호를 보냈다.
그날 마지막 강의가 끝나고 교수가 막 강의실을 나가자, 이 여사가 교실을 떠나려는 급우들에게 1분만, 하고 소리쳤다. 강의실을 나서던 급우들이 멈칫 섰다.
"내가 이번 MT에 꼭 가고 싶은데, 집안에 피치 못할 일이 있어 참석 못하게 되어 죄송합니다. 제가 마실 술까지 다 드시고 재미있게 놀다 오세요. 그런 의미에서 제가 여러분들께 미리 막걸리 한 잔씩을 대접할게요."
그녀는 반장에게 흰 봉투 하나를 건넸다.
급우들이 와, 하고 박수를 쳤다.
동성은 급우들에게 살짝 그날이 남편의 기일이라서 그녀가 참석 못하는 사정을 알려줬다. 아직 스무 살도 안 된 젊은이들에게 남편의 기일이라는 말은 딴 세상 이야기였다.

이 여사와 동성은 학교 내 카페에서 만나 서로 백일장에 내려고 쓴 작품을 교환했다. 동성은 얼른 이 여사의 시를 세 번 정독하고, 이 여사가 그의 단편을 볼펜으로 밑줄까지 치며 읽는 것을 물끄러미 쳐다봤다.

이 여사는 〈그녀의 연인〉이라는 제목의 시를 썼고, 동성은 〈떠나간 여인〉이란 단편을 썼다.

그녀의 연인

그녀는 한 오십쯤 젊은 연인을 가졌으면, 하며 깔깔 웃는다.

그 연인은 여윈 사내여야 할 거요.

시대의 아픔을 가슴에 안고 텅 빈 들을 헤매는 영혼이 순백의 눈처럼 맑은 사내 말이요.

아니면, 파리 몽마르트 언덕의 싸구려 화가에게 초상화를 부탁하고 시가지를 내려다보며, 인생을 사고하는 남자면 더 좋소.

찬바람이 눈보라를 날려도 겨울 들판을 쳐다보며 다가오는 봄을 고즈넉이 기다리는 그런 남자.

구태여 남의 허물을 애써 찾거나 남의 약점과 단점을 들춰내려 하지 않는 남자.

그런 사내를 찾으면 뭉툭하게 빚은 눈사람을 선물로 보내고 싶소.

눈사람이 다 녹아도 사랑으로 감싸 줄 남자.

아, 그대는 어디 있는가?

그대는 어디 있는가?

동성의 단편은, 고등학교 시절 열애를 했었는데, 여자는 대학에 들어가고, 남자는 대학에 떨어져서 재수를 한다. 대학생이 된 여자가 새로운 남자의 세계를 발견하고 마음을 바꾸고 다른 남자에게 날아간다, 는 줄거리다.

"동성이 자네 이야긴가?"

"아니요. 제 친구 이야긴데."

"줄거리가 남자가 군대 가서 여자가 고무신을 거꾸로 신는 신파가 아니어서 조금 다행이네. 고등학교 때 연애하는 장면은 사실적인데, 후반부 여자가 고무신을 거꾸로 신는 장면은 영 아니다. 동성이가 여자의 마음을 잘 모르는 것 같다. 여자가 재수생을 버리고 고무신을 거꾸로 신는 마음의 변화가 제대로 표현되지 않았어."

이 여사가 잔뜩 이맛살을 찌푸리고 동성의 작품을 평했다.

"뒷부분에 상상력을 발휘하여 여자의 마음을 좀 잘 묘사해 봐."

이 여사는 심각한 표정으로 그녀가 생각하는 여자 마음의 갈등을 설명해 줬다.

"고마워요. 여자 마음이 그런가요? 저는 짐작도 못했는데. 고쳐 쓸게요. 그러고, 순 님의 시는 본인이 바라는 남성상이지요?"

"그런 것 같은데."

"그런데 뭔가 좀 부족한 느낌이다. 또 어디는 사내라고 쓰고, 어디는 남자라고 쓰셨고, 또 뭉뚝한 눈사람은 어떤 눈사람인지 잘 떠오르지 않아요? 왜 눈사람을 선물하지요?"

"오십 년쯤 젊은 연인을 가진다는 것은 과욕이지. 부처님이 욕심은 햇볕에 녹는 눈과 같다고 했지. 눈사람이 녹아도, 하고 외치는 것은 욕망을 벗어난다는 뜻이야."

이 여사가 허공에 시선을 두고 무엇인가 상상하는 표정을 지었다.

문학 초보생인 두 사람은 시를 어떻게 써야 하는지, 단편을 어떻게 손봐야 하는지 접근도 못하고 언저리만 맴돌다가, 다시 고쳐 써서 일주일 후에 다시 돌려보기로 하고 헤어졌다.

두 사람은 세 번씩 작품을 서로 바꿔 읽고 서툰 평을 주고받고, 새내기 백일장에 응모했다. 조동성은 은상을 받고, 이 여사는 장려상에 뽑혔다. 금상은 문창과가 아닌 국문과 학생이 차지했다. 박정림 교수는 문창과 학생들을 힐책했다.

그래도 이 여사는 네 사람 입상자 중에 든 것을 자축하며, 급우들에게 캔 커피를 하나씩 돌렸다.

급우들이 문창과에서 은상, 동상, 장려상을 차지했다며 삼겹살집에서 소주파티를 열었다. 1차를 마치고, 급우 중 절반 가까이 2차로 노래방에 갔다. 장려상을 수상한 이 여사는 빠질 수가 없어 동행했다. 자기들끼리 신나게 노래를 부르던 급우들이 이 여사에게 마이크를 넘기며 노래를 청했다.

"내가 옛날 노래 부르면 분위기 깨질 거고 2, 3년 전 노래해도 되지?"

이 여사가 반쯤 술에 취해 비틀거리는 급우들에게 물었다.

"아무 노래나 다 좋아요."

급우들이 소리쳤다.

"그럼 슈퍼주니어 부를게, 미스터 심플."

이 여사가 젊은 가수의 노래를 부른다고 하자, 급우들이 짝짝이를 치고 손뼉을 치며 난리가 났다.

미스터 심플은 이 여사가 3개월도 더 연습을 하고 이제 겨우 흉내를 낼 수가 있다.

70대 중반의 할머니가, 'Because you naghty, naghty, hey' 하고 손짓 발짓을 하며 노래를 시작하자, 노래방이 뒤집어졌다.

세상이 맘대로 안 된다고 화만 내면 안 돼. 그럴 필요 없지. 걱정도 팔자다. 작은 일에 너무 연연하지 말자. 몸에 좋지 않아.

이 여사가 우리 말 부분을 부르자 몇몇 급우들이 이 여사 옆에 붙어서서 따라서 부르며 합창을 했다. 춤도 추었다.

그날 노래방에서 이 여사가 완전히 주인공이 됐다.

이 여사는 앙코르를 외치는 급우들의 강요에 못 이겨 한오백년을 불렀다.

그날 이 여사가 슈퍼주니어를 부른 사건은 문창과 카페에 올랐다. 많은 댓글이 달렸다. 두고두고 화제가 됐다.

새내기 백일장에서 매년 상을 받은 시상자들만의 만남, 새싹 동아리에서 금년 신입회원 환영 파티를 열었다.

동아리방에 회원 16명이 모였다. 4학년 학생이 회장, 3학년 학생이 부회장이다. 부회장은 내년 4학년이 되면 자동으로 회장이 된다.

회장은 신입생 중 할머니뻘인 이끝순 여사를 어떻게 대접해야 할지 어려워했다. 신입생들에게 반말도 못하고 엉거주춤한 화법을 썼다. 이끝순 여사가 번쩍 손을 들고 발언권을 요구했다. 회장이 손바닥으로 코를 쓸며 말씀을 하시라고 했다.

"회장은 시를 써요, 소설을 써요?"

이 여사가 물었다.

"소설요."

회장이 어눌하게 대답했다.

"소설을 쓰려면 남의 인생을 마치 자기가 경험한 인생처럼 그럴 듯하게 꾸며서 써야 하는데, 그럼 숫기가 있어야 하는데, 그렇게 숫기가 없어서 어떻게 해요? 내가 회장보다 나이는 많지만, 나이는 숫자에 불과한 거고, 신입생 중 한 사람이요. 전혀 다른 생각 말고, 그냥 막 반말로 해요. 알았지요?"

이 여사가 웃는 얼굴로 회장을 손가락으로 가리키며 말했다.

"네. 알겠습니다."

회장이 굽실 인사했다.

"알았다지, 알겠습니다는 뭐요? 그리고 이 모임 끝나면 환영회 해 줄 거죠?"

"당연히 해 드리지요."

"또 존댓말, 내가 회장님과 여러 회원님들에게 부탁할 것이 있는데, 술 마실 때는 나이가 말하니 그 때는 딱 한 번 봐주고 나머지는 똑같이 대해 줘요. 술잔 드는 숫자는 안 질 테니 여러분이 사발로 마시면 나는 컵으로 마실게요. 그 정도는 애교로 괜찮지요?"

이 여사가 동아리 회원들을 죽 둘러보며 말했다. 회원들이 좋다고 박수를 쳤다.

그 때 소설가 이한빈이 동아리방으로 들어섰다. 이한빈은 신춘문예 출신으로 베스트셀러 작가다. 저학년 소설 창작 입문과 고학년 소설 창작 연습 1, 2를 강의한다.

"오늘 신입회원 환영회의 일환으로 이 교수님의 특강을 30분 듣고 바로 회식자리로 옮기겠습니다. 이 교수님은 다 아실 테니 소개는 약하고, 그럼 지금부터 이 교수님의 특강, 우리 근대문학사에 대한 강의가 있겠습니다."

학생들이 짝짝짝 박수를 쳤다. 이 교수는 깐깐한 목소리로 강의를 시작했다.

"오늘 시간이 짧은 관계로 1800년대 후반부터 1차 세계대전이 끝난 시점까지 간단히 우리 근대문학을 살펴볼까 합니다. 그 다음은 기회가 있으면 말씀드리지요."

이 교수는 미리 준비해 놓은 보리차를 죽 들이켰다.

"우리나라 신소설은 고전소설 전통에서 완전히 벗어나지 못하고 그 전통을 이어가며, 근대소설의 형식을 담았으며, 이인직의 혈의누, 이해조의 자유종 등이 그 대표적인 작품입니다."

이 여사는 이인직의 '혈의누' 라는 제목을 들으며, 입학시험을 대비하며 열심히 외웠던 생각이 떠올라 감회가 새로웠다.

"신소설은 고전소설과 달리 인간관계를 깊이 묘사하고, 언문일치의 문체를 사용하였으며, 계몽적 내용을 담고, 민족국가 수립, 세태 비판 등 내용도 담았습니다. 그 때 개항이 되고 일제 강점기가 된 역사적 배경에 따라 우리 민족정신을 일깨우는 역사소설도 등장했는데, 신채호의 을지문덕, 수군 제일 위인 이순신 등입니다."

이 교수는 이상화의 '빼앗긴 들에도 봄은 오는가' 를 낭송하며, 동아리방 분위기를 숙연하게 했고, 김소월의 '진달래꽃' 을 낭송하며 분위기를 바꾸기도 하였다.

이 여사는 이 교수가 암송하는 시를 입술만 달싹이며 따라서 암송하며, 잠시 어린 시절, 소녀 때의 추억에 젖었다.

이 교수는 정확히 30분 만에 강의를 마쳤다.

동아리 회원들은 회장을 따라서 학교 앞에 있는 민속주점으로 갔다. 이 교수는 다른 약속이 있다며 회식자리는 빠졌다.

이 여사는 동아리 상견례 때 말한 대로 사발 대신 종이컵에 막걸리를 마시며 회원들과 어울렸다. 그녀는 가급적이면 입을 닫고 젊은이들이 떠드는 말을 들었다. 막걸리가 어느 정도 오르자, 2차 노래방을 가자고 했다. 동성이 이 여사가 슈퍼주니어를 부른다고 바람을 잡는 바람에 이 여사는 도망치지 못하고 2차에 끌려갔다. 그녀는 그녀의 차례에 또 Mr. Simple을 부르고 박수갈채를 받았다.

이 여사는 젊은이들이 서로 어깨를 껴안고 방방 뛰는 데는 힘이 부쳐 낄 수가 없었으나, 노래방에 끝까지 남아서 같이 놀아줬다.

새싹동아리 홈페이지에도 그날 회원들이 노는 사진이 올랐다. 이 여사가 젊은이와 어울려 노는 장면도 떴다. 댓글이 많이 달렸다.

햇빛봉사단에서 신당동 쪽방촌에 집고치기 봉사를 나간다는 연락이 왔다. 이 여사는 동성이더러 같이 가자고 했다.

이 여사가 집합시간 10분 전에 신당동 쪽방촌에 도착하니, 동성은 벌써 와서 작업준비를 하고 있었다. 이 여사는 회비 만원을 냈다. 회원 8명이 참여했다. 방 두 개 도배를 한단다.

장판과 도배지는 기업에서 후원했고, 햇빛봉사단 동아리에서는 노력봉사를 한다. 만원 회비로 LED 전등을 구입하여 형광등을 친환경, 절전등으로 교체했다.

곰팡이가 다 핀 벽지를 뜯어내는 일은 남학생들이 했다. 그 동안 여자 회원들은 풀을 쒔다.

이 여사는 여자 동아리 회원 두 명과 함께 도배지에 풀을 바르는 일을 배당받았다. 회장은 나이를 생각하시어 무리하지 말라고 당부했다.

이 여사는 여자 회원을 도와 쉬엄쉬엄 일을 했다. 12시 반쯤 방 두 개 장판 교체와 벽지를 바르는 작업이 끝났다. 집주인 할머니는, 이 여사보다 젊었다. 몇 번 고맙다고 인사를 하고 점심을 내겠다고 했다. 회장이 마음은 고맙지만, 저희들 회비가 있으니 저희들끼리 나가서 먹겠다고 했다.

동아리 회원들은 중국집에 갔다. 회장은 LED 등을 사고 남은 회비로는 겨우 짜장면 한 그릇씩을 먹을 만큼 남았다, 고 하며 짜장면만 주문했다. 이 여사가 내가 돈을 낼 테니 탕수육도 시키고, 고량주도 한 잔 시켜서 먹으라고 했다. 동아리 회원들은 환호성을 질렀다. 중국요리 한 접시와 고량주 한 잔에 얼굴이 확 펴지며 행복해 하는 동아리 회원을 보며 이 여사는 마음이 흐뭇했다.

고량주 기운으로 얼굴을 발갛게 채색한 회장이 여름방학에 춘천에 번개건축을 갈 건데 그 때 할머니를 모시고 가겠다고 했다. 이 여사는 속으로 탕수육 한 접시 효과가 나타나네, 하며 번개건축이 뭐냐고 물었다.

"번개건축은 한국 해비타트에서, 여름방학 동안 집짓기 현장에 일주일간 백여 명의 봉사자를 모아 대대적으로 집짓기를 하는 행사로, 학생들 방학과 직장인 휴가철을 이용하여 자원 봉사자들을 효율적으로 모아, 집짓기의 속도를 내는 행사입니다. 해비타트에서 춘천에 3가구 집을 짓고 있는데 우리 햇빛봉사단에서 한 20명 참가하기로 예약을 했습니다."

회장이 설명해 줬다.

"그럼 서울서 매일 아침 현장에 가는 거요?"

"아뇨. 오후 다섯 시에 작업이 끝나면 합숙소로 갑니다. 합숙소는 강원대학교 기숙사라고 들었어요. 참가비는 일인당 22만원. 5일간 자고 먹는 경비입니다."

"그럼 자기 돈 들이고 자원봉사 가는 거요?"

"네. 자기 돈으로 갑니다. 노력봉사도 무료고요."

"나 같은 나이 든 사람도 가서 할 일이 있어요?"

이 여사가 진지한 표정으로 말했다.

"예. 공구도 치우고, 봉사자들에게 물도 날라다 주고 하실 일이 있습니다. 마지막 날 밤 노래자랑도 있어요."

"그럼 이 여사께서 슈퍼주니어 부르시면 인기상은 따놓으신 거네요."

동성이 말했다.

"아니, 할머니께서 슈퍼주니어를 다 부르신다고요?"

회장이 눈을 크게 떴다.

"나더러 할머니 할머니하고 부르지 마, 나 이제 대학교 프레쉬맨이야."

이 여사가 환하게 웃으며 말했다.

"알겠습니다. 말조심하겠습니다. 그럼 이끝순 님 참가하는 것으로 신청할게요."

회장이 환하게 웃으며 말했다.

이 여사는, 5일씩이나 합숙을 하며 집짓기에 참가하는 것이 무리일 것 같았으나 바로 안 가겠다는 말을 하지 못했다.

이 여사는 젊은이들과 함께 집짓기에 참가하고는 싶었으나, 공연히 건강이 나빠져서 다른 참가들에게 피해를 줄까 걱정이 되었다.

이 여사는 여름방학이 한참 남았으니, 그 때 사정을 봐서 참가 여부를 결정하기로 하고, 그런 문제에 더 이상 매달리지 않기로 했다.

이끝순 여사는 사물놀이 동아리에 가서 사물놀이가 절에서 치는 법고, 운판, 목어, 범종이 꽹과리, 징, 장구, 북으로 바뀐 것을 처음 알았다. 티브이에서 김덕수 패거리들이 신나게 노는 것을 보고 어깨를 들썩이며, 사물놀이 역사가 조선시대부터 내려온 것으로 알고 있었는데, 40년도 안 된다는 것도 처음 알게 됐다.

사물놀이 동아리에서는 전문 강사를 초빙하여 배웠다. 이 여사는 강사가 장구를 치시려면 하나 장만하시라고 하여 샀다. 악기 하나에 몇 천 만 원, 몇 억 원씩 하는 서양악기와 달리 10만원도 안 되게 무척 쌌다. 강사는 신입회원은 이번 학기에 세마치, 굿거리, 중모리 장단만 익히라고 했다.

덩덩따궁다 궁다다 궁다 더덩덩 따궁다

이 여사는 강사의 시범을 들으며 세마치를 익혔다. 강사는 장구만 치면 흥이 덜 난다며, 세마치를 치면서 정선아리랑, 중모리를 치며 한오

백년, 굿거리를 치며 뱃노래를 같이 부르며 익히라며 창도 가르쳐줬다.

이 여사는 동아리방에서 강사를 따라서 할 때는 제법 흉내를 냈으나, 동아리방만 나서면 가락도 음률도 다 생각이 나지 않았다. 나이 탓이다. 이 여사는 나이가 들면서 기억력이 많이 감퇴되어 옛일은 잘 기억되는데 최근 일은 잘 기억이 되지 않는다.

이 여사는 감퇴하는 기억을 살리는 길은 반복 연습밖에 없다고 여기며, 젊은 사람들과 같이 하는 동아리 모임에서 처지지 않으려면, 이상한 음을 내서 그들에게 피해를 주지 않으려면 반복 연습밖에 없다고 생각했다. 그녀는 강사가 선정해 준 세 곡의 음원을 다운받아 컴퓨터 화면에 띄워놓고, 틈만 나면 손바닥으로 두 다리를 치며 장구를 치는 연습을 하며 장단과 곡을 익혔다.

이정림 교수는 매시간 다음시간까지 숙제로 시나 소설을 써오라고 했다.

이 교수는 써온 작품을 난도질하며, 이것도 시, 소설이라고 써왔냐며 혹평했다. 이 교수로부터 혹평을 받고 니가 무슨 작가가 될 거냐고, 힐난을 들은 학생들은 의기소침하여 머리를 감싸 안았다.

이 교수는 이끝순 여사의 시도 사정없이 평했다. 이 여사는 동성이더러 사기가 죽은 동급생들을 데리고 오라고 해서 이 나이든 할머니도, 동성이 형도 다 난도질당했다며, 막걸리도 받아주고 생맥주도 사주면서, 교수가 잘 쓰라고 격려하는 것이니 잘 써보자고 격려하며 사기를 올리는 기회를 자주 마련했다.

3.

여름방학이 되었다.

이끝순 여사는 그녀의 대학생활 중 첫 번째 여름방학을 영혼을 살찌게 하는 기간으로 정했다.

그녀는 아침 8시 30분, 집을 나서 학교 도서관에 가서 2층, 눈 아래 큰 연못이 내려다보이는 자리를 차지하고 책을 읽고, 본 책을 요약하여, 노트북에 저장했다. 그녀는 고전을 읽고, 그녀가 가장 취약한 부분인 철학 서적도 읽었다. 점심을 도서관 식당에서 먹고, 오후 다섯 시까지 책을 보다가, 도서관을 나서 집근처 식당에서 간단히 저녁을 먹고, 집에 들어가서 티브이도 보고, 시집도 읽고 했다.

냉방이 잘된 도서관에서 몸이 식으면 호숫가 벤치로 나와 더운 바람에 일렁이는 연못을 내려다보고, 연못 속에 유유히 헤엄치는 비단잉어를 보고, 연못 가장자리에 피어나는 연꽃을 보면서, 좀 전에 읽었던 책의 내용을 되새기고, 인생도 생각했다. 교내 가로수 길을 걸으며, 매미소리를 듣고, 대학생으로서 긍지를 키우며, 시상을 가다듬었다. 더위에 몸이 더워지면 다시 도서관 냉방으로 들어가서 몸을 식히며 책을 읽었다.

그녀의 낡은 뇌세포가 새로운 지식을 받아들이지 않고 흘려 버렸다. 읽은 책 내용들을 안개 속에 묻어 버렸다. 그녀는 호숫가에 앉아 방금 읽었던 소설의 주인공 이름도 생각나지 않아 이맛살을 찌푸리며 이빨을 딱딱 마주치며 기억력 감퇴를 한탄했다. 가로수 밑을 걸으며 철학서적에서 밑줄까지 치며 외웠던 용어가 생각나지 않아 이런 머리로 어떻게 대학을 졸업할까, 하고 자신을 들볶았다.

그녀는 이런 머리로 무슨 공부를 한다고, 하며 혼자 자조하다가도, 그래도 반복해서 주입하면 뇌세포가 열의를 생각해서라도 기억해 주겠지, 그렇게 반복적으로 공부하며 일학기를 마쳤잖아, 그래도 포기하는 것보다 다시 해 봐야지, 하며 자신을 격려했다.

그녀는 여름방학 동안 도서관에 가는 외에 해비타트 동아리를 따라서 번개건축 현장에 일주일 동안 계속 참가하는 것은 무리일 것 같아 이틀만 참가하기로 했다. 또 큰아들이 콘도를 빌려 동해안으로 가족 피서를 간다고 하여 3일간 손자들과 어울려 쉬는 기회도 갔기로 했다.

조동성은 등록금을 벌기 위해 학교 근처 24시 편의점에서 아침 8시부터 저녁 6시까지 알바를 한다. 이 여사는 학교에 오는 길이나 집에 가면서 편의점에 들러 동성을 격려하고, 그녀는 책을 보고 요약한 자료를 가져다주고 읽어보라고 했다. 집에 가면서 일주일에 두세 번 저녁을 같이 먹었다.

8월 초 이 여사는 햇빛봉사단 동아리 회장에게 내일 번개건축 현장에 가겠다고 전화했다. 회장은 9시에 작업을 시작한다고 알려주며, 상해보험처리 등을 해놓겠다고 했다. 이 여사는 춘천은 고속도로로 가면 한 시간에 갈 수 있겠군, 가까우니 내가 운전해서 가지, 하고 여유가 있게 간다며, 아침 7시 30분에 내비게이션에 목적지를 찍고 집을 나섰다. 내비게이션에 도착 예정시간이 8시 48분으로 떴다.

88올림픽 도로로 들어서자 휴가 가는 차량으로 도로가 극심하게 정체되어 시속 20km도 낼 수가 없었다. 이 여사는 휴가철인 것을 감안하여 좀 더 일찍 출발할 걸, 하고 후회했다. 중부고속도로 들어서는 지점을 지나자 차가 제 속도를 냈다. 이렇게 가면 시간 맞춰 갈 수 있겠네, 하며 차를 경춘 민자 고속도로로 진입시켰다. 요금소 2km 전부터 차가 밀렸다.

이 여사는 요금소만 지나면 정체가 풀리겠지, 희망했으나 요금소를 지나고도 고속도로는 완전히 주차장이 되어 가다 서다를 반복하며 거북이걸음을 했다. 내비게이션은 9시 30분에 도착한다고 도착시간을 변경해서 표시했다. 이 여사는 동아리 회장에게 도로가 밀려 제 시간에 갈 수 없다고 문자 메시지를 보냈다. 바로 운전 조심하시고 천천히 오시라는 답장이 왔다.

서종인터체인지가 보이는 지점에서도 정체가 풀리지 않았다. 전광판은 가평까지 정체라고 안내했다. 이 여사는 국도로 가기로 하고 서종 나들목에서 국도로 나왔다. 고속도로와 달리 국도는 그런대로 소통이 원활했다.

이 여사는 10시 반에야 목적지에 도착했다. 그녀는 젊은이들이 땀을 흘리며 집을 짓고 있는 현장을 두리번거리며 회장을 찾았다. D대학 동아리 회원들과 창틀을 짜고 있던 회장이 이 여사를 반갑게 맞이했다. 회장은 이 여사를 식당으로 데리고 가서 안전모와 면장갑을 챙겨주며, 그와 같은 조에서 일을 하자고 했다.

이 여사는 창틀을 짤 목재를 날라다 주고, 목재를 위 아래로 맞춰 놓고 못을 박을 때 목재를 잡아주는 일을 했다. 천막 밑에서 하는 작업이라 햇빛은 피할 수 있었으나 한여름 더운 공기는 피할 수 없어 온몸에서 땀이 송골송골 났다.

12시가 되자 점심이 준비됐다고 알려줬다. 이 여사는 회장을 따라가서 간이상수도에서 펌프로 물을 퍼 올려 손을 씻고 식당에 가서 식판을 들고 줄을 서서 밥을 탔다. 반찬으로 배춧국, 감자조림, 민물새우가 섞인 마늘쫑 무침, 배추김치가 나왔다.

"대학교 연합동아리 다섯 대학에서 버스 두 대로 83명이 왔고, 두 직장 동아리에서 열세 명, 자원봉사자는 96명이 왔어요. 참 할머니도 오셨으니, 97명이 왔네요."

회장이 식사를 하면서 설명해 줬다.

이 여사가 식당을 죽 둘러보니 그녀가 가장 연상인 것 같았다.

"내일도 오실 거죠?"

회장이 물었다.

"내일도?"

"내일 저녁에 문화행사가 있는데 할머니가 꼭 출연해 주셨으면 해요. 슈퍼주니어 부르시면 짱일 건데."

"몇 시에 하는데?"

"저녁 먹고 8시에 시작해요. 10시 전에 끝날 거요."

"그래? 그럼 끝나고 집에 갈 수 있겠네."

"늦으면 여기서 주무시고 가도 돼요. 제가 방을 어랜지할게요."

"그럴 거 없어. 한 시간이면 갈 수 있으니."

"오늘같이 차 밀리면 세 시간도 더 걸릴 건데요."

"갈 때는 덜 밀리겠지. 가기 힘들면 내가 춘천 시내 나가서 호텔에서 잘게. 나 너무 신경 쓰지 마, 그럼 내가 불편해."

"알겠습니다. 내일 할머니 번외로 출연하시는 걸로 신청하겠습니다."

"알았어. 매번 슈퍼주니어만 부를 수 없고, 이번엔 아이유 부를까?"

"아이유도 아세요?'

"아이유 언젠가 연속극 나왔었잖아, 귀엽게 생겼던데. 남학생들이 좋아한다면서. 또 내가 아이유 부르면 프러포즈할 남학생 생길지 아나? 제목은 여름밤의 꿈. 그럼 춘천에서 여름밤의 꿈 같은 사랑이 꽃필지 알아?"

"알겠습니다. 저보다 더 신식이시니."

회장이 머리를 긁적였다.

오후 3시가 되자 간식시간이라며 휴식을 했다. 간식으로 콩국수가 나왔다.

이 여사는 점심도 다 먹은 판에 간식까지 먹었다가 위에 무리가 가는 거 아냐, 하며 간식을 들지 않으려 했으나, 회장이 맛있다며 콩국수 반 그릇을 받아다 줘서 마지못해 먹었다. 고소한 맛이 꿀맛이었다. 회장이 아이스케이크도 있다면서 드시자고 했다. 냉장통에 쭈쭈바, 누가바,

월드콘 등이 가득 들어있었다. 이 여사는 누가바를 꺼내 종이를 벗겨내고 끝부터 쪽쪽 빨아먹으며 어릴 때 생각이 났다. 정말 몇십 년만에 먹어보는 아이스케이크다.

오후 다섯 시에 작업을 마쳤다. 길이 막히지 않아 한 시간만에 집에 돌아갔다.

이 여사는 다음날 국도로 현장에 갔다. 제 시간에 맞춰 갈 수가 있었다. 맨손체조로 몸을 푸는 순서부터 참여했다. 회장조는 벽체를 조립하는 일을 했다. 이 여사는 힘이 부쳐 벽체 조립을 도울 수가 없어 작업장을 돌아다니며 땅에 떨어진 못을 줍고 봉사자들에게 냉수를 날라다 주었다.

저녁 문회의 밤.

사회자가 이끝순 여사의 특별 순서가 있겠다고 알리자 이 여사는 젊은 사람같이 무대에 뛰어올라 마이크를 잡고 외쳤다.

"내가 오늘 여기 온 사람 중 제일 젊은 사람 같은데, 내가 아이유의 여름밤의 꿈을 부를 테니 저와 같이 노래를 부르실 분은 무대로 나오시지요."

등산복 조끼를 입은 할머니가 무대로 뛰어 나오자, 박수가 쏟아지고, 와, 하는 환호성이 일었다. 몇 청년이 무대로 뛰어올랐다.

반주가 나오고 이 여사가 노래를 시작했다. 무대에 오른 청년들이 노래를 합창했다. 이 여사는 젊은이와 춤을 추며 노래를 하며 가쁜 숨을 몰아쉬었다. 그녀는 숨은 찼으나 한껏 젊어진 기분이었다.

인기상은 당연히 이 여사 몫이었다. 이 여사는 받은 상을 같이 노래를 부르며 가장 신나게 춤을 췄던 젊은이를 불러내서 건네며, 여러 사람들이 보는 앞에서 정식으로 데이트를 신청한다고 너스레를 떨었다.

이 여사는 혼자 차를 몰고 집으로 가며, 무대에서의 흥분이 가라앉지 않아 하루 종일 뙤약볕에서 일을 했던 피로를 잊고, 인생은 행복한 거야, 건강을 주시고 재물을 주셔서 감사합니다. 주재자에게 감사하며 노래를 흥얼거렸다.

이 여사의 활약상은 동아리 홈페이지에 올랐고, 많은 댓글이 달렸다.

1학기 성적이 나왔다는 말을 듣고 이 여사는 설레는 마음으로 과사무실을 찾아가서 성적을 보자고 했다. 과사무원이 성적표를 건네며, 성적이 좋으세요, 했다.

고전이해 한 과목만 빼놓고 모두 A학점이다. 이 여사는 알파벳 A의 산같이 뾰쪽한 꼭대기를 쳐다보며 꼭 정상에 오른 것같이 기분이 환했다. 이 여사는 과사무실을 나서서 도서실로 돌아오며, 좋은 성적에 들떴던 마음을 진정시키며 젊은 사람들 틈에서 그래도 괜찮은 성적을 올린 것이 뿌듯했다. 여름방학 동안 고전을 읽고 철학 서적을 읽고 기초를 다지면 2학기에는 고전이해 과목도 A학점을 맞을 것 같아 기분이 좋았다. 행복했다.

이 여사가 잠시 눈을 쉬러 연못가에 나와 잉어가 유유히 헤엄치며 연못을 누비고 다니는 것을 보고 있을 때, 과사무실에서 그녀가 장학생으로 선정됐다는 전화가 왔다. 그 전화를 받고, 이 여사는 하마터면 까무러칠 뻔했다. 그녀는 가슴이 뛰고 얼굴에서 막 열이 났다.

내가 그 젊은이들 틈에서 장학생이 되다니!

이 여사는 그 사실이 도저히 믿기지 않았다.

한참만에 느닷없는 소식이 준 감격에서 벗어난 이 여사는 과사무실에 전화를 하여, 학과장님이 언제 학교에 오시느냐고 물었다. 두 시쯤 오신다는 답이었다. 내가 그 때 찾아뵙겠다고 전해 주라고 부탁했다.

이 여사는 두 시에 맞춰 학과장의 방을 노크했다. 그녀는, 예, 하는 소리를 듣고 문을 열고 학과장의 방으로 들어갔다.

"어서 오세요? 방학인데 어떻게?"

학과장이 자리에서 일어서며 말했다.

"도서관에 나와서 책을 보다가 교수님께 드릴 말씀이 있어서."

"방학에 도서관이 나오셨어요? 참, 축하드립니다. 1학년 중 가장 성적이 좋으셨어요. 장학생 뽑힌 거, 앉으시지요. 참, 커피?"

학과장이 할머니를 어렵게 대했다.

학과장은 커피 기계에서 커피를 한 잔 빼서 이 여사에게 내밀었다.

"교수님은?"

"저는 방금 마셨어요."

"바쁘실 거니 바로 용건만 말하고 가지요."

이 여사가 핸드백에서 흰 봉투를 꺼냈다.

"이거 장학금으로 주고 싶은데, 제가 장학생을 지정해도 돼요."

"장학금이요?"

"내 학비를 장학금으로 주신다니 제 학비 낼 돈 다른 어려운 학생 등록금으로 줄까 하고."

"아, 그러세요. 누구?"

"조동성이라는 학생, 지금 등록금 번다고 24시간 편의점에서 알바하고 있어요."

"고맙습니다. 전해 주지요."

"그런데 제가 줬다는 소리 하시면 절대 안 됩니다."

이 여사가 정색을 하고 말했다.

"네. 알겠습니다."

"5백만 원이니 충분히 등록금 될 거요."

이 여사는 봉투를 학과장에게 건네고, 다시 한 번 그녀가 장학금을 줬다는 사실을 비밀로 해달라고 부탁하고, 커피도 마시지 않고 좋은 일을 한 것 같은 흐뭇한 마음으로 학과장의 방을 나왔다.

오후 이 여사는 집에 가는 길에 편의점에 들렀다. 조동성은 장학금을 받게 됐다며 들떠 있었다. 매일 얻어만 먹었는데, 저녁을 사겠다고 했다. 이 여사는 기꺼이 얻어먹겠다며 보람 있게 돈을 쓴 행복감을 즐겼다.

4.

D대학교 축구팀과 배구팀, 육상 선수 몇 명이 전국체전 서울 대표로 출전하게 되어 학생회 주관으로 출정식을 열었다.

학생회장이 이끝순 여사에게 출정식에서 격려사를 부탁했다. 이 여사는 격려사를 할 자격이 없다고 사양했다.

학생회장은, 이 여사님은 노익장에 젊은이들 못지않게 열정적이시면서 진취적이시고, 장학생에 글짓기 장원도 하시고, 장학금도 쾌척하신 젊은이들의 아이콘이라고 하면서 부탁했다. 이 여사는 그녀가 장학금을 낸 것이 알려진 것이 언짢았으나 학생회장에게 짜증을 낼 수는 없고, 힘이 드는 일도 아닌데 계속 거절하는 것도 예의가 아닌 것 같아 수락했다.

출정식은 소운동장에서 열렸다. 출정 선수, 교수 몇 분, 학생회 간부, 학생 등 백여 명이 모였다.

이 여사는 소개를 받고 단상에 올라가서 공손히 인사를 하고 주머니에서 연설원고를 꺼내 강단에 놓았다. 그때 바람이 휙 불어 원고가 날아갔다. 그녀는 얼굴을 붉히며 당황해 하더니, 흠 기침을 한 번 하고 마이크를 잡고 당당히 섰다.

"안녕하십니까? 제가 어제 밤에 위스키를 좀 마셨더니 손이 떨려 그만 원고를 놓쳤어요."

그녀의 말에 참석자들이 박장대소를 하며 손뼉을 쳤다.

이 여사가 청중들이 조용해지기를 기다려 말을 이어갔다.

"내가 이제 준비한 연설은 할 수 없고, 여러분들보다 오래 살았으니 경험한 것을 말하겠습니다."

이 여사가 이맛살을 찌푸리며 단하를 죽 둘러보았다.

"서울 대표로 전국체전에 참가하게 된 선수 여러분 축하드립니다. 달리던 자전거가 멈춰서면 넘어집니다. 우리 인생도 똑 같습니다. 나이 들었다고 멈춰서면 무너집니다. 우리가 달리기를 멈추기 때문에 마음이 늙게 됩니다. 제가 경험한 바로는 인생을 젊고, 행복하고, 성공하는 데는 네 가지 비결이 있습니다."

이 여사는 푸하고 숨을 들이쉬고 다시 말을 이었다.

"첫째 놀 줄 알아야 하고, 둘째 매일 웃어야 하며, 셋째 일상생활에서 유머를 잃지 말아야 하며, 마지막으로 꿈을 잃지 말아야 합니다. 꿈을 잃으면 여러분은 죽은 목숨입니다."

이 여사가 잠시 숨을 들이마셨다.

"우리 주변에 걸어다니는 사람들은 많으나, 이미 꿈을 잃고 죽어가는 사람들이 많습니다. 그러나 그 사람들은 자기가 죽어가는 것도 모릅니다. 여러분, 성숙해지는 것과 늙는 것은 큰 차이가 있습니다. 열아홉 청년이 아무것도 안 하고 일 년 동안 침대에 누워 있어도 그는 다음해에 스무 살이 됩니다. 내가 올해 일흔 다섯인데 아무것도 안 하고 누워서 일 년을 지내면 내년이면 일흔 여섯이 됩니다. 세월이 가면 누구나 늙습니다. 늙는 데는 어떤 기술도 능력도 필요 없고, 돈도 필요 없습니다. 그냥 있으면 늙습니다. 제가 말씀드리고 싶은 것은 흘러가는 세월에 몸을 맡길 것이 아니라, 계속 달리면서 변화를 찾아 성숙해지자는 것입니다. 후회 없이 살자는 것입니다. 미래는 우리가 스스로 건설하고 이루어 나가는 겁니다. 노인들은 대체로 해본 일에 대하여 후회가 적습니다. 그러나 해 보지 못했던 일에는 후회가 큽니다. 죽음을 두려워하는 사람들은 해 보지 않은 일이 많은 사람들입니다. 즉 후회할 것들이 많은 사람들입니다. 저는 중학교만 졸업하고, 70에 대학검정고시를 준비하여, 3수 끝에 합격하고, 이 대학은 재수하여 들어왔습니다. 제 평생소원인 시를 쓰고 학사모를 쓰고 싶어 들어왔습니다. 시를 써서 새내기 백일장에서 장려상을 받았으며, 1학년 1학기가 끝났으니, 대학 생활 중 1/8을 잘 마쳤습니다. 1학기 성적표는 받아보니 F학점은 없고 한 과목만 빼고 다 A학점을 받았어요. 그래서 장학금도 받고, 이는 제가 멈추지 않고 달린 결과입니다. 시창작법에 대하여 좀 더 배우고, 내년 정도에는 신문사 신춘문예에도 도전해 볼까 합니다. 여름방학 동안에는 햇빛봉사단원과 함께 해비타트 집짓기 봉사활동에도 참여하여 남을 도울 수 있었습니다. 저는 계속 움직이고 달리며 후회 없는 삶을 이어가고 있습니다. 여러분은 항상 변화의 요지를 찾아 움직이면서 인생을 후회 없게 살기 바랍니다. 오늘 서울 대표로 출전하시는 선수님들은 남들이 쉴 때 땀을 흘리며 열심히 달린 결과가 아닌가 생각됩니다. 계속 달리시어 국가 대표가 되시고, 올림픽에서 금메달도 따시기 바랍니다. 여러분보다 많이 배우지 못한 이 사람을 좀 더 오래 살았다고 이 단위에 세우셨으며 저는 제 경험담을 말씀 드렸습니다. 인생을 살아가는데 도움이 됐으면 합니다. 경청해 주셔서 감사합니다."

그녀가 고개를 숙여 인사를 하자 우레와 같은 박수가 터져 나왔다. 그녀는 우레와 같은 박수 속에 단하로 내려오며, 신춘문예에 당선되어 월계관을 쓰는 환상에 빠져, 그 때 박수는 오늘의 박수와 종류가 다르겠지, 하고 생각했다.

5.

11월 초 이정림 교수가 이 여사를 보자고 했다. 이 여사는 무슨 일일까, 하며 교수실에 들렀다.

이 교수가 친절하게 커피를 타서 대접하며, 이 여사 앞에 파일을 내놓았다. 파일 표지에 이끝순이라는 이름이 쓰여 있었다.

"이거 지난 일 년 동안 이 여사께서 쓰셔서 저한테 제출한 시입니다."

이 교수가 파일을 이 여사에게 건네며 말했다.

"제가 쓴 시를 이렇게 모아서 파일을 만드신 거요?"

"네. 저한테 좀 가혹한 평을 들으셨겠지만, 이 여사께서 심혈을 기울여 쓰신 작품이잖아요."

"작품은 무슨."

이 여사는 그녀의 시를 우리나라의 유명한 시인이 작품이라고 하자 쑥스러웠다.

"이렇게 죽 모아놓으면 4년 동안 어떻게 시작법이 임프루브 됐는지 한눈에 알 수 있어요."

이 여사는 이 교수의 제자 사랑에 코끝이 찡해졌다.

"이 여사님은 나이도 많으신데, 꾸준히 작품 활동을 하시어 지난 일 년 동안 크게 향상되었어요. 그 동안 혹독하게 평한 거 다 더욱 정진하라는 채찍으로 이해하시지요?"

"저도 그 정도는 눈치로 알지요."

"이 여사님 소원이 학사모 써보시는 것과 시인 되시는 거라고 들었는데, 저에게 주신 작품 중 몇 편은 수준급이에요. 제가 다섯 편을 골라드릴 테니 신춘문예에 응모해 보시지요."

"신춘문예에 응모요?"

이 여사는 가슴이 뛰었다.

"네. 중앙지에 두어 곳 내고, 지방지에도 내시면, 이 여사님 고향 지방지에 내시지요."

"그렇게 여러 곳 내도 돼요."

"심사원들의 시를 보는 관점이 다 달라 어느 사람은 괜찮은 시라고 보는 것도 어느 사람은 태작으로 보는 수도 있어요."

이 여사는 이 교수의 갑작스런 제의에 어안이 벙벙하여 말이 나오지 않았다.

이 교수는 파일을 열고 체크를 해 놓은 작품을 알려줬다.

"마지막으로 손을 보시고 응모하세요."

이 교수가 파일을 이 여사에게 건넸다.

이 여사는 정신이 멍멍하여 인사도 못하고 이 교수 방을 나섰다.

이 여사는 12월 성탄 전야, 이 여사의 고향인 전북일보에서 신춘문예 시 부문에 당선됐다는 통보를 받았다. 그 통보를 받은 이 여사는 말이 나오지 않았다. 꼭 꿈을 꾸는 것 같았다. 한참만에 정신을 차린 이 여사는 그 소식을 이정림 교수에게 전화로 알렸다.

이 교수는 이 여사의 당선을 축하하며, 이제 정식 시인으로 등단하셨으니 이제부터는 시인이라고 부르겠다고 하며, 시인님 뜻 깊은 성탄 맞으십시오, 하고 축하 인사를 했다.

성탄을 지나고 학교 도서관에 가던 이 여사는, '경축 문창과 이끝순 여사 신춘문예 시부문 당선' 이라는 플래카드가 교정에 걸린 것을 보고, 얼굴에서 열이 나고, 다리가 후들거렸다. 플래카드는 정문에서 들어오는 도로 위 외에 도서관 앞에도 걸려 있었다. 이 여사는 막 눈물이 나려고 하여 겨우 참았다.

2월 초 2학기 성적이 나왔다. 이 여사는 전과목 A학점을 받았다. 지난 학기 B 학점을 받았던 '고전이해' 도 지난 여름방학 동안 노력한 결과인지 A학점을 받았다.

이 여사는 성적표를 보며, 2학기 내내 뇌세포가 노쇠하여 떨어져가는 기억력과 싸우며 복습 또 복습하며 노력했던 순간들이 떠올랐다.

당연히 이 여사는 장학금을 받았고, 그녀는 받은 장학금만큼 장학금을 기탁했다.

문창과 1학년 이 여사는 전교생들에게 전설적인 아이돌이 됐다.

4월 초순 교정 곳곳에 벚꽃이 활짝 피어 한참 봄을 장식하고 있었다.

이끝순 여사는 급우들과 점심을 먹고 한가하게 다음 강의실을 향해 벚꽃 길을 걸었다. 그녀의 마음은 활짝 핀 벚꽃만큼이나 행복감으로 충만했다.

인도로 배달통을 실은 오토바이가 쏜살같이 달려왔다. 이 여사는 오토바이를 피하려다가 모로 퍽 쓰러졌다. 도로 경계석에 머리를 부딪친 이 여사는 피가 흐르는 머리를 만지고 비척거리며 일어섰다. 동성이 급히 이 여사를 부축했다. 이 여사는 괜찮다는 손짓을 했다.

강의 중 이 여사는 구토를 참지 못하고 화장실을 갔다. 그녀는 비척거리며 강의실에 들어갔다. 강의가 끝난 후 그녀가 머리가 아프다고 호소하여 동성은 그녀를 병원에 모시고 갔다. 그녀는 뇌출혈 진단을 받았고, 병원에서 너무 늦게 왔다는 핀잔을 들었다.

그녀는 그 밤을 넘기지 못하고 타계했다.

나머지 인생을 멈추지 않고 달려오며 꿈을 좇고, 다른 사람들에게 나누어 주며 존재 양식의 삶을 살아온 노익장은 학사모를 쓰는 꿈은 이루지 못했지만, 그녀의 빈소에 수많은 학생들이 찾아와서 조문을 하며 그녀를 기렸다.

긴 추석연휴

1.

나는 내일부터 시작되는 5일간의 긴 추석연휴를 앞두고 공장 현장을 돌아보고 오는 길에 노조위원장의 방에 들렀다.

금년은 월요일이 추석이다. 예전 같았으면 3일 연휴, 일, 월, 화요일까지만 놀면 됐으나, 놀고도 월급을 받는 국회의원들이 귀족 노조 간부들의 요구를 받아들여, 노동자의 삶의 질을 높인다는 미명 아래 대체 공휴일 제도를 도입하여 하루 더, 수요일까지 공휴일이 되었다.

소파에 노조 사무국장과 마주 보고 앉아서 잡담을 하던 노조위원장이 방에 들어서는 나를 보고 벌떡 자리에서 일어섰다.

노조위원장과 사무국장은 노조 관련 일만 하고 월급을 받는다.

"사장님 어떻게 우리 사무실을…."

아들 뻘인 젊은 노조위원장이 자리에서 일어서며 황송해 했다.

"현장 돌며 직원들 연휴 잘 보내고 오라고 인사하고 오며 위원장님께 연휴 잘 보내시라는 인사를 하려고 들렀어요."

나는 위원장이 가리키는 자리에 앉으며 말했다.

"제가 인사를 가려고 했었는데."

"누가 오면 어때요. 우리 노사는 한 가족인데."

"그렇게 말씀해 주시니 감사합니다. 어려운 가운데 결단 내리셔서 주신 보너스 감사합니다."

나는 노조위원장의 체면을 살려주기 위해 노조 측에 슬쩍 미리 힌트를 주고, 노사간담회에서 노조 측에게 추석 보너스를 지급해 달라고 강하게 요청하라고 했다. 노조위원장이 추석 보너스를 요구했고, 나는 기본급의 100%를 주겠다고 했다.

연말에 현위원장의 임기가 끝나 위원장 선거가 있다. 강성인 후보가 자기가 당선되면 강성 노총에 가입하여 노동운동의 선명성을 높이겠다는 공약을 내놓고 노조원들을 공략하고 있다. 나는 그래도 회사에 협조적인 현위원장이 재선되는 것이 경영에 도움이 될 것 같아, 현위원장이 강력하게 요청하여 보너스를 줬다는 소문을 퍼뜨리며, 현위원장의 선거운동을 간접적으로 도왔다.

"다 위원장님이 노력하신 결과지요. 노조원들도 다 알고 있을 거요."

"사장님은 이번 연휴 기간에 어디 안 가십니까?"

"방콕대학이나 갈 겁니다."

"그러세요? 해외라도 좀 다녀오시지."

"수요일도 공휴일인데 공장을 돌릴 수 있게 해 주셔서 감사합니다."

노사간담회에서 나는 보너스를 주는 대신 지금 주문이 밀렸으니 추석 연휴 중 마지막 날에 공장을 돌리자고 부탁하여 노조의 동의를 받아냈다. 연휴 마지막 날, 수요일에 근무하면 평상시 임금보다 50%나 높은 휴일근무 수당을 줘야 한다. 노조위원장과 형식적인 인사말 몇 마디를 더 나누고, 나는 내 방으로 돌아왔다.

앞으로 나흘간 소결로를 끄지 못하고 비싼 가스를 때며 계속 예열할 생각을 하니 속이 쓰렸다. 소결로를 껐다가 다시 운전 온도까지 올리려면 이틀이 꼬박 걸려, 휴일에도 끄지 못하고 정상운전 때 50% 정도 온도를 유지한다.

여비서는 현장에 다녀온 사장에게 녹차를 내왔다. 내가 녹차를 마시고 있을 때, 스마트 폰에서 딩동 신호음이 울렸다. 문자 메시지가 왔다는 신호다. 나는 바로 스마트 폰을 켰다. 메시지를 보낸 공과대학 동기동창회 윤창식 총무의 이름이 화면에 떴다. 나는 이 연휴에 동창생 누가 초상이라도 당했나, 하며 문자 메시지를 열었다.

'기계과 임수빈 동문께서 9월 15일 세상을 떠났습니다. 빈소는 오성병원 8호, 발인은 9월 17일 7시 30분, 명복을 빕니다.'

나는 문자를 보며, 이 녀석, 왜 내가 죽었다고 메시지를 보냈지, 하며 황당한 마음으로 바로 메시지를 보낸 총무의 통화 버튼을 눌렀다.

"여보세요."

느릿한 목소리가 들렸다.

"야, 윤 총무 왜 나를 죽였냐?"

내가 시비조로 물었다.

"너 누구냐?"

윤 총무의 다급한 목소리가 들렸다.

"나 기계과 임수빈이다. 그런데 왜 나 죽었다고 메시지 보냈냐?"

"어, 너 임수빈이야? 이거 어떻게 하지? 임수성이랑 이름을 착각했다. 내가 죽을 때가 된 모양이다. 바로 정정 메시지 보낼게. 미안하다. 미안해서 어쩌지."

동창회 윤 총무가 바로 전화를 끊었다. 바로 메시지가 왔다는 신호가 울렸다.

'저도 이제 죽을 때가 된 것 같습니다. 부고에 고인 성함을 혼동하다니. 고인은 임수성입니다. 임수빈이 아닙니다. 임수빈 동문 죄송합니다.'

나는 고인의 이름을 정정한 메시지를 보며, 죽었다고 소문났으니 오래 살겠네, 하며 허허 웃었다.

바로 전화가 울었다.

“나 윤 총문데, 너 죽여 놓고 미안해서 그냥 있을 수 없다. 점심이라도 같이 하자.”

“내일부터 추석 연휸데.”

“야, 우리 나이에 추석이 어디 있냐? 내일 점심하자.”

윤 총무의 사과 전화를 받고, 나는 허허 웃어주고 점심 약속을 했다.

윤창식 총무가 칼국수 집에 먼저 와서 나를 기다리고 있었다. 혼자 나오긴 뭐했던지 전기과 이희수 동문을 데리고 나왔다. 두 동창은 다 현직에서 은퇴했다. 내가 음식점에 들어서자, 윤 총무가 자리에서 벌떡 일어나서 문 앞까지 쫓아나오며 내 손을 잡고 죽을 죄를 지었다고 사과했다. 이희수는 어색하게 웃으며 나에게 손을 내밀고는, 이거 오래 살다 보니 저승에 간 놈하고 악수를 다 하네, 하며 웃었다.

“내가 어쩌다 임수성과 임수빈을 착각했지? 임수성은 오래 전부터 뇌일혈로 쓰러져서 식물인간으로 살고 있던 것까지 알고 있었는데.”

윤 총무가 그의 실수를 어이없어 하며 미안해 했다. 나는 괜찮다고 그를 위로하며, 나도 요사이 자주 기억력이 깜박거린다고 했다.

“윤 총무 그런 일은 우리 나이 되면 다반사니, 크게 신경 쓰지 말라. 다 갈 때가 돼서 그렇다.”

이희수가 윤 총무를 위로했다.

“종심의 나이를 지나면 다 갈 준비를 해놓고 데려가시려면 언제든지 데려가시오, 하고 편한 마음으로 살아야지.”

이희수가 생사를 초탈한 도사인 척했다.

“그 말 맞다. 그래서 나는 이미 갈 준비를 다해 놨다.”

윤 총무가 말을 받았다.

"어떻게? 나도 좀 배우자."

내가 물었다.

"공원묘지에 납골당 마누라 거랑 두 개 사놨고, 천이나 줬다. 시신은 기증했고, 내 재산은 나 먹고 살 만큼만 남기고 마누라, 아들 딸들에게 물려줬다. 내가 죽으면 시신은 대학병원에서 가져가서 실험에 쓰고 찌꺼기만 모았다가 화장해서 줄 거고, 그걸 받아다가 내가 사놓은 납골당에 넣으면 되니 우리 애들은 별 할 일이 없다. 시신도 없는데 죽었다고 장사지낼 것도 없고."

"너 시신 기증한다고 하니 느네 아이들이 찬성하더냐?"

내가 물었다.

"딸은 반대하는데, 의외로 아들놈이 찬성하더라. 아버님 큰 결심하셨습니다, 하면서. 마누라는 무반응, 평생 한 이불 덮고 잔 남편의 시신이 의대생들 메스에 갈가리 찢길 것을 생각하면 소름끼칠 텐데."

윤 총무가 담담하게 말했다.

"그거 생각하기 나름이지. 화장을 하면 얼마나 뜨겁겠냐? 천 몇백 도 되는 온도에서 불탈 걸 생각해 봐라. 오히려 메스에 잘리는 것이 더 낫지 않을까? 나는 윤 총무가 미리 해둔 죽을 준비에 플러스해서 인공 생명유지 장치를 달지 말라는 유언 공증까지 받아 놨다."

이희수가 끼어들었다.

"그래? 부처님께서 한 번 태어나면 전륜성왕이라도 죽지 않는 것은 없다고 하셨다. 그래서 살아있을 동안 선행을 행하라고 하셨지."

윤 총무가 거들었다.

"야, 죽을 때 되면 다 죽을 거니 재수 없게 죽는 이야기는 그만하고, 재미있는 이야기 좀 하자."

내가 꾸며서 짜증을 부렸다.

"야, 우리 나이에 뭐 재미있는 이야기가 있냐?"
이희수가 받았다.
"참 조항과 조동혁이 새 장가 갔다."
윤 총무가 말했다.
"새 장가 가? 나 청첩장 안 받았는데."
"당연히 청첩장 안 보냈지. 나이 칠십 넘어 새 장가 가면서 청첩장은 무슨 청첩장."
"신부는 누군데?"
"우크라이나 여자. 스물다섯 살짜리."
"뭐 스물다섯 살? 딸보다 젊네. 어떻게 견디려고. 그 녀석 미쳤나? 며칠 못살겠네."
이희수가 말했다.
"왜 젊은 여자 얻어 깨가 쏟아진다는데, 더구나 그쪽 동네 여자들 이쁘게 생겼잖아?"
"어떻게 그런 젊은 여자를 감당하나? 아유, 생각만 해도 끔찍하다."
이희수가 죽는 표정을 했다.
"그 녀석 치우대왕의 기법을 쓴다고 큰소리다."
윤 총무가 말했다.
"치우대왕 기법? 그게 무어냐?"
내가 물었다.
"치우대왕은 첫 부인과 교접을 할 때 절대 사정을 안 했다. 부인은 아들을 낳고 싶은데 씨를 뿌려줘야 아들을 낳지. 그래서 신경 쇠약이 걸려 죽었대. 치우대왕이 나이 백세에 이십대 처녀를 둘째 부인으로 얻었는데, 거기서 아들을 낳았다. 접이불루 기법을 쓰다가 80세쯤 차이나는 젊은 여자의 육체에 빠져 그만 실수를 한 거지. 조동혁이가 그 기법을 쓴대. 새 부인이 무척 밝히는데, 그 방법 아님 자기는 일 년도 못 버티고 죽는다고."

"그거 고역이겠다. 클라이맥스에 참으려면."

"젊은 여자 데리고 살려면 별 수 없지."

"그거 하나도 신나는 이야기 아닌데. 그냥 조강지처랑 건강하게 같이 사는 것이 낫지."

"그야 그렇지. 어쨌든 수빈이 너 죽었다고 소문나서 오래 살 거니, 니가 나한테 오히려 밥 사야 하는 거 아니냐?"

윤 총무가 능글거렸다.

"그렇게 되나? 알았다. 오늘 점심 죽었던 놈이 살게."

"아니, 여기는 내가 초대했으니 내가 산다. 현직 사장인 너는 담에 비싼 거 사라."

"그럴게. 죽은 놈 밥 얻어먹는 모임은 윤 총무 니가 주선해라. 내가 죽었다 살아난 기념으로 사지."

내가 웃으며 말했다.

"윤 총무, 나도 그 모임에 낄 테니 죽었던 놈이 밥 사는 모임에 나 빼지 마라. 참 그리고 내일 하롱베이 다녀올 테니 추석 연휴 지내고 해라."

이희수가 히히 웃으며 말했다.

"하롱베이? 그럼 베트남 가니?"

윤 총무가 받았다.

"응, 가서 다금바리 먹고 올 거다."

"알았다. 추석 지내고 살게 잘 다녀와라. 이왕 이렇게 모였으니, 너희들 아직 안 갔으면 우리 진짜 죽은 놈 임수성 상가에 가자."

내가 말했다.

"지금 가자고? 나는 저녁 여섯시 쯤 가려고 했는데. 그 때 가면 동창들이 많이 올 텐데."

"그럴까? 추석연휴 시작이라 많이 올까? 그래도 몇 놈은 오겠지."
이희수가 말했다.
"집에 갔다 다시 나오자고? 알았다. 그럼 6시에 상가에서 만나자."
나도 동조했다.
"니가 나타나면 죽었다던 놈이 나타나서 친구들이 반가워할 거다."
이희수가 말했다.
나는 임수성의 상가에 가면 동창들한테 죽었다가 살아온 놈 대접을 받으며 스포트라이트를 받을 것 같아 막 웃음이 나왔다. 그것이 산 자와 죽은 자의 차이인가?

2.

추석 전날. 막내 동생이 추석날은 길이 막힐 거니, 오늘 하루 일찍 부모님 산소에 가자고 했다. 우리 5남매는 공원묘지를 찾았다. 공원묘지에 아버지와 어머니를 합장한 묘지가 있다.

우리와 같은 생각으로 추석 전날 성묘를 온 가족들이 묘지 여기저기에 보였다. 우리는 차려간 음식을 차려놓고, 막걸리를 쳐서 올리고, 3형제가 죽 늘어서서 절을 올렸다. 교회에 다니는 두 딸들과 세 며느리들은 묘지에 둘러서서 기도를 했다. 남자 형제들은 무교인데, 여자들은 전부 교회에 푹 빠져 산다.

절을 하고 퇴주를 하고, 퇴주를 한 막걸리를 한 모금씩 음복을 하고, 막걸리 병에 남은 막걸리는 묘지 위 잔디에 거름, 하며 뿌렸다.

"벌써 어머님 돌아가신 지 30년, 아버님은 17년이나 됐네."

50대인 막내가 묘비에 새겨진 사망일자를 보며 말했다.

우리 부모는 위로 딸 둘을 낳고, 내리 아들 셋을 낳으셨다. 두 분은 25년을 같이 사셨다. 아버지는 어머니랑 같이 묻히겠다며 쌍분을 할 묘지를 미리 사두셨다. 어머니가 돌아가시고 홀로 된 아버지는 또 한 여자를 사귀시며, 새 여자를 호적에 올리고 싶어하셨다. 두 딸들이 강력히 반대했다. 아버지는 딸들의 뜻에 밀려 새 여자와 동거는 했지만 호적에 올리지는 못했다. 아버지가 돌아가시자, 큰 딸이 어머니와 합장하자고 했다. 아버지는 어머니가 돌아가셨을 때는 바로 슬픔에서 벗어났었으나, 새 여자가 죽자 슬픔과 허탈감을 이기지 못하고 3개월 만에 새 여자를 따라서 저승으로 가셨다.

나는 아버지의 마지막 생애, 십년을 같이 산 여자가 아버지에게 더 애틋할 거 같아, 어머니와 합장하는 것이 마음에 내키지 않았다. 나는 두 누나들의 고집에 밀려 누나들의 의견을 따랐다.

나는 산소를 찾을 때마다, 저승에 가신 아버지는 과연 어느 여자와 같이 묻히고 싶으셨을까, 하며 돌아가신 아버지의 뜻을 헤아려본다.

"벌써 그렇게 됐어?"

바로 밑에 남동생이 막내의 말을 받았다.

"그럼 내가 곧 무덤에 들어갈 나이가 됐는데."

70대 중반을 넘긴 큰 누나가 말했다.

"그러네. 우리 동창들 중에는 벌써 자기가 들어갈 묘지를 잡아놓은 사람이 있던데."

내가 말했다.

"그래, 미리 갈 준비를 해놓으면 자식들이 편하지."

큰 누나가 말했다.

"큰 누나 아직 80도 안 됐는데, 그런 소리 말아, 요새 백세시대야."

50대인 막내 동생이 말했다.

"백세 살면 안 죽나? 칠십에 죽으나 백세에 죽으나 다 마찬가지지."

큰 누나가 말했다.

"우리 그런 우울한 이야기 말고 저녁은 무엇을 먹을까?"
둘째 남동생이 분위기를 바꿨다.
"식당 연 데가 많지 않아 입맛대로 골라먹겠어? 가다가 문 연 식당 있으면 아무 데나 들어가자."
내가 말했다.
"그럼 떠날까?"
큰 누나가 앞장서서 주차장으로 내려갔다.
막내 동생이 묘지 앞에 세워 놓은 국화 묶음을 다시 한 번 반듯하게 세워놓고, 엄마 · 아빠를 합장한 삶과 죽음의 경계인 봉분을 돌아보고 고개를 숙여 인사하고, 맨 뒤에 서서 묘지 계단을 내려왔다.

우리는 길목에 문을 연 갈비집에 들어갔다. 일곱 명 식구가 식탁에 빙 둘러 앉았다. 맥주도 시키고, 소주도 시켰다. 맥주를 마시고, 맥주에 소주를 타서 마셨다. 알코올이 남자 형제들의 분위기를 고조시켰다.
"이런 명절이 없으면 우리가 어떻게 이렇게 만나겠냐?"
소주에 맥주를 타서 마시고 술이 오른 내가 큰 소리로 말했다.
"그렇다. 이 다음은 아버지 제사 때나 다 만날 거니, 죽은 사람 핑계 없으면 우리 산 가족들이 못 만나네."
큰 누나가 받았다.
"가끔 만나면 되지."
막내 동생이 말했다.
"그거 말 되네. 이제 큰 누나, 둘째 누나, 큰 형이 다 칠십을 넘었으니, 언제 갈지 모르는데, 돌아가신 분 기일 핑계로만 만나지 말고 두 달에 한 번씩 만납시다."
둘째 남동생이 제안했다.
"그거 좋다. 막내 니가 모임 주선해라."

둘째 누나가 막내 동생에게 임무를 맡겼다.

"다른 누나 형님들 이의 없지요?"

막내 동생이 확인했다.

"이의 없으면 박수."

둘째 동생이 먼저 박수를 치며 박수를 유도했다. 모두 따라서 박수를 쳤다.

"그럼 두 달에 한 번 만나는 것으로 결정됐으니, 그날 경비는 엔(N)분의 일이요."

막내 동생이 비용문제를 꺼냈다.

"형제 자매간에 뭐 돈 가지고 그러냐? 그날 기분 좋은 사람이 내면 되지."

큰 누나가 엔분의 일씩 분담하는 것은 야박하다며 이의를 달았다.

"그래 맞다. 큰 형 아직 돈 버는데 형제들 만날 때 인심 좀 쓰세요. 회사 카드 쓸 수 있잖아요?"

둘째 남동생이 말했다.

"알았다. 오늘 밥값 내가 낸다."

내가 기분을 냈다. 모두 박수를 쳤다. 내 마누라는 남편이 비싼 갈비값을 혼자 다 내겠다고 하자 입이 삐쭉 나왔다. 나는 마누라의 굳어진 표정을 보며 눈치가 보여, 다음 가족 모임 때 밥값은 언제나 내가 내겠다는 말을 삼켰다.

3.

산소 다녀오는 길 차속. 내 핸드폰이 울었다. 나는 핸드폰 화면에 뜬 이희수라는 이름을 보며, 월남 간 놈이 웬 국제전화, 하며 화면을 문질렀다.

"임 사장?"

상대방이 수신자를 확인했다.

"그래, 사이공이냐 하노이냐?"

"아니, 나 지금 인도네시아에 있다."

"그래 월남 아니고?"

"응, 자카르타야. 내가 지금 난처한 처지에 있는데…."

"무슨?"

"설명할 수는 없고, 당장 천만 원이 필요한데, 내가 부르는 계좌로 좀 넣어주라."

"천만 원? 어디다 쓸 건데."

"그건 묻지 말고 친구가 지금 어려운 처지에 있다는 것만 알고, 무조건 부쳐주라. 너 사장이니 그 정도 돈은 당장 부쳐줄 수 있지?"

상대방이 숨넘어가는 소리를 했다. 나는 이 녀석이 베트남 간다더니 왜 인도네시아는 간 거야, 하며 황급히 물었다.

"너 납치됐냐?"

나는 인도네시아에서 납치됐던 여행객 기사를 떠올리며 물었다.

"쉬, 그런 거 묻지 마라. 내가 위험해진다. 계좌번호 부를 테니 바로 부쳐라."

상대방이 조급하게 은행 계좌번호를 불렀다.

"내가 받아 쓰게 다시 한 번 불러주라."

나는 베트남 간다는 놈이 왜 인도네시아는 갔지? 하며 계좌번호를 받아썼다.

"참 지금 휴무라 회사에서 부칠 수 없고, 집에 가야 안전카드가 있는데. 집에 가는 길이니 집에 가서 부쳐줄게. 한 시간 이상 걸릴 거다."

"그렇게 늦게. 바로 부쳐줘야 하는데. 지금 당장 좀 부쳐줄 수 없니? 귀국하는 대로 갚아줄게."

"언제 귀국할 건데?"

"너 돈 부쳐주면 바로 귀국할 수 있다. 더 이상 전화 못한다. 부탁한다."

상대방이 먼저 전화를 끊었다. 나는 납치범에게 납치되어 고생하는 친구가 가엾게 느껴졌다. 나는 운전수에게 빨리 집으로 가자고 하며, 그 녀석이 왜 베트남이 아닌 인도네시아에 갔는지 알아보려고 윤 총무에게 전화를 했다.

"임 사장, 연휴에 어떻게 지내냐?"

윤 총무가 느긋하게 말했다.

"산소 다녀오는 길이다. 이희수 연락 받았냐?"

"응, 좀 전에 카톡으로 하롱베이 사진 보냈던데. 경치가 좋더군."

"뭐 하롱베이 사진? 지금 인도네시아에 있다는 전화 받았는데."

"베트남에서 사진 보냈는데."

"이상하다. 방금 인도네시아에서 납치됐다고 돈 천만 원 송금해달라고 전화 왔었는데."

"그거 전화 피싱이다."

"전화 피싱? 핸드폰에 이희수라고 떴었는데."

"국제전화면 번호가 길게 찍힐 텐데 그랬냐?"

"아니."

나는 윤 총무와 전화를 끊고 바로 핸드폰에서 최근 통화기록을 확인했다. 국제전화가 온 것이 없었다! 나는 허겁지겁 이희수에게 전화를 넣었다. 전화번호가 바뀌어 새 번호로 연결한다는 메시지가 나오고, 전화가 통화됐다.

"임 사장 어쩐 일, 밥 산다고 국제 전화할 리는 없는데."

이희수가 느긋하게 말했다.

"너 인도네시아에 있냐?"

"아니 베트남. 인도네시아는 뭐 하러 가냐?"

"그래? 그럼 방금 니 전화번호로 전화한 놈은 누구지?"

"무슨 소리. 나 전화 안 했는데. 인도네시아도 안 가고. 임 사장, 한 번 죽었다고 연락받더니 정신이 어떻게 됐냐? 베트남 구경 잘하고 있는데 인도네시아에 갔냐고 묻고."

이희수가 느긋하게 말했다. 나는 이희수에게 경위를 설명했다.

"그랬어? 돈은 송금 안 했고? 다행이다. 전화 피싱이다. 무서운 세상인데. 니가 돈 보내고, 나한테 돈 갚으라고 했으면 다툼 있을 뻔했네."

이희수가 허허 웃었다. 나도 어이가 없어 허허 웃었다.

4.

나는 두 친구, 고등학교 동창 김학수와 대학교 동창 윤 총무와 고스톱을 쳤다. 김학수는 대학교 4학년 때 사시에 합격하고, 20대에 판사가 되어 어린 나이에 영감 소리를 듣던 친구로 30을 갓 넘기고 꽃같이 예쁜 아내를 남겨두고 저 세상으로 갔다.

나는 왜 죽은 지 퍽 오래 된 학수의 집에서 죽은 친구랑 고스톱을 치지, 학수 녀석은 하나도 안 늙었네, 하며 화투 패를 돌렸다. 세 사람이 고스톱을 치니 죽을 수가 없다. 패가 좋으나 나쁘나 죽기 살기로 쳐야 했다. 나는 패가 잘 붙어 파이부 고를 부르고, 따따블로 받기도 하며, 오 연장으로 돈을 먹기도 하며 친구들과 치는 쫄대기 판에서 백만 원 넘게 땄다.

놀음이 끝나 집을 나설 때 학수의 예쁜 부인이 집에 가져가라며 떡과 전을 싸줬다. 현관을 나서니, 눈이 하얗게 쌓여있다. 나는 윤 총무에게 야, 이제 가을 초입인데 벌써 눈이 왔나? 돈도 땄는데 택시 타고 가야겠다, 하며 길가에서 택시를 기다렸다. 한참을 기다려도 택시가 오질 않았다.

윤 총무가, 여기서 조금만 나가 큰길로 나가면 택시 많이 다니는데 그리로 가지, 하며 앞장섰다. 나는 윤 총무를 따라갔다. 윤 총무가 비탈길을 올라갔다. 내가 큰길로 간다면서 왜 비탈길을 오르냐고 하자, 윤 총무는 저 언덕 위에 큰길이 있는데 거기 항상 택시가 대기하고 있다고 하며, 두 손으로 눈 덮인 바위를 잡고 가파른 길을 올라갔다. 나도 윤 총무를 따라서 손으로 바위를 잡고 비탈길을 올랐다. 비탈길 옆길에서 막내 동생이 얼굴을 내밀고, 형님 왜 그 길로 가세요, 했다. 내가 택시를 잡으러 간다고 하자, 그 길로 가면 택시가 없다고 했다. 앞서 가던 윤 총무는 어디로 갔는지 보이지 않았다. 나는 허둥거리다가 바위를 잡은 손을 놓쳐 비탈길에서 죽 미끄러졌다. 퍼뜩 잠이 깼다.

나는 침대를 빠져 나와 거실로 나오며, 왜 죽은 친구랑 고스톱을 치고, 길도 아닌 곳을 가다가 미끄러졌을까. 저승에서 나를 부르는 신호인가? 사업을 하며 정신 차리라는 경고인가, 하며 연휴 동안 사업구상이나 하면서 외출을 않고 방콕하며 조심해야겠다고 다짐했다.

추석 연휴 마지막 날, 나는 연휴에 회사에 나와서 일을 하고 있을 직원들을 격려하러 회사에나 갈까, 하고 운전기사를 부를까, 하다가 내가 운전해서 가지, 하고 11시쯤 집을 나서기로 마음을 정했다.

마누라가 이틀 째 집에만 박혀 있었더니 답답하다며, 지금 한창 세일을 하니, 여주 아울렛이나 가자고 졸랐다. 나는 꿈자리도 그렇고, 회사에 가기로 한 터에 한가하게 아울렛에 가기 싫어, 지금 추석연휴라 고속도로가 만원일 텐데, 하며 강하게 반대의사를 내비쳤다. 아내는 귀성객이 돌아오는 길과 역방향으로 갈 거니 갈 때는 안 밀릴 거고, 올 때는 조금 밀리는 걸 참자며, 가자고 계속 보챘다. 나는 사나운 꿈자리가 떠올라 운전하기 싫었으나, 아내에게 꿈자리를 핑계대기 싫어 조심해서 운전하지, 하며 운전대를 잡았다.

중부고속도로는 진입로만 조금 차가 밀리고 예상과는 달리 바로 뻥

뚫렸다. 아내가 뻥 뚫린 길을 보며 행복해 했다.

여주 프리미엄 아울렛 주차장은 차가 빼곡히 주차되어 있었다. 나는 겨우 가장자리에 주차공간을 찾고 차를 주차하고, 매장으로 들어가며, 우선 점심부터 먹고 구경하자고 했다.

식당도 초만원이다. 앉을 자리를 찾기가 어렵다. 나는 햄버거를 하나 사먹었다. 서울 시내보다 비쌌다. 질에 비해 비싼 점심을 사먹고 매장으로 갔다. 매장마다 손님들로 넘쳤다. 젊은 부부와 애인들이 손을 잡고 돌아쳤다. 어린 아이를 데리고 온 젊은 부부는 아이들 뒤치다꺼리에 바쁘다. 우리 부부는 아주 나이든 축에 들었다.

나는 고급 제품 가게부터 먼저 들르면 눈이 높아져서 안 된다는 아내의 말을 무시하고 아르메니 매장에 들어섰다. 상점 가운데에 진열해 놓은 점퍼가 내 눈을 확 끈다. 디자인도 세련되고 색깔도 맘에 들었다. 70% 세일 선전문구가 걸려 있다. 가격표를 보니 70% 할인해서 백 이십만 원이다. 정상가 415만원. 너무 비싸다. 그 옆에 콤비 양복이 걸려 있다. 그것도 세일 가격이 백만 원이 넘는다. 꿈속에서 친구들의 마음을 아프게 하며 두 시간이 넘도록 고스톱을 쳐서 딴 돈으로도 살 수 없는 큰돈이다.

우리 부부는 다음 매장, 다음 매장을 어슬렁거렸다. 똑 같아 보이는 천으로 만들어 놓은 옷에 상표 값이 붙어 그 가격이 10배나 차이가 났다. 나는 이 상점 저 상점을 들러 옷값을 비교하며, 상표에 따라 옷값이 천차만별인 것을 확인하며, 경력이나 스펙에 따라 임금이 차이가 나는 우리 인생과 같다는 생각이 들었다.

아내를 따라 몇 가게를 돌았다. 아내는 옷을 살 생각은 않고 만져보고 입어보고 구경만 했다. 나는 아내를 따라다니는 것이 지루하고 다리가 피곤했다. 나는 아내에게 커피숍에 가 있을 테니, 다 보고 그리로 오라고 하고 혼자 커피숍으로 갔다. 커피숍 차림표에 제일 싼 아메리카노의 값이 4.1이다. 4,100원이라는 뜻이다. 원가가 5백 원도 안 될 텐데, 열배나 비싸게 판다!

나는 4,100원을 벌려면 우리 회사 제품 열 개는 팔아야 하는데, 하고 계산하며, 커피숍의 의자를 빌려 앉으려면 별 수 없지, 하고 주문을 하러 줄을 섰다. 계산원이 내 주문번호가 A34번이라고 하며 잔돈을 거슬러 준다. 나는 카운터 오른 편에서 내 차례를 기다렸다.

커피가 준비되는 대로 판매원 아가씨가 계속 주문번호와 주문한 품명을 외쳤다. 부르는 소리가 너무나 시끄럽다. 10분도 더 기다려서 내 차례가 왔다. 나는 번호표를 건네고 내 커피를 받아들고, 빨대를 하나 챙겨들고 빈 자리를 찾았다. 창가 구석자리 하나가 달랑 비었다. 나는 빈 자리를 안 빼앗기려고 잽싸게 달려갔다.

벌써 쇼핑을 마치고 주차장으로 가는 고객들이 많다. 대부분 방문객이 물건을 사지 않고 빈손으로 갔다. 가족들이 주말에 소풍 삼아 온 모양이다. 나는 여기도 '공수래공수거' 가 많네, 이렇게 휴일을 보내는 것이 노조에서 주장하는 삶의 질을 높이는 것인가, 하고 혼자 중얼거렸다.

노동자들의 삶의 질을 높이기 위해 며칠씩 놀려주는데, 노동자들은 물건 살 돈이 없어 그냥 아이 쇼핑이나 하고 간다. 나는 긴 연휴 때문에 생산 못하는 물량을 생각하니 가슴이 답답했다. 국회의원들이 인심 쓰듯 공휴일을 정하면서, 월급 다 쳐주고 그냥 놀려야 하는 경영인의 마음은 조금도 배려하지 않았다.

커피숍이 너무나 시끄러워 조용히 쉴 수가 없다. 뜨거운 커피를 후후 불어서 식혀가며 다 마셨을 때 전화벨이 울었다. 아내가 지금 스포츠 매장에 있는데 좀 내려오란다.

브랜드 이름을 티브이 선전으로 자주 봐온 스포츠 매장에 손님들이 가득했다. 고급 브랜드 매장 가격보다 훨씬 저렴한 스포츠 옷은 살 만

한 모양이다.

아내는 내 바지를 골라 놓고 기다렸다. 70% 세일해서 2십2만 원.

나는 평생 입어도 다 못 입을 만큼 바지가 여러 벌 있다. 그런데 아내는 집에 있는 바지는 유행에 뒤진다며 또 새 것을 사라 한다. 나는 이제 유행 따위는 초월하고 편히 살 나이가 됐다고 생각하는데, 아내는 나이 들수록 깨끗이 하고 다녀야 한다고 한다. 나는 새 바지에 별 흥미가 없다. 아내는 그래도 자기가 골라놓았으니 입어보라고 한다. 나는 피팅룸에서 입고 나온다. 아내가 딱 맞는다, 멋있다고 한다. 나는 정말 살 마음이 없다. 나는 옷을 벗어 옷걸이에 걸어놓고 그냥 매장을 나온다. 아내는 내 뜻을 짐작하고 돈을 쓰지 않을 것이다.

내 뒤를 따라 빈손으로 매장을 나온 아내는 당신 몸에 딱 맞는 거 하나 건졌는데, 하며 아쉬워했다.

나는 아내를 따라 몇 매장을 돌았다. 아내는 옷을 입어보고 다시 걸어놓고를 반복하였으나, 지갑은 열지 않았다.

아내를 따라다니는 것이 너무 고단하고 지루하여 나는 그만 집에 가자고 했다. 우리 부부도 물건은 사지 않고 공수래공수거했다.

나는 아울렛 주차장을 빠져나오며, 회사에 들렀다가 가자고 하자, 마누라는 휴일에 당신 회사에 나타나면 간부들 긴장할 거니, 전화나 한 번 하라고 했다. 나는 당직실에 전화를 했다. 당직 직원은 긴장된 목소리로 아무 일 없다고 보고하며, 생산본부장이 오셨다가 조금 전 퇴근했다고 보고했다. 나는 수고하라고 하고 전화를 끊었다.

서울로 가는 고속도로는 귀성객들 때문에 정체가 극심했다.

"우린 추석에 시골 안 다녀봤는데, 그래도 정체 한 번 맛보라고 차가 밀리는 모양이네."

집에서 쉬겠다는 나에게 아울렛에 가자고 졸라댔던 아내가 미안한 지 혼잣말을 했다.

"당신 그 멀리 아울렛까지 갔는데 그렇게 아무 것도 안 사?"

나는 아내가 미안해 할 것 없다는 마음으로 물었다.

"물건 하나 사기가 남자들같이 쉬운지 알아? 몇 번 가야 하나 건질지 말지지."

"기름 값이 더 들겠다."

"그래도 하나만 건지면 다 빼고도 남아."

아내가 미안한 표정으로 멈춰 서 있는 차량행렬을 쳐다보며 말했다.

곤지암 나들목을 지나자 도로가 뚫리고 차가 규정 속도 110㎞로 달릴 수가 있었다. 나는 조심하며 앞차와 안전거리를 충분히 확보하고 시속 100㎞로 추월선에서 차를 몰았다. 백미러로 뒤를 보니 2m 뒤에 바짝 차가 따라오며, 번쩍 번쩍 라이트를 키며 비키라는 신호를 보냈다. 나는 주행선으로 차를 비켜줬다. 외제차가 굉음을 내며 추월해 갔다.

나는, 시속 150㎞는 넘겠다, 저 녀석 뭐가 저렇게 바빠, 죽고 싶나, 하며 나를 추월한 차가 곡예운전을 하며 주행선으로 들어섰다가 추월선으로 지그재그로 추월해 가는 것을 보며 고개를 저었다.

앞차와의 간격을 충분히 확보하고 규정속도 이하로 운전하다 보니 앞차와 거리가 300m는 났다. 갑자기 추월선에서 깜박이도 켜지 않고 차가 차선을 바꿔 주행선으로 들어섰다. 나는 깜짝 놀라 본능적으로 브레이크를 밟았다. 불시에 차선을 바꾼 차와 충돌을 면해 휴 하는 순간, 쾅 하고 굉음이 나고 차가 덜컥 앞으로 밀려갔다. 나는 순간 브레이크를 최대로 밟으며 백미러를 쳐다봤다. 뒤에 바짝 따라오던 승용차가 내 차를 들이받아 내 차가 갓길로 밀리며 경사면을 들이받았다. 나는 끄덕하며 운전대에 머리가 부딪칠 찰나 에어백이 터졌다. 정신이 멍청해졌다.

한참 만에 정신을 차린 나는 옆자리의 아내를 쳐다봤다. 아내의 얼굴이 에어백에 박혀 있다. 나는 아내를 흔들었다. 얼굴이 노랗게 된 아내가 긴 숨을 몰아쉬며 나를 쳐다봤다. 나는 차문을 열고 밖으로 나왔다. 내 뒤로 여러 대의 차가 뒤엉켜 있다.

내 바로 뒤차는 앞부분이 완전히 쭈그러들었다. 운전사가 크게 다쳤을 것 같았다. 레커차 세대가 연속으로 속도를 내며 갓길로 달려왔다. 이어서 경찰 순찰차가 달려왔다. 119구급차가 달려왔다. 내 차를 들이받은 차의 앞문이 열리지 않아 119구조대가 톱으로 문을 잘랐다. 얼굴이 피투성이인 운전사를 끄집어냈다. 운전사의 생사는 알 수가 없었다.

나는 멍청히 그 광경을 쳐다보며, 내가 잘못하여 그런 사고가 난 것 같았다.

고속도로를 달릴 때는 차량의 흐름에 맞춰 달려야 하는데 꿈자리가 사납다고 안전거리를 확보하고 달린다며 규정 속도 이하로 달리며 앞차와의 간격을 너무 많이 띄워놓았다. 뒤차가 안전거리를 확보하지 않고 달리다가 내 차를 받았으니 교통 법규상 뒤차의 잘못이다. 내가 차량 흐름에 따라 달렸으면, 앞차와의 간격이 없어 추월선을 달리던 차가 내 차를 추월하려고 끼어들지 않았을 거고, 나는 급브레이크를 밟을 일도 없었을 거고, 내 차를 바짝 따라오던 뒤차가 내 차를 받을 리도 없다.

나를 바짝 붙어 따라오던 차의 운전수는 고향에 다녀오며, 아직 고향의 정에 젖어 있었을 텐데, 불시에 변을 당했다. 죽었는지도 모른다. 삶과 죽음을 나누는 숨결이 찰나에 갈렸다. 종이 한 장 차이다.

나는 다중 추돌 사고 차를 멀거니 쳐다보며, 죽었다는 메시지가 오고, 죽은 놈과 고스톱을 치고, 차가 추돌까지 당하는 사고까지 당한 것은 나더러 어떻게 살아가라는 암시인가, 하며 고개를 들어 구름을 올려다봤다.

'종심의 나이에 앞으로 어떻게 살아야 한다?'

고독

1.

윤명수는 은은한 가락이 울리는 알람소리를 들으며 잠자리에서 일어났다. 시계를 보니 6시 30분. 그가 맞춰놓은 시간과 딱 맞다.

그는 3D 프린트에 인터넷에서 무료로 다운 받은 아침 식사 레시피를 입력하고 세면장으로 가서 샤워를 하고 면도를 하고 나왔다. 그 사이 가사 도우미 로봇, 새롬이 3D 프린터가 프린트한 음식을 식탁에 차려놨다.

윤명수는 태양열을 이용하여 주택 자체로 에너지 자급이 거의 가능한 33㎡ 남짓한 크기의 스마트 하우스에 산다. 그의 집은 3D 프린터로 20시간 만에 건축했다. 집안에는 크레이 트로닉스 기술로 자동 변형되는 가구를 들여놨다.

가상현실 공간도 마련했다. 그 가구는 밥을 먹을 때는 식탁으로, 앉을 때는 소파로, 컴퓨터 작업을 할 때는 책상으로, 잘 때는 침대로 바뀐다. 그러므로 집안에 잡다한 가구가 필요 없다. 집에서 쓰는 에너지는 천처럼 지붕을 덮는 태양열 집열판으로 채집한 에너지 중 일부는 전기로 바꾸어 쓰고, 일부는 열로 사용한다.

에너지 저장기술이 잘 발달되어, 맑은 날 낮에 채집한 태양에너지로 작은 평수의 그의 집에서 쓰는 에너지의 대부분을 충당할 수가 있다.

그는 오늘 그와 마찬가지로 33㎡ 남짓한 크기의 스마트 하우스에서 혼자 사시는 어머니를 모시고 오전 10시 아버지를 해동할 병원에 갈 예정이다.

윤명수의 아버지는 프로야구 선수를 하시다가, 해설가로 전업했다. 독실한 기독교인으로 큰 교회의 장로를 하셨다. 그는 입심이 좋은 명해설가로 인기가 높아 광고 출연까지 하시며 돈을 잘 버셨다. 70세가 넘어 대장암 진단을 받고 수술을 하고, 은퇴하여 항암 치료 등 투병생활을 했으나, 75세에 암이 복막으로까지 전이되었다. 2015년, 당시 의학기술로는 복막암 치료가 불가능했다. 가족회의 결과, 치료 기술이 개발되는 시점까지 냉동인간 상태를 유지하며 생명을 연장시키기로 결정하고 조치를 취했다.

지난 30년 동안 의료 기술이 발달하여 대부분의 암은 약물로 치료가 가능하게 되었으며, 나노 로봇으로 사람의 손으로 할 수 없는 섬세한 수술까지 할 수가 있다. 어느 장기가 암으로 기능이 나빠지면 그 장기를 바꾸는 치료 방법도 등장했다.

오늘이 30년 동안 냉동됐던 아버지를 해동하여 다시 심장을 뛰게 하는 날이다. 윤명수는 3D 프린터로 프린트한 옷을 입고, 자동으로 운전되는 전기승용차를 타고, 어머니를 모시러 가며, 30년 동안 냉동되어 노화가 멈춘 아버지가 다시 살아나시면, 외모는 그보다 더 젊을 것 같아, 자신보다 젊게 보이는 사람을 아버지라고 불러야 하나, 하며 가벼운 혼란에 빠졌다.

아들의 승용차에 올라탄 어머니는 상기된 얼굴이었다. 어머니는 60대 후반에 홀로 되시고, 냉동된 남편을 두고 재혼할 수도 없어 30년을 혼자 사셨다. 어머니는 100세가 가까우시다. 지금은 평균수명이 130세까지 연장되어, 어머니는 다시 깨어나실 아버지와 30년 넘게 해로할 수가 있다.

"아버지는 하나도 안 늙었을 텐데 나만 이렇게 늙은 할머니가 되어 아버지가 나를 어떻게 대할까?"

어머니가 아들에게 걱정스럽게 물었다.

"그게…."

아들은 대답할 말을 몰랐다.

그는 어머니에게 아버지가 아들인 나보다도 육체적으로는 젊다고 할 수도 없었다.

"그 동안 세상이 많이 바뀌어 어머니가 아버님 가르치려면 힘드실 거요."

아들이 걱정했다.

"그렇겠지? 아버지가 다니시던 교회가 없어졌으니 그것을 제일 섭섭해 하실 것 같다."

지난 30년 동안 그렇게 많던 서울의 교회가 다 문을 닫고 이제 겨우 몇 개만 남아 명맥을 유지하고 있다.

"그러실 것 같은데요. 친구 분들은 다 100세가 넘었는데, 아직 70대 중반의 아버지를 친구로 대해 줄까요?"

"잘 모르겠다. 이제 야구 해설도 인공 지능을 갖춘 로봇에게 다 자리를 내줬는데 니 아버지가 뭘 하시지?"

어머니가 걱정했다.

"두뇌 메모리에 남아있는 지식은 너무 옛 거라 지금은 써먹기 어려울 텐데 다시 하나부터 열까지 가르쳐야 하나?"

어머니가 혼자 중얼거렸다.

"돈은 연금 나오면 먹고 살기는 하겠지?"

아버지는 호적상 아직 사망자가 아니며, 연금 지급이 중단된 상태이다. 30년 동안 받지 않아 이자가 붙어 수령하는 액수가 많이 늘어날 거다.

윤명수는 30년 동안 냉동 인간으로 반 쯤 죽어 있다가 다시 깨어나는 것이 꼭 행복한 것은 아닌 것 같았으나, 그 말을 어머니에게 할 수가 없었다. 윤명수는 다시 깨어날 아버지를 만나러 가면서 마음이 착잡했다.

2.

윤명수가 탄 세계 일주 유람선은 호주 시드니에 일박하였다.

그는 아침 8시 유람선을 나와 버스를 타고 시드니 시내관광을 하며 허드슨 브리지, 오페라 하우스 등을 둘러보고, 킹스크로스에서 가제회 점심을 먹고, 시내를 구경하다가 오후 다섯 시 배로 돌아와서 정식으로 저녁을 먹었다.

그가 저녁을 먹는 동안 유람선은 시드니 항을 떠나 남아연방을 향하여 남태평양을 가로 질러 달렸다. 앞으로 3일 동안 육지에 기항은 없고 전일항해가 계속된다.

초스피드 시대에 항상 쫓기는 생활을 하며 급박하게 살아온 윤명수는 느림의 미학을 즐기기로 하고, 세계일주 유람선을 탔다. 또 다른 이유는 시도 때도 없이 하소연하는 신체는 젊고 정신연령은 30년 전에 머물고 있는 남편을 길들이느라 고생하시는 어머니의 고충을 해결해 드릴 수 없는 불평을 벗어나기 위한 의도도 있었다.

유람선은 인천을 떠나 동남아, 인도, 터키, 이집트, 그리스, 이태리, 프랑스, 스페인, 영국을 들러 대서양을 건너 쿠바, 미국, 파나마 운하를 지나 멕시코, 남미 대륙, 호주, 아프리카 동해안, 스리랑카, 일본을 거쳐 다시 인천으로 돌아온다. 기항하는 항구마다 낮 동안 관광버스로 2

~3시간 내에 갈 수 있는 내륙의 명승지를 관광하고 숙박은 배에서 한다.

내륙에 깊숙이 위치한 이과수 폭포나, 마추픽추, 빅토리아 폭포 등을 관광하기 위하여 유람선을 내려 내륙 명승지까지 관광버스로 이동하고 관광지 근처의 숙소에서 1박 또는 2박을 하며 느긋하게 구경한다.

일류 호텔급 풀코스 정찬을 마친 윤명수는 갑판으로 올라왔다. 사방은 어둠에 싸여 있고, 어느 방향에도 육지에서 비취는 불빛이 보이지 않았다. 윤명수는 이런 어둔 바다를 거침없이 항해해 가는 뱃사람들의 항해 기술이 놀라웠다.

윤명수는 갑판에 줄맞춰 늘어놓은 의자 등받이를 170도 쯤 눕히고 하늘을 보고 누웠다. 하늘에는 별들이 총총하고, 저만치 남십자성이 보였다.

저녁을 하며 반주로 마신 포도주가 윤명수를 가볍게 센티하게 했다. 살랑살랑 옆구리를 스치는 바람결을 느끼며, 윤명수는 옆구리가 시렸다. 누구와 나란히 누워 가상 현실이 아닌 진짜 현실에서 도란도란 이야기를 나누고 싶었다.

그를 스쳐간 여인은 여럿 있었으나 그는 아직 결혼을 못했다. 직업이 환경 영향평가인 그는 전 세계를 무대로 일을 하러 다니느라 한 곳에 정착하기가 어려웠다. 그는 평생직장이라는 개념을 모르고 살았다. 그는 항상 떠돌아다니는 직업을 핑계 삼아 부모들의 열화 같은 결혼 독촉을 피하고 혼인 적령기 30대를 넘기고, 어영구영하다 보니 70대 중반이 되었다.

그는 세계 직업소개소(world job colony)에 가입하였다. 그의 경력을 컴퓨터에 입력하여 다 알고 있는 직업소개소에서는 일할 사람을 찾는 주문이 들어오면, 소개소에 저장된 경력을 검색하여 그를 추천한다.

일하는 기간은 대개 3개월 내지 6개월. 1년이 넘는 경우가 드물다. 환경 영향평가를 해야 하는 그는 재택근무는 할 수가 없고, 현장 방문이 필수적이다.

아마존 유역 개발계획을 위한 환경 영향평가를 맡았을 때는 브라질까지 날아가서 계약자가 제공하는 스마트 하우스에 거주하며 일을 했다. 그는 유럽에 가서도 일을 했고, 중국, 인도 등 아시아 국가에 가서도 일을 했다. 아프리카 국가도 갔고, 미주 지역도 갔다. 몇 달씩 일을 하며 동료들과 사귈 만하면 일이 끝나 헤어졌다.

그런 떠돌이 생활을 하면서 한 곳에 정착하여 가정을 꾸려야 하는 결혼생활은 그에게 사치로 보였다. 부부가 맞벌이를 하면 부인도 전세계를 돌며 일을 할 가능성이 크다. 부부가 같이 살 날이 적어 항상 이산가족 신세가 되어야 한다.

윤명수는 나이 70이 되던 해에 장기의 일부를 젊은 장기로 바꿔쳤다. 젊었을 때 줄기세포를 성장시켜 만들어 냉동해 놨던, 허파, 간, 심장을 갈아 끼웠다. 아직 위장은 튼튼하여 80세가 되면 갈아 끼울 작정이다.

윤명수는 저 멀리 수평선 끝에 나타난 불빛을 보며, 어선일까, 화물선일까, 아님 내가 탄 배와 같은 유람선일까, 했다. 그는 그 배가 다가와서 스쳐갔으면 했다. 유람선이라도 스쳐가면 항상 혼자라서 외로웠던 그가 조금은 위로를 받을 것 같았다.

그는 하늘에 별을 보고 수평선에서 반짝이는 불빛을 보며 그를 스쳐갔던 여인을 떠올렸다.

아마존 개발 프로젝트를 했을 때 같이 일을 했던 측량기사 여인, 산드라. 그녀는 정열적인 남미 여인답게 먼저 접근해 왔다. 그녀와 같이 저녁을 먹고 산책을 하며 그녀는 향수를 선물로 사달라고 했다. 그는 별로 비싸지도 않은데, 하며 프랑스제 향수를 사줬다. 그녀는 향수만 받고 그냥 있을 수 없다며 주말 데이트를 신청했다.

아마존을 오르내리는 유람선을 타고 낮 시간을 보낸 두 사람은 저녁으로 아마존에서 잡히는 물고기 요리를 즐기며 마신 전통주에 취하여 서로 어깨를 걸고 윤명수의 스마트 하우스로 가서 사랑을 나눴다. 그가 그곳에 머무는 3개월 남은 기간 동안 두 사람은 동거했고, 프로젝트가 끝나 한국으로 돌아가는 윤명수를 공항에서 손을 흔드는 것으로 그녀와 사랑은 끝났다. 그녀는 피부는 좀 거칠었지만 눈매가 퍽 섹시했다.

이스탄불 신시가지와 구시가지를 잇는 갈라타 다리를 건너며 사랑을 키웠던 터키 여성, 게말 이즈가 떠올랐다. 그녀는 페르시아 여성답게 눈이 크고, 코가 날름하고 섹시했다. 몸매도 끝내줬다. 윤명수는 그녀의 육체에 푹 빠졌었으나 프로젝트가 끝나고 대륙횡단 자기부상 열차를 타는 순간 그녀와는 남이 되었다.

아프리카 나미비아 동광산개발 프로젝트 환경 영향평가 때는 흑인 여성 쭈구사를 사귀었었다. 그녀의 얼굴형은 정말 미인이었다. 얼굴 색깔이 검지 않았으면 일류 배우가 되어 많은 남성들로부터 사랑을 받았을 거다. 그녀는 마음의 창인 눈이 무척 컸다. 정말 피부가 매끄러웠다. 윤명수는 쭈구사의 피부 감촉을 잊을 수가 없다.

프랑스에서 사귀었던 베아트리체. 그녀의 이름은 단테의 신곡에 나오는 여주인공과 같다. 한국 여성같이 몸매가 아담했다.

그는 외국 여인과 대화를 나누며 전혀 불편할 일이 없었다. 그냥 한국말로 속삭이면 자동번역기가 상대방 말로 동시통역하여 말해 줬다.

윤명수는 지구촌 여기저기서 만나 사랑을 나눴던 여인을 떠올리며, 그 중 한 사람이라도 지금 옆에 있었으면 했다. 가상 현실 공간에서 그녀들과 사랑을 나눌 수 있지만, 가상 현실이 아닌 현실, 지금 옆에 누워서 같이 별을 봤으면 했다.

이제 나이 70대 중반, 인생의 반환점을 막 넘긴 윤명수는 여생을 같이 할 여인을 찾고 2세를 가질까, 생각해 본다. 이제 5년만 더 일을 하면 연금이 나온다. 전세계를 누비며 돈을 벌러 다닐 필요가 없다.

부인을 얻는다고 해도 부인이 꼭 애를 낳을 필요는 없다. 병원에서 그의 정액과 부인의 난자를 채취하여 인공자궁장치가 있는 시설로 보내면 여인의 자궁과 똑 같은 구조의 기기 속에서 아이가 자란다. 10개월이 되어 태아가 성숙하면 아이를 부모에게 인계한다. 보육시설이 잘 되어 있어, 부부가 바쁠 때는 아이를 보육시설에 맡기면 키워주기까지 한다.

혼자 유람선을 탄 윤명수는 앞으로 3일 전일 항해 동안 음식을 주문하는 외에 언어는 필요가 없다. 윤명수는 하늘의 별을 보며 고독으로 시린 옆구리를 손바닥으로 슬슬 쓸며, 이번에 귀국하면 이 고독을 면할 길을 택해 볼까 생각해 보았다.

4개월에 걸친 긴 세계 일주 여행이 끝났다. 윤명수는 월드 잡 콜로니에 그가 일을 할 수 있다는 통보를 보냈다. 윤명수는 유람선을 타러 가며 월드 잡 콜로니에 다음 4개월 동안 일을 할 수 없다는 통고를 보냈었다.

월드 잡 콜로니에서 윤명수에게 통고가 왔다. 벌써 4개월이란 기간 동안 현업에 종사하지 않았으므로 그가 가진 지식은 낡은 거라며 재교육을 받고 다시 연락하라고 했다.

윤명수는 겨우 4개월 가지고, 하고 투덜거리며, 직업전문학교인 단기 마이크로 칼리지에 3개월 과정 수업을 신청했다.

3.

윤명수는 어머니로부터 아버지가 이번 주일에 교회에 같이 가자고 하신다는 연락을 받고, 교회는 무슨 교회, 하며 입이 툭 튀어나왔다.

윤명수는 어렸을 때 장로였던 아버지가 다니던 교회에 열심히 다녔다. 아버지가 다니던 교회는 서울 외곽지대에 있었다. 신도가 수만 명이나 되는 서울에서도 손꼽히는 대형 교회였다.

윤명수는 일을 찾아 전세계를 누비며 서울에 머무는 시간이 줄어들자 차차 교회에 가는 시간이 줄어들다가, 어느 날부터 아예 교회로부터 발을 끊었다. 외계에 생명체가 발견되고 난 후 근본주의자들의 억지 성경 해석도 그를 교회에서 멀게 한 이유였다. 그는 우주를 창조한 창조주는 믿지만, 창조주는 자연법칙을 만들어 놓고 그 법칙에 따라 우주가 운행하도록 하며, 개개인의 기도를 들어주기에는 너무나 큰 초월자로 여겼다.

그런데 하나님이 우리의 사소한 기도까지 다 들어준다고 믿는 골수 기독교 신도인 아버지가 교회를 가자고 했다. 윤명수는 아버지를 모시고 교회에 가려고 아버지의 집에 가며, 아버지가 다시 깨어난 후 아버지에게 너무 소홀했다는 생각이 들었다. 아버지는 30년이나 잠을 자다가 깨어나셔서 그 동안 급변한 주위에 적응하시느라 힘드실 텐데 전혀 신경을 써 드리지 못했다.

우선 아직 육체가 장년인 아버지는 성생활을 영위하고 싶으실 텐데, 100세가 다 된 어머니의 육체는 그것을 받아들일 수가 없을 것이다. 그 문제에 대하여 신경을 쓰고 해결책을 찾아드려야 했는데…, 어떻게 어머니를 두고 다른 여자를 소개한다?

윤명수는 고개를 저었다.

부모님이 사시는 집 공간이 두 사람이 살기에는 좁을 거다.

어머니는 전용면적이 33m²인 스마트 하우스에서 사신다. 윤명수는 차를 타고 가며 집 건축회사에 내일, 월요일에 어머니의 집을 15m²만 더 확장하라고 연락했다. 3D 프린터로 내일 해지기 전에 집 확장이 끝날 것이다. 확장비용은 그가 지불하겠다고 했다.

아버지는 경제적으로는 어렵지 않다. 30년간 연금을 타지 않고 적립한 상태라 그동안 이자가 붙어 보통 사람들보다 연금을 두 배는 받으신다. 그러나 매일 할 일 없이 하루를 보내는 것이 무척 심심하실 거다. 교회에서라도 봉사활동을 하고 싶어 하실 텐데, 교회에 봉사할 일도 많지 않다.

주차관리, 식당 봉사 같은 몸으로 할 수 있는 일들은 인공지능을 갖춘 로봇이 다 수행한다. 유치부, 청소년부 아이들을 가르치는 일도 IT 기술을 접목한 비디오, 오디오 강의 자료에게 전부 그 자리를 다 내어주었다. 아버지는 낡은 지식을 가진 구세대 분이라 교인들과 교제도 잘 되지 않으실 거다.

아버지에게 무슨 일거리를 만들어 드린다?

야구 선수를 하시다가 야구 해설가로 명성을 날렸지만, 지금 야구 해설 일자리는 인공지능을 가진 로봇이 차지하고 있다. 스포츠 기사도 로봇이 쓴다. 이제 예전에 하시던 분야에서는 일자리를 찾아 드릴 수가 없다. 몸으로 할 수 있는 일거리는 다 로봇이 차지했다. 창조적인 일을 하셔야 하는데…, 구식 머리로 창조적인 일은….

먼저 분야를 정하고 단기 직업 훈련 코스를 받으시게 할까? 오늘 교회에 다녀오며 아버지랑 상의해 보자. 유람선을 타고 세계를 돌며 아버지의 문제를 회피할 것이 아니라 직접 부딪히며 해결해 드리자. 직업학교를 다니시다 보면 성문제를 해결할 여자를 만나실지도 모른다.

가상현실 세계에서 여행을 할 수 있는 사이트에도 가입해 드리자. 그러면 집에 있는 가상현실 공간에서 세계 유명한 경관을 다 관광할 수가 있다.

또 무엇을 해 드릴까?

아버지는 아들의 차에 올라타며, 자기와 비슷한 나이로 보이는 아들에게 손을 내밀며 악수를 청했다. 아들은 어색하게 아버지의 손을 잡았다.

"세계 일주하면서 세계 3대 폭포를 다 보고 왔냐?"

아버지가 물었다.

"아니요. 이과수하고 빅토리아 폭포만 봤어요. 두 폭포 다 대단하여 나이아가라는 상대가 안 돼요."

"나는 나이아가라만 봤는데 정말 대단했었는데 나이아가라가 정말 아무 것도 아니라고?"

"그래서 세상이 넓다는 말이 맞는 것 같아요. 그래서 아버님 보시게 여행프로그램 신청해 드릴게요. 집에서 가상현실로 보실 수 있어요."

"그래? 그래도 실제 보는 것 만하겠니? 야구 경기를 집에서 중계 보는 것하고 현장에서 보는 것이 얼마나 차이가 있는데."

"그렇기는 하지요, 한 번 다녀오시지요."

"니 엄마가 이제 나이가 들어 같이 갈 수 있겠어?"

"요사이 비행기가 빨라 두세 시간이면 가실 수 있어서 그렇게 힘들지는 않을 거요."

"내가 젊었을 때는 남미나 아프리카 가려면 하루 꼬박 비행기를 타야 했는데."

"지금 달나라 여행가는 세상인데."

"그렇구나. 내가 옛날 생각만 하니."

"아버님 뭘 하시고 싶으세요."

"생각중이다. 내가 할 만한 일은 다 로봇이 한다고 하넌네. 머리 쓰는 거야, 내 머리가 낡아서 할 수 없을 거고."

"예배 끝나고 목사님하고 한 번 상의하시면."

"그럴까? 지금 담임목사 나 다니던 성도교회 부목사였어. 그 때 내가 장로였지."

아버지는 그가 장로였던 점을 강조했다.

"그럼 서로 잘 아시겠네."

"한 오십 년 알지."

"명수 너는 언제 손자 안겨줄 거냐?"

어머니가 대화에 끼어들며 물었다.

"손자요?"

"그래 내 나이 백세가 다 되어 이제 살 날도 얼마 남지 않았는데 손자는 안아 보고 가야지."

"다 백 삼십 넘게 사는데 아직 사실 날 멀었어요."

"내가 참한 색시감 하나 골라줄까?"

"제 나이가 몇인데 참한 색시감이요. 그리고 제 하는 일이 역마살이 끼었는지 항상 떠돌아다녀야 해서."

"그래도 씨는 남겨야지. 손자 내가 봐줄게, 하나 만들어라."

"그럼 난자은행에 가서 참한 여자 골라 아이 공장에 보낼게요."

"그렇게 할래? 그러면 내가 한이 없고. 너도 곧 80 되니 아들이 있어야지."

"아브라함은 백세에 이삭을 낳았는데…."

아버지가 끼어들었다.

넓은 교회의 주차장이 반도 안 찼다. 주차 관리하는 안내원도 없다.

11시 반, 본 예배일 텐데 신도가 많지 않아 그 큰 교회당이 썰렁했다. 8줄로 놓은 장의자 중에 가운데 두 줄만 신도가 찼다. 나머지 여섯 줄은 비워 놨다. 신도들 중 젊은이는 거의 보이지 않았다.

정말 오랜만에 교회에 온 윤명수는 교회 쇠락의 현장을 보며 가슴이 짠했다.

예배 순서는 그 전에 왔을 때와 같았다. 옛날에 불렀던 찬송가를 부르고, 사도신경도 외웠다. 주기도문도 똑 같았다. 성경 구절, 찬송가 가사를 스크린에 비취는 영상이 더욱 입체적으로 돋보였다.

목사는 우리를 위해 십자가에서 돌아가신 예수님의 사랑 정신을 받들어 사회에 베풀며 살자는 취지로 설교를 했다.

예배를 마치고 나오며 입구에서 인사를 하는 목사에게 윤명수는 아버님 진로를 상의하게 시간을 좀 내주십사, 했다. 목사는 바로 자기 방으로 가자고 했다.

목사가 친절하게 커피를 타서 내놨다. 목사실에는 도우미 로봇이 없었다.

"아버님 다시 깨어나신 지 반년이 되어 가는데 뭐라도 하실 일을 찾아드려야 할 것 같아서요."

윤명수가 커피를 마시며 말을 꺼냈다.

"윤 장로님 뭘 하시면 할까요? 하나님이 새 생명을 주셨으니 더 크게 쓰시려는 뜻이 있어서일 텐데, 하나님의 일을 하시면."

목사가 조심스럽게 말했다.

"하나님의 일?"

아버지가 눈을 크게 떴다.

"윤 장로님 믿음이 좋으시니 신학을 배우시고 선교사를 하시면."

"선교사?"

믿음이 좋으신 아버지의 눈이 반짝했다.

"네. 지난 수십 년 동안 교세가 팍 줄어들었어요. 다시 불꽃 같은 성령의 역사를 보여줘야 하는데, 신학을 전공하려는 젊은 사람이 없어요."

목사가 푹 한숨을 내쉬었다.

"제가 5년 있으면 은퇴해야 하는데, 윤 장로님이 신학을 공부하시고 오시면 저희 교회 선교사로 모시지요."

목사가 쉽게 제의했다.

"선교사를? 하나님이 나를 선한 목자로 쓰시려고 다시 생명을 주셨다고요?"

아버지는 목사의 말에 감격하여 목소리가 떨렸다.

"그럼 한 번 생각해 보시고 다음 주일에 답을 주시지요."

목사가 결론을 내려줬다.

아버지는 고개를 끄덕이며 긍정적인 반응을 보였다.

윤명수는 아버지가 신학을 공부하시면 맞을 것 같았다. 어머니는 육체적으로 한참 젊은 남편을 빤히 쳐다보며 고개를 끄덕이며 긍정적인 반응을 보였다.

4.

윤명수는 직업전문 칼리지에서 3개월 단기 코스 보습교육을 받으며 100세가 다 되어가는 어머니의 평생소원을 들어주기로 마음을 정했다.

이미 70대 중반, 인생의 중년을 넘어선 그의 나이도 그의 결심을 굳힌 동기가 됐다. 그는 솔직히 한 아이의 아버지가 된 기분을 맛보고 싶었다.

그는 난자은행을 방문했다. 난자를 제공한 여인의 신상은 철저히 비밀에 부쳐졌지만, 신체 조건은 제시되었다. 그는 키 170㎝, 몸무게 55kg, IQ 135인 여인의 난자를 선택했다. 윤명수는 그 정도 여인이면 날씬하고 머리도 좋을 것 같았다.

그는 그가 선택하여 구입한 난자를 가지고 라이프 크리에이터(life creator)사를 찾았다. 여자 간호사가 그의 정자를 채취했다. 그는 간호사가 그의 정자를 채취하는 동안 그에게 난자를 제공한 여인을 상상하며 몸을 맡겼다.

정자 채취가 끝나자, 간호사는 번호가 적힌 쪽지를 주며 이 번호가 당신 아이가 자랄 인공자궁의 번호라며, 1개월 후에 오시면 당신 자식이 성장해 가는 모습을 보실 수 있다고 했다.

윤명수는 어머니에게 그의 아들을 잉태(?)시킨 사실을 알렸다. 어머니에게 한 달 후 같이 라이프 크리에이터사를 가자고 하자, 어머니는 아들의 결행을 대단해 하시며 기뻐했다.

다시 깨어나신 후 하나님의 전당이 몰락한 것에 크게 실망하시고, 하나님이 왜 그대로 그런 상태를 방치하시는지 회의를 느끼시던 아버지는 선교사의 꿈을 안고, 소형차를 구입하여 타고 다니시며 열심히 신학대학을 다녔다.

윤명수는 이제 아버지에 대한 신경을 꺼도 됐다.

윤명수가 월드 잡 콜로니에 단기과정 수료를 알렸다. 바로 일 제의가 왔다. 캐나다 사스카치완주 북부지방, 북위 69도에 위치한 우라늄광 개발을 위환 환경 영향평가 작업이다. 24시간 내에 수락여부를 알려달라고 했다.

북위 69도 지역은 겨울이 길고 추워 사람이 노동을 할 수 있는 기간이 1년에 3~4개월 남짓했었으나, 지구 온난화로 기온이 올라 이제는 농사를 지을 수 있는 땅으로 바뀌어 갔다. 러시아의 시베리아와 함께 캐나다 북부 동토의 땅이 세계의 곡창으로 바뀌고 있다.

윤명수는 제의를 받고 생각이 많았다.

북위 69도면 여름에 밤은 서너 시간 밖에 되지 않고, 낮이 길다. 밤 11시가 되어도 아직 해가 지지 않는다. 새벽 3시면 해가 뜬다. 지구 온난화로 날씨가 따뜻해졌다고 해도 여전히 사람이 살기에는 부적합할 거다.

작업장에는 환경 영향평가팀과 광산 개발을 위한 사전 조사팀 외에는 인적이 없을 거다. 긴 낮을 낯선 사람들과 지내야 한다. 당연히 여자는 없을 가능성이 높다. 작업조건이 나빠 급료는 좀 높지만, 그 오지에서 일과가 끝난 후 벌건 대낮 같은 공간에서 혼자 달랑 저녁 시간을 지낼 일을 생각하니 꿈만 같다.

제의받은 일에 별 흥미가 가지 않는다. 그렇다고 서울에 있어봐야, 사귀는 여인도 없고 쓸쓸하기는 마찬가지다. 인생은 혼자 살아가는 거고, 항상 고독한 존재이다. 일부러 돈을 벌러 가지만, 고독한 환경에 빠지는 것은, 하고 윤명수는 제의 수락을 망설이며, 이제 그만 이런 일을 그만 두고 쉬고 싶어졌다.

윤명수는 어머니와 함께 라이프 크리에이터사에 그의 자식을 보러 갔다. 그가 번호표를 내밀자 간호사가 그를 그의 자식이 자라고 있는 인공 자궁으로 데리고 갔다. 옛날에는 초음파로 뱃속에 있는 아이를 찍은 필름을 봤었는데, 지금은 인공자궁의 유리창을 통해 아이의 형태를 볼 수 있도록 해 놨다.

손가락 크기의 아이는 올챙이 모양이었다. 둥그스런 머리에 아치형 등과 기다란 꼬리가 보였다. 머리, 다리, 팔이 형성되고 있으며, 이제 심장이 박동하고 혈액순환이 시작됐다고 했다. 배설기관도 생기기 시작했다고 했다.

윤명수는 간호사의 설명이 실감이 되지 않았다. 그가 젊었을 때는 임신부의 배를 찍은 초음파 사진으로 태아를 보며 산모의 배에 전해지는 율동을 손바닥으로 감지하며 아이의 생명을 느꼈었는데, 이제 눈으로 직접 본다. 어머니는 아들의 손을 꼭 잡고 기계 속에서 숨 쉬는 손자를 보며 신기해 하셨다.

윤명수는 인공 자궁 속에 누워 있는 생명체를 보며, 저 생명체가 내 자식인가, 하며 저 아이를 내가 양육해야겠지, 하며 의무감 같은 것을 느꼈다. 나도 저 아이를 있게 한 여인을 모르지만 저 아이는 평생 자기 어머니가 누군지 모르고 살아야 한다. 그는 인공 기계 속에서 자라고 있는 자식을 보며 자식에게 자기가 잘못 한 것은 아닌가 하는 생각이 들었다. 그는 저 아이가 내가 사귀었던 한 여인의 자궁 속에서 자랐으면, 했다.

현대문명의 발달 덕에 생활은 편리해졌으나 인간미는 사라졌다. 저 아이는 평생 어머니는 모르고 살아야 한다. 인공 자궁을 어머니라고 할 수는 없다. 그가 세계를 떠돌며 돈을 버는 동안 아들을 보육시설에 맡기면 그는 부모의 사랑을 모르는 동물로 자랄 수밖에 없다.

여자들은 창세기에 하나님이 준 의무, 아이를 잉태하는 고통을 외면했다. 아이들은 효도라는 공맹의 도를 지킬 필요도 없어졌다.

그는 인공 지능을 갖춘 플라스틱 자궁에서 꼼지락거리는 생명체를 보며 생각이 많았다.

윤명수는 몇 년만 참으면 80세가 되고 그때부터 연금이 나온다. 요사이 문명이 발달한 곳의 땅과 강은 다 개척하여 새로 환경 영향평가를 하며 개발할 일이 거의 없다. 그가 하는 일은 오지 개발이 주류다.

윤명수는 내 직업이 그런데, 하며 어제 어머니와 함께 다녀온 라이프크리에이터사에서 본 그의 자식이라는, 남자였다. 생명체를 떠올리며, 그를 양육하기 위하여 돈이 필요하고, 돈을 벌려면 힘들고 고독한 환경에서 견디어야 하는데, 자라고 있는 자식을 위하여 또 긴 고독을 참아볼까, 하며 제의를 수락하는 방향으로 생각을 바꿔 먹고, 그는 제의를 수락하는 연락을 보냈다.

그는 이것이 정자를 나눠준 응보인가 하며, 그래도 자식을 위한다는 위로의 마음으로 마음이 따뜻해졌다.

인연

1.

구자성은 문틈으로 밀려오는 여명을 힐끔거리며, 포근하고 따뜻한 침대에서 빠져 나오기가 싫어 몸을 옴지락거렸다.

어제 밤 뉴스에서 새벽 온도가 영하 11도, 강추위가 온다고 했다. 노약자는 외출을 삼가고, 외출시 옷차림을 단단히 하고 감기 조심하라고 했다.

구자성은 그래도 오늘이 새해 첫 수련일인데 첫날부터 빠질 수는 없지, 하며 아쉽게 자리를 털고 침대에서 일어났다.

구자성은 9년째 국선도 아침반을 다니고 있다. 그는 50대 후반 임원으로 직장을 퇴직하고 바로 건강관리를 위하여 집 근처 문화원에서 개설한 국선도 과정에 등록했다. 수련시간은 아침 8시 20분부터 9시 40분까지. 시작 시간에 맞춰가려면 직장을 다닐 때와 똑같이 일찍 일어나서 아침을 챙겨 먹어야 한다.

1월 3일, 새해 첫 등원하는 날.

구자성은 부지런히 아침을 챙겨 먹고, 아내는 아직 침대에서 아침잠을 즐기고 있다. 내복 위에 단복을 겹쳐 입고, 그 위에 잠바를 걸치고, 머플러를 두르고, 털모자를 쓰고, 장갑까지 끼고 강추위에 대비하여 완전무장을 하고 현관을 나섰다. 아파트 현관을 나서자 찬바람이 휙 불어왔다. 구자성은 몸을 으스스 움츠렸다.

가로수들이 이파리를 다 털어내고 앙상하게 선 채 바람에 흔들거리며 추위에 떨고 있다. 그늘진 곳을 눈이 하얗게 덮고 있다.

구자성은 도장에 들어서자 탈의실로 가서 추위를 대비하여 무장했던 옷을 벗어 걸어놓고 검은 띠를 다시 한 번 고쳐 매고 도복 차림으로 수련장에 들어섰다.

구자성은 도장의 회원 약 60명 중에 고참축에 들었다. 도장의 출입문에서 왼편에는 남자 회원이, 오른편에는 여자 회원이 자리하고 수련한다. 은퇴한 중늙은이들이 건강을 챙기려 열심히 출석한다.

새해 첫 수련을 시작하기 전 사범이 이번 학기에 새로 등록한 신입회원들은 사범이 서 있는 단상 바로 앞 가운데 자리로 나오라고 했다. 3개월 기간인 매학기마다 기존 회원 몇 명이 등록을 안 하고, 신입회원이 그 자리를 채웠다. 신입회원들은 아직 도복이 지급되지 않아 체육복 차림, 잠바 차림 등이다. 그들은 엉거주춤한 자세로 맨 앞줄로 나와 섰다. 신입회원은 여자가 세 명, 남자가 두 명이었다. 남자 한 분은 완전히 머리가 하얗다. 여자 중 한 분은 젊어 보였다.

국선도 수련과정은 호흡에 들어가기 전에 몸을 푸는 전조신 동작 21분, 단전호흡 37분, 마무리 훈련 후조신 14분이다. 사범이 녹음테이프를 틀고 앞자리에 불러 모은 신입회원들에게 전조신 동작을 시범보이며 가르쳤다.

전조신이 끝나고 단전호흡에 들어가자, 사범은 신입회원들을 단상으로 불러올려 빙 둘러 앉혀놓고 기혈과 호흡법을 설명했다.

구자성은 고개를 돌려 단상에서 사범의 설명을 듣는 신입회원들을 올려다봤다. 신입회원 중 한 여인이 눈에 익었다. 구자성은 눈에 익은 여자를 훔쳐보며, 저 여자가 그 여자일까, 하며 정신을 빼앗기다가 바로 정신을 회음혈에 집중하고 구령과 호흡에 맞춰 기를 임동맥, 소주천, 대주천으로 운기했다. 그는 입안에 가득 고이는 단침을 삼켰다.

수련과정이 끝났다. 사범이 신입회원들을 앞에 한 줄로 세우고 선배회원들에게 인사를 하라고 했다. 신입회원들이 한 줄로 늘어서서 왼편에 선 회원부터 어색한 표정으로 이름, 사는 동네를 말하고, 잘 부탁한다고 인사를 했다. 신입회원이 인사할 때마다 기존 회원들이 박수로 환영했다.

구자성은 눈에 익은 여자 신입회원을 눈여겨보며, 그녀 같은데, 하며 그녀가 인사할 차례를 기다렸다.

"최홍심입니다. 3단지에 살아요. 잘 부탁합니다."

구자성은 그녀의 이름을 듣는 순간, 아아 그녀가 맞네, 하며 한 방 맞은 것같이 머리가 멍해졌다. 그녀는 그가 총각일 때 그의 하숙집에 짐을 맡겨놓고 사라진 여인이다.

구자성은 국영기업체에 입사하였다. 입사 동기생은 25명이었다. 그들은 입사 후 회사 연수원에서 3주간 회사원이 필요한 기초 소양교육을 받은 후 지사로 발령을 받았다. 구자성은 서울이나 서울에서 가까운 인천지사로 발령을 원했으나, 입사 동기 다섯 명과 함께 강원도 강릉지사로 발령을 받았다. 모두 총각들이라 하숙을 했다.

구자성은 독방을 썼으나, 다른 네 동기들은 하숙비를 아낀다며 두 사람이 한 방을 썼다.

멀리 동해안까지 밀려간 다섯 동기들은 죽이 맞아 자주 어울려 술자리를 벌였다. 수습시절의 월급으로 비싼 술집에 갈 수가 없어 선술집에서 막걸리를 주로 마셨다. 3개월 수습이 끝나고, 정식직원으로 월급을 받은 날, 우리도 이제 정식사원이 됐으니, 싼 막걸리만 마실 것이 아니라 여자 있는 집에 한 번 가 보자며 돈을 걷어 강릉에서 알아주는 요정, 은정엘 갔다.

간단한 찌개 종류 안주로만 술을 마셨던 총각들 앞에 떡 벌어지게 차려진 술상이 나오고, 여자도 세 사람이나 들어왔다. 말간 청주를 내왔다. 사회 초년병들은 눈이 휘둥그레지며 황송한 자세로 호사를 즐겼다. 그 때 들어온 여인 중 한 사람이 홍심이다. 그날 방에 들어온 세 여인 중에 제일 젊고 예뻤다.

오동통한 몸매로 앵두 같은 입술, 마늘씨 같은 코, 반달 같은 눈썹…, 등등 고전 소설에 나오는 미인형이었다. 그녀는 홍심이라고 이름을 소개했다. 값비싼 술에 가볍게 간이 부은 총각들은 국궁의 붉은 과녁, 홍심을 떠올리며, 누가 홍심의 가슴에 화살을 꽂을 것인가, 허허거리며 농담을 주고받았다.

그들이 정식사원이 됐다고는 해도 그들의 월급으로 요정은 너무 비쌌다. 그들은 한 달에 한 번 월급날 딱 한 번만 호사를 즐기기로 규칙을 정했다. 그들이 은정을 찾을 때마다 홍심이 그들의 방에 들어왔다. 그녀는 돌아가면서 파트너를 해줬다. 동기들 사이에 김길성이 홍심의 가슴에 화살을 꼽았다는 입소문이 났다. 집이 부자인 김길성은 월급은 다 용돈으로 썼다. 김길성은 혼자 슬쩍 은정에 들러 홍심을 꼬였단다.

구자성은 그런 입방아를 들으며, 사실인지 아닌지 확인할 수는 없었지만, 여자를 꼬이는데 타고난 재주가 있고, 돈도 있는 김길성이면 그럴 수 있겠다고 생각했다.

동기들이 다섯 번째 은정을 찾았을 때 홍심은 구자성의 옆자리에 앉았다. 구자성은 화류계 여자가 풍기는 지분 향기에 취하여 정신이 흔들거렸다. 구자성은 그녀의 하얀 가슴살과 그 밑으로 이어지는 계곡을 내려다보며 저절로 침이 넘어갔다. 그녀를 막 주물러 터트리고 싶었으나 의지로 참았다.

술판이 끝날 무렵 홍심이 구자성에게 물었다.

"구 선생님 혼자 하숙하신다고 했지요?"

"네, 어떻게 아셨어요?"

"말씀하셨잖아요?"

"내가 그런 말도 했나?"

"저 사정이 생겨서 그런데 제 짐을 구 선생님 하숙방에 며칠 옮겨 놓아도 되겠어요?"

"짐을 제 하숙방에?"

술이 취한 구자성은 그녀의 말뜻을 정확히 이해하지 못했다.

"어, 홍심이 자성이한테 동거하자고 하네."

김길성이 눈을 홉뜨며 말했다.

"동거?"

구자성이 홍심과 김길성을 번갈아 쳐다보며 말했다.

"구자성 너, 언제 홍심일 꼬였어? 얌전한 체하더니 부뚜막에 먼저 올라가네."

김길성의 눈에서 질투의 불꽃이 번뜩했다.

나머지 동기들은 박수를 치며 구자성을 응원했다.

구자성은 미처 제대로 사태를 파악하지 못한 채, 안 된다는 말을 할 여유도 없이 동기들에게 끌려나왔다. 동기들이 짐이 가면 몸도 가는 거라며, 홍심의 마음에 화살을 꽂은 턱을 내라며 졸랐다. 그는 엉겁결에 포장마차에서 소주를 샀다.

다음날 퇴근하여 대문에 들어서는 구자성에게 하숙집 아주머니가 예쁘게 생긴 젊은 처자가 구 선생님께 말했다면서 짐을 방에 놓고 갔다고 했다. 아주머니는 애인이냐고 물었다. 구자성은 얼굴을 붉히며 어물

거리며 아니라고 했다. 여주인이 우리 집은 하숙집이지 여자랑 살림은 안 된다고 못을 쳤다. 구자성은 얼굴이 홍당무가 되어 방으로 도망쳐 들어갔다.

보따리 두 개, 흑백 티브이, 들고 다니는 축음기가 윗목에 쌓여 있다. 보따리 하나는 이불을 싼 것이고, 하나는 옷을 싼 것인 모양이다. LP음반도 몇 장 있다. 홍심이 요정에서 자주 부르던 가요 음반은 하나도 없고, 오페라 라보엠 세트와 쇼팽, 브람스 등 클래식 음반만 있었다. 그녀는 직업과 달리 고상한 취미를 가진 모양이다.

구자성은 홍심의 짐 보따리를 보며 난감했다. 밖으로 들어낼 수도 없고, 그대로 두기도 그랬다. 구자성은 짐이 왔으니 요정이 끝난 후 그녀의 몸까지 쳐들어오면 어쩌나, 하는 짜릿한 걱정을 했다. 밤중에 찾아오는 몸을 쫓아낼 자신이 없었다. 그렇다고 술집 여자와 살림을 차리기도 그랬다.

밤 10시, 요정이 끝날 시간이다. 구자성은 자리에 누워 그녀의 몸이 오는 상상을 하며 온몸과 마음이 덜덜 떨렸다. 그의 이성은 그녀가 오면 돌려보내야지, 하였지만 그의 젊은 몸이 그녀를 간절히 기다렸다.

구자성은 잠을 이루지 못하고 초초하게 그녀를 기다렸으나 12시, 통금시간이 지나도 그녀의 몸은 오지 않았다.

다음 날도 그 다음날도 그녀의 몸은 오지 않았다. 동기들은 매일 그녀와 만리장성을 쌓은 이야기를 하라며 구자성을 졸랐다. 구자성은 그녀가 오지 않았다고 구차한 변명을 해야만 했다.

그렇게 열흘이 지났다. 구자성은 이제 짐을 따라 그녀의 몸이 온다는 기대를 접었다.

2.

어머니가 사전에 연락도 없이 불쑥 아들을 찾아와서 구자성의 하숙방에서 퇴근하는 아들을 반겼다.

"너 혼자 시골 보내놓고 잘 있나 보러 왔다. 하숙집 주인이 좋으신 분 같아 우선 안심이 된다."

어머니는 방에 들어서는 구자성의 양복저고리를 받으며 말했다.

"미리 오신다고 하시지?"

"신경 쓰게 하고 싶지 않았다. 내일 아침 먹고 갈 거다. 그런데 저기 윗목에 있는 짐은 누구 거냐?"

어머니가 윗목에 쌓아놓은 짐을 가리키며 물었다.

"그거 친구가 잠시 맡겨놓은 거야."

구자성이 둘러댔다.

"친구? 저 보따리 풀어보니 여자 옷이던데."

"엄마는 남의 짐을 막 풀어보고 한 거야?"

구자성이 소리를 높였다.

"왜 내 아들 방에 있는 짐 좀 풀어보면 안 되냐? 주인아줌마가 웬 젊은 처자가 가져왔다고 하여 무엇인가 하고 풀어봤다. 짐을 맡긴 젊은 처자는 누구냐?"

엄마의 눈초리가 올라갔다.

"아 그거, 여선생님 건데 한 달 연수받으러 가면서 나한테 짐을 맡겨놓고 간 거야."

구자성이 날름 거짓말을 했다.

"여 선생? 초등학교 아님 중학교?"

"초등학교."

"너랑 사귀는 여자냐?"

"사귀는 정도는 아니고 몇 번 차를 같이 마셨어."

"그래? 그런데 짐까지 맡겨?"

"나 혼자 독방 쓰며 하숙하잖아. 같이 차를 마시다가 한 달간 연수 받으러 가는데 지금 있는 하숙집에서 다른 사람 들인다고 짐을 안 맡아 준다고 걱정하여 내 방에 가져가 놓으라고 했어."

"그래? 주인아줌마 말이 그 처자가 짐을 맡겨놓고 가서 다시 들른 적은 없다고 하더라만."

"엄마는 무슨 생각을 하는 거야?"

구자성이 반격했다.

"너 장가도 안 가고 살림 차리면…."

"내가 그런 아들로 보여?"

"나야 너 믿지. 그런데 우리 친구 아들이 시골에서 근무하며, 다방 레지랑 눈이 맞아 살림을 차리고 거기에 임신까지 하여 결혼하겠다고 날뛰어 우리 친구가 눈이 뒤집혔다. 너는 안 그러겠지만 절대 혼자 있다고 처신 함부로 하지 말고, 술집 여자나 다방 레지 건드리지 마라. 내 눈에 흙이 들어가기 전에 그런 처자는 절대 안 된다."

어머니의 눈에서 불꽃이 튀었다.

"니가 허튼 짓 하면 바로 알려주라고 하숙집 아줌마한테 부탁했다."

"무슨 그런 부탁을."

"짐 맡긴 여자 음반 보니까 클래식만 있더라. 선생님 맞는 것 같아 안심된다. 너만 믿고 가니 절대 한눈 팔지 마라."

어머니의 잔소리가 더 이어질 기세였으나, 그때 안방에서 하숙집 아주머니가 저녁 준비됐다며 문을 두드렸다. 구자성은 얼른 앞장서서 저녁을 먹으러 갔다.

아들과 하룻밤을 보내고 어머니는, 나 너 사는 거 봤으니 너 출근하면 바로 올라갈 거다. 다시 말하지만 젊은 혈기에 술집 여자나 다방 레지 등과 절대 어울리지 마라, 하고 다시 당부하였다. 구자성은 짐의 주인이 요정 아가씨라는 것이 들통나지 않은 것을 다행으로 여기며, 걱정 말라고 큰소리 쳤다.

짐을 맡겨놓은 지 2주가 지났으나 홍심은 구자성의 하숙집에 얼씬도 하지 않았다.

김기수와 이태리 벤베누티간 세계 미들급 챔피언 쟁탈전이 열리는 날.

주인집 아저씨가 이장집까지 가서 중계 보려면 번거롭다며 구자성의 방에 놀고 있는 티브이로 중계를 보자고 보챘다. 당시 한 마을에 한두 집 밖에 티브이가 없었다.

구자성은 주인의 허락도 없이 남의 티브이를 켜는 것이 내키지 않았으나, 주인아저씨가 간절히 청하고, 그도 중계를 보고 싶어 홍심의 티브이를 켜고 그의 방에서 편안하게 중계를 보았다. 열전 끝에 김기수가 타이틀을 획득했다. 기분이 난 주인아저씨는 막걸리를 받으러 나가며 주인아주머니에게 찌갯거리를 준비하라고 했다. 구자성은 주인아저씨와 열한 시가 넘도록 막걸리로 축하 파티를 했다.

덩치가 큰 선수들이 주먹을 휘두르며 벌린 격투기를 본 후 막걸리까지 마신 구자성은 자리에 누웠으나 흥분이 가시지 않아 잠이 오지 않았다. 온몸이 스멀거리고 무엇인가 터트리고 싶었다.

대문 흔드는 소리가 들리고 주인아주머니가 주무실 텐데, 하는 소리가 들렸다. 구자성의 방문 두드리는 소리가 나고, "주무세요?" 하는 여자의 목소리가 들렸다.

구자성은 전등불을 켜며, 누구세요, 했다.

방문이 열리고 홍심이 방에 들어섰다. 구자성은 엉겁결에 바지를 주워 입었다.

"저 오늘 잘 데 없는데 하룻밤 재워주세요."

홍심이 말을 허공에 던졌다.

"네?"

구자성의 눈이 커졌다.

"제 이불도 있고 하니 얌전히 잘게요. 그럼."

홍심이 구자성의 대답도 듣지 않고 윗목에 쌓아놓은 보따리를 풀러 이불을 꺼내 구자성의 이불 옆자리에 폈다. 구자성은 전신이 떨려서 말이 나오지 않았다.

"그럼 안녕히 주무세요. 내 이불과 구 선생님 이불 사이 이 빈 공간은 삼팔선이에요. 삼팔선 넘으면 어떻게 되는지 아시죠?"

그녀는 위에 걸쳤던 카디건만 벗어 짐 보따리 위에 걸쳐놓고 나머지 옷은 입은 채로 그녀의 이불 속으로 들어가며 당차게 말했다. 구자성은 전신이 떨리고 말문이 막혀 대답을 못했다.

"삼팔선 넘으면 총살이에요. 절대 넘을 생각 마세요."

그녀가 머리 위까지 이불을 뒤집어쓰며 말했다.

구자성은 넋이 나가 한참을 멍청하게 서 있다가 전등불을 끄는 것도 잊고 그의 이불 속으로 들어갔다.

"선생님은 불을 켜놓은 채 주무세요. 저는 불 켜놓고는 못 자는데."

홍심이 자리에서 일어나 전등불을 껐다.

구자성은 옆자리에 누운 젊고 예쁜 여인의 환영에 사로잡혀 춥지도 않은데 전신이 떨렸다. 그는 이빨이 덜덜 마주쳤다. 그는 이빨 부딪히는 소리를 감추려고 혓바닥을 이빨 사이에 끼었다. 부딪히는 이빨이 혓바닥에 가벼운 통증을 주었다. 그는 옆에 누운 여인에게 들키지 않으려고 숨을 죽이며 몸에 퍼진 열기를 식히려 하였다.

구자성은 손만 뻗으면 닿을 곳에 있는 여인에게 다가가지 못하고 초조했다. 그는 눈은 감았으나 잠이 오지 않았다. 그는 초초하게 허둥대는 자신을 들키지 않으려고 코를 고는 척했다. 여자와 한 번도 동침을 한 적이 없던 구자성은 전신으로 뻗쳐오르는 열기의 정체를 정확히 알지 못하고 어떻게 풀어야 할지 몰랐다. 절대 술집 여자와 사귀지 말라던 어머니의 말씀, 38선을 넘으면 총살이라는 홍심의 말을 거역할 용기가 없었다.

구자성은 새벽이 다 되도록 잠을 이루지 못하고 열기와 싸우다 혼자 애를 태우며 젊은 육체를 들볶으며 더디 가는 어두운 시간과 싸우며 피를 말리다가 새벽녘에 선잠이 들었다. 창문에 비친 햇살에 번뜩 잠이 깬 구자성은 옆자리를 돌아봤다. 홍심이 누웠던 자리에 홍심의 몸은 빠져 나가고 허물만 남았다.

주인아주머니는 아침 식사를 하는 구자성에게 처자가 새벽 일찍 나갔다고만 말하고 더 이상 그를 난처하게 하지 않았다. 여인과 고이 밤을 보낸 구자성은 주인아주머니에게 짐을 맡겨놓았던 처녀가 와서 자고 갔다는 말을 어머니에게 이르지 말라고 부탁하여야 하는지 판단이 서지 않았다.

다음 월급날 구자성의 입사 동기는 돈을 걷고 또 은정을 찾았다. 홍심이 방에 들어오지 않았다. 그날 들어온 아가씨에게 확인하니, 홍심은 열흘 전 이곳을 떴다고 했다. 어디로 갔는지는 모른다고 했다. 열흘 전이면 홍심이 구자성의 방에 와서 하룻밤을 보낸 때쯤이다.

구자성은 그녀가 이곳을 떠나면서 그에게 작별인사를 하러 왔었는데, 무심하게 보낸 것이 미안했다. 후회도 되었다.

구자성은 지사에서 2년 근무를 하고 본사로 발탁되어 상경했다. 그때까지도 짐을 맡긴 홍심으로부터 어떤 연락도 없었다. 구자성은 짐을 서울집에 가지고 갈 수도 없어, 하숙집 주인에게 맡겼다. 티브이는 보시다가 주인이 오면 주시고, 옷이랑 이불은 덮고 입던지, 알아서 하라고 했다.

3.

구자성은 매일 홍심과 한 도장에서 수련을 하며 은근히 그녀에게 신경이 쓰였다. 그는 언제 그녀에게 아는 체를 해야 하나 기회를 봤으나, 그 기회가 잘 오지 않았다.

구자성은 시간에 맞춰 도장에 와서 수련을 했으나, 홍심은 매일 10분 이상 지각을 했다. 수련을 마치고 구자성이 탈의실에서 옷을 평상복으로 갈아입고 나오면 그녀는 벌써 집에 가고 없었다.

어느 날, 구자성이 전조신 동작을 하며 몸을 풀고 있을 때 그녀가 살짝 문을 열고 수련장에 들어서며 교단에서 시범을 보이는 사범에게 고개를 숙여 가볍게 인사를 하고, 도복 위에 걸치고 왔던 코트를 벗어서 의자 위에 놓고 구자성의 바로 옆자리 빈 매트로 왔다. 그녀는 50대의 여인답지 않게 유연하게 동작을 했다.

구자성은 몇 십 년만에 옆자리에 그녀와 나란히 자리하고 운동을 하며 자꾸 그녀에게 신경이 쏠렸다. 그녀가 살짝 눈을 들어 눈인사를 해왔다. 구자성도 고개를 끄덕여 인사를 받으며, 그녀도 나를 의식하고 있구나, 했다.

좌우로 손을 뻗을 때 두어 번 손가락 끝이 서로 부딪혔다. 구자성의 손가락이 그녀를 느끼며 가볍게 반응하고 정신이 휘청했다. 구자성은 수련 시간 내내 옆자리에서 수련을 하는 그녀를 놓을 수가 없었다. 그녀가 물구나무서기를 하다가 펄썩 넘어졌다.

구자성은 넘어지는 소리에 고개를 돌려 그녀를 쳐다봤다. 그녀가 부끄러운 표정을 하며 구자성의 눈을 피해 고개를 돌렸다. 그녀가 다시 물구나무서기를 시도했다. 입문한 지 삼 개월도 안 됐는데 날렵하게 물구나무서기를 했다. 거꾸로 선 그녀의 얼굴이 소녀같이 어려 보였다. 그는 그녀가 너무나 아름답게 보여 가슴이 아릿했다.

구자성은 문득 그날 밤 그녀와 만리장성을 쌓았으면 내 인생이 바뀌었을까? 그녀가 내 반려자가 되었을까, 생각하다가 고개를 휘휘 저었다. 어머니가 허락할 리가 없다. 물구나무서기를 마친 그녀가 바른 자세로 앉아서 두 손을 기도하는 자세로 모았다.

구자성은 밝고 환하고 경건하게 보이는 그녀의 옆얼굴을 보며 그녀의 남편은 누굴까, 헤아려보며 기분이 묘했다. 죄수복 같은 후줄근한 도복이 그녀의 몸매를 감춰줬으나, 가슴부위는 도톰하게 솟아올라 남자의 눈에 못을 박았다. 구자성은 옆자리의 그녀를 힐끔거리느라 정신이 산만하여 제대로 수련을 할 수가 없었다. 그는 그녀에게 식사라도 한 번 하자고 해야 하는 거 아닌가, 하고 생각했다.

그녀는 수련이 끝나기도 전에 도장을 나갔다. 구자성은 그녀에게 말을 걸 기회를 잃었다.

구자성은 그녀가 항상 10여 분 늦게 도장에 들어오는 것을 확인하고, 그녀가 출석할 때까지 그녀를 기다리다가, 오늘도 출석했네, 안도하며, 저만치 떨어진 자리에서 수련하는 그녀를 느끼며, 그녀와 가까워지는 상상을 하다가 정신이 흐트러져 호흡이 흐트러지곤 했다.

나이든 분들이, 세월이 50대는 시속 50km, 60대는 60km, 70대는 70km로 달린다고 우스갯소리를 한다. 환갑을 넘긴 구자성은 세월이 60km보다 빨리 흘러가는 것 같았다.

홍심은 입문한 지 일 년을 채우고 이제 빨간 띠, 원기단법으로 승단했다. 연말, 4년 동안 국선도반 회장을 해 오던 이병렬 씨가 회장을 그만 두겠다고 했다. 사범은 회장은 검정 띠 중에서 해야 한다며, 구자성에게 다음 회장을 맡아달라고 했다. 회장이 하는 일은 봄에 한 번 야외수련회를 주선하고, 두 달에 한 번씩 하는 승단대회 때 사회를 보면 된다.

구자성은 못하겠다는 핑계가 없어 사범의 제의를 받아들였다. 사범이 총무는 누구를 시켰으면 해요, 하고 물었다. 회장은 남자가, 회비를 걷는 총무는 여자가 맡아왔다. 구자성이 머뭇거리자, 사범이 최홍심 씨가 어떠냐고 했다. 구자성은 최홍심 씨가 총무한다고 해요, 하고 반문했다. 사범이 최홍심 씨가 좋다고 했다고 했다. 구자성은 여자가 옛일을 잊고 좋다고 하는데, 남자가 속 좁게 못한다고 할 수가 없었다. 그는 회장과 총무를 하면 일을 핑계로 그녀를 만날 수 있고, 가까워질 수도 있다는 은근한 기대로 가볍게 가슴이 설렌다.

연말에 두 사람은 단원들의 박수를 받으며 회장과 총무로 뽑혔다.

그날 구자성은 홍심에게 잘 부탁한다고 인사를 했다. 그녀는 아무렇지도 않게 오히려 자기가 회장님에게 잘 부탁한다고 했다. 그녀는 한참 옛날에 짐을 맡기고 하룻밤을 한 방에서 잔 인연을 잊은 것 같은데, 구자성은 그만 아직도 그 사건을 마음에 담고 있는 것 같아 오히려 부끄러운 생각이 들었다.

4.

봄.

국선도반 회장, 구자성은 봄철 야외 수련회를 주선해야 했다. 수련할 곳과 구체적인 일정을 정하고, 소요 경비를 뽑아 참가회비를 정하고, 버스를 임대해야 한다. 회비는 총무가 걷는다.

장소는 목소리가 큰 회원이 경기도 가평에 있는 아침고요수목원으로 하자고 우겨서 그렇게 정해졌다.

야외 수련을 하려면 매트를 깔고 수련을 할 수 있는 산디밭이 있어야 한다. 야외 수련장 장소 확인을 위해 현장 답사를 해야 한다.

구자성의 차로 현장 답사를 가기로 했다. 구자성은 회장과 총무 남녀 단둘이 답사가기가 그래서 전임 회장에게 노하우도 전수할 겸 같이 가자고 했다. 홍심도 회장과 총무 단둘이 가는 것보다는 전임 회장과 세 사람이 가면 좋겠다고 했다.

오전 열시, 모임 장소에서 기다리는 구자성에게 전임 회장이 집에 급한 일이 생겨 못나오겠다고 전화했다. 구자성은 현장 답사를 미룰 수도 없고, 다른 회원을 갑자기 불러 낼 수도 없어, 그냥 우리 둘만 가자고 했다. 홍심도 허공에 시선을 둔 채 그러자고 했다.

88올림픽대로에 들어선 구자성은 차량이 많지 않았으나 제한속도, 시속 80km로 달렸다.

구자성은 제한속도를 벗어나지 않고 조심스럽게 운전했다.

"회장님 퍽 조심스럽게 운전하시네요."

앞만 보고 입을 다물고 있던 홍심이 입을 열었다.

"귀하신 분을 모시고 가는데 조심 운전해야지요."

"귀하신 분? 회장님은 그때나 지금이나 점잖으시네요."

홍심이 힐끗 구자성의 옆얼굴을 쳐다보며 말했다.

구자성은 못들은 척했다.

"회장님. 참 인연이 묘하지요. 이렇게 30여 년만에 국선도 도장에서 다시 만나다니."

"세상이 참 좁아요. 그 때 짐은 하숙집에 맡겨 놓고 상경했는데 찾아가셨어요?"

"짐? 아, 떠난 후 그 동넨 안 갔어요."

"그러셨어요. 어느 날 새벽, 바람과 함께 사라지셨는데."

"소설 제목 같다. 저 그 때, 지금 새삼스럽게 그 때 이야기를 해야 하나?"

"그 때 어디로 떠나셨어요? 우리 입사동기들은 애인과 함께 토꼈다고 했는데."

"애인과 함께? 그랬으면 얼마나 좋았겠어요. 실은 그 때 주인아저씨가 밤마다 남자손님을 따라가라고 보챘어요. 더 이상 안 따라가고 못 버틸 것 같아서 도망쳤어요."

"그러셨어요? 그것도 모르고 참…."

"말들이 좀 있었겠지요. 이왕 그 때 이야기한 김에 하나 더 할까요? 앞으로 계속 도장에서 뵐 텐데 오해가 없는 것이 좋을 것 같아요."

그녀는 그간의 사정을 늘어놓았다. 구자성은 그녀의 말에 추임새를 넣으며 차를 경춘고속도로로 진입시켰다.

홍심은 돈을 벌어 가난한 부모를 부양하려 요정까지 전전했으나, 자칫 몸을 망칠 수 있다는 위기감을 느꼈단다. 더구나 요정에 있었다고 하면 빤빤한 남자와 결혼은 물 건너간다. 어느 부모가 요정에 근무한 아가씨와 결혼을 허락하겠느냐고 했다.

구자성의 입사동기들은 요정에서 특별한 손님이었단다. 그곳은 좀 비싼 술집이라 어느 정도 사회적 경제적으로 기반을 잡은 중년층 이상이 드나드는데, 총각 손님은 구자성 패거리가 유일했단다. 그래서 요정 아가씨들은 서로 그 방에 들어가려고 은근히 다투었단다.

홍심은 다섯 사람 중 구자성이 제일 순진해 보이고 믿음직했단다. 김기성은 몰래 찾아와서 데이트를 신청했으나, 요정 선배들이 그 친구 한 번 따먹고 토낄 친구라며 멀리하라고 하여 김기성의 유혹에 냉담하게 대했단다. 홍심은 요정을 떠나기로 하고, 짐을 구자성에게 맡기는 척하며 구자성이 끌면 못이기는 척하고 몸도 한 번 맡겨볼까 했었단다. 홍심은 그녀가 몸을 주면 구자성은 끝까지 책임질 것 같았단다.

구자성은 짐을 맡긴 여자의 마음도 모르고 한 번도 따로 찾아오지 않아 섭섭했었단다. 요정을 떠나기로 한날 밤 그를 찾아갔는데, 마침 구자성이 술도 한 잔 한 거 같아 기회다 생각하고, 삼팔선을 넘으면 사형이다 선언하고 옆자리에 누웠는데, 순진한 구자성이 그 말을 곧이곧대로 믿고, 삼팔선을 넘지 않아 여자가 먼저 덮칠 수도 없고 실망이 컸단다. 삼팔선을 넘으면 사형이라는 말뜻은, 안 넘으면 사형이라는 여자들의 반어법인데 병신같이 그 뜻도 못 알아듣고 고지식하게 옆 자리로 손한 번도 내밀지 않아 어쩔 수가 없었단다. 손을 내밀면 잠꼬대인 척하고 잡아끌려고 했었단다.

분명히 구자성이 잠을 못 이룬 것을 알고 있었는데 자는 척만 하고. 그 때 그녀가 남자의 경험이 지금같이 있었으면, 더 적극적으로 나갔을 텐데, 그 때 홍심이도 아직 남자를 몰라 둘 다 바보노릇만 했단다.

"만일 그 때 몸을 섞었으며 어떻게 되었을까요? 우리 순진한 구 선생님이 엄마랑 무척 싸웠겠지요?"

홍심이 구자성의 옆얼굴을 빤히 쳐다보며 픽 웃었다.

구자성은 그녀의 말이 맞는 것 같았다. 어머니는 어떻게 해서든 그녀가 요정에 근무했던 것을 알아내고 결혼에 반대했을 것이다.

어머니는 지금 아내와 결혼할 때 중매한 친척의 말을 믿지 못하고, 아내의 학교에 가서 성적표도 떼어보고, 아내가 살던 마을에 가서 그녀의 평소 행실까지 다 확인하셨다.

그녀는 밤새 제대로 잠을 이루지 못하고 있다가, 새벽 통금이 풀리자마자 그의 방을 나와 바로 첫 버스를 차고 서울로 올라와서 청계천 가발공장에 다녔는데, 거기서 조장이 그녀를 좋아하여 결혼하고, 지금 슬하에 딸만 둘을 뒀다고 했다.

가발공장을 그만 두고 남편과 봉제공장을 차려 동대문시장에 물건을 대주며 그럭저럭 먹고 살 만큼 돈을 벌고, 이제는 딸 둘 다 시집보냈고, 노년에 건강을 챙기려 국선도 도장에 나왔다가 회장님이 다니시는 것을 보고 처음에는 그만 둘까 했었는데, 30년도 더 지난 일 가지고, 아무 일도 없었는데 이 나이에 그만 둘 것 있나, 하고 그냥 다닌단다.

또 구자성이 대범하게 대해줘서 지금은 별 신경 안 쓰고 다닌다고 했다. 인연이 묘해서 회장 총무가 되고, 이렇게 야외 수련장을 보려 둘이 데이트까지 하게 되니 기분이 묘하다고 했다.

"저 그 때 총무님 짐 맡는 바람에 우리 동기들한테 술 여러 번 샀어요.”

“왜요?”

“짐이 오면 몸도 왔을 거라며 혼자만 재미 보냐며. 아니라고 해도 안 믿었어요.”

“그랬어요? 그건 몰랐네. 그럼 제가 짐 맡긴 빚뿐만 아니라 술값까지 빚졌네요. 어떻게 갚는다. 그렇다고 이 나이에 러브호텔에 모실 수는 없고. 오늘 점심 제가 살게요.”

“점심? 오늘 귀한 시간 내서 공무로 왔으니 회비에서 써요. 사실 것 없어요.”

구자성은 러브호텔 모실 수 없고 하는 말이, 삼팔선을 넘으면 사형이라고 했던 말과 같은 반어법인가, 하며 말했다.

“그럼 다음에 살게요. 시간만 내줘요.”

“차차 봅시다. 매일 만나는 처지이니.”

구자성은 확답을 미뤘다.

아침고요수목원 주차장에 차를 세우고 입장권을 끊고 입장했다. 두 사람은 봄꽃의 향기에 젖어 고향집 정원을 들러보고, 분재정원을 들러보고, 아침광장의 잔디밭을 수련 장소로 찍었다. 구자성은 그녀와 가까운 거리에서 조잘거리는 그녀와 어깨를 나란히 걸으며 언뜻 연인들이 봄꽃을 완상하는 기분이 들었다. 사월이 한창인 날, 조팝나무의 순결한 하얀 꽃을 배경으로 서서 미소 짓는 홍심은 화사했다.

50대 중반의 나이보다 훨씬 젊어 보이고 싱싱하고 아름다웠다. 조팝꽃을 둘러서 핀 빨간 철쭉꽃이 그의 마음을 붉게 물들였다. 구자성은 그녀의 아름다움에 잠시 아찔했다. 구자성은 고개를 흔들며, 저 여자는 나와 인연은 이미 끊어졌어, 다짐하며 미망에서 빠져 나왔다.

둘은 야유회 날 수목원 내 식당에서 점심을 먹기로 하고 음식 맛을 미리 보러 고요식당에 들어갔다. 둘은 메뉴판을 둘러보고, 술은 축령산

잣막걸리로 정하고, 식사는 산채정식과 송이덮밥 중에 하나를 고르라고 하기로 했다. 구자성은 산채정식을 홍심은 송이덮밥을 시켜 그릇을 하나 달라고 하여 반반씩 나눠먹었다. 잣막걸리는 차를 운전해야 하는 구자성은 딱 한 잔만 마시고 나머지는 홍심이 다 마셨다.

서울로 돌아오는 길에 두 사람은 수련 일정을 확정했다.

아침 8시 반 서울을 떠나 10시에 도착, 한 시간쯤 수목원을 구경하고, 11시부터 승단식과 야외 수련, 12시 20분 수련을 마치고 식당으로 이동, 2시까지 오찬, 돌아오는 길에 봉선사를 한 시간쯤 들렀다가 5시 반쯤 출발지 도착.

일정을 짜면서 두 사람은 죽이 척척 맞았다.

구자성은 돌아오는 길에 그녀가 러브호텔로 모실 수는 없고, 한 말이 호텔에 데리고 가 달라는 말이 아닌지 진의를 탐색하며 혼자 끙끙대며 유혹에 시달리며 운전을 했다.

5.

야외 수련회가 끝났다.

회원들은 점심시간에 마신 막걸리에 취하여 돌아오는 버스 속에서 노래를 부르며 뒤풀이를 했다.

전철역 입구에서 버스를 내려줬다. 회원들은 다 집에 가고 회장과 총무만 남았다.

"그 동안 준비하시느라 고생하셨어요."

구자성이 총무에게 고마움을 담아 인사를 했다.

"제가 고생한 것 있나요? 회장님이 고생하셨지."

총무도 회장에게 인사를 했다.

"이렇게 고생하셨는데 제가 저녁 모실까요?"

구자성이 홍심을 빤히 쳐다보며 말했다.

"저녁 사주실래요. 좋아요."

"무슨 음식?"

"이왕 사주시려면 분위기 좋은 데 가서 사 주세요."

"어디 생각나시는 데 있어요?"

"한강이 보이는 식당."

"좋아요. 주차장에 제 차가 있는데 가시지요. 차를 타고 가야 하는 것 같으니."

두 사람은 한강 둔치 주차장에 차를 세우고 한강 위에 부표를 띄워 지은 식당의 창가에 마주 앉아서 불빛에 한강물이 일렁이는 광경을 내려다보며 즐겁게 식사를 했다.

구자성은 그 식당에서 제일 비싼 가재 요리를 주문했고, 포도주도 한 병 시켰다.

"세상이 참 좁지요? 이렇게 다시 만나다니."

포도주 두 잔에 얼굴에 홍조를 띠고 홍심이 감탄사를 질렀다.

"그래요 참 좁아요. 그 때 우리가 삼팔선을 넘었으면, 지금 다시 만나면 어떤 감정일까요?"

"또 삼팔선을 넘는 관계로 쉽게 발전하지 않았을까요?"

"그렇겠지요. 홍심 씨는 여전히 예쁘시다."

"쑥스럽게 이제 오십을 넘은 사람한테."

"오십 넘었어요? 그렇게 안 보이는데."

"저 할머니예요. 손자가 둘이나 있는데."

구자성은 홍심이 할머니라고 하자, 여자로서 매력이 팍 식는 느낌이었다.

"저 술을 좀 깨고 운전해야 하니 고수부지를 좀 걸을까요?"

후식까지 마치고 강물을 바라보며 주절거리던 구자성이 자리에서 일어서며 말했다.

"좋아요. 저도 모처럼만에 옛 추억의 친구랑 걷는 낭만을…."

두 사람은 봄바람을 맞으며 나란히 한강을 따라 조성된 산책로를 걸었다.

남극과 북극이 서로 어깨를 부딪치며 걷는 사이 남극과 북극의 자성이 서로를 끌어당겨 자연스럽게 손을 잡았다.

한강다리 하나를 지날 만큼 걷고는 두 사람은 벤치에 앉았다. 북극의 팔이 자연스럽게 남극의 어깨를 꼈고, 남극의 팔은 북극의 허리를 꼈다.

바람은 온화하고, 물결은 반짝이고, 서로 맞닿은 남극과 북극 사이에 자기장이 진하게 몸을 통하여 흐르며 서로를 끌었다.

북극이 남극의 얼굴을 당겨 가볍게 키스했다. 남극이 적극적으로 반응했다.

남극과 북극은 가깝게 다가갈수록 더욱 강하게 자성이 두 객체를 끌어다가 딱 붙게 했다. 두 사람은 서로 닿을 수 있는 한 온몸을 밀착시키고, 둘만의 세계에 빠져 황홀한 시간을 가지며 그 순간이 영원하기를 바랐다.

헤드라이트가 두 사람을 비췄다. 갑작스럽게 방해를 받은 남극과 북극은 깜짝 놀라며 떨어졌다. 달리는 자전거에서 나온 불빛이 휙 지나갔다. 또 다른 불빛이 스쳐 지나갔다. 자전거 동호인들의 행렬이다.

남극과 북극은 손을 잡은 채 푸 한숨을 내쉬었다.

북극이 깊게 숨을 들이쉬었다.

북극은 10년간 수련해 온 습관대로 호흡이 자동으로 30초간 멈췄다. 북극은 순간, 시험을 받는 것은 욕심에 끌려 미혹됨이요, 욕심이 잉태한즉 죄를 낳고 죄가 장성한즉 사망을 낳느니라, 하는 성경 구절이 떠올랐다.

구자성은 속으로, 국선도 선도문, 선도활법, 건체강심, 일화창생, 효심애교를 외우며 국선도 수련 때 익힌 긴 호흡을 하며 기를 회음혈에서 시작하여 장강혈을 거쳐 명문혈, 백회혈, 수구혈까지 독맥을 회전시키고, 승장혈, 기해혈, 고곡혈을 거쳐 다시 회음혈까지 소주천 한 바퀴를 돌렸다. 그가 임동맥 기회전을 몇 번 되풀이하자. 말초신경까지 자극했던 음욕이 스르르 발바닥을 통해 대지로 밀려 내려갔다.

그는 365경락 대주천 기회전을 하며, 흩어졌던 마음을 다스렸다.

"정말 좋은 밤이었어요. 가실까요?"

구자성이 벤치에서 일어서며 말했다.

"네."

홍심이 수줍게 고개를 흔들었다.

두 사람은 입을 닫은 채 가볍게 손을 잡고 주차장으로 갔다.

다음날, 도장에 늦게 출석한 홍심은 구자성으로부터 먼 자리를 잡고 수련했다. 의도적이었을까?

구자성은 그녀가 어제일로 도장에 안 나오면 어쩌나 걱정하며, 은근히 그녀를 기다리다가 그녀가 수련 중에 나타나자 안도하며 멀리서 그녀를 느끼며 그녀를 향해 가는 마음을 죽이려고 회음에 정신을 집중하며 수련을 했다. 그는 호흡 삼매경에 빠지며 그녀를 잊곤 했다. 그녀는 항상 하던 대로 수련이 끝나기 전에 도장을 떠났다.

세월은 흘러갔다. 구자성은 그녀를 개인적으로 만날 일이 없었고, 그녀는 항상 늦게 나와 수련이 끝나기 전에 도장을 떠나 가벼운 인사도 나눌 기회가 없었다.

모든 것은 다 지나가리라. 구자성은 수련에 정진하며, 그녀와 붉은 인연, 음욕을 채우고 싶은 욕망을 다스렸다.

그는 호흡을 하며 들숨 10초, 지식호흡 30초, 날숨 10초 호흡을 하며 테이프에서 흘러나오는 선도문의 박자에 맞춰 항문을 수축하며 기를 소주천 대주천으로 운기하며 정신을 회음에 집중하고 마음의 평정을 찾아가며 그녀를 향한 음욕을 잠재웠다. 수련을 하며 의식을 집중하다 보니 몸과 마음이 하나가 되고 그녀에게로 향하던 오욕이 사그라지고 평정심을 찾았다.

한강 둔치에서의 사건도 삼십 년 전의 사건과 같이 흘러가는 세월 속에 집착하는 마음의 문이 닫히고, 그의 마음 속에 작은 파문으로 미련을 남기고 스러져갔다.

홍심의 미모는 다른 여성 회원보다 밝고 환하게 빛이 났으나 홍심을 향한 구자성의 관심은 다른 여자단원을 향한 정도의 관심 정도로 약해져 갔다.

구자성은 그녀와 좀 더 깊은 관계를 가질 수도 있는데, 인연을 더 짙은 색으로 바꿀 수도 있는데, 하며 그의 평정심이 아쉽기도 했으나, 수련을 쌓아가며 욕망을 털어내며 청정심을 높여가는 자신의 성취에 만족하며, 혼자 속으로 선과로다, 하며 그녀와의 인연은 붉은 색을 칠하지 않고 이렇게 마무리해야지, 하며 자신의 수련이 성숙해 가는 것에 희열을 느꼈다.

어느 하루 3

1.

퇴직 공무원, 김중오의 평범한 하루를 부지런한 매미소리가 열었다.

김중오는 가볍게 아침을 먹고, 날씨가 더 더워지기 전에 양재천변 산책로를 한 시간 걷고 아파트로 돌아와서 샤워를 했다.

김중오가 샤워를 마치고 수건으로 물기를 닦고 있을 때 아내가 전화 왔다고 하면서 이동전화기를 목욕탕까지 가져다주었다. 김중오는 그의 나신을 아무렇지도 않게 보고 나가는 아내의 무신경에 기분이 약간 그랬다. 옛 동료의 전화였다.

"김 실장, 최병석이 사고를 당해 뇌사상태다. 대학병원 응급실에 입원해 있다는데 면회 갈 거냐?"

같은 시기에 1급 공무원을 하며 차관 자리를 다퉜던 이해주가 당황스런 목소리로 알려줬다.

"대학병원? 메르스 때문에 가도 괜찮아?"

김중오는 온 나라가 메르스로 난리인데 문병을 가야 해, 하고 생각하며 말했다.

"그건 모르겠다. 나 오후에 갈까 하는데."

"어떻게 할까? 메르스가 창궐하는 것이 문병문화 탓도 있다고 하던데."

"그래? 그럼 갈 마음 생기면 연락 주라."

김중오의 미적지근한 대답에 이해주가 바로 전화를 끊었다.

김중오는 최병석이 무슨 사고를 당했는지, 언제 사고를 당했는지도 묻지 않고 전화를 끊은 것이, 애써 전화로 옛 친구의 사고 소식을 알려 준 옛 동료에게 예의가 아닌 것 같아 마음이 찜찜했다.

최병석에게도 미안했다.

최병석은 김중오의 고등학교 동기 동창이다.

김중오가 현직 때, 최병석은 무슨 사업을 하는지는 밝히지 않고 분기에 한 번씩 김중오에게 전화를 하여 점심이나 저녁을 먹자고 했다. 너 공무원이라 술 살 돈이 없을 텐데 누구 신세진 사람 있으면 같이 나오라고 하여 근사한 식당에서 식사와 술을 샀다. 처음 최병석이 밥을 사겠다고 했을 때, 김중오는 최병석이 공무원인 그에게 무슨 인허가 건이나 부탁하려나, 하고 가볍게 긴장하며 술을 얻어먹었으나, 최병석은 술만 사고 아무런 부탁도 안 했다. 그런 접대가 관행으로 굳어졌다.

최병석은 김중오에게 어떤 부탁도 하지 않아 김중오는 아주 편한 마음으로 술을 얻어먹었다. 그 때 이해주를 데리고 나갔었다. 최병석은 일 년에 한두 번 꼴로 김중오와 이해주를 데리고 골프 접대도 했다.

김중오가 차관을 못하고 관직을 떠나, 안전공단 이사장을 하는 3년 동안 최병석은 한 번도 연락을 하지 않았다.

김중오가 이사장을 끝으로 현직에서 물러나서 화백이 되고 반년쯤 지난 어느 날 최병석이 전화를 하여 점심을 하자고 했다. 점심 장소에 나가자 최병석은 아주 편한 복장으로 그를 기다리고 있었다.

최병석은 사업을 접고 벌어놓은 돈을 쓰며 살고 있다고 했다. 최병석은 유람선을 타고 해외여행한 이야기를 하며, 내내년에 남극탐험 200주년이 되니 같이 가자고 했다. 얼마나 드냐고 했더니, 일인당 천만 원쯤 들 거라고 하며 부부가 가려면 2천은 있어야 한다고 했다. 김중오는 그 돈이 어디 있어, 하며 속으로 고개를 저었다. 그는 골프는 운동량이 적어 집 옆에 있는 헬스장에 다니고, 주로 등산을 하며 건강을 챙긴다고 했다. 산에는 주로 혼자 다니며 아침 일찍 집을 나서 도봉산, 수락산, 관악산 할 것 없이 발길 닿는 대로 가며, 산에서 내려와서 점심을 먹고 집에 간다고 했다. 아들 하나가 미국에 있는데 백만 불을 주고 집을 사줬는데, 수영장도 있고, 테니스장도 있다고 쉽게 말했다.

요사이 은행 이자가 적어 돈은 은행에 넣지 않고 현금을 금고에 넣어놓고 쓰고 있다고 했다. 그래서 자금 추적도 안 받고, 세금 걱정도 없어 좋다고 했다. 점심을 먹고 자기는 돈밖에 없다고 점심 값을 냈다. 최병석은 밥값을 현금으로 내며, 자기는 그 흔한 신용카드 한 장도 없다고 했다. 어디를 가나 신용카드보다는 현금이 대접을 받는다고 했다. 밥값을 지불할 때 보니 지갑에 5만원권이 두둑하게 들어있었다.

헤어질 때 백수도 바쁘니 3개월에 한 번 만나자고 했다.

그래서 김중오는 최병석과 대강 석 달에 한 번 꼴로 만나, 한 번은 김중오가, 한 번은 최병석이 밥값을 냈다. 그 때마다 최병석은 펵 편하게 돈을 썼던 이야기를 했다. 어디에 얼마를 기부했고, 어떤 모임에 회식비를 다 댔다는 등 큰돈을 뭉텅뭉텅 쓴 자랑을 했다.

김중오가 너 돈 많으면 장학재단이라도 하나 만들라고 하자, 그런 곳에 매이면 귀찮다며 그냥 기분 날 때 기부하는 것이 낫다고 했다. 김중오는 최병석이 꽤 돈이 많은 것 같은데, 몇 백억 대 부자인지, 몇 천억 대 부자인지 알 수 없었으나 별로 알고 싶지 않아 묻지 않았다. 그런 최병석이 무슨 사고인지는 모르지만 사고를 당해 뇌사상태란다.

그 친구 금고에 있는 그 돈 다 못쓰고 가서 얼마나 섭섭할까?

돈이 있는 것도 모를 텐데….

정말 유유자적 살았었는데, 법정스님의 책을 열심히 읽은 것 같았고, 조금쯤은 도를 튼 경지였는데….

그 친구 깨어났다가 갈까? 아님 그대로 갈까?

마누라가 열 살도 더 젊은데, 재산증여 같은 것은 잘 해 놨겠지?

그걸 왜 내가 걱정하지? 그래도 몇 십 년 동안 일 년에 몇 번씩 같이 밥을 먹은 친군데 병문안을 가야 해?

메르스가 한창인데 노약자는 가지 말라는데…. 이기심?

그 친구는 그렇게 저세상으로 가나? 메르스라도 걸려 저세상 가는 시간이 당겨질까 봐 무서워서 병문안도 못 간다고?

김중오는 생각이 많았다. 김중오는 동향 친구, 조병수에게 점심이나 얻어먹고 문병을 가든지 말든지 정하자고 하며 결정을 미뤘다.

2.

김중오는 마치 사기를 당한 것같이 황당해 하던 조병수의 얼굴을 떠올리며 실실 웃음이 나왔다.

고향 분들 중 성공했다는 분들이 만든 향우회 친목 포럼에 1급 공무원에 공단 이사장을 지낸 김중오는 당연히 회원이 됐다.

저녁에 갈비집에서 포럼이 열렸다. 술자리가 한창 무르익어 가자, 농협지부장을 4연임했던 조병수가 죽는 소리를 했다.

"이거 나 돈 없어서 죽겠다."

"부동산 부자가 무슨 죽는 소리?"

조병수 옆자리에 앉은 대학교수 출신이 놀리는 말투로 말했다.

"야, 부동산 그 거 가지고 있으면 뭐하나, 현금이 있어야지. 당장 쓸

돈이 없는데, 부동산 거지 못 들어봤냐? 부동산 가지고 있으면 씹어 먹을 수도 없고 세금만 내지. 현금이 없어 죽겠다. 누가 내 부동산 팔아주면 10% 커미션 주겠다."

조병수가 큰소리로 떠들었다.

"니 땅 있는 거기 한 물 갔잖아. 한 때 투기 대상이었지만. 팔기 쉽지 않을 걸."

대학교수 출신이 약을 올렸다.

"그러니 너희들한테 좀 팔아달라고 부탁하는 거 아니냐. 커미션 더 올릴까?"

조병수가 사정조로 말했다.

"나한테 파는 비법이 있는데."

김중오가 나섰다.

"그래? 비법이 뭐냐?"

중앙부서 1급 공무원을 했던 김중오의 말에 조병수가 딱 달라붙었다.

"그걸 맨입으로. 아무리 동향 친구지만 자문료로 점심이라도 사야지. 그냥 날로 먹으려고?"

김중오가 미끼를 당겼다.

"그래 알았다. 점심 사지. 그깟 점심 못 사겠냐? 언제 시간 있냐?"

조병수가 바짝 다가왔다.

"이번 주는 시간 없고, 다음 주 금요일 점심 빈다."

김중오가 느긋하게 만날 날짜를 늦춰 잡았다.

"열흘 후? 좋다. 그날 점심 살게. 한정식 집 갈까?"

"뭐 그렇게 거창하게 말고 스시나 두어 점 먹자."

"그래 그럼 강남 스시집 예약하고 연락할게."

조병수는 몸이 달았다.

그래서 조병수는 강남의 비싼 스시집에 예약을 하고 김중오에게 연락했으며, 김중오는 시원한 청주를 반주하여 스시를 잘 얻어먹었다.

식사를 하면서 조병수는 땅이 잘 팔리는 비법을 애타게 알고 싶어 했으나, 김중오는 일부러 대답을 늦추며 조병수의 애를 닳게 했다.

"이제 스시도 잘 얻어먹었고, 좋은 술도 마셨으니 비법을 가르쳐줄까?"

김중오는 조병수가 점심값을 계산하려 신용카드를 종업원에 주는 것을 보고 넌지시 말했다.

"그래 말해 주라. 정말 땅이 안 팔려 현금이 없어 죽겠다. 니 코치로 땅이 팔리면 내가 요정에서 거하게 한 잔 사지."

조명수가 매달렸다.

"내 코치 받고 땅 팔리면 요정 예쁜 아가씨 있는 데서 술 산다고? 이제 공직 떠났으니 그런 데서 술 얻어먹는다고 시비 붙을 놈 없다."

김중오가 일부러 비법을 말하지 않고 시간을 끌었다.

"그래 땅을 파는 비법이 뭐니? 너는 높은 공무원 했으니 뭐 아는 것이 있겠지."

조병수가 매달렸다.

"점심 잘 먹었다. 그만 가자."

김중오가 비법을 말하지 않고 자리에서 일어섰다.

"김 이사장, 말 안 하고 갈 거야?"

조병수가 구두를 신는 김중오에게 매달렸다.

"그래 알려주지. 아주 쉽다. 싸게 팔아라."

"뭐라고?"

"시세보다 싸게 팔아라."

"그게 비법이냐?"

조병수가 황당한 표정으로 김중오를 쳐다봤다.

"그보다 좋은 비법은 없다. 내 말대로 해서 한 달 내에 안 팔리면 내가 술 사지."

김중오는 황당해 하는 고향 친구에게 말하고 손을 저으며 헤어졌다.

김중오는 조병수의 황당해 하던 표정을 떠올리며 재미있어 하며 집에 들어섰다.

"당신 무슨 좋은 일 있었어? 나갈 때는 울상이었는데."

아내가 얼굴이 불콰하고 환해져서 집에 들어오는 남편에게 말했다.

"누굴 놀려 먹고 점심을 잘 얻어 먹었더니…."

김중오가 느긋하게 말했다.

"누굴? 그 나이에 남 놀려 먹으면 안 되지."

나이든 아내가 나이든 남편을 점잖게 나무랐다.

"당신 대학병원 문병 가지 마. 당신 아직 청춘인지 아는데 노약자야 노약자."

아내가 심각한 표정으로 말했다.

"내가 노약자라고? 생과 사는 다 하늘에 달렸는데. 내 나이에 뭐 어때서."

"내 말 안 듣고 가려고? 안 돼."

아내가 단호하게 말했다. 곧 대들기라도 할 기세다.

"알았어. 음 이거 행자부에서 왔네."

김중오는 아내가 편지함에서 꺼내 가져다 소파에다 늘어놓은 편지를 들추며 말했다. 김중오는 공문형식의 행자부 문서를 꼼꼼히 읽었다.

"국회에서 그렇게 연금 개혁한다고 난리치더니 별 삭감된 것 없는데. 아, 당신 몫이 줄었네. 70%서 60%로."

김중오가 행정자치부에서 보낸 문서를 내려놓으며 말했다.

"그게 무슨 말이야?"

아내가 물었다.

"내가 죽고 난 다음 당신이 받는 연금이 금년 말까지는 70% 그대로인데, 내년에는 60%로 주는데."

김중오가 아내의 잔주름이 뒤덮인 얼굴을 건너다보며 말했다.

"그래요? 국민연금 받는 사람들은 50%라고 하던데 나는 70%였어요?"

"내가 얘기해 줬잖아. 내가 연말을 넘기고도 살아 있으면 당신 연금이 매달 40만원씩 주는데 금년 내에 죽어줘야겠네."

김중오가 농이 섞인 목소리로 말했다.

"무슨 쓸데없는 말을."

아내가 정색을 했다.

"금년 내로 죽어주려면 세월호나 타다가 죽으면 제일 좋은데, 그런 기회는 또 올 것 같지 않고 비행기나 타다가 죽을까?"

"그게 무슨 말이야?"

"세월호 타고 죽었으면 8, 9억 원 받잖아. 비행기 타고 죽어도 몇 억 원 받고. 그냥 죽으면 십 원도 못 받는데."

김중오가 진지한 표정으로 말했다.

"무슨 쓸데없는 소리. 당신이 왜 죽어. 그깟 돈 몇 푼 때문에."

아내가 잔뜩 화난 목소리로 말했다.

"그런가? 사는 것이 났다고?"

김중오는 허허 웃었다.

"당신 그런 방정맞은 말 다시는 하지 마."

아내가 결연한 목소리로 말했다.

3.

현관문에 연결된 벨이 딩동하고 울었다. 김중오는 큰소리로 누구세요, 하고 물었다. 택배요, 하는 소리에 김중오는 무슨 택배지, 하며 현관문을 열어줬다.

택배뭉치가 컸다. 김중오는 포장을 한 물건을 받아 현관 안에 들여놓고 택배원이 내미는 종이에 사인을 해 주고, 물건을 들고 거실로 들어와서 부엌에서 칼을 가져와서 포장을 맨 줄을 끊고 포장을 풀었다.

빨강색 손잡이가 먼저 보였다.

물건은 그가 주문한 아우디 탄소 섬유 레이싱 바이크다. 포장을 다 뜯은 김중오는 자전거를 한 손으로 들어봤다. 정말 가볍다.

"당신 또 자전거 샀어?"

아내가 뜯어낸 포장지를 치우며 물었다.

김중오는 하이브리드, 픽시, 산악용 MTB자전거가 세 대나 있다.

"응. 이거 마지막으로 사는 거야."

"마지막? 말이 좀 그렇다. 굉장히 디자인이 예쁜데 또 얼마주고 산 거야?"

아내가 따지듯이 물었다.

"한 5백쯤 줬지."

김중오는 가격을 따지는 아내에게 값을 팍 낮춰서 불렀다.

"뭐 5백씩이나?"

아내가 놀라는 반응이었다.

"5백이 뭐 비싸? 수 천짜리도 있는데."

김중오는 이번 주말에 이 자전거를 끌고 나가면 동호회 회원들이 부러워할 것을 상상하며 말했다.

"당신 이제 현직 아니야, 연금으로 사는 사람이."

아내가 남편이 비싼 자전거를 산 것에 동의하지 않았다.

"알았어. 골프 덜 나가고 절약할게. 나 이거 한 번 시운전하고 올게."

김중오는 아내의 잔소리 소나기를 피하려 자동차 스마트 열쇠를 챙기고 한 손으로 자전거를 달랑 들고 현관으로 나가며 말했다.

"당신 점심에 술 한 잔 한 것 같은데 음주 운전하려고?"

또 아내가 끼어들었다. 나이가 들어가며 아내의 간섭이 점점 심해진다.

"딱 정종 한 잔 했어."

김중오는 말을 던지고 현관문을 열고 나갔다. 김중오는 자전거를 엘리베이터 바닥에 내려놓기가 아까워서 어깨에 메고 탔다.

김중오는 자전거가 너무나 귀중하여 자동차 트렁크에 싣기가 망설여졌다. 그는 자전거를 뒷좌석에 잘 모셨다.

김중오는 그가 그렇게 바라던 최고급 자전거를 차에 싣고 흥분이 되어 자동차 시동을 제대로 걸지 못했다. 김중오는 몇 번 심호흡을 하여 흥분을 가라앉히고 자동차 시동을 걸고, 차를 출발시켜 잠실 둔치로 차를 몰았다.

김중오는 둔치 주차장에 차를 세우고 자전거를 어깨에 모시고 자전거 전용도로까지 걸어갔다. 김중오는 그의 자전거를 자전거 전용도로에 모시듯 내려놓고, 그의 자전거를 알아보는 사람이 없나 주위를 한 번 둘러보고, 헬멧을 쓰고, 자전거가 짜브러들까 걱정하며 자전거에 올라탔다. 페달에 발을 올려놓기도 전에 자전거가 앞으로 나가는 기분이었다. 자전거가 정말 부드럽게 앞으로 나아갔다.

그는 잠실대교 밑까지 한 500미터를 달려갔다가 그의 차가 주차된 곳으로 돌아오고, 천호대교 밑까지 일 킬로미터 이상 달렸다가 돌아왔다. 서산에서 서너 발쯤 떨어져서 떠있는 태양이 아직도 따가웠다. 그는 자전거를 세워놓고 의자에 앉아 헬멧을 벗고 이마의 땀을 훔치며 누가 이 자전거를 알아봐 주지 않나, 하며 지나가는 사람들을 쳐다봤다.

"어르신, 이거 그 유명한 아우디 레이싱 바이크지요?"

착하게 생긴 젊은이가 빨강색 차대에 새겨진 AUDI SPORT 상표를 손가락으로 가리키며 놀라는 표정을 지으며 물었다. 그는 30대로 보였다.

"젊은이가 어떻게 이 자전거를 알아요?"

김중오는 그의 자전거를 알아주는 젊은이를 대견한 눈으로 건너다보며 물었다.

"아, 우리 자전거 동호회에서 사진을 돌려보며 이야기들을 했어요. 아우디자동차 회사에서 야심차게 50대 한정품으로 제네바 모터쇼에 출시한 작품이라며."

"네, 제네바 공관에 근무하는 옛 부하가 알려줘서 샀어요."

김중오가 자랑스럽게 말했다.

"그럼 외교관하셨어요? 대사님?"

"외교관은 아니고 공무원했어요."

"그러셔요? 아, 이사장 하셨지요? 그 가스 안전공단에서 나온 잡지에서 사진 몇 번 뵌 것 같아요."

"그럼 가스업계에서 일하세요?"

"네. 도시가스 회사 다녀요. 이 자전거 2만 유론가 한다고 하던데."

"2만 유로는 아니고, 17,500유로 줬어요. 배송비, 통관비 해서 한 3천 들었어요."

"저도 이런 자전거 가져보는 것이 꿈인데. 여기 잠깐 계실 거죠?"

젊은이가 간이매점으로 달려갔다. 그는 캔 커피 두 통을 사가지고 달려와서 한 통을 김중오에게 건넸다.

"목마르신 것 같아 사왔어요. 이렇게 이사장님 만나뵈어 영광입니다."

젊은이가 공손히 두 손으로 캔을 바쳤다.

"고마워요."

김중오는 고맙게 커피 캔을 받았다.

두 사람은 커피를 마시며 사대강 사업을 하며 닦아놓은 자전거 길을 따라 부산까지 다녀온 일을 즐겁게 이야기했다.

"이거 8킬로쯤 나가요?"

젊은이가 물었다.

"5.8킬로요. 프레임 무게는 1킬로도 안 돼요."

김중오가 자랑스럽게 말했다.

"5.8킬로요? 저 한 번 들어봐도 돼요?"

"그러세요."

젊은이는 고맙습니다, 하며 자전거를 두 손으로 들어 올리다가, 바로 한 손으로 들어 올리며 정말 가볍네요, 하며 감탄했다.

"제 동호인들에게 자랑하게 인증샷 하나 찍어도 될까요?"

젊은이가 자전거 옆에 서며 말했다.

"그래요. 핸드폰 줘요."

김중오가 선선히 말했다.

젊은이가 핸드폰을 김중오에게 넘겨주며 자전거 손잡이를 잡고 폼을 잡았다. 김중오가 두 컷을 찍어줬다.

"저 타고 있는 것도 한 장 찍어 주실래요. 이번 주말에 저희 동호회 춘천가기로 했는데 제가 아우디 타봤다고 자랑하게요."

젊은이가 얼굴을 붉히며 순진하게 웃으며 말했다. 김중오가 고개를 끄덕했다. 젊은이가 자전거를 타고 이십 미터쯤 저만치 갔다가 돌아왔다. 김중오가 계속 셔터를 눌렀다.

"감사합니다."

젊은이가 자전거를 김중오 옆자리에 세워놓고 김중오가 찍어준 사진을 확인하며 감사의 말을 했다.

"안장이 퍽 편해요. 이거 양가죽이지요?"

젊은이가 물었다.

"저 같은 사람은 이거 사고 싶어도 그렇게 큰 목돈이 없어요."

"아, 그거 저도 퇴직하고 매달 백만 원씩 거의 삼년 모아 산 거요. 한 5년 계획하고 적금을 들면."

김중오는 그가 돈을 모은 비법을 자랑하며 기분이 쫙 펴졌다.

"아 그렇게 모으셨어요? 저도 해 봐야지. 그러면 마누라한테 손 안 벌려도 되겠네. 어르신은 이번 주말에 어디 라이딩 계획 없으세요?"

"동호회 회원들이랑 광성보 가기로 했어요."

"아, 그러세요. 계획 없으시면 저희 동호회에 같이 가시자고 하려고 했는데."

"고마워요."

"저 어려운 부탁 하나 해도 돼요. 이번 주말에 동호인들에게 아우디 타본 감도 자랑하고 싶은데 저 잠실대교까지만 한 번 타고 갔다 오면."

김중오는 그가 겨우 딱 한 번 타본 새 자전거를 남에게 타라고 빌려주는 것이 싫었으나, 그는 착하게 웃는 젊은이의 청을 거절할 만큼 마음이 모질지 못했다.

김중오가 고개를 끄덕이자 젊은이는 고맙다고 90도로 절을 하고, 자전거에 올라타서 자전거 주인에게 손을 흔들어 주고, 잠실대교 쪽으로 씽하니 몰고 갔다. 다른 사람이 타고 가는 모습도 정말 날씬했다. 김중오는 이번 주말에 동호인들로부터 받을 부러움을 상상하며, 젊은이가 그의 자전거를 타고 달리는 뒷모습을 흐뭇한 마음으로 쳐다보았다.

김중오는 젊은이가 잠실대교까지 자전거를 몰고 갔다가 돌아오는 것을 빤히 쳐다보았다. 젊은이는 김중오가 앉은 자리에서 한 백 미터쯤 다가오다가 방향을 돌려 다시 잠실대교 쪽으로 자전거를 달렸다. 김중오는 젊은이가 아직 길도 들지 않은 그의 자전거를 몰고 다시 멀어지자 은근히 아까운 생각이 들고 화가 났다. 공연히 자전거를 타라고 인심을 썼다는 후회도 가볍게 됐다.

잠실대교까지 자전거를 타고 간 젊은이가 잠실대교를 지나 천호대교 쪽으로 몰고 가는지 김중오의 시야에서 사라졌다.

'이 녀석이 남의 새 자전거를 타고 어디까지 가는 거야?'

기분이 팍 상한 김중오가 투덜댔다. 김중오는 잠실대교 쪽에 시선을 고정하고 자전거가 나타나기를 기다렸다. 자전거가 나타나지 않았다.

'이 녀석이 남의 자전거를 타고 어디까지 간 거야?'

김중오는 짜증이 났다.

천호대교까지 다녀올 시간이 지났는데 젊은이는 나타나지 않았다.

순간 방정맞은 생각이 김중오의 뇌리를 번뜩 스쳐갔다.

이 녀석이 내 자전거를 타고 토꼈으면…. 설마….

10분도 더 지난 것 같은데 젊은이가 나타나지 않았다.

김중오는 초조해져서 의자에서 일어서서 잠실대교 쪽으로 천천히 걸어서 젊은이를 마중 나갔다. 김중오가 잠실대교까지 걸어갔으나 젊은이가 나타나지 않았다. 앞쪽 자전거 도로를 죽 훑어 봐도 젊은이가 보이지 않았다.

'이거 자전거를 도둑맞은 거 아냐?'

김중오는 눈을 부릅뜨고 천호대교 쪽을 내다보며 방정맞은 생각을 굴렸다.

김중오는 천호대교 쪽으로 걸어가며 눈이 빠지게 자전거 전용도로를 훑어보며 그의 자전거를 마중 나갔다. 젊은이가 보이지 않았다. 천호대교까지 거의 일 킬로미터를 걸어가도 젊은이가 보이지 않았다.

김중오의 머리에 서서히 사태가 인지됐다.

젊은이가 내 새 자전거를 타고 토꼈다! 어디 가서 찾지?

순간 아내의 얼굴이 떠올랐다.

빈손으로 집에 들어가면 자전거 어떻게 했냐고 물을 텐데, 5백만 원이나 줬다고 한 자전거를 잊어버렸다고 하면….

경찰에 신고해야겠지. 그런데 뭐라고 하며 신고하지? 젊은이에게 대하여 아는 것이 거의 없는데, 그냥 한강 둔치에서 만난 순진하고 잘 생긴 젊은이에게 자전거를 타라고 빌려줬다고…, 그 젊은이는 자전거 동호회에 든 것 같고, 도시가스회사에 다니고….

경찰이 그 정도 신고를 받고 어떻게 범인을 잡지? 전직 1급 공무원이, 자기 청장과 맞먹는 높은 직위였던 사람이 바보 노릇을 했다고 하겠지.

젊은이가 원망스럽고, 세상을 너무 쉽게 알고, 너무 만만히 본 것 같아, 헛웃음이 나왔다.

그래 평생 공무원하며 안이하게 살더니, 한 방 먹었나? 마누라랑 남극 200백 주년 기념 갈 수 있는 돈을 날렸네.

내 분수에 맞지 않는 호사를 하다가 공연히 젊은 사람에게 욕심을 일으키게 하여 죄를 짓게 했나?

자전거를 잃어버렸다고 할 수도 없고, 잘못을 만회할 방법이 없다.

'마누라한테는 언제까지 거짓말을 해야 하지?'

김중오는 생각이 많았다.

4.

김중오는 잠실대교까지 걸어갔다가, 다시 좀 전에 앉았던 자리로 돌아오고, 하며 젊은이가 자전거를 타고 돌아오기를 기다렸다. 한 시간을 넘게 기다렸으나, 젊은이는 나타나지 않았다.

김중오는 이 생각 저 생각으로 속을 썩이며 젊은이가 돌아오는 것을 기다리다가 해가 서산마루에 걸치자 자전거를 찾는 것을 포기했다. 그는 자전거를 싣고 둔치로 나설 때의 하늘을 나는 것 같은 기분과 정반대로 땅이 꺼지는 기분으로 차를 몰고 집으로 갔다. 그는 경찰서에 분실신고를 해 봐야 병신짓 한 것을 자백하는 것 같아 그만뒀다.

친구를 불러내서 술이라도 한 잔 하고 싶었으나, 친구한테 분실한 것을 털어놓으면 친구들 사이에 그의 손재수가 왕창 소문이 날 거고, 그들은 그의 불행을 은근히 즐기며, 그를 위로할 것 같아 그만 두고, 상가 지하 슈퍼로 내려가서 순대 1인분과 소주 한 병을 사들고 집으로 갔다.

"당신 자전거는 어디다 두고 그냥 들어와?"

빈손으로 현관에 들어서는 그를 보고 아내가 물었다.

"자동차 속에 모셔놨어. 내일 동호인 모임 갈 건데 들고 오고 들고 내려가는 거 귀찮아서."

김중오는 자전거를 잃어버렸다면 펄펄 뛸 아내가 두려워서 거짓말을 했다.

"비싼 것 같던데 차에 뒀다가 누가 훔쳐 가면."

아내가 걱정을 했다.

"바로 경비실 앞에 차 세웠어. 누가 훔쳐 가."

"그런데 웬 소주야?"

"응 자전거 산 기념파티하려고."

"별 파티를 다 한다. 좀 전에 김 국장한테 전화 왔었어."

김 국장한테 전화 왔었다는 말을 들은 김중오는 전신에 화끈 열기가 돌았다.

'비상임이사가 됐나?'

"무슨 말 없었어?"

"오시면 전화 달라고 했어."

아내는 부엌으로 가며 말했다.

김중오는 부리나케 김 국장에게 전화를 했다.

"아. 실장님 좀 전에 전화 드렸더니 외출중이라고 하시던데."

"왜 핸드폰으로 하지 집 전화번호로 했어."

"단축번호에 실장님 집 전화번호랑 이동전화 번호가 다 메모되어 있어요."

"그래?"

"실장님 죄송해요. 그 자리 안 됐어요."

"그래? 김 국장이 미안할 것은 없고. 알았어. 전화 줘서 고마워."

김중오는 푹 꺼지는 심정으로 전화를 끊었다.

"무슨 일이야?"

아내가 나섰다.

"응 어느 회사 비상임이사 자리 차관이 주선한다고 했었는데, 미끄러졌대."

"그래? 그래도 당신 나이에 아직 자리 알아 봐주는 사람도 있고 괜찮네."

아내가 위로한답시고 속 터지는 말을 했다.

김중오는 아내의 말에 대꾸를 않고 소주를 한 잔 마시고 순대를 한 조각 집어 입에 넣으며, 이제 내 세상은 다 지나가고, 갈 날만 기다려야 하나, 했다.

"기준이한테 연락 없었어? 오늘이라고 했지?"

김중오가 아내에게 그의 막내아들 박사학위 논문 방어 날짜를 확인했다.

"아직 전화 없는데, 미국하고 여기하고 어디 날짜가 빠르지?"

"미국이 늦을 걸. 미국은 지금 오전일 거야."

"그럼 저녁이나 돼야 연락 오겠네. 오전 10시부터 방어한다고 했으니. 당신 순대 먹고 밥 먹겠어. 햇반이나 하나 해서 나눠먹자."

아내가 저녁 메뉴를 상의했다.

"당신 편할 대로 해."

김중오는 대답을 하며, 오늘 재수 옴 붙은 날인데 기준이가 논문 방어에 실패하면, 하고 걱정이 되었다.

김중오 혼자 홀짝 홀짝 소주를 마시고 있자, 아내가 맥주 캔을 냉장고에서 꺼내 들고 와서, 그 비싼 자전거 산 거 당신 혼자 축배들 거 아니라 같이 축하하자고 하며 맥주 캔을 소주잔에 부딪혀 왔다.

"당신 비까비까한 자전거 샀으니 또 전국을 누비느라, 나 혼자 집 보게 생겼네."

아내가 남편의 옆자리에 앉으며 좋알거렸다.

김중오는 그 자전거 도둑맞았는데, 하는 말이 목구멍까지 나오다가 펄펄 뛸 아내가 두려워서 꿀꺽 삼켰다.

"당신도 자전거 나랑 같이 타고 다니지."

"진작 가르쳐주지. 다 늙어서 자전거 타라고?"

아내가 불만 섞인 말투로 말했다.

김중오는 미역국에 딱 밥 한 숟가락을 말아서 먹고 저녁을 때웠다. 설거지를 마친 아내는 연속극을 보기 시작했다. 아내는 7시 15분부터 시작하여 아홉시 뉴스를 시작할 때까지 세 편 연속으로 연속극을 본다.

중형 자동차 값보다 더 비싼 자전거를 잃어버리고, 비상임이사 자리까지 밀려났다는 연락을 받은 김중오는 연속극을 볼 기분이 아니었다.

그는 그의 방으로 가서, 컴퓨터를 키고, 친구가 보내준 95편짜리 삼국지 비디오를 봤다. 그는 적벽대전 전 주유와 제갈량의 지혜대결을 보며, 인생의 가는 길은 다 정해져 있는데, 이 나이에 무슨 욕심을 부리다가 자전거 잃어버렸다고, 비상임이사 안 됐다고 실망하고 하지, 하며 자신을 달래려고 했다.

그렇게 비싼 자전거를 산 것은 차관보만 하고 차관 못된 열등감을 메우려는 짓거리 아니었나?

공연히 젊은이만 도둑놈 만들어 평생 죄책감으로 살아가게 했잖아?

김중오가 삼국지를 보며 생각을 글리고 있을 때 아내가 김중오의 방에 뛰어들며 소리쳤다.

"여보. 기준이가 통과됐대."

"통과됐어?"
김중오는 아들의 기쁜 낭보에 전신에 열기가 주르륵 흘러내리며 저절로 큰 소리가 나왔다.
"응. 그 녀석 장하지?"
"전화를 좀 바꿔주지? 축하해 주게."
"아, 그만 너무 좋아서. 당신이 해. 전화 돌려줄까?"
"아니 내가 할게."
김중오는 미국에 있는 아들에게 전화를 하여 박사가 된 것을 축하해 줬다.
아들이 아버지의 전화에 크게 감사하는 것 같았다.
"우리 건배 한 번 더 합시다."
아내가 맥주 캔을 두 개 들고 와서 하나를 남편에게 건네며 말했다.
김중오는 맥주 캔을 받아 아내가 들고 있는 캔과 부딪히며 건배를 외쳤다. 아내도 크게 합창했다. 두 사람 간에 기쁨이 진하게 교감됐다.
머피의 법칙이 적용될까 걱정을 하던 김중오는 아들의 낭보에 풀어지는 기분을 자전거를 잃어버린 비운이 어둡게 덮치며 명암이 교차됐다.

김중오는 거실로 나와 아홉시 뉴스를 봤다. 국정원 해킹프로그램 도입을 가지고 여야가 다투는 뉴스가 먼저 나왔다.
녀석들아, 국정원이 그런 일하는 기관인데, 민간인 사찰 안 했다는데 야당 놈들 또 시비야, 하며 고급 공무원 출신다운 시비를 하며, 아들놈은 박사가 됐는데, 나는 비상임이사도 떨어졌네. 정말 내 세대가 다 갔나, 하며 한숨을 내쉬었다.
'오늘 자전거를 잃어버린 것도 내 판단력이 흐려져서이지….'
소주에 겹쳐 마신 맥주가 김중오를 가볍게 취하게 하고 그를 센티하게 했다.

그때 집전화가 울렸다. 아내가 전화를 받았다.

"이사장님 바꿔 달라는데요."

아내가 전화기를 남편에게 넘겼다.

김중오는 이사장, 하며 전화를 받았다.

"전화 바꿨습니다."

"저. 김중오 이사장님이시지요?"

상대방이 다시 확인했다.

"네."

김중오가 길게 대답했다.

"저. 낮에 만났던 사람인데."

"낮에 만난?"

"네 죄송합니다, 그만 자전거가 너무 탐나서."

"그럼 그 젊은이?"

"네. 낮에는 너무 욕심이 나서 미안합니다. 지금 차에 싣고 가고 있어요. 송림아파트 201동 1107호시지요?"

"네. 어떻게 제 집을 아셨어요?"

"공단 홈페이지에서 성함을 찾고, 공단 당직실로 전화하여 알게 됐어요. 그럼 아파트에 도착하면 다시 연락드리겠습니다. 욕심이 너무 나서 죄송합니다. 마누라가 업보를 지으면 평생 후회한다고 막 야단쳤어요."

상대방이 달칵 전화를 끊었다.

전화를 받으며 김중오는, 아, 자전거가 돌아오네, 하며 전신에 열기가 확 돌았다.

'오늘 하루가 해피엔딩으로 끝나네….'

이종호

1.

한여름 토요일 12시, 이종호 주사는 그의 직속상사인 국제협력과장에게 오늘 오후 과회식에 참석 못해요, 하고 양해를 구하고 바로 집으로 갔다.

토요일 오전 일과가 끝난 후, 한 출입업체 사장이 협력과 직원들을 과천 정부청사에서 멀지 않은 백운호수 주변 보신탕집으로 초대했다. 그 사장은 삼복중에 보양식으로 개고기만한 음식이 없다며, 황견 한 마리 잡았다고 큰 소리 치며, 개고기를 못 먹는 야만인을 위해 삼계탕도 준비했다고 너스레를 떨었다.

개고기를 안주하여 질펀하게 소주를 마시고 나면, 스폰서가 밑돈이 든 봉투를 직원들에게 골고루 나눠준다. 과장은 좀 더 두둑하게 챙겨준다. 그 돈으로 고스톱 판을 벌린다. 지갑에서 제돈 꺼내지 않고 노름을 할 수가 있다. 운이 좋으면 돈을 따서 집에 가지고 갈 수도 있다. 저녁 식사 때까지 화투를 돌리다가 남은 고기로 술을 마시며 저녁을 들고 밤 10시가 넘도록 다시 화투판이 이어진다.

이종호 주사는 그 물 좋은 판을 외면하고 집으로 가면서 속이 좀 쓰렸으나, 다음 주 목요일에 있을 진급시험을 생각하면, 한 시가 아깝다. 이번 3급을, 사무관 승진시험은 제한고시로 과학기술처에 근무하는 고참 기술직 주사 세 사람이 경쟁한다. 이미 두 번 제한고시에 떨어진 이종호는 이번 시험을 보는 세 사람 중 제일 고참이다. 처에서 바둑이 제일 센 축에 드는 이종호는 잡기에도 능해 직원들과 어울려 치는 노름판에서 매번 돈을 땄다. 이종호는 잘 얻어먹고 밑천도 안 들고 돈을 딸 수 있는 기회를 스스로 포기하고 아쉬운 마음으로 집에 들어섰다.

온세상교회에 중보기도를 간 아내, 조복순 권사님이 아직 집에 오지 않은 모양이다. 이 한여름에 방문을 다 꼭꼭 닫아놓아 현관에 들어서자 집안이 찜통이다. 이종호는 거실에 가득한 열기를 몰아내려 창문을 열며, 이놈의 여편네는 남편이 다음 주 시험인데 일찍 와서 점심도 좀 해놓고 하면 어디 덧나나, 2천 년 전에 죽은 예수가 나 시험에 붙여줄 것도 아닌데, 저놈의 매미는 뭐 좋다고 저렇게 울러대, 하며 터져 오르는 울화를 달랬다.

창문을 열자 창밖에서 더운 공기가 확 밀려들어 왔다. 이종호는 선풍기를 틀어놓고, 부엌으로 가서 라면을 끓이며, 예수에 푹 빠진 아내를 향한 불만이 머리끝까지 치솟았다.

조복순 권사는 신도 3천 명 쯤 되는 교회에 다닌다. 남편 하나 전도 못하여 권사 자격이 없다며 여러 번 권사 후보에 오르지 못했다. 조 여사는 더욱 열심을 내서 교회 봉사에 나가고, 공무원의 박봉 월급을 쪼개서 십일조를 꼬박 바쳤다. 열성이 통하여 권사 후보에 올랐으나 교인들 투표에서 떨어졌다. 그녀는 더욱 교회에 목숨을 걸고 매달려 다니며 가정을 팽개쳤다. 그녀는 그녀의 행동이 창조주 하나님에게 헌신하는 거라고 강변하지만, 이종호의 입장에서 보면 가정에서 주부의 의무를 방기하는 행위이다. 그녀는 재수 끝에 권사에 피택되었고, 이제 일주일에 5일은 교회에 매여서 산다.

이종호는 뜨거운 라면을 후후 불러서 입에 몰아넣으며, 교회에 미친 이놈의 마누라랑 그냥 팍 헤어져 버려, 했다.

이종호는 중3인 딸과 고2인 아들이 이혼을 하면 아버지의 마음을 이해해 줄까, 하며 더위와 싸우며 짜증을 달랬다.

이종호는 선풍기 바람으로 더운 바람을 쫓으며 책을 펼쳤다. 아내에 대한 불만으로 열이 식지 않은 데다가, 바람까지 더워 머리가 멍해져서 글씨가 눈에 잘 들어오지 않았다.

오후 다섯 시가 되자 아들딸들이 학교에서 돌아왔다. 그들은 나이 든 아버지의 시험공부를 방해하지 않으려고 소리도 없이 자기 방에 들어갔다. 저녁 6시가 돼도 조 권사가 집에 오지 않았다. 이종호는 이놈의 여편네가 저녁때가 다 되는데, 하며 끓어오르는 불만을 삭였다. 혈압이 오르고 집중력이 흩어졌다.

"아빠, 엄마가 중보기도팀과 저녁 먹고 오신다고 저녁 우리끼리 해결하래."

전화를 받은 딸이 불만과 더위와 씨름하며 책을 보고 있는 아버지에게 말했다.

"뭐 저녁 먹고 온다고?"

이종호가 꽥 소리를 질렀다.

"응. 중보기도 담당 목사랑 같이 간대."

"그 목사 녀석은 가정도 없나? 남의 부인들 데리고 저녁 먹으러 가게."

이종호가 막 투덜댔다.

"아빠 국수 삶을까?"

딸이 물었다.
"점심에도 라면 먹었다. 나가서 먹자."
아버지가 말했다.
"그럼 삼겹살 먹으러 가자."
딸은 비싼 소고기를 먹으러 가자는 말을 못했다.
"그래 오빠한테 가자고 해라. 당장 나가자."
이종호가 티셔츠를 걸치며 말했다.

이종호는 삼겹살과 곁들여 소주도 한 병 시켜서 혼자 홀짝 홀짝 마시며 교회에 미쳐 가족을 내팽개친 마누라를 향한 불만을 삼겹살과 함께 씹었다. 이 더위에 내가 누구를 위해 그 물 좋은 백운호수도 안 가고 공부를 하는데 점심은 그렇다 치고 저녁은 해 줘야지….
이종호는 속이 부글부글 끓었으나 어린 자식들에게 화풀이를 할 수는 없었다.

9시가 넘어 집에 들어온 조 권사는 딸로부터 삼겹살을 저녁으로 사 먹었다는 말을 듣고, 나 안 오니 더 잘 먹네, 하며 태평스레 말했다.
아내가 당신 공부 잘 돼, 하고 이종호에게 말을 걸었으나, 이종호는 대꾸도 안 하고 담배를 피워 물었다.
아내는 며칠 있으면 시험 본다는 사람이 술을 마셨어, 하며 담배는 나가서 피우라고 하며 손바닥으로 연기를 날렸다.
이종호는 한 마디라도 대꾸하면 싸움이 벌어질 것 같아 담배를 빡빡 빨며 현관 밖으로 나갔다.

2.

이종호는 진급시험 삼수도 들러리만 섰다.

조복순 권사는 자기가 열심히 기도하여 당신을 합격시켜 준다는 하나님 아버지 성령의 응답을 받았다고 큰 소리를 치더니 막상 그가 떨어지자, 다 당신의 믿음이 없어 하나님이 시련을 주시는 거라며 오히려 이종호의 믿음 없음을 탓했다. 당장 이번 주말부터 교회에 나가면 하나님이 더 큰 복을 줄 거라고 했다.

이종호는 제한고시에 세 번씩이나 떨어지고 면목이 없어 아무 대꾸도 못했다.

이종호가 과학기술처 국제협력과에서 하는 일 중 하나는 국제원자력기구 IAEA와 핵안전보장조치 협정에 따라 수행하는 제반 업무이다. 원자력발전소 등 원자력시설을 새로 건설하면 원자력 시설 설계 자료를 국제원자력기구에 보내고 향후 보장조치 계획을 기구와 협의하여 확정한다. 운영 중인 국내 원자력시설로부터 핵물질 재고 변동사항을 보고받아 국제원자력기구에 보고하고, 일 년에 몇 번씩 재고 확인을 하기 위해 사찰을 오는 IAEA의 사찰관의 사찰 일정을 협의하고, 때로는 사찰을 동행하여 IAEA의 사찰 업무를 지원한다.

이종호는 IAEA의 사찰국장이 방한하여 월성원자력발전소와 고리원자력발전소의 핵보장조치 상태를 파악하러 가는 데 그를 수행했다.

사찰국장은 방문을 마치고 원자력국장실에 들러, 각 원자력발전소에서 성실히 안전보장조치 업무를 수행하고 있다고 만족을 표하고, 그를 수행한 이종호의 성실한 업무자세를 국장 앞에서 칭찬했다. 원자력국장이 그날 사찰국장에게 만찬을 접대하며 이종호 주사도 참석하라고 했다. 이종호 주사는 한참 높은 국장이 주최하는 만찬에 참석하고 기분이 우쭐했다. 술이 한 잔 오르자 사찰국장은 이종호에게 사찰관으로 오고 싶으면 언제든지 자기한테 연락하라고 했다.

2일간 부산 경주지역 출장을 다녀오고, 국장이 주최한 만찬에서 술이 거나하게 취해 기분이 고조된 이종호는 아내를 안고 싶었다.

이종호가 집에 들어서자 아내는 안방에서 잠자기 전 화장을 하고 있었다. 이종호는 세면대에 가서 이를 닦고 세수를 하고 안방으로 들어섰다. 화장을 마친 아내는 침대에 두 다리를 다 이불 밖으로 내놓고 누워 있었다. 이종호는 슬그머니 아내 옆자리에 누워 수작을 걸었다. 아내가 이 더위에, 하며 수작을 거는 남편의 손을 뿌리쳤다. 이종호는 춘정을 이기지 못하고 슬쩍 아내의 배 위로 올라갔다.

"어디를 올라와, 주제에."

아내가 앙칼지게 소리치며 발길질을 했다.

아내의 발길질이 남편의 급소를 찼다. 숨이 컥 막힌 이종호는 침대 밑으로 픽 굴러 떨어졌다. 그는 급소를 걷어차인 개가 깽 소리도 못하고 쓰러지는 꼴이 됐다. 이종호는 진땀을 흘리며 두 손으로 불두덩을 움켜쥐고 신음했다. 아내는 남편의 고통을 외면하고 휙 돌아누웠다.

이종호는 불두덩을 움켜쥐고 고통에 진땀을 흘리며, 자신의 모습이 너무나 초라하여 치가 떨렸다.

그 후 두 부부는 한 지붕 아래 살았으나, 남남이 되었다. 급소를 채인 이후 이종호는 아내에게 섹스를 요구하지 않았으며, 하나님의 딸이 되기로 작정한 조복순 권사는 몸을 정결히 하는 것이 예수님을 모시는 성스러운 몸가짐이라고 여기는지, 남편이 성을 요구할 틈을 주는 분위기를 만들지 않았다. 아들과 딸이 끼지 않으면 두 부부 사이의 대화가 단절됐다.

조복순 권사는 딸에게 특별전형으로 신학대학원에 입학했다고 자랑했다. 그녀는 대학원 입학과 관련하여 남편과는 사전에 한 마디 상의도 없었다. 조복순 권사는 수업기간은 2년으로 목회자 과정이라고 했다.
엄마 목사할 거야, 하고 딸이 묻자, 만년 주사 마누라 하는 것 질려서 선교사나 하려고 들어갔다, 했다. 그 동안 하나님의 사역을 열심히 한 덕분에 그 공으로 들어갔다며, 학비는 비싸지 않다며 2학기 때부터 장학금을 받아야 하니 공부하는 데 방해하지 말라고 하며 남편을 쳐다보며, 선교사라도 하면 교회에서 일정액의 보수를 받을 수 있으니 박봉 주사 월급으로 겨우 살아가는데 가계에 도움이 될 거라고 했다.
아내에게 정나미가 떨어진 이종호는 신학대학원을 가든 선교사가 되든 니 맘대로 하라며 아내의 말을 못들은 척했다.

2년 후, 또 사무관 자리가 비어 이종호에게 진급 기회가 왔다. 이번에도 제한고시를 치러 진급자를 뽑기로 했다. 경쟁률은 4:1. 응시대상자 중 이종호가 제일 고참이다. 그러나 이번 대상자 중 한 명이 정말 강적이다. 그는 일류 대학을 나왔고, 석사까지 했다. 영어가 유창하고 업무처리가 깔끔하여 윗사람의 사랑을 한몸에 받고 있다. 아마 고과도 선배인 이종호를 제치고 그가 더 높게 받았을 것이다.
이종호는 그와 상대하여 이길 자신이 없었다. 그렇다고 시험을 포기한다고 할 수도 없고, 또 시험을 치르면 4수까지 하고 또 낙방을 먹을 것 같았다. 이종호는 그런 고민을 누구에게도 털어놓을 수가 없어 답답했다. 만년 주사 남편의 무능이 싫어 신학대학원에 들어가서 이제 한 학기만 더 다니면 졸업하는, 한 지붕 아래 살지만 딴 살림을 차린 아내, 조복순 권사와 상의하기는 더욱 싫었다.

마침 국제원자력기구에서 사찰관을 공모한다는 서신이 왔다. 이종호는 이제 두 달만 더 다니면 근속연수 20년을 채워 공무원 연금을 받을 수가 있고, 비록 술자리지만 국제원자력기구 사찰국장의 언질도 있어 시험을 포기하겠다며 과장에게 국제원자력기구에서 공모하는 사찰관 후보로 추천해 달라고 했다. 과장은 국장과 상의하고 기꺼이 그의 청을 받아주었다. 이종호는 정부의 추천을 받고 국제원자력기구 사찰관에 응모했다.

이종호는 그 사실을 아내에게 미리 말하지 않았다. 진급 시험에 세 번이나 떨어진 이종호는 국제원자력기구에서 합격통지가 올 때까지 말을 아끼기로 했다. 혹시 또 불합격하면, 그럴 리는 없지만, 아내에게 이 곳 저 곳에서 만년 밀리기만 하는 남편으로 낙인찍히기가 싫었다.

한 달 후 국제원자력기구에서 합격 통지가 왔다. 이종호는 우선 만년 주사로 자기보다 나이 어린 상사를 모시고 근무하는 환경을 벗어나서 유엔 산하 국제기구에 근무하게 된 것에 기분이 좋았다.

그날 저녁 과장이 이종호의 국제기구 취직을 축하하는 술자리를 마련했다. 이종호는 얼큰하게 술이 취해 저녁 10시가 넘어 집에 들어갔다. 조복순 권사가 또 술을 먹고 왔다며 남편을 타박했다.

"당신 비엔나에 가서 살 거야?"

이종호는 아내의 타박을 못들은 체하며 느긋한 말투로 아내에게 말했다.

"비엔나에서 살다니 그게 무슨 말이야?"

아내가 심드렁하게 말했다.

"나 비엔나에 가서 살게 됐어, 3년."

"밑도 끝도 없이 그게 무슨 소리야?"

"국제원자력기구에서 일하게 됐어."

이종호가 말을 던지고 세면장으로 들어갔다.

"당신 정말이야?"

아내가 세면장까지 남편을 바짝 따라오며 물었다.

"응."

"그거 유엔 기구잖아?"

"당신이 어떻게 알아?"

"당신 거기 사람들 오면 가끔 수행했었잖아."

"내가 그 사람들 수행한 것을 당신이 다 알아?"

"그럼 남편이 하는 일 내가 그렇게 관심 없는 줄 알아? 3년이라고?"

"우선 3년 계약하고 가서 연장되면 정년까지 다닐 수 있어."

"그래? 그럼 십 몇 년 다니겠네."

"거기도 정년이 60이라 14년은 다닐 수 있지. 5년 이상 다니면 연금을 받으니 노년에 사는데 걱정 없을 거야. 국제기구라 연금이 후하거든."

모처럼만에 이종호가 어깨를 펴고 아내에게 자랑했다.

"언제 가는데?"

"한 달 있다 20년 채우고 갈 거야. 처에 3년 휴직처리하고. 혹시 연장이 안 되면 돌아올 직장은 확보해 놓고 가야지. 집은 우선 3년 전세 놓고 가자. 애들은 거기 국제학교 보내면 되고."

"그래 잘 됐다. 나 졸업식 막 끝나고 가면 되겠네. 하나님이 딱 나 신학대학원 졸업하고 더 큰 일 하라고 유럽으로 날 보내주시네. 애들 한 달 동안 집중적으로 영어 가르쳐야겠네, 국제학교 보내려면."

아내는 모처럼만에 신이 났다.

"우선 한 달 있다가 나 먼저 가서 살집 얻어놓고 연락할 테니 나 떠나고 한 일주일 후에 당신 애들 데리고 오면 되겠다."

"집은 너무 큰 것 얻지 마. 비쌀 테니."

"기구에서 먹고 살 만큼 주니 알아서 얻을게. 한 10만 불 줄 거야."

"그렇게나 많이. 비엔나 가면 사운드 오브 뮤직 나오는 데가 가깝다니 거기도 가 보고 할 수 있겠네."

"유로존이 되어 프랑스도, 독일도 다 갈 수 있어."

이종호가 아내의 꿈을 키워줬다.

"당신 덕에 유럽에서 살아보네. 다 내 기도에 하나님이 응답하신 거야."

아내가 이종호를 껴안으며 감격스럽게 말했다. 2년 가까이 아내를 안아보지 못했던 이종호는 어색하여 아내를 밀어냈다.

아내는 신이 나서 밤이 늦은 것도 모르고 처가쪽, 교회 목사랑 신도들, 친구들에게 전화로 자랑을 해댔다. 진주 목걸이나 다이몬드 반지를 선물 받은 것을 자랑하듯, 남편의 국제기구 취직이 그녀에게 아주 귀한 액세서리를 얻은 것같이 자랑해댔다.

그날 밤 그녀는 2년여 만에 먼저 남편에게 몸도 열어줬다.

이종호는 아내의 과잉 반응을 보며, 자기는 진급을 못하고 밀려서 가는 건데, 아내가 신분상승이라도 된 것같이 돌아치자 기분이 별로였다. 그 장면에 왜 하나님의 기도 응답이 나오나, 하는 것도 이해할 수가 없었다.

3.

비엔나에 도착한 이종호는 6년 전 국제원자력기구 사찰관으로 온 과학기술처 박도술 과장의 조언을 듣고, 박도술의 집에서 가까운 비엔나 햇포도주 주산지인 그린칭에 침실이 세 개 딸린 단독주택을 월세로 얻었다.

박도술은 국제원자력기구에서 과장급인 P5로 승진해 있었다. 이종호는 P3로 온다. 그가 세를 든 집에서 15분 거리에 전철 정거장이 있다. 비엔나 중심가 링까지 전철로 20분 거리이다.

이종호는 집을 얻고 바로 아내에게 이삿짐을 부칠 주소를 알려줬다. 가전제품이나 침대 등 가구는 국제원자력기구 코미사리에서 면세로 살 수 있으니, 새것을 장만하자고 했다. 재수가 없어 근무기간이 연장되지 않고 3년만 근무할 경우 새 가구를 국내에 가져 갈 수가 있다. 그는 승용차는 BMW나 벤츠를 살까 하고 몇 번을 망설이다가, 어렸을 때부터 배워온 국산품 애용 정신이 발동하여 현대 소나타를 구입했다.

그는 외교관을 상징하는 차량번호 앞 글자 'D' 를 보며 기분이 살짝 좋았다. 수출 차는 국내에서 시판하는 차보다 훨씬 성능이 좋았다. 우선 차에 딱 올라타고 시동을 걸면 자동으로 안전벨트가 매어졌다.

그는 아이들 교육을 시킬 국제학교를 찾아갔다. 한 아이당 학비가 일년에 18,000유로나 든다. 두 아이 학비를 합치면 그가 받는 연봉의 거의 절반이 나간다. 비엔나의 물가도 만만치 않아 연 10만 불 쯤 받는 연봉으로는 빠듯하게 생활을 해야 할 것 같았다.

대학원에서 신학을 공부해서인지 조복순 권사는 영어를 남편보다 잘했다. 이종호는 비엔나에서 살아가면서 영어에 관한한 오히려 아내에게 도움을 받아야 할 것 같았다.

그녀는 비엔나에 오기 전에 비엔나에 대하여 많은 공부를 하고 와서, 그냥 별 준비 없이 무턱대고 온 이종호를 미안하게 했다.

그녀는 비엔나에 도착한 첫 토요일 비엔나 시내를 알자며 관광지도를 들고 아이들을 독촉하며 앞장서서 집을 나갔다. 이종호가 승용차를 운전하려 하자, 주차만 귀찮다며 중요한 관광지는 다 도보로 갈 수 있으니 전철을 타고 나가자고 했다. 네 식구가 조복순 권사의 안내를 받으며 시내관광에 나섰다.

그녀는 먼저 합스부르그 왕가 여름별장인 쉰부른 궁전에 갔다. 이종호는 그 궁전을 둘러보며 그가 프랑스에 출장 갔을 때 줄을 서서 들어갔던 베르사이유 궁전에 온 느낌이 들었다. 유럽에 와서 처음으로 화려한 궁전을 보며 그녀와 아이들은 입을 다물지 못했다. 아내는 이곳 궁전은 우리나라 경복궁이나 창덕궁보다 훨씬 화려하다며, 우리나라 임금은 아니 되옵니다, 하는 꼿꼿한 선비들 때문에 호사를 누리지 못했다며, 우리나라 임금님들이 불쌍하다고 했다.

그녀는 오늘은 겉만 보고 내부는 다음에 차차 보자며 아이들을 독촉하며 전철을 탔다. 이종호는 그냥 아내를 따라 다녔다. 그녀를 따라서 전철을 내려 지상에 오르자 바로 국립오페라 극장이 나왔다. 그녀는 오페라 시즌이 되면 와서 보자고 하며, 비엔나의 명동 거리인 카르트너 거리로 안내했다. 그녀는 옷가게, 액세서리 가게를 유리 창문을 통하여 기웃거리며 눈으로만 물건을 샀다.

다음으로 세계에서 세 번째로 높은 첨탑을 가졌다는 슈테판 성당에 들렀다. 성당 입구에서 올려다보니 정말 첨탑이 까맣게 허공에 서 있다. 많은 관광객들이 성당 내부를 힐끔거렸다. 천장이 높아, 명동 성당만 구경했던 일행은 감탄사가 절로 나왔다. 벽화나 조각에 쓰인 글씨를 읽을 수가 없어 그냥 수박 겉핥기식으로 구경했다.

그녀는 다음에 시간 내서 자세히 보자며 합스부르그 궁전은 그냥 도로를 따라서 지나치고, 국회의사당, 시청사를 겉만 보고 지나쳤다. 시민공원에서 이태리식 스파게티로 늦은 점심을 먹었다. 아직 추위가 덜 가셔 야외식당은 문을 열지 않아 요한스트라우스 야외 연주는 듣지 못했다.

점심을 마치자 그녀는 너무 많이 걸은 것 같다며 그만 집에 가서 쉬자고 하였다. 피로를 느꼈던 이종호도 좋다고 했다.

비엔나 도착 후 첫 일요일 아침, 조복순 권사는 한인교회에 간다며, 남편더러 같이 가자고 했다. 이종호는 이제 비엔나 도착한 지 4일 밖에 안 된 당신이 어떻게 한인교회를 다 아냐고 묻자, 한국에서 다 알아가지고 왔다며, 지금 이곳 장황경 목사에게 내가 갈 거라는 연락이 와 있을 거라고 했다. 내가 신학을 전공하여 이 곳 교회에 도움이 될 거라고,

그녀가 다녔던 온세상교회 부목사 중 한 분이 장 목사와 같이 신학대학교를 다녔다며, 그녀의 비엔나 이주를 알렸다고 했다.

조복순 권사는 비엔나 한인교회는 장로교로 1973년 간호사들이 중심이 되어 설립한 교회로서 표어가 '차고 넘치는 교회' 라는 것까지 알고 있었다.

조 권사는 아들과 딸들에게 같이 가자고 했다. 조복순 권사는 교회에 가지 않겠다는 남편을 집에 남겨놓고 아들과 딸을 데리고 교회에 갔다. 이종호는 집에 남아서 지난 주에 교육받은 내용을 복습했다. 그는 6주간의 집중훈련을 받은 다음 사찰 현장에 투입된다.

두 아이들과 함께 2시가 넘어 교회에서 돌아온 조복순 권사는 약간 흥분한 것 같았다. 그녀는 주님께서 이곳 비엔나에서도 주님을 위해 할 일을 점고해 주셨다고 큰 소리로 말했다. 그녀는 오늘 당장 성가대에 가입했고, 중보기도도 신청하고 왔다고 했다. 딸은 엄마에게 장 목사님이 다음 주에는 꼭 아버님을 모시고 나오시라고 말씀하셨다고 전했다. 조복순 권사는 딸의 말을 이어받아, 교회에 한인 신도가 백 명도 넘고, 당신 다니는 IAEA에 다니는 분들도 몇 분 있던데 다음 주에는 꼭 같이 가자고 했다.

이종호는 예수를 하나님의 아들이라고 믿지도 않으면서 교회에 가는 것은 교인들을 모독하는 행위 같아 당연히 안 따라가겠지만, 외국까지 와서 조복순 권사랑 종교문제로 싸우기가 싫어 아무 대답도 안 했다. 이 먼 이국땅에 와서 아내가 특별히 할 일도 없고 친구도 없어 심심할 텐데 교회라도 나가 정을 붙이고 다니면 덜 심심해 할 것 같아 다행이라고 생각됐다.

조복순은 토요일마다 오스트리아 내 관광지를 둘러보는 계획을 세우고 남편더러 운전을 하라고 했다. 일요일에는 교회를 가야 하기 때문에 매번 토요일 당일치기로 여행을 했다. 두 아이들은 공부를 하라고 하며 집에 있게 하고 부부만 둘이 여행을 다녔다. 비엔나에 온 지 두 달 만에 국토 면적이 넓지 않은 오스트리아 국내 유명 관광지를 다 다녔다.

그 이후 조복순은 치밀하게 계획을 세워서 주중에 오스트리아 이웃 나라들을 여행하기 시작했다. 남편의 승용차를 이용하기도 하고, 관광버스를 이용하기도 하여 동구의 불가리아, 루마니아, 체코슬로바키아 등 가까운 나라를 다녔다. 서쪽으로는 독일, 프랑스도 다녀왔다.

조복순 권사는 독일에서 성당과 교회가 황폐해 가는 것을 보고 와서 퍽 우울해 했다.

마르틴 루터가 종교개혁의 횃불을 든 축복받은 나라인데 그런 나라 백성들이 어떻게 하나님의 은총을 버리고 외도로 빠져가나, 하며 안타까워했다. 하나님이 왜 그 나라를 버리시나, 하며 가슴 아파하며, 그녀가 짊어져야 할 하나님을 위한 사명이 뭘까, 하며 고민했다.

훈련을 마친 IAEA 신참인 이종호는 사찰관들이 꺼리는 남미과에 배치되어 브라질과 아르헨티나 사찰 임무를 맡게 됐다. 거리가 멀어 비행기 비지니스석을 제공받지만 그곳까지 날아가는 데 꼬박 하루가 걸려 50을 바라보는 이종호는 첫 번째 사찰부터 녹초가 됐다. 그는 공항에서 승용차를 임대하여 원자력시설 현장을 방문하여 핵물질 재고를 확인하는 등 사찰업무를 수행한다.

IAEA사찰관이 한국에 오면 우리나라는 대중 교통수단이 잘 되어 있어 손수 운전하지 않고 대중교통을 이용하여 원자력시설 부지 근처에 도착하면 원자력발전소 등 원자력시설에서 승용차로 사찰관을 원자력시설까지 모시는 것과는 대조적이다.

한국에서 만년 주사 부인노릇을 했던 조복순은 국제기구에 근무하는 한국사람 중에 그녀 남편의 직급이 제일 낮은 것에 불만이 있었으나, 세계적인 예술의 도시 비엔나에 와서, 서구문명을 즐기며 살며, 불만을 노출하지 않고 그런대로 적응하면서 살아갔다. 특히 한국에 사는 친척 친지들은 그녀의 남편의 직급이 높은지 낮은지 모르는 것이 위안이 되는 것 같았다.

이종호가 받는 급여로 풍족한 생활을 할 수는 없었지만 중류생활을 영위하며 돈을 조금씩 모아 이웃나라 여행을 할 정도는 되었다.

첫 번째 여름휴가는 한국으로 갔다. IAEA에서 모든 가족의 왕복 비행기표를 제공했다. 코미서리에서 면세로 화장품 등 선물을 싼 값에 사가지고 귀국했다. 이종호와 조복순은 친척도 찾아뵙고, 친구도 찾고 하며 휴가를 즐겼다. 조복순은 그녀가 다니던 교회에 가서 유엔 산하 국제기구에 다니는 남편이 사준 물건이라며 목사에게 선물하며, 부러움을 받은 것 같았다.

조복순 권사는 정말 교회에 열심히 다녔다. 주일 2부 예배에 성가대로 섰고, 새벽 기도회도 빠지지 않았으며, 금요일 저녁에는 금요 기도회도 나갔다. 월요일부터 금요일까지 죽 교회에서 살다시피 했다. 이종호는 폭스바겐 딱정차를 그녀의 몫으로 따로 사줬다.

그녀는 비엔나에 온 지 반년 만에 견습선교사로 피택되었다. 보수는 없다고 했다. 아내가 견습선교사가 된다는 말을 듣고, 이종호는 선교사도 다 견습이 있나, 하며 혼자 속으로 웃었으나 아내에게 딴말은 하지 않았다. 그녀는 견습선교사로 아동부 사역과 병원 사역을 한다고 했다. IAEA 업무상 자주 해외출장을 가야 하는 이종호는 아내가 교회의 일을 업을 삼고 열심히 외국생활을 하는 것이 다행이라고 생각했다.

세월이 흘렀다. 이종호는 3년 계약기간을 마치고 정년까지 계약기간이 연장되어 과학기술처에 사표를 제출했다. P4로 진급도 되고 60세

정년까지 IAEA에서 근무하게 되어 생활이 안정됐다. 한국에서 3수까지 하고도 진급을 못했던 사무관급인 P4로 진급하고 이종호는 감회가 깊었다.

IAEA에서 재직기간이 5년을 넘으면 연금을 탈 수 있다. 과기처에서 20년을 채우고 IAEA로 자리를 옮겨 공무원 연금까지 받을 수 있어, 그는 노년 준비를 잘한 셈이다.

이종호는 비엔나 국제학교에서 12학년을 마친 아들 경수를 미국 동부 아이비리그 명문인 컬럼비아대학 공학부에 유학 보냈다. 딸 희수는 비엔나대학에 입학했다. 회계학을 전공한다. 한국에 있었으면 아이들 대학문제로 퍽 골치를 썩었을 텐데 쉽게 해결이 되어 다행으로 여겼다. 아내는 그게 다 하나님의 은총이라고 했다.

그는 아내와 골프도 즐기고, 가끔 유럽을 여행하며 평안한 세월을 즐겼다. 아내가 너무 교회 일에 빠져 가정 일에 소홀한 것이 좀 불만이었으나, 크게 신경 쓸 가정 일도 없어 큰 문제는 되지 않았다.

"저 여보, 온세상교회에서 헝가리에 파견했던 김경태 전도사가 임기가 되어 돌아가는데, 그 후임으로 내가 갔으면 하는데 당신 어떻게 생각해? 임기는 일 년이야."

이종호가 비엔나에 부임한 지 7년 차 되던 해 봄에 조복순 권사가 조근하게 말했다.

"선교사? 그럼 당신 헝가리 가서 사는 거야?"

이종호가 눈을 크게 뜨고 물었다.

"응. 하나님 일을 크게 할 수 있는 기회인데, 당신이 좋다면 가고. 나 가고 싶은데, 이제 경수도 미국 갔고, 희수도 대학 다니고, 당신도 비엔나 생활이 벌써 7년이 넘어 익숙해졌고, 희수랑 둘이 살면 되겠다. 일 년 금방 가는데, 어때?"

"돈은 누가 대주는데."

"이곳 교회하고 나 다니던 온세상교회에서 반반씩 대줘. 그러니 당신 돈 걱정 안 해도 돼."

조복순 권사는 돈은 걱정 말라고 강조했다.

"헝가리 어디로 가는데."

"응. 부다페스트 동북쪽 미쉬콜즈 지역인데 부다페스트에서 차로 두 시간 거리야. 주중에는 거기 교회에서 선교하고, 주일에는 아침 예배보고 부다페스트로 나와 오후 4시부터 길거리 교회에서 선교하는 한국 선교사를 돕고 6시쯤 끝나면 비엔나로 와서 주말을 당신이랑 보내고, 월요일 저녁 때 다시 임지로 가면 돼. 당신이랑 희수랑 일주일에 이틀은 같이 살 수가 있어. 당신을 이 비엔나에 보낸 것도 다 하나님이 나를 더 큰 그릇으로 쓰시기 위한 포석이었어. 나 가도 괜찮지?"

조복순 권사가 애원하듯 말했다. 아내의 애원하는 듯한 목소리를 들으며 이종호는 이상한 기분이 들었다. 이종호는 낯선 타향에서 혼자 살 것이 심란하여 바로 답이 나오지 않았다.

"우리가 이렇게 사는 거 다 하나님의 은총이야. 하나님이 베푸셨는데 조금이라도 갚아야지. 부다페스트 여기서 차로 두 시간도 안 걸려 오고갈 수 있어. 당신 나 보고 싶으면 일 마치고 언제든지 차로 오면 되고 나 당신 보고 싶으면 차로 오면 되고."

조복순 권사가 쉽게 말했다.

"지난 20년 동안 그곳에서 선교를 하여 기반도 어느 정도 잡혀 있고. 당신 나 하나님 일하는 거 좀 도와주라. 당신 교회 안 다녀도 교회 가자고 귀찮게 안 했잖아?"

조복순 권사가 애원했다.

"희수랑 상의해 보고 정하자."

이종호가 한 발 물러섰다.

"고마워. 내가 남편 하나는 잘 얻었다니까."

조복순 권사가 남편의 팔에 매달리며 애교를 부렸다.

4.

조복순 권사는 선교사로 헝가리에 부임했다.

이종호는 아내가 부임하는 날 딸과 함께 아내의 임지를 방문했다. 아내는 그녀의 딱장차를 딸과 함께 타고 가고, 이종호는 돌아올 때를 대비하여 그의 소나타를 혼자 몰고 갔다.

조복순 선교사가 활동할 동네는 집시촌으로 헝가리, 우크라이나, 루마니아, 슬로바키아 국경이 인접한 곳이다. 하류층 집시가 모여 사는 동네로 한국 선교사가 기독교를 전파하려 애쓰는 지역이다.

이종호는 그의 상사가 프랑스에 출장을 갔다가, 어린 집시가 구걸하는 것이 불쌍하여 몇 푼 지갑에서 꺼내주다가 지갑과 여권까지 다 털리고 쪽박을 찼었다는 이야기를 들어 집시에 대해 나쁜 인상을 가지고 있었다. 아내가 집시촌으로 선교를 간다고 미리 말했으면 반대했을 것이다.

인구 천 명 남짓한 농촌 마을에 교회 건물이 있는 것도 아니고, 단독주택 거실에 주일에 십여 명의 신도들이 모여서 예배를 하는 수준이라고 했다. 조복순 선교사는 그녀가 재직하는 일 년 동안 신도를 이십 명으로 늘리는 것이 목표라 했다. 동방전교를 믿는 그곳은 서방 교회와 달리 3위 일체를 믿지 않았으며, 추대 받은 성인을 예수와 거의 동격으로 믿었다.

조복순 선교사는 주일 부다페스트 길거리 교회에서 한국에서 파견된 선교사를 도와 선교활동을 하고 끝나면 바로 비엔나로 왔다. 일요일 저녁을 보내고 월요일은 휴무일이라며 비엔나 집에 머물다가 화요일 아침에 선교지로 떠났다. 조복순 선교사의 체재비 등은 서울 온세상교회와 비엔나 한인교회에서 부담했으나, 아내는 이종호에게 그녀의 밥값이라 생각하고 매달 1,500유로만 그녀에게 달라고 했다. 그 돈으로 헝가리인 이십 명에게 매월 30유로씩 도와주겠다고 했다. 이종호는 그 돈은 헝가리 사람의 마음과 하늘의 곳간에 쌓는다는 아내의 말이 미덥지 않았으나, 아내의 청을 들어줬다.

이종호는 주중에는 IAEA에서 바쁘게 보내고 주말은 교포들과 골프를 즐기며 세월을 보냈다. 이종호는 아내 없이 혼자 사는 것이 불편했으나, 한 달도 지나기 전에 혼자 사는 생활에 익숙해져서 크게 불편을 느끼지 못했다. 더구나 근무시간의 1/3을 해외 출장으로 보내는 그는 때로는 혼자 사는 것이 더 편하기도 하여 아내가 없는 것이 크게 불편하지 않았다.

아내가 선교사로까지 파견을 나갔으나, 이종호는 전혀 교회에 나갈 마음이 들지 않았다. 어머니를 따라서 교회에 가던 딸도 어머니가 멀리 떠나자 일요일에 교회에 가는 것을 그만 두었다.

그는 창조주 하나님이 육일 만에 뚝딱 세상을 만들었다는 기독교 창조론보다, 인류의 진화가 오스투라로피데쿠스, 호모 하빌레스, 하모 에렉투스, 호모 사피엔스로 이어졌다는 진화론에 경도되어 있다.

이종호는 일정에 따라 사찰을 다녀와서 보고서를 쓰고, 또 사찰을 갈 준비하는 일정에 쫓기며 세월이 가는 것을 거의 느끼지 못한 사이에 일 년이 지나고, 조복순 선교사가 임무를 마치고 돌아왔다. 조복순 선교사의 자리는 한국 교회에서 파견된 선교사가 채웠다.

선교사 사역까지 한 조복순 권사는 더욱 교회에 열심이었다.

그녀는 하나님이 그녀에게 더 큰 일을 맡기실 거라며 항상 준비된 자세로 기다려야 한다며, 새벽기도를 시작으로 주일 내내 교회에서 살았다. 아내가 나가있는 동안 혼자 사는 데 익숙해진 이종호는 아내가 교회에 빠져 살아도 사는 데 별 불편을 느끼지 못했다.

이종호는 아내가 그렇게 교회에 매달려 살면서도 무엇인가 허전해 하고, 새롭게 할 일을 찾는 것 같아 아내의 행동이 잘 이해가 되지 않았다.

선교사에서 돌아온 지 반년이 지난 어느 일요일 저녁 조복순은 티브이를 보고 있는 남편에게 항의하듯 말을 던졌다.

"당신 내가 선교사까지 다녀왔는데 교회도 안 나오고 그렇게 완악하게 살 거요?"

"교회? 나 예수를 안 믿는데, 꼭 당신 따라서 교회 가야 해?"

"왜 안 믿는데? 내가 싫어서 그래?"

"예수 믿는 것하고 당신하고 무슨 상관이야?"

"다 아내가 사랑스러우면 아내가 하는 일을 도와주는 법인데, 당신은 내가 그렇게 싫어?"

"예수 믿는 것은 종교에 관한 문제이고, 당신은 내 마누라야. 그게 무슨 연관이 있지?"

"내가 교회에서 남편 하나 전도 못한다고 얼마나 난처한 입장에 있는지 알아?"

"난처한 입장. 나 당신 교회 다니는 거 절대 반대 안 해. 그래서 당신 신학대학원도 다녔고, 남편 딸 팽개치고 헝가리로 선교사도 갔다 왔잖아."

"팽개치다니. 다 하나님 일을 하러 간 건데 어떻게 그렇게 막말을 할 수가 있어. 당신 마음 속에 자리 잡은 사탄을 몰아내야 하는데 그렇게 기도해도 여전히 사탄이 물러가지 않네."

"당신 교회 열심히 다녀, 나 간섭 안 할 거니. 나 교회 오라 마라 간섭만 하지 말고."

이종호가 강경한 어조로 말했다.

"그래? 당신을 교화하기 위해 내가 목회자가 되어야겠다."

"그게 무슨 말이야?"

"내가 목사가 되어 적극적으로 하나님께 당신 완악한 마음을 풀어주십시오, 하고 기도해야겠어."

"목사가 되겠다고? 누가 당신 목사 시켜준대?"

"그래서 나 한국 갈 거야."

"한국 간다고?"

"응. 들어가서 하나님 일을 이루고 당신의 마음도 돌리고."

"그게…."

"나 한국 가서 목사 안수 받고 목회 활동할 거니 그리 알아."

조복순 전 선교사가 단호하게 선언했다.

"나랑 희수 떼어놓고 혼자 가겠다고?"

"응. 기도 중에 하나님이 나를 부르는 음성을 들었어. 어떻게 하나님의 부름을 외면할 수가 있어."

"그러면 이번에는 얼마 또 혼자 가서 있을 건대?"

"그건 모르지. 일 년이 될지 이 년이 될지, 목사 안수 받을 때까지 생활비나 보내줘."

"여자 목사라…."

"여자는 목사하면 안 돼? 나 신학대학원도 나왔고 오지에서 선교사도 했고, 목사 안수 받을 자격 있어. 하나님이 나에게 맡기실 과업을 소홀히 하면 되겠어? 당신도 믿지는 않지만 아내의 막중한 사역을 도와는 줘야지."

"그래? 그게…."

이종호는 아내와 더 다투기 싫어 그 정도선에서 대화를 마무리하고 싶었다.

"당신 좋다고 한 것으로 칠 거야."

아내가 결론을 유도했으나 이종호는 대답을 보류했다.

일주일 후, 조복순은 딸과 함께 국립오페라 극장에서 오페라, 투란토트를 보고 왔다. 비싼 오페라를 좋은 극장에서 보고 와서 기분이 좋은지 조복순은 투란토트의 유명한 아리아 '공주는 잠 못 이루고'를 흥얼거리며 현관에 들어섰다.

이종호는 오페라 티켓이 비싸기도 하지만, 원어 가사를 알아들을 수가 없어 영어 자막을 보며 오페라를 보다 보면 스르르 잠이 와서 아내에게 구박을 받으며 오페라를 봐야 한다. 비싼 돈들이고 구박까지 받기 싫어 그는 오페라 구경을 잘 가지 않았다. 오페라 투란토트는 88 서울 올림픽 때 이종호의 상사가 예술의 전당에서 공연하는 것을 보고 와서 아주 폼을 재던 작품이라, 한 번 보고 싶기도 했으나, 공연시간이 4시간이 넘는다는 말을 듣고 이종호는 관람을 포기했다.

조복순이 맥주 두 캔을 꺼내 거실로 들고 나오며, 대작을 봤는데 기분이 그게 아니라며 건배를 하자고 했다. 딸은 어머니의 과시를 못 본 체하고 자기 방으로 들어갔다.

"당신 덕분에 예술의 도시 비엔나에서 최고 배역진이 나오는 투란토트를 보게 됐어."

조복순이 맥주 캔을 남편이 들고 있는 캔에 부딪치며 말했다.

이종호도 조복순의 건배에 응하며, 그에게 고마움을 표하는 아내의 말에 어깨가 으쓱했다.

"이거 다 하나님의 은혜야."

조복순이 감동어린 목소리로 말했다.

이 장면에서 하나님의 은혜가 나오자 이종호는 기분이 뻘쭘해졌다.

"당신 나 한국 가는 거 이제 답을 줘야지?"

조복순이 말했다.

"당신 나 혼자 두고 왜 한국 가려는 거야?"

이종호가 물었다.

"지난번에도 이야기했잖아. 내가 이곳에 와서 유럽 교회들을 다녀보니 기독교가 쇠락해 가는 것이 한눈에 보여. 18세기 우리나라 사람들이 하나님을 모를 때 이곳 선교사들이 생명을 걸고 선교를 하여 우리들에게 하나님의 은총을 알려줬어. 이제 우리가 그 빚을 갚을 때가 됐어. 한국에서 성령의 불꽃을 일으켜서 유럽을 성시화 해야지. 그것이 하나님이 우리 민족에게 내린 지상명령이야."

조복순이 단호하게 말했다.

아내의 표정이 너무나 진지하여 이종호는 토를 달 수가 없었다.

"그럼 생활은 어떻게 할 거야? 교회에서 돈이 나오나?"

이종호가 현실적인 문제를 꺼냈다.

"그거? 내가 교회에서 직분을 맡을 때까지 당신이 지난 헝가리 갔을 때와 같이 매월 1,500유로씩만 보내줘. 내가 그 정도 받을 자격이 있는 거 같은데. 당신이랑 20여 년 살면서, 큰 애는 미국 유학 보내 박사 만드는 중이고, 딸애는 비엔나에 있는 좋은 대학 보냈고, 그만하면 아들딸 다 잘 키웠지. 당신은 매일 일밖에 몰랐는데."

"신학대학교 안 나왔는데 당신이 교회에서 목사 자리를 맡는다고?"

"나 신학대학원을 나왔어. 선교사도 했고, 자격 충분해. 당신 나 헝가리 선교사 갔을 때 딸이랑 둘이 잘 살았잖아."

"그래도 그때는 매주 한 번씩 봤잖아."

"이제 우리 나이 50줄에 들어섰는데 각자 자기가 원하는 일할 때가 됐지 않아?"

아내가 반문했다.

"50은 청춘인데 혼자 살라고?"

"왜 섹스 때문에? 하나님의 일을 하려는데 그런 육욕적인 유혹에 지면 되겠어? 내가 하나님의 일에 정진하면 하나님이 우리 가족의 평화와 건강을 다 지켜줄 거야. 당신 나 가는 거 허락한 걸로 치고 귀국 준비한다."

조복순이 일방적으로 선언하고 침실로 들어갔다.

이종호는 멍하니 침실로 사라지는 아내를 쳐다보며, 성경에 하나님은 남자의 갈비뼈로 여자를 만들며 같이 살라고 했는데, 왜 아내는 자꾸 떨어져 살려고 할까, 했다.

5.

이종호는 조복순이 귀국하는 비행기 시간에 맞춰 비엔나 공항까지 자동차로 모시고 가서 배웅하고 딸과 둘이 돌아오며, 그의 가정을 이렇게 찢어지게 하는 하나님의 처사가 합당한 건지, 이렇게 부부가 찢어져서 살도록 설계한 것이 정말 하나님이 뜻인지 헷갈렸다.

사람은 새로운 환경에 쉽게 익숙해진다. 이종호는 바로 딸과 둘이 사는 일에 익숙해졌다. 그가 IAEA 일을 하며 바쁘게 살다 보니 시간이 저절로 흘러갔다. 저녁에는 독일어를 하는 나라에 살면서 독일어를 배워야겠다고 생각하고 독일어 학원도 다니고, 한국에서 IAEA 출장 온 손님들과 어울려 시간을 보냈다.

조복순은 귀국한 지 반 년만에 그녀가 다니던 교회 전도사로 부임했다고 알려오며, 자기가 없더라도 꼭 교회에 가서 하나님의 은혜를 받으라고 당부했다. 이종호는 전혀 여호와 하나님이 천지를 창조했다는 거나, 예수님이 하나님의 아들이라는 것을 믿을 수가 없어 교회에 가지 않았다. 이종호는 아예 교회에 나갈 생각이 없었고, 딸도 어머니가 귀국하자 교회에 나가지 않았다.

이종호는 아내가 전도사가 되었으니 교회에서 사례비를 조금은 받을 것 같았으나, 모른 척하며 매월 1,500 유로씩 송금해 줬다.

이종호는 과장급인 P5로 진급하여 월급도 오르고, 보직도 남미 담당에서 남서부 유럽, 이태리, 포르투갈, 스페인 담당으로 바뀌었다.

아내를 고국의 기독교 선교 사업에 바친 이종호에게 하나님이 이종호의 생활에 활력을 불어 넣을 여자를 주선해 줬다. 같은 과에 근무하는 이혼녀 이사벨을 이종호의 섹스 파트너로 점지해 줬다.

이종호는 아내가 멀리 한국에 있어 오히려 자유롭게 이혼녀와 교제를 하며 육체적 욕망을 풀었다. 이종호는 이사벨과 섹스를 하면서도 아내를 두고 간통을 한다는 죄책감을 전혀 느끼지 못하며 자기가 이상한 놈이 아닌가, 했다. 사랑은 수천 마일까지 전할 수 있다는데, 이종호는 전혀 아내에 대한 사랑의 마음이 일지 않았다. 정액을 쏟아내고, 나란히 누워 천장을 쳐다보며, 남자는 독일어에 서투르고, 여자는 한국말을 전혀 몰라, 섹스가 끝난 후 두 사람은 다정한 말을 나눌 처지가 못 되었다. 두 사람은 철저히 서로 육체의 욕망을 채우는 암놈과 숫놈으로 만났다.

조복순이 귀국한 지 3년이 지났다. 조복순은 당신 여름휴가 올 때 맞춰 입당예배를 하겠다고 알려 왔다. 이종호가 송금해 준 돈을 적금을 들어 탄 돈이 교회를 세우는 데 밑돈이 됐다며, 아내는 전화로 또 남편에게 고마움을 표했다. 오스트리아 여자와 바람을 피우고 있는 이종호는 아내의 칭찬에 조금은 양심이 찔렸다.

이종호가 그의 아내가 교회를 설립하고 담임목사가 된다는 소식을 전하자, IAEA 다니는 동료들이 정말 능력 있는 부인을 얻었다며 부러워했다. 이종호는 그 부러움이 진심인지 믿을 수가 없었다. 이종호는 그가 보내준 돈을 3년간 적금을 넣어봐야 1억 원도 안 될 텐데 무슨 돈으로 교회를 연다고 하나, 의아해 했다.

이종호는 여름휴가를 내고 귀국하면서, 박사 학위과정을 거의 마쳐가는 아들에게 어머니가 교회 입당예배를 하는 시기에 맞춰 귀국할 수 있도록 비행기표를 보내줬다.

이종호는 딸과 함께 귀국했다. 두 사람은 전세를 내놓은 집에 들어갈 수가 없을 거니 호텔에 숙박을 해야 하나, 하며 인천공항에 내렸다. 아내가 공항에 마중을 나왔다.

조복순 목사는 남편과 딸을 안산 밑에 있는 2층 집으로 데리고 갔다. 그 2층 집 지붕 위에 십자가가 보이고 그 밑에 늘은혜교회라는 전광판 간판이 보였다. 대문에도 교회 이름이 쓰인 간판이 보이고, 경축 입당예배라는 플래카드가 걸렸다. 그 집은 남편이 송금한 돈을 적금 넣은 돈과 전세 놓았던 집을 팔아 합쳐 샀다고 했다. 1층은 벽을 헐고 예배당 본당으로 개조했으며, 2층은 기도실, 교회 사무실, 유아 돌봄실로 쓰고, 콧구멍만한 방은 목사인 그녀가 기거할 방이라고 했다.

이종호는 아내가 그와 상의도 없이 그의 집을 판 것이 이해할 수가 없었다. 아내가 그것이 다 하나님의 뜻이라고 강변하는 데 시비를 붙을 수도 없었다.

일요일 오후 3시에 열린 입당예배에는 조복순 목사가 다니던 온세상교회 담임목사와 부목사 네 분이 와서 기도해 줬고, 신도도 교회 버스 하나에 40명쯤 타고 와서 축하해 줬다.

입당예배를 하며 본당 담임목사는 설교를 하러 강단에 올라가서 설교를 하기 전에 조복순 목사 옆에 서있는 이종호를 불러 세우고, 하나님의 사도라고 치켜세우며 그를 유엔에 근무한다고 소개했다.

"이 박사님, 이렇게 조복순 목사님을 하나님의 사업에 바친 거룩한 뜻을 어떻게 말로 다 기릴 수 있는지 모르겠습니다."

본 교회 담임목사는 이종호를 아예 박사라고 호칭하며 추켜세웠다.

"유엔 기구에 계시면 거기 일도 바쁘시고 부인이 같이 참석할 파티도 많을 텐데 하나님의 일에 선뜻 부인을 내주신 깊은 신앙심에 경의를 표합니다. 하나님이 다 내려다보시고 은총을 내려주실 겁니다."

목사가 이종호를 손바닥으로 가리키며 박수를 유도했다. 신도들이 힘차게 박수를 쳤다. 박수를 받으며 교회에 다니지 않는 이종호는 쑥스러워서 얼굴을 붉히며 눈만 껌벅였다. 마침 반기문 유엔 사무총장이 유엔에 부임한 터라 입당예배에 참석한 신도들은 이종호를 반기문 총장과 같은 반열에 놓고 존경의 눈으로 쳐다보는 것 같았다. 신도들은 유엔 기구에 다니는 훌륭한 남편을 둔 조복순 목사를 부러운 눈으로 쳐다봤다.

이종호는 니코틴을 흡입하고 싶은 충동을 누르며, 꼭 꼭두각시 노릇을 하는 것 같아 어색했다. 그는 입당예배가 빨리 끝나기를 기다렸다.

입당예배를 마치고 준비한 음식을 나눠먹고 축하객이 다 물러갔다. 이종호는 교회 버스가 떠나자마자 교회 옆 공터로 가서 니코틴의 욕구를 불살랐다.

그날 저녁 네 식구는 이불을 2층 복도에 펼쳐놓고 그곳에서 잤다.

첫 주일, 늘은혜교회에 새 신도가 20명도 모이지 않았다. 이종호는 아들딸과 함께 예배에 참석하여 숫자를 채워줬다.

조복순 목사는 그녀의 첫 번째 주일 예배에 신도들이 너무 적게 참석하여 실망하는 눈치였다. 입으로는 하나님이 다 챙겨주실 거라고 하면서도 섭섭한 마음을 다 숨기지 못했다.

이종호는 입당예배 후 한 주일 지나고 바로 오스트리아로 가겠다고 했다. 교회도 안 다니는 사람이 억지로 숫자를 채우려 교회 집회에 참석하는 것도 그랬고, 우선 잠자리가 불편했다. 예배당에서 5시부터 시작하는 새벽예배를 위해 새벽 4시에는 기상을 해야 했다. 이제 목사가 된 아내가 강요하는 금연과 금주도 마음에 들지 않았다. 복도에서 식구들이 함께 자다 보니 아내를 안아볼 기회도 없다. 비엔나에는 이사벨이 그를 기다리고 있다.

이종호는 서둘러서 비엔나로 떠났다. 딸은 아버지를 따라서 바로 비엔나로 갔고, 아들도 아버지가 떠난 다음 날 미국으로 떠났다.

조 목사는 비엔나로 떠나는 남편에게 다달이 보내주던 1,500 유로는 계속 부쳐달라고 했다. 교회 운영비 중 일부는 당분간 본교회에서 보조를 받지만, 교회가 자립하려면 신도가 300명은 되어야 한다며, 그 때까지 당신이 하나님 곳간에 알곡을 쌓으라고 했다.

6.

이종호는 IAEA에서 14년간 근무하고 만 60세가 되어 정년퇴임을 했다. 그는 고국에 돌아와서, 그 동안 해외에서 조금은 외롭게 살아온 보상을 받고 편안하게 여생을 보내고 싶었다. 공무원 연금과 IAEA에서 받는 연금을 합하면 먹고 사는 것은 걱정이 없다. 큰 아들은 박사를 하고 미국기업체에 취직을 하여 미국에서 살고 있고, 딸은 비엔나에 있는 삼성지사에 취직을 하여 아버지를 따라서 귀국하지 않았다.

이종호는 노년에 부인과 단둘이 단란하게 살아갈 꿈을 안고 귀국했다. 그는 남는 시간을 보내는 방법으로 악기를 배워야겠다고 생각하고 비엔나에서 색소폰을 사가지고 왔다.

조복순 목사는 지난 여러 해 동안 노력하여 그녀가 바라던 300명이 넘는 신도를 확보하고, 본교회의 도움 없이 자립했다.

이종호는 귀국 첫날부터 그의 꿈이 깨졌다.

조복순 목사가 침실로 쓰는 2층 단칸방이 두 사람이 살기에는 너무나 비좁았다. 침대 하나를 들여놓으면 남는 공간이 없다.

옛 동료들이 열어준 귀국 환영파티에서 잔뜩 술을 마시고 들어온 남편을, 조 목사는 신성한 성전에서 술 냄새를 풍긴다며 구박했다. 귀국 첫날부터 잔소리에 기분이 상해 담배를 한 대 피워 물었다가 좁은 방에서 쫓겨났다. 단칸방에서 쫓겨난 이종호는 교회 주차장으로 내려가서 캄캄한 어둠 속에서 담배를 빠끔거리며 이러려고 귀국했나, 하며 절로 한숨이 나왔다.

담배를 피우고 2층으로 올라가자, 조 목사는 입에서 술과 담배 냄새가 진동한다며, 당장 칫솔질을 하라고 들볶았다. 조 목사는 술을 마시고 담배를 피운 남편과 한 침대에서 잘 수 없다며 남편의 침소를 2층 복도에다가 마련해 주며 어이없어 하는 남편에게 일갈했다.

"당신 이제 목사 남편으로 이 집에서 살려면, 주일에 꼭 교회 예배 참석하고, 새벽기도 때도 깨울 테니 나랑 같이 참석해야 해."

"뭐 나더러 교회에 다니라고?"

이종호가 거칠게 대들었다.

"그럼 성전 건물에 살면서 예배는 안 나오겠다고?"

조복순의 기세가 시퍼렇다.

"나 40년 가까이 돈 벌었다. 이제 나 좀 편히 살 거다. 내 생활에 이러저런 간섭 마라."

이종호는 고개를 흔들었다.

"당신 교회 안 다닐 거면 이 집에서 나가. 그리고 이 성전에서는 절대 술 마시고 담배 피우는 사탄을 받아들일 수 없으니, 당장 술도 끊고 담배도 끊어."

"술도 끊고 담배도 끊으면 무슨 재미로 사나?"

"하나님 믿는 재미로 살면 되지."

이종호는 귀국 첫날부터 조복순과 다투기 싫었다.

"그만 잡시다."

이종호는 휴전을 선포했다.

"당신 술 먹고 담배 피운 그 더러운 몸으로 내 몸에 손 하나 대지 마."

조복순 목사가 단호하게 말하고 휭 하니 단칸방으로 들어가서 문을 쾅 닫았다.

이종호는 교회 2층 복도에 깔아놓은 요 위에 누우며 이 무슨 청승, 했다. 귀국 첫날부터 아내로부터 소박이다. 이종호는 진급시험에 떨어지고 조복순을 안으려다가 불두덩을 채이고 아파했던 때가 떠올라 몸에 소름이 끼쳤다. 비엔나에 있는 이사벨이 그리웠다.

이종호는 귀국 첫날을 복도에서 불쌍하게 잤다.

다음날 새벽 4시 조 목사가 복도에서 자는 남편을 깨웠다. 새벽기도에 가자고 했다. 지난밤 숙취로 아직 잠이 덜 깬 이종호는 조복순 목사의 횡포에 고개를 흔들며 조 목사를 밀치고 단칸방으로 도망가서 문을 안으로 잠그고 막 문을 두드리는 소음을 못들은 체하고 잠을 청했다.

14년이나 해외에서 근무하고 돌아온 이종호는 매일 귀국 환영 술자리가 줄을 섰다. 그는 술을 먹고 담배를 피운다고 매일 조복순 목사와 싸웠다.

그는 색소폰 학원에 등록했다. 학원에서 연습하는 외에 집에서는 연습할 공간이 없었다. 이제 퇴직을 하여 월급을 받지 않는 이종호는 매달 1,500유로씩 아내에게 줄 돈이 없다. 연금 받는 돈에서 줄 수는 있지만 그러기가 싫었다. 아내도 요구하지 않았다.

퇴직한 이종호는 반기문 유엔 사무총장같이 유엔 기구에 근무하는 남편으로 스포트라이트를 받으며 조복순 목사의 체면을 올려주던 프리미엄이 사라졌다. 남편의 상품가치가 떨어졌다. 술을 즐기고 담배를 피우며 교회를 멀리하는 남편은 아내의 목회 활동에 방해만 될 뿐이다. 아내는 남편의 연금에서 십일조를 내고 하나님 곳간을 채우라고 하기도 그랬다. 그렇다고 이종호가 술을 끊고 담배도 끊고 교회에 다닐 것 같지도 않았다. 남편은 목사인 아내의 치울 수 없는 짐이 되었다. 이종호는 끈 떨어진 연 신세가 된 것이다.

두 부부의 관계는 날이 갈수록 최악의 상태로 치달았다. 이종호는 30여 년을 같이 살아온 성직자 아내로부터 천덕꾸러기 취급을 당하며 자신이 살아온 인생에 회의가 느껴졌다. 두 사람 관계에 완충 역할을 해줄 아들과 딸은 다 외국에 있다. 이종호는 아직 결혼도 하지 않은 아들딸을 생각하며 늘그막에 이혼을 할 생각은 없었으나 아내의 구속에서 벗어나고 싶었다.

이종호는 그만 말년을 혼자 살기로 결심하고 조복순 너는 예수하고나 살아라, 하고 집을 나와 서울 교외에 오피스텔을 얻어 이사를 나갔다. 이종호는 노년에 마누라와 편안하게 살고 싶었는데, 말년을 참 편히 살 것으로 예상했었는데, 내가 무엇을 잘못하여 혼자 살게 되었나, 자탄했다.

하나님은 남자와 여자가 같이 살라고 했는데, 가정을 꾸리고 살라고 했는데, 우리 가정은 뭐가 잘못되어 뿔뿔이 헤어져 살게 됐나?

아들은 미국에, 딸은 오스트리아에, 아내는 교회 건물에, 나는 서울 변두리 오피스텔에. 아들딸이 휴가를 오면 어머니 집 복도에서 자야 하나, 내 집 거실에서 자야 하나? 내가 이사벨과 바람피운 벌인가?

서울 땅에서도 예수에 빠져 사는 목사 마누라를 버려두고 이사벨을 찾는 악업을 저질러야 하나?

장인

1.

이필수 과장은 발전소 정기 보수 마지막 날 조립을 마치고 막 운전에 들어가서 돌기 시작한 터빈의 절연 덮개에 손바닥을 대고 손바닥으로 전해 오는 진동을 점검했다. 출력 100만 kw급 천지원자력발전소 2호기가 일 년 반만에 한 번씩 하는 46일간의 정기 보수를 마치고 발전소를 재가동하고 있다.

터빈이 정격 출력으로 운전할 때 분당 1,800번 회전한다. 이필수 과장은 터빈 계기판에 붙은 계기에 분당 회전수가 100회를 가리키자 회전수 계기 옆에 달린 터빈 진동계를 봤다. 경계치인 180마이크로미터를 훨씬 하회했다. 그의 수십 년 정비 경험으로 측정한 그의 손바닥 감각으로 느낀 터빈의 진동도 안심해도 좋다고 알려줬다.

그는 중앙 제어실로 들어가서 발전부장에게 터빈 쪽은 이상이 없을 것 같다고 보고하고, 집에 가서 잠시 눈을 붙이고 회전수가 1,800 RPM에 도달할 것으로 예상되는 오후 다섯 시쯤 출근하겠다고 양해를 구했다.

그는 어제 오전부터 정기 점검과 정비를 하려고 해체한 터빈의 조립 작업을 지휘하며 27시간 연속 근무했다. 이대로 시운전이 진행되면 오후 다섯 시가 되면 터빈 회전수가 정격 회전수인 1,800 RPM에 도달하고, 저녁 7시면 발전기에서 생산된 전기를 송전계통으로 보낼 수 있을 것 같다.

이필수 과장은 중앙제어실 터빈 제어반의 계기들의 수치를 올려다 보며 문득 그가 영월화력발전소에 근무했을 때, 독일 기술자들이 터빈 조립공정의 기술을 숨기려고, 터빈 주변에 천을 둘러치고 한국기술자들의 접근을 막고 작업을 하던 장면이 떠올랐다.

이필수는 지지리 가난한 편모슬하 가정에서 어린 시절을 보냈다. 중학교까지는 겨우 다녔으나 고등학교를 진학할 형편이 못되었다. 당장 가게 점원으로라도 취직하여 집안 생계를 도와야 했다. 중학교 3학년 담임선생님이 이필수의 머리가 아깝다며, 한국전력에서 학비와 숙식비를 다 대주는 전기고등학교가 있는데 거기 시험을 쳐보라고 했다. 그 공고를 졸업하면 한국전력에 취직도 할 수 있다고 했다. 그는 전기고등학교에 입학원서를 냈고, 합격하여 돈 한 푼 안 들이고 고등학교를 졸업했다. 그는 졸업과 동시에 한국전력에 입사하여, 회사 연수원에서 신입사원 교육을 받고 처음 보직을 받은 곳이 영월화력발전소다.

영월화력발전소는 영월 읍내에서 약 3㎞ 떨어진 동강 변에 건립된 우리나라에서 가장 오래된 발전소 중 하나이다. 이필수가 영월화력에 발령 받았을 당시, 영월화력은 우리나라 전력의 1/3을 발전하는 우리나라에서 가장 중요한 발전소였다. 영월발전소는 일제 강점기에 건설된 구화력, 용량 2만5천 kw 짜리 4대, 총 10만 kw, 5.16 혁명 후 경제개발 5개년 계획에 따라 독일 시멘스사에서 도입 건설한 신화력 5만 kw 짜리 2기 10만 kw, 도합 20만 kw의 용량을 가지고 있었다.

이필수는 신화력 기계 보수부에 첫 보직을 받았다. 회사에 2년을 근무하고 군에 입대하여 33개월간 군복무를 마치고 제대하여 계속 영월화력에서 근무했다. 영월화력발전소는 영월 근방 탄광에서 생산되는 석탄을 주연료로 사용했다.

당시 영월읍에서 발전소는 아주 좋은 직장이라, 발전소에 다니는 총각은 영월 처녀들에게 선망의 대상이었다. 이필수는 영월 처녀의 유혹을 받고 영월 처녀와 결혼했다.

기계 보수부는 정비지침서에 따라 주기적으로 기기를 점검하고, 정기적으로 회전기기에 기름을 치고, 부품을 교체하는 등 예방 정비를 하고, 발전소 운전 중에 고장 난 기계를 고치는 부서이다.

화력발전소는 일 년 동안 운전을 하고 발전소를 정지하고 대대적인 정기 보수를 한다. 보일러, 펌프, 터빈 등 대부분의 발전소 기기를 해체하여 점검 보수한다. 필요하면 부품을 교체한다.

발전소 정기보수 때 이필수에게 큰 충격을 준 사건이 있었다. 발전소 보수 막바지에 해체한 터빈을 조립할 때 국내 기술로는 조립을 할 수가 없어 비싼 인건비를 주고 독일 기술자를 불러왔다. 터빈은 발전기와 연결되어 전기를 생산하는 중요 기기이다. 보일러에서 석탄을 연소하여 물을 증기로 만들어 관을 통해 터빈실로 이송하여 노즐을 통해 터빈날개를 친다. 그러면 열에너지가 터빈을 돌리며 기계적 에너지로 바뀌고, 터빈과 한 축에 연결되어 있는 발전기를 돌려 전기를 만든다. 터빈의 효율을 높이기 위해 터빈을 돌리는 증기 압력이 높은 고압 터빈과 일차 고압 터빈을 돌리고 나온 압력이 떨어진 증기로 돌리는 저압 터빈이 있다. 고압 터빈, 저압 터빈, 발전기가 한 축으로 죽 연결되어 있다. 길이가 수십 미터가 되는 축의 연결이 조금만 어긋나도 분당 3,600번씩(주 : 원자력발전소의 터빈 정격회전수는 일 분에 1,800번, 화력발전소는 3,600번이다.) 회전하는 고속 회전체가 진동을 하고 진동 한계를 넘으면 터빈이 미사일같이 터져 지붕을 뚫고 하늘로 날아간다. 그러므로 정기보수 후 터빈을 재조립할 때 세심한 주의가 필요하며 숙련된 기술이 필요하다. 비싼 일당을 받고 파견 온 독일 기술자들은 터빈 조립기술을 우리 기술자들에게 가르쳐주지 않고 숨기려고 터빈 주위에 헝겊으로 장막을 치고 그 장막 근처에 한국 기술자는 얼씬도 못하게 하고 자기들끼리 조립작업을 했다.

이필수는 그 장면을 볼 때마다 기술자로서 자존심이 상했고, 속이 상했다. 그러나 투명가면을 쓸 수도 없어 그냥 장막 밖에서 그 광경을 보며 속만 썩였다. 그는 대학까지 나온 많은 기술자들이 그 광경을 방치하는 것을 보고 욕지거리가 나왔다. 그는 무슨 일이 있어도 그 기술을 배워 우리 기술로 터빈을 조립하기로 마음을 다졌다.

한국전력에서는 직원에서 과장으로 진급하려면 꼭 시험을 치러 합격하여야 한다. 이필수가 직원 시절에 대학졸업 입학자는 입사 후 5년, 고등학교 졸업 입사자는 입사 후 9년이 지나면 과장시험을 칠 자격을 준다. 입사 후 군대를 다녀온 이필수는 30이 넘어 자식 둘을 보고 난 후 시험 자격이 생겼다. 그는 아내와 처갓집 체면을 봐서라고 단번에 합격해야겠다고 코피가 나도록 공부를 했으나, 그만 논문시험에서 잡쳤다. 연애편지 한 장도 제대로 못 쓰는 이필수에게 '인간 존중을 논함' 이라는 논문 제목은 너무나 어려웠다. 그는 개발쇠발 그려냈으나 틀림없이 과락을 받은 것 같다. 당연히 진급시험에 낙방하여 아내의, 대졸 사원도 많은데 그들과 경쟁하여 첫 번에 되겠어, 하는 위로를 받았다. 그는 5수 끝에, 삼십대 중반에 과장으로 진급하고 부산화력에 발령을 받았다.

감천에 자리한 부산화력발전소는 영월화력발전소와 같이 강원도 지역에서 생산되는 석탄을 연료로 연소하는 발전소로 1, 2호기는 용량이 각각 66,000kw, 3, 4호기는 각각 105,000kw로 당시 우리나라 최대 발전기였다. 1, 2호기는 미국 벡텔사가, 3, 4호기는 독일 시멘스사가 건설하였다. 이필수는 영월에서 시멘스 발전소를 정비해 본 경험이 인정되어 3, 4호기에 배치되었다.

이필수는 독일 시멘스사가 건설한 발전소에 배치를 받고, 터빈 축 정렬 기술은 배우기 어렵겠다고 미리 짐작하였다. 영월화력에 있을 때 그는 그 기술을 배우려고 정기보수 때마다 터빈 근처에서 얼씬거렸으나, 시멘스 기술자는 그의 접근을 허용하지 않았었다.

이필수 과장 밑에 다섯 명의 기술자가 배속되었다.

그는 과원들과 회식을 하는 자리에서 지나가는 말로 여기서도 독일 기술자 놈들이 정기보수 후 터빈 축을 정렬할 때 천막을 치고 하지, 하며 불만을 터트렸다. 직원 한 명이 아니라고 했다. 독일 기술자들과 같이 작업을 하는데 중요한 일은 독일 기술자들이 다하고 한전 직원은 조수노릇만 한다고 했다. 독일 기술자들은 그 일만 하고 다니는 기능공들이라 영어가 능통하지 않아 소통에 어려움이 있다고 했다. 독일어를 몰라 손짓 발짓으로 서로 의사를 소통한다고 했다.

이필수 과장은 이번이 터빈 축을 정렬하는 기술을 배울 절호의 기회라고 생각했다. 그는 독일 기술자와 소통을 하려면 독일어를 배워야겠다고 판단했다. 다음 정기보수까지는 8개월이 남았다. 그는 발전소에서 한 시간 거리, 서면에 있는 독일어 학원에 등록했다. 그는 8개월 동안 독일 기술자와 기초적인 소통을 목표로 독일어를 익히기 시작했다. 그는 여러 발전소에 흩어져 있는 입사 동기들에게 부탁하여, 터빈 정비 자료를 모았다.

당시 우리나라는 발전소를 지을 돈이 없어 발전소는 차관을 가져오는 회사와 계약을 하여, 우리나라는 마치 여러 나라 발전소 전시장과 같았다. 미국, 일본, 독일, 영국 등 여러 나라로부터 발전기가 들어왔다. 이필수는 여러 나라에서 공급한 발전소 터빈 정비 자료를 수집하여 숙독하며, 다음 발전소 정기보수 때 독일 기술자로부터 기술을 배울 준비를 착착 했다.

부산화력 3호기 정기보수가 시작됐다. 이필수는 터빈 보수는 자기가 책임지고 하겠다며 부장의 허락을 받고 그의 과원을 데리고 해체작업을 지휘했다. 그는 해체작업을 하며 꼼꼼하게 매일 해체작업 일지를 작성했다.

정기보수 막바지에 독일 기술자들이 터빈 조립을 위하여 왔다. 이필수 과장이 독일 기술자들의 상대역으로 작업에 참여했다. 그는 그의 과원들에게 독일 기술자 하루 일당이 우리 반달 치 월급과 맞먹는다고 하며 이번 기회에 어떻게든지 조립기술을 배워 다음부터는 우리 손으로 하자고 했다. 이필수 과장이 독일어로 소통을 시도하자 독일 기술자들은 놀라는 표정이었다.

이필수 과장은 매일 작업이 끝나면 과원들을 불러 모아 그날 작업한 내용에 대하여 토의하고 자세하게 일지로 정리했다.

다음 부산 4호기 정기보수 때는 독일 기술자들의 감독하에 이필수 과장팀이 직접 터빈 조립작업을 했다. 이필수 과장은 그의 팀이 조립한 터빈이 씽씽 돌자 눈물이 났다. 그 다음부터 터빈 조립을 위해 비싼 돈을 주고 독일 기술자를 부르지 않았다.

이필수는 터빈 조립에 관한한 한국전력에서 최고의 기술을 가진 장인으로 인정을 받고, 여러 발전소 정기보수 막바지에 그 발전소로 출장을 가서 조립공정을 지도 감독했다.

고졸로 한국전력에 입사한 이필수는 학력의 벽을 넘지 못하고 과장으로 58세에 정년퇴직하고, 그의 정비기술을 인정받아 3년간 계약직으로 더 근무했다.

이필수는 이제 며칠만 있으면 계약직 계약기간이 끝난다. 40년 넘게 기계와 대화하며 살던 생활을 끝내고, 사람과 부딪히며 사는 새로운 인생을 시작해야 한다.

이필수는 터빈 홀에서 힘차게 터빈이 돌아가는 소리를 들으며, 보통 사람에게는 소음으로 들리나 이필수에게는 음악처럼 들린다. 거대한 터빈 몸통을 쳐다봤다. 이제 며칠만 더 있으면 이곳을 떠난다고 생각하니 감회가 새로웠다. 18살 나이에 신입사원으로 입사하여 40여년을 이 소음을 들으며 살아왔다. 그는 터빈 건물 유리창을 통해 하늘에 구름이 흘러가는 것을 올려다보았다. 정말 한가롭게 구름이 흘러갔다.

그는 목이 간질거려 손가락으로 간질거리는 부분을 긁었다. 개미 한 마리가 마루에 툭 떨어졌다. 마루에 떨어진 개미가 한참을 그대로 죽은 척 멈춰있더니, 고개를 갸웃하고 주위를 살피다가 부지런히 도망쳤다. 개미가 두 뼘쯤 빠르게 왼쪽으로 가다가 다시 원점으로 돌아왔다. 개미가 두 발을 비비고 고개를 기웃거리며 탐색하다가 오른쪽으로 기어갔다. 또 두 뼘쯤 기어가다가 다시 원점으로 돌아왔다. 개미는 그가 남겨놓은 냄새 흔적을 찾지 못하고 완전히 길을 잃은 모양이다.

이필수는 저 개미를 잡아서 땅에 내려줘야 하는데 길을 잃고 헤매는 개미가 어느 곳에서 그의 몸에 기어올랐는지 알 수 없어 함부로 잡아서 내려놓을 수가 없었다. 개미가 다시 위쪽으로 한 뼘쯤 기어가다가 다시 원점으로 돌아오고, 또 아래쪽으로 기어가다가 또 원점으로 돌아왔다. 개미는 완전히 방향감각을 잃은 모양이다. 지금까지 다니던 길에 남겨놓은 흔적을 찾지 못하고 계속 방황했다. 개미는 원점에서 꼼짝도 않고 그대로 죽은 듯 멈춰 있다.

이필수는 우왕좌왕하는 개미를 보며, 평생 사택과 발전소만 다니던 그가 발전소를 나서면 집과 어디를 다녀야 할까? 엉뚱한 곳에 갔다가 저 개미같이 길을 잃고 헤매지는 않을까, 하고 걱정이 들었다.

퇴직을 하면 61세, 우리나라 평균 나이로 산다고 쳐도 20여 년을 더 살아야 할 텐데, 공연히 올라가지 말아야 할 곳을 오르다가, 방향을 잃고 저 개미같이 방황하지 않을까? 내 갈 길을 모르는데, 잘못 들어서면…, 그렇다고 집에서만 살 수는 없는데 어떻게 산다?

이필수는 꼼짝도 않고 누워있는 개미를 뚫어지게 내려다봤다.

이필수는 원점에서 꼼짝도 못하는 개미를 내려다보며, 퇴직하면 저런 행보는 말아야 할 텐데, 하며 퇴직 후를 걱정하였다.

2.

이필수는 계약직 계약기간이 만료되자, 바닷가, 발전소를 떠나 서울 집으로 올라왔다. 이필수 부부는 40대부터 따로 살았다. 아들딸들이 성장하여 초등학교 고학년이 되자 아들들의 교육을 위하여 아내는 15평 아파트를 사서 아이들을 데리고 서울로 이사를 갔다. 이필수는 독신으로 바닷가에 있는 발전소를 전전했다.

이필수가 부산화력에서 근무하는 과장 중 고참 축에 들어 부장 진급 추천을 받을 수 있을 거라고 기대할 때쯤 그의 직속상관 최원국 부장이 원자력 직군으로 발탁되어 영광원자력발전소로 전근을 가면서 정비의 달인 이필수에게 같이 가자고 했다.

이필수는 부산화력에 그대로 근무하면 2, 3년 내에 부장 진급 추천을 받을 수 있을 건데 원자력발전소로 가면, 그 곳에도 진급대상 고참들이 많아 새로 전입한 그는 진급에서 밀릴 수밖에 없을 거고, 원자력직군은 회사 내에서 가장 우수한 인재들의 집단이라 고졸 출신은 진급에서 밀릴 것 같아, 원자력발전소로 전근 가는 것이 망설여졌다.

영광원자력발전소에는 시설용량이 100만 kw짜리 대용량 발전기가 여섯 대나 있다. 그가 근무하는 부산화력 발전기보다 용량이 열 배나 더 큰 첨단 시설이다. 그는 우물 안 개구리에서 벗어나서 대용량 발전소에서도 정비의 달인 소리를 듣고 싶었다. 원자력발전소에 근무하면 화력발전소에 근무할 때보다 보수도 높다. 그는 망설이다가 상사의 권고를 받아들였다.

그는 용량 10만 kw급인 화력발전소에서 100만 kw급인 원자력발전소로 자리를 옮기고 발전소 규모가 큰 것에 먼저 기가 죽었다. 그는 원자력발전소에서도 최고의 장인이 되기 위하여 열심히 노력했다.

원자력발전소에는 많은 자료들이 영어로 되어 있다. 영어를 못하면 제대로 자료를 볼 수가 없다. 그는 EBS 영어 교재를 사서 티브이를 보며 영어를 독학했다. 대학 입학 교재로 영어를 독학하며 문득 꿈에만 그리던 대학에 가고 싶어졌다. 영광원자력발전소에서 한 시간 내에 갈 수 있는 야간대학이 없다.

그는 방송통신대학에 입학했다. 방통대 매학기 2, 3일씩 하는 출석수업 때 연차를 사용하여 출석하며 정말 짧게 대학생활의 편린을 맛보며 대학을 다니고 졸업하고 사각모를 써봤다. 상사 최원국이 기술사 자격증을 따는 것을 보고 자극을 받아, 그는 기능사, 기능장에 도전하여 자격증을 따고 명실 공히 장인의 반열에 올라섰다.

그는 영광에서 8년 근무하고 순환 보직 규정에 따라 울진원자력발전소로 전근 갔다. 거기서 9년 근무하고, 고리원자력발전소로 전근 가서 정년퇴직하고, 고리발전본부 본부장의 추천으로 계약직 3년을 했다.

그는 현장에서 그의 기술을 인정받고 매년 발전소 현장에서는 부장 진급 추천을 받았으나 인사위원회 심사에서 밀려 번번이 진급에 실패하고 통음하며 한을 풀었다.

이필수는 막상 퇴직을 하고 서울 집에 올라오니 할 일이 없었다. 서울에는 만날 친구도 없었다. 그동안 바닷가에 있는 발전소만 전전하느라 동창 모임에도 나가지 않아 동창들로부터도 소식이 끊어졌다.

그는 그동안 못 쉰 것을 한꺼번에 쉬자며 일주일 내내 집에서 빈둥대며 늦잠을 자고, 낮잠을 자며 게으름을 피웠다. 일주일을 그렇게 보내고 나니 몸에 좀이 쑤셨다. 그는 잘 모르는 서울거리를 배회할 수도 없고 정말 답답했다. 불규칙적이고 처지는 생활을 하다 보니 몸이 축 처지는 기분이었다. 이런 생활을 계속하며 쉰다면 재보충이 아니라 병이라도 날 것 같았다. 그는 집에서 가까운 문화원을 찾아 오전 8시 반부터 한 시간 반 동안 주 5일 수련하는 요가반에 등록했다.

그는 매일 아침 일찍 요가반으로 출근하며 직장에 출근할 때와 같은 생활 리듬을 찾고 게으름에서 벗어나며, 그의 나머지 인생에 20년을 더 산다고 치고, 매달리며 살아갈 계획을 세워갔다.

발전소에서 해 왔던 일들은 사회생활과는 전혀 관계가 없어 현실 세계에 써먹을 일이 없었다. 발전소 생활 밖에 모르는 그는 새 생활에 대한 아이디어가 척 머리에 떠오르지 않았다. 그가 40여 년 동안 해온 발전소 정비에 대하여 더 파고들고 공부를 해도 그건 시간을 죽이기 위한 공부를 위한 공부일 뿐이다. 이제 그 기술을 써먹을 기회는 오지 않는다. 평생 발전소에서 기계와 씨름하며 살아온 경력에 맞는 여생을 바쳐 도전해 볼 분야가 바로 떠오르지 않았다.

그는 아내와 점심을 먹으러 가다가 문득 길 오른 편에 보이는 빌딩에 달린 자원봉사센터 간판을 보았다. 점심을 먹고 아내를 먼저 집에 보내고, 그는 자원봉사센터에서 뭐 할 일이 없을까, 하고 2층 봉사센터를 찾았다. 그가 봉사센터에 들어서서 기웃거리자 30대의 착하게 생긴 아주머니가 어떻게 왔느냐고 물었다. 이필수는 여기가 뭐하는 곳이냐, 하고 묻자 여직원이 친절한 목소리로 자리에 앉으시라고 했다.

여직원이 커피 한 잔과 양식을 건네며 작성이 되면 말씀해 주시라고 했다. 양식은 성명 주소 등 인적사항과 간단한 이력을 적게 되어 있었다. 그가 서류 작성을 마쳤다는 신호를 보내자, 여직원이 아, 한전 원자력분야에 다니셨네요, 하며 감탄과 존경의 눈으로 그를 쳐다보았다. 그는 그녀의 눈빛이 마음에 들었다. 자원봉사하실 분야가 많은데, 우선 기본 교육을 받으시고 나서 분야를 같이 찾아보자고 했다.

이필수는 2시간의 기본 교육을 받고, 센터 여직원과 자원봉사 분야를 상의했다. 독거노인에게 책을 읽어주는 것이나, 바둑을 두어주는 것이나, 대화 상대를 해 드리는 등의 자원봉사도 할 수 있지만, 그는 쉽게 할 수 있을 것으로 생각되는 두 분야를 선정했다.

월, 수, 금 오후 2시부터 5시까지 복지관에 가서 결손 아동을 돌보는 봉사와 화, 목 오후 한시에 복지관에서 자원봉사자들이 만들어 놓은 반찬을 인수하여 독거노인에게 배달하는 일을 골랐다.

복지관에서는 결손 아동 열 명을 돌보는 일을 이필수에게 맡겼다. 복지관에서 건네준 아동 신상명세서를 보니 그에게 맡긴 어린이들은 초등학교 1학년에서 6학년까지로 다양했다. 열 명 중 네 명은 6학년 언니와 3학년 남동생, 5학년 오빠와 2학년 여동생인 형제 자매였다. 부모가 안 계시고 조부모 밑에 살거나, 어머니는 안 계시고 직장을 다니는 아버지 밑에서 자라는 아이들이었다.

학교가 끝나면 바로 복지관으로 와서 선생님 지도하에 숙제도 하고, 한문도 배우고, 일주일에 한 번씩 체육교사가 와서 체육도 하고, 만화 영화도 보여줬다.

사회복지학과 여대생이 봉사자로 와서 이필수와 둘이서 아이들을 돌봤다. 사회복지학과 대학생은 봉사점수도 따고, 교통비 정도는 받는다고 했다.

학년도 다양하고 다니는 학교도 달라 일률적으로 가르칠 수가 없어 항상 손이 달렸다. 결손아동이라서인지 정신상태가 항상 불안정했고,

집중력도 떨어지고 서로 시기심도 많아, 한 학생을 잡고 가르치고 있으면 다른 학생이 샘을 내며 실내를 빙빙 돌며 다른 학생을 가르치는 것을 방해하고, 막 떠들었다. 그렇다고 어린 학생들에게 회초리를 들 수도 없고 막 고함을 칠 수도 없어 어린 아이들 다루기가 정말 힘들었다. 어린 학생들이 할아버지인 이필수보다는 젊은 여대생을 더 따라 그것도 속이 조금 상했다. 3시간 자원봉사를 하고 나면 이필수는 피로로 축 퍼졌다.

반찬 배달은 시간이 걸려서 그렇지 정신적인 스트레스는 받을 일이 없었다. 한시에 복지관에 도착하여, 자원봉사자들이 만들어서 봉투에 담아놓은 반찬을 받아 차에 싣고 그에게 배당된 가정을 죽 한 바퀴 돌면 된다. 그는 다섯 집 배달을 맡았다. 한 바퀴 도는 데 2시간이 걸렸다.

오전에 요가를 하고 오후에 자원봉사를 하자 이필수의 생활에 윤곽이 잡혔다. 이필수는 요가를 하고 와서 점심을 먹을 때까지 세 시간 남짓한 시간은 그동안 거의 읽지 못했던 철학, 종교, 과학 등 다양한 책을 읽으며 마음의 양식을 채우기로 했다. 자원봉사를 하고 난 후 오후 시간은 육체의 양식을 채우기 위해 돈을 버는 시간으로 할당했다.

이필수는 40여 년 동안 직장생활을 하며 모은 재산은 서울 강남에 30평짜리 아파트 한 채, 매월 120만원씩 받는 국민 연금, 그리고 퇴직금으로 받은 3억 원의 현금이 전부다. 아내가 퇴직금 3억 원을 제2금융권에 5천만 원 이하로 쪼개서 예금하여 이자가 월 백 만 원쯤 나온다. 서울의 부자동네 강남에서 연금과 이자를 합친 월 2백만 원 남짓으로 생활하기에 턱없이 부족했다. 이필수가 돈을 벌어서 보태야 서울 살림을 영위할 수가 있다.

그는 식당 등을 개업하여 큰 투자를 하고 경험도 없이 장사를 하다 망하면 퇴직금만 날릴 것 같아, 밑천이 조금 들고 돈 버는 방법을 찾다가, 1.5톤 트럭을 사서 아파트 입구 노변에 세워놓고, 여름에는 옥수수를 쪄서 팔고, 겨울에는 군고구마를 구워서 팔기로 했다.

이필수는 트럭에 앉아서 옥수수를 삶으며, 내가 40여 년 동안 발전소에서 값싼 전기를 만들어 이 나라 산업을 일으키는 데 기여했는데 퇴직하고 먹을 돈이 없어 이런 장사까지 해야 해, 하며 불만이 컸으나 반찬 배달을 하며 그보다 훨씬 열악한 환경에 사는 독거노인들을 보며 그의 한탄은 사치로 여겨졌다.

그는 다시 월급쟁이를 할 때와 같이 개미 쳇바퀴 도는 생활을 시작했다. 아침 일찍 일어나서 아침을 먹고 요가 교실에 출근하고, 끝나면 집에 와서 책을 읽고, 12시에 칼같이 점심을 먹고 자원봉사를 나간다. 자원봉사를 마치고 집에 돌아와서 트럭을 몰고 장사를 나가서 열시에 장사를 마치고 집에 와서 11시에 잠든다. 그는 주말, 토요일과 일요일에는 오전 10시부터 장사를 시작했다.

이필수는 규칙적인 생활 패턴을 이어가며 심심할 틈은 없었으나, 뭔가 허전한 느낌이 들었다.

남을 위한 일 말고 무엇인가 나를 위한 일을 해야 하는데….

이필수는 그가 발전소에 40여 년 동안 근무하며 익혀 장인 소리를 듣던 정비기술을 집대성하여 책을 써서 후배에게 남기기로 했다.

이필수가 퇴직한 지 2년이 지났다. 이필수는 새로운 생활에 잘 적응하며, 그런대로 보람을 찾아가고 있었다. 특히 인문학 책을 읽으며, 그동안 기계와만 놀며 놓쳤던 인생에 대한 성찰을 배우며 인생을 관조할 수 있게 됐다.

이필수는 발전소 기계부문 정비에 대한 책을 완성했다. 도면과 그림까지 합하면 400 페이지가 훨씬 넘을 것 같았다. 그는 그 책을 출간하고 싶었으나 어떻게 출간해야 하는지 알 수가 없었다. 그는 인터넷을 뒤져 몇 출판사에서 책을 출판하려면 원고를 보내주면 검토하고 한 달 이내에 연락을 준다는 안내문을 보았다. 이필수는 원고를 색채로 프린트하여 세 출판사에 보냈다. 한 달이 지났지만 어느 출판사로부터도 연락이 없었다. 그는 그중 한 출판사를 찾아갔다.

편집인이라는 40대가 이필수를 맞았다. 이필수의 설명을 들은 편집인은 자기 출판사는 소설을 내는 출판사로 그런 기술적인 책은 출판하지 않는다고 했다. 한참을 뒤적거려 원고를 찾아서 이필수에게 건네줬다. 이필수는 소설만 출판한다면 원고를 받자마자 부적절하다고 바로 연락을 줄 일이지, 하고 화가 났으나 꿀컥 참고 원고를 받아들고 집으로 갔다.

나머지 두 개 출판사는 직접 찾아가지 않고 전화만 했다. 두 출판사에서도 다 출판을 거절당했다. 이필수는 그가 2년을 걸쳐 40년 쌓아온 노하우를 집대성했는데, 하며 현실이 섭섭했다. 그는 크게 좌절했다. 그는 애써 쓴 원고를 사장시키기에는 너무 아까워 그가 다녔던 회사에 기부나 하자, 하고 그 원고를 그가 모셨던 최원국 발전소장에게 우편으로 보냈다.

최원국은 일류 대학을 나오고 실력 있고, 부하들에게 신망이 두터웠으나 본부장으로 진급하지 못하고 발전소장으로 정년퇴직을 눈앞에 두고 있었다. 원고를 보낸 삼일 후 최원국 발전소장이 주말에 서울 올라올 테니 만나자고 했다. 최원국 발전소장은 이필수에게 저녁을 사주며, 아주 귀중한 자료를 보내줘서 고맙다며, 회사에서 매뉴얼로 쓰게 인쇄할 테니 예스해달라고 했다. 이필수는 당연히 예스했다. 책 원고료는 많이는 못주고 500백만 원쯤 송금해 줄 테니 계좌번호를 알려달라고 했다.

3주후 발전소에서 택배가 왔다. 책 20부를 저자에게 보내준 것이다. 이필수는 그의 이름이 저자로 쓰인 〈발전소 기계보수 정리〉 라는 책자를 받아들고, 가슴이 먹먹하고 막 눈물이 나려 했다. 그는 창밖 하늘에 흘러가는 구름을 쳐다보며 감동을 달랬다. 담당자가 500만원을 송금했다고 하며, 500부를 찍어 각 본부, 연수원, 기술원, 본사 등에 배부했다고 했다. 아는 분에게 보내는데 20부가 부족하면 몇 부 더 보내줄 수 있다고 했다. 이필수는 기술서적을 보낼 곳이 없어 됐다고 했다.

이필수가 퇴직한 지 5년이 지났다. 이제 그의 생활 패턴이 규칙적으로 고정되어 갔다.

매일 아침 한 시간 반씩 요가를 수련하다 보니, 이제 동작도 유연하고 호흡에 맞춰 정신집중도 잘 됐다. 오전 매일 세 시간씩 하는 독서로 소크라테스부터 현대까지 철학의 흐름을 짐작할 수 있게 됐으며, 세계역사, 우주의 생성에 대한 간략한 그림을 그릴 수 있게 됐다. 종교에 대하여도 기독교, 이슬람교, 불교 등의 교리와 변천과정도 알게 됐다.

지속적으로 자원봉사에 참여하여 봉사상도 받고, 자원봉사 잡지에 그의 기사가 실리기도 했다.

5년 째 전철역에서 아파트 단지로 들어가는 길목에서 트럭 장사를 하다 보니, 오고가는 아파트 주민들을 알게 되고, 단골도 생겼다. 친구들 모임에 빠지지 않고 참석하여, 이제 제법 같이 술을 마실 수 있는 친구도 생겼다. 이필수는 제3의 인생을 그럭저럭 잘 적응하며 꾸려갔다.

그 안에 아들과 딸도 결혼을 시켜, 이제 노부부가 여생을 여유롭게 살 여정에 들어섰다.

3.

한국전력 소유인 발전소의 정비는 한국전력의 자회사인 한전기공(주)에서 독점적으로 수행해 왔다. 당연히 한전기공의 임원도 한국전력 출신이 차지했다.

새로 정치권에서 한전 사장으로 취임한 박정권 신임 사장은 발전소 정비라는 수천억 원짜리 용역을 자회사에 수의계약으로 주는 데 불만이 많았다. 자회사에 계약을 몰아주니 사장이 개입하여 끗발을 부릴 여지가 전혀 없었다. 그는 이은성 발전본부장에게 발전소 정비분야의 일부를 민간에 이양하는 방안을 검토하라고 지시했다.

이은성 본부장은 사장의 지시로 민간 이양 분야를 검토하면서, 갓 퇴직한 그의 선배인 최원국 전 발전소장에게 자문을 구했다. 최원국은 전기, 계기, 기계 분야 중 이관 가능한 분야를 자문하면서, 기계분야는 이필수 전과장과 협의했다.

발전소 정비분야의 일부를 민간에 이양한다는 정보를 박정권 사장으로부터 전해 들은 재력가 조철호는 최원국 전 발전소장을 만나자고 하여 정비회사의 설립을 제안했다.

최원국에게 부사장을 제의하며, 회사 설립에 필요한 자금은 자기가 댈 거니 회사 골격을 만들고, 인재를 스카우트하는 일을 맡으라고 했다. 조철호는 박정권 한전 사장과 잘 통하니 일을 따는 것은 자기가 알아서 할 거니 걱정하지 말라고 했다.

최원국은 부사장 밑에 기계, 전기, 계기분야 정비본부를 두는 것으로 회사 골격을 짜고 각 본부장 후보를 추천했다. 기계정비 본부장으로 이필수를 추천했다.

조철호 사장은 이필수가 고졸 출신으로 한전에 입사하고 방통대는 나왔으나 겨우 과장만 하고 퇴직한 것에 이의를 달았다. 최원국은 이필수가 지은 〈발전소 기계보수 정리〉 책을 보여주며, 기계분야에서는 대한민국에서 제일가는 장인이라고 강력히 추천했다. 조철호 사장은 책을 뒤적이며 갸웃하더니, 누구를 만나 확인했는지, 며칠 후 좋다고 승인해 줬다.

최원국 부사장은 이필수를 찾아갔다. 가로수 플라타너스 그늘 아래 세워놓은 트럭에 앉아 매미 우는 소리를 들으며 옥수수를 찌고 있던 이필수는 겸연쩍은 표정으로 옛 상사를 맞았다.

"우리 이 장인이 그 좋은 기술 다 접고 여기서 옥수수를 삶고 있네."

최원국이 수줍어하는 옛 부하의 손을 잡고 흔들며 말했다.

"네. 어쩐 일로? 옥수수 하나 맛보시겠어요?"

이필수가 잘 쪄진 알이 통통한 옥수수를 옛 상사에게 건네며 말했다.

"이 장사 몇 시에 끝나요?"

최원국이 깍듯이 존댓말을 썼다.

"예, 열시에 끝마치는데요."

"그래? 그럼 내가 열시에 다시 올게요."

최원국이 옛 부하가 건넨 옥수수를 흔들며 말했다.

"무슨 하실 말씀인데요?"

이필수는 돈을 빌려달라는 말은 아닐 거고, 무슨 부탁을 하려나, 하며 의아한 눈으로 옛 상사를 쳐다봤다.

"좋은 일인데, 내가 새로 설립하는 정비회사에 부사장으로 갔어요. 그래서 이 장인을 스카우트하려고요."

"아, 축하합니다. 부사장 가시는 거."

이필수가 축하인사를 했다.

"인재를 영입하며 이렇게 하면 예의가 아니고 내가 열시에 다시 올게요. 이 옥수수 잘 먹을게요."

최원국이 손을 내밀었다.

"지금 말씀하셔도 되는데, 이거 사모님 가져다 드리세요."

이필수가 옥수수 한 묶음을 건네며 말했다.

"돈을 준다고 하기는 그렇고, 이거 정으로 생각하고 가져다 마누라 줄게요. 그럼 10시에 봅시다."

최원국이 손을 흔들고 휘적휘적 걸어갔다.

이필수는 최원국이 새로 생긴 발전소 정비회사 부사장이 됐으며, 그를 그 회사에 스카우트하려는 모양인데, 과장은 아닐 거고, 부장 쯤 직책을 주려나, 하며 부장으로 한 3년 근무하면 이 장사하는 것보다 수입도 좋고 그가 평생 닦은 기술도 쓰고 하는 점은 좋으나, 3년 후 다시 퇴직하면 이 생활을 다시 시작해야 하는데, 그 때 70이 다 된 나이에 이 일을 다시 시작하려면 아주 어설플 텐데, 하며 최원국이 말할 것으로 예상되는 제의가 별로 탐탁하게 생각되지 않았다.

저녁 10시에 최원국이 이필수를 다시 찾아왔다. 이필수는 서둘러 가게를 정리하고, 아파트 단지 상가에 있는 커피점으로 옛 상사를 모셨다. 최원국은 악착같이 커피 값을 내고, 이필수에게 임기 3년의 본부장 자리를 제의했다. 이필수는 발전소 과장밖에 한 적이 없는 그에게 최원국이 너무 높은 자리를 제의하여 어리벙벙했다. 이필수는 하루만 생각할 시간을 달라고 했다.

이필수가 집에 와서 마누라한테 최원국 부사장의 제의를 전하자, 아내는 뭘 생각할 거 있냐고 단번에 좋다고 하라 했다. 평생 발전소에서 나이 어린 상사 밑에서 근무했던 남편의 한을 풀어주고 싶었던 모양이다. 그녀도 나이어린 사모님을 모시면서 몇 번은 혀를 깨물었을 거다.

이필수는 본부장은 현장에 가서 직접 기계와 씨름하는 자리가 아니라 사람을 다루는 자리인데, 한 번도 많은 부하를 거느려 본 적이 없는 그가 사람을 잘 다룰지 자신이 없었다. 더구나 그의 밑으로 한전에 다닐 때 그보다 직급이 높았던 기술자도 들어올 텐데 그들이 비록 나이는 그가 많지만, 옛 과장의 말을 잘 들을까 걱정이 되었다. 임기 3년이라

할 때 그가 본부장에서 물러나면 69세가 되는데 그때 또 나머지 인생을 새로 설계하고 시작하려면….

이필수는 한 편으로는 평생 해 보지 못했던 높은 자리, 본부장을 해 보고도 싶고, 비록 과장이지만 장인 소리까지 들으며 쌓아온 이력을, 본부장이 되어 사람을 잘못 다뤄 망가질지도 모른다는 두려움도 생겼다. 본부장을 하고 나면 좀 오만해질 텐데, 과장으로 퇴직했을 때와 같이 겸손한 마음으로 옥수수장사를 다시 시작할 수 있을까?

그는 어렸을 때를 빼고 평생 평탄하게 살아왔다. 장학생으로 고등학교에 입학하여, 학비, 주거비 걱정 없이 고등학교를 다녔고, 졸업하자마자 대한민국에서 가장 안정적인 직장에 취직했다.

비록 진급을 못해서 여러 번 좌절했고, 40대부터 바닷가 발전소 부지에서 혼자 사느라 힘들었지만, 큰 경제적인 어려움은 없었고, 항상 정성을 들인 만큼 보답하는 기계와 살며, 한 분야 최고 전문가로서 대접을 받으며 살아왔다.

직장을 정년퇴직하고 규칙적이고, 생산적으로 시간을 관리하며 건강도 유지하고, 생활도 어렵지 않게 꾸려가고 있다. 본부장 직책은 평탄하게 살아온 생활에 푹 솟을 높은 산봉우리다. 그 산봉우리를 잘 감당하고 넘을 수가 있을까?

그는 어떻게 할 것인지 결론을 쉽게 내리지 못했다.

4.

이필수와 최원국이 대폿집에서 마주보고 앉았다.

"저를 잘 봐주셔서 본부장 추천해 주신 거 감사합니다."

이필수가 공손한 말투로 말했다.

"자격이 충분하여 추천했는데, 그래 올 수 있지요?"

"그게, 제가 그 자리에 부적당한 사람 같습니다. 저는 한전에서 평생

기계와 붙어 살아 사람 다루는 일을 할 기회가 없었습니다. 본부장은 행정을 하고, 사람을 다루는 자리일 것 같은데, 또 한전 가서 로비해서 일도 따와야 하고."

"아니 이필수 씨는 일은 따오지 말고 기술적인 일만 하면 돼요."

"어떻게 경영간부가 기술적인 일만 합니까? 경영간부가 되면 노조도 상대해야 하는데, 제가 현직에 있을 때 노조 상집도 해 보고 했는데, 굉장히 상대하기 까다로운 집단이에요. 그래서 저 본부장 시키지 말고 그냥 현장에서 기술만 써먹는 자리면 하는데, 현장 소장이든지 본사에서 각 현장을 직접 지도하는 자리 같은 거."

"누구나 높은 자리 좋아하는데 본부장이 싫다고? 음. 이필수 씨 뜻은 충분히 알아들었어요. 내가 사장하고 상의하여 그런 자리를 본사에 만들지요."

"감사합니다. 솔직히 말씀 드려 본부장 가봐야 3년 할 텐데 그 맛 들여놓으면 퇴직하고 다음 생활하는 데 어려움이 예상돼요."

"무슨, 3년만 하고 말 거야? 두 텀은 해야지."

"에이 소장님. 누가 투자해서 회사 만드는지 모르지만, 돈 벌려고 하는 건데, 바로 퇴직한 사람 스카우트해서 본부장 시켜야 일을 따는 데 유리하지요. 저 같은 고물을 앉혀놓으면 누가 일을 줘요. 지금 저 퇴직하고 이제 더 늙은 나이까지 할 일을 잘 해 가고 있어요. 너무 높은 자리 가면 다음에 퇴직하고 그런 험한 일 안 하려고 할까 겁나요."

"조그만 회사 본부장이 뭐 높다고?"

"저 한전에서 과장밖에 못했어요."

"그런가? 우리 이 장인을 누가 무시해요?"

"고맙습니다. 잘 봐주셔서."

두 사람은 술을 마시며 퇴직하고 살아가는 이야기를 나눴다. 최 부사장은 이필수를 부장 진급 못시키고 퇴직시켜 미안했었다고 몇 번을 말하며 미안해 했다.

최원국 부사장은 이필수에게 본사 정비담당역의 자리를 만들어줬다. 각 발전소 정기보수 때 현장에 가서 정비를 자문하는 자리이다.

이필수는 그의 기술을 써먹고, 행정일이나 사람과 다투는 일을 안 하는 자리라서 좋다고 하고 최원국의 제의를 받아들였다.

평생 남편이 과장밖에 못하여 직위에 한이 맺혔던 아내는 이필수가 본부장 자리를 거절했다고 하자 화를 냈으나, 이필수는 못들은 체했다.

이필수는 다시 정비 자문역으로 직장에 나가며, 그가 5년 쉬는 동안 기술이 많이 발전한 것을 실감하며, 조금 기가 죽었다. 기기 상태를 점검하는 계기도 많이 개발되었고, 정비 기술도 많이 진보했다. 특히 원자력발전소는 안전 때문에 입증되고 검증된 기술이 아니면 사용하지 않아, 이필수가 다닐 때는 아날로그 제어가 주류였는데, 이제 디지털 기술이 화력발전 쪽에서 입증되고 검증되자 원자력발전소에도 디지털 기술을 다방면에서 도입했다.

이필수는 기술을 자문하는 것이 아니라 오히려 젊은 기술자들에게 디지털 기술을 배워야 하는 입장이 될 때도 있었다. 그가 그렇게 심혈을 들여 배웠던 터빈축 정렬도 컴퓨터가 정확하게 조정 포인트를 알려줬다. 옛날의 권위와 경력만으로는 기술세계에서 통하지 않았다.

이필수는 새로운 기술을 배우며, 바탕이 있어 더 빨리는 배우지만, 고액의 연봉을 받으며 회사에 미안한 생각이 들 때도 있었다.

한국전력에 다닐 때는 평생직장이라고 생각하고 일에 매달렸으며, 새로운 기술을 배우는 데 전력을 쏟았다. 임기 3년의 임시 계약직을 하다 보니 평생직장을 다닐 때보다 정열이 불꽃처럼 일지 않았다. 현장에 가서 밤을 새워 정비를 하고 나면, 옛날에는 뿌듯하고 희열을 느꼈는데, 나이가 들어서인지 짜증이 나고 피곤하기만 했다. 내가 이 일 꼭 해야 하나, 하며 게으름도 생겼다. 새로운 기술을 배울 의욕도 안 생기고, 후배들이 하는 정비작업에 잘못 끼어들다가는 낡은 기술뿐이 모르는 구식 늙은이 취급을 받기 딱 십상이었다.

이필수는 하나님이 나이가 들어 우리 눈을 원시가 되게 한 것은 눈앞에 보이는 작은 것은 보지 말고 멀리 큰 것을 보라는 뜻이고, 귀가 잘 안 들리게 하는 것은 큰 소리만 듣고 살라는 뜻이라고 쓴 탈무드의 글귀를 떠올리며 은퇴시기를 쟀다. 그렇다고 나이도 지긋한 그가 경솔하게 회사를 그만 두겠다고 부사장에게 말도 할 수가 없어 가능하면 후배들 일에 방해되지 않도록 노력하며, 그의 경험이 도움이 될 만한 일만 조언하였다.

최원국 부사장이 3년 임기를 마치고 칼같이 퇴직하고, 막 퇴임한 한전 고급간부가 그 자리를 꿰어 찼다. 이필수의 계약기간 3년이 지나자 그의 계약기간 연장을 추천해 줄 사람도 없었지만, 이필수는 계약기간 연장을 권하더라도 스스로 물러나기로 마음을 정했다.

두 번째 직장을 퇴직한 이필수는 다시 요가반에 등록하고, 오전은 마음의 양식을 쌓는 데 썼다. 자원봉사는 신경이 쓰이지 않는 반찬 배달만 했다. 이필수가 옥수수를 삶아서 팔던 자리에 다른 실업자가 자리를 차지했다. 이필수는 또 다시 트럭을 살까 망설이며 결정을 못하고 망설였다.

"당신 또 옥수수 쪄서 팔려고 자리 보고 다니지?"
아내가 눈을 흘기며 말했다.
"응. 뭐라도 해서 돈을 보태야 먹고 살지."

"당신 이제 70 되어 가는데 그런 장사 말고 이 집 팔고 서울 근교로 이사 가자."

"이사 가면 돈이 나와?"

"꽉 막혀서. 당신 아는 게 뭐야? 발전소 기계? 이 집 팔고 서울 근교로 이사 가면 같은 평수로 가도 4, 5억은 남아. 그 돈 은행에 예금하면 이자가 당신 옥수수 장사하는 만큼 나와."

"그래?"

"당신이 평생 밑돈은 대줬지만 내가 당신보다 더 돈을 많이 벌었어?"

"나보다 더 돈을 많이 벌다니?"

"강남 이 집 마련했잖아. 그래서 서울 근교로 같은 평수로 이사 가도 당신 평생 근무하고 받은 퇴직금보다 더 많이 돈을 남길 수 있고."

"그런가?"

이필수는 항복하는 심정으로 아내의 말에 동의하며, 아내가 무척 커 보였다. 많지 않은 월급으로 아이들 학교 보내고 이 아파트를 마련한 아내가 생활의 장인처럼 보였다.

이필수는 고개를 끄덕이며 인생은 흘러가는 건데, 종심의 나이에 장사를 시작하지 말고 아내 말대로 서울 근교로 이사를 가고 남은 돈 이자로 살아가며, 발전소 정비의 장인이었던 시절은 추억에 묻고, 탐진치를 내려놓은 인생의 장인으로 사는 길을 가자고 생각했다.

책을 내면서

세월은 쉼 없이 같은 빠르기로 흘러가고, 인생도 쉼 없이 흘러간다.

그런데 사람들은 흘러가는 세월을 토막 내며, 100일, 일주년, 5주년, 10주년, 50주년, 100주년 하면서 흐르는 세월에 매듭을 맺고 의미를 부여하고 기념한다.

내 인생의 제 1기 학창생활, 학창시절에 배웠던 학문을 밑천삼아 살던 제 2기 직장생활을 마치고, 제3기 생활을 시작한 지 꼭 10년이 된다.

10년 매듭을 기념하며 뭔가 표식을 남길까 하며 그동안 틈틈이 써서 2014년 이후 문예지에 발표했던 단편을 모아 작품집을 낸다.

2014년 10월 발간했던 단편소설집 《어느 이야기들》 이후 쓴 장편소설들, 《어디로 가야 하나(3권)》, 《편견과 오만(2권)》, 《럭비공을 타고 내려온 낙하산 사장》은 전자책으로만 출간했다.

이번 단편소설집도 전자책으로 낼까 하다가, 그래도 현직을 떠난 10

년 기념인데, 하며 인쇄된 종이책으로 낸다. 그래서 제목을 《세월의 무늬》로 했다.

이번 단편집도 내 주변에 살아가는 이야기를 쓰다 보니 늙은이들 이야기가 주류를 이룬다. 늙은이들의 생활과 생각이 그러려니 하고 읽어 주시면 한다.

양창국 단편소설집

세월의 무늬

•

지은이 / 양창국
펴낸이 / 김정희
펴낸곳 / 지구문학

03140, 서울시 종로구 종로17길 12 215호(뉴파고다 빌딩)
전화 / (02)764-9679
팩스 / (02)764-7082

등록 / 제1-A2301호(1998. 3. 19)

초판발행일 / 2016년 6월 10일

값 15,000원

E-mail/jigumunhak@hanmail.net

ISBN 978-89-89240-53-2 03810